花娇

上册

吱吱 著

重庆出版集团
重庆出版社

## 图书在版编目(CIP)数据

花娇 / 吱吱著. — 重庆:重庆出版社,2021.3
ISBN 978-7-229-15350-2

Ⅰ.①花… Ⅱ.①吱… Ⅲ.①言情小说—中国—当代 Ⅳ.①I247.5

中国版本图书馆CIP数据核字(2020)第202585号

### 花娇
HUAJIAO

吱 吱 著

丛书策划:李　子
责任编辑:李　子　陈劲杉
责任校对:刘　艳　何建云
封面设计:意书坊
版式设计:侯　建

重庆出版集团 出版
重庆出版社

重庆市南岸区南滨路162号1幢　邮政编码:400061　http://www.cqph.com
重庆一诺印务有限公司印刷
重庆出版集团图书发行有限公司发行
E-MAIL:fxchu@cqph.com　邮购电话:023-61520646
全国新华书店经销

开本:720mm×1000mm　1/16　印张:43.5　字数:925千
2021年3月第1版　2021年3月第1次印刷
ISBN 978-7-229-15350-2
定价:85.00元

如有印装质量问题,请向本集团图书发行有限公司调换:023-61520678

版权所有　侵权必究

# 目录

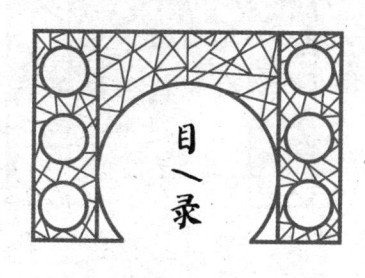

第一章　大火　/001

第二章　买画　/015

第三章　祭拜　/029

第四章　身份　/043

第五章　求亲　/057

第六章　寺庙　/071

第七章　相看　/085

第八章　蹊跷　/099

第九章　怀疑　/112

第十章　夜市　/126

# 目录

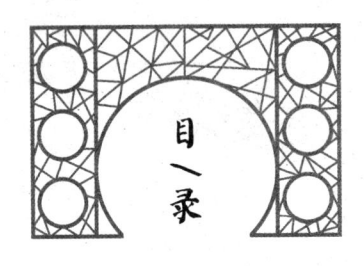

第十一章 作假 /138

第十二章 印章 /151

第十三章 相救 /166

第十四章 打草 /180

第十五章 求助 /193

第十六章 争执 /207

第十七章 博弈 /220

第十八章 留话 /233

## 第一章　大火

大火冲天，噼里啪啦地映红了半边天，热浪一阵高过一阵地竞相扑来，身边全是奔走相告的人："走水了！走水了！"

郁棠两腿发软，若不是丫鬟双桃扶着她，她恐怕就跌坐在地上了。

"大小姐，大小姐！"双桃被眼前的情景吓得说话都不利索了，"怎么会这样？不是说裴家的护院半夜都会起来和衙门的人一起巡查他们家的铺子，裴家三老爷说今年夏天特别炎热，天干物燥，怕走水，前几天还特意让人在长兴街两旁设了三十八个大水缸，每天都让各家铺子的掌柜把缸里挑满了水，长兴街怎么会走水？那，那我们家的铺子怎么办？"

是啊！他们家的铺子怎么办？

郁棠两眼湿润，眼前的影像有些模糊起来。

她家庭和美，手足亲厚，顺风顺水地长到了及笄。在此之前，生活中的不如意最多也就是父母不让她爬树下河，拘着她学习女红不让出门而已，记忆因此而显得平顺又温馨，反而印象不深刻。只有这个夏天，在近日的噩梦中，一场突如其来的大火烧毁了长兴街所有铺子。她家和大伯父家的漆器铺子也未能幸免于难。更糟的情形在梦中接踵而至，不仅是铺子里的货品被烧了，铺子后院的库房和作坊也被烧得干干净净，马上就要交付的货没了，祖宗留下来的那些珍贵模板也没了，郁家因此一蹶不振，从此开始落魄。

郁棠的思绪被嘈杂声带回，不远处有人要冲进铺子里救火，却被突然坍塌的大梁埋在了火里。

"当家的！当家的！"女人跑过去要救人，却手脚无措，不知道如何是好，被人拦住。

也有男子跌坐在地上，拍着腿号啕大哭："这可让我们怎么活啊？"

郁棠和双桃则被闻讯陆陆续续赶过来的人撞了肩膀，双桃回过神来。

她忙一把将郁棠拉到了旁边，急切地道："大小姐，太太还病着，老爷又不在家，您这一句话也不交代地就跑了出来……"

郁棠也回过神来。

对于此时的双桃来说，她不过是荡秋千没有站稳，从空中跌落下来，昏迷半天；可对她来说，她已经在近日来一连串似乎带着某种预知性的噩梦中经历了家道中落，父母双亡，未婚夫早逝，孀居守节被大伯兄觊觎，好不容易逃脱夫家，却在庇护她的庵堂里被人杀死。

这场大火固然重要，更重要的，却是她母亲的病情。

她父亲郁文和母亲陈氏鹣鲽情深，就算她母亲生她的时候伤了身子骨再无所出，她父亲也对母亲和她视若珍宝，从未曾有过罅隙，只是她母亲自她出生之后就缠绵病榻，十天之内有七天都在用药。她父亲前几天从友人那里得知御医杨斗星告老还乡，特意赶往苏州城为母亲求医问药。

在梦中，她父亲无功而返，母亲因为她跌落秋千而受了惊吓，病情加重，卧床不起。父亲下决心带着母亲去寻隐居在普陀山的另一位御医王柏，却在回来的路上遇到风浪翻了船，死于非命。

"走，快点回家去！"郁棠顿时心急如焚，拉着双桃就往家里跑。

郁家后堂的院子静悄悄的，几丛挺拔的湘妃竹枝叶婆娑地在月色中静立，长兴街的喧哗和纷乱仿佛是另一个世界的事。

母亲的咳嗽声清晰可闻，隐约间带着些许的撕心裂肺："阿棠怎么样了？醒了没有？"

回答母亲的是贴身服侍的陈婆子："一早就醒了，说是要吃糖炒栗子才能好。您说，这个时节，我到哪里去给她找糖炒栗子？骗了我一碗桂花糖水喝了，又吃了三块桃酥，这才歇下。"

郁棠的眼泪一下涌了出来。

在梦中，她没心没肺的，母亲常年病着，她也没觉得这是个事，反而借着自己从秋千上落下来骗吃骗喝的，把平日里母亲不让她做的事都做了个遍。等到父亲带着母亲去求药，临出门前她还吵着要父亲给她带两包茯苓粉回来，不然她就不背书了。

"姆妈！"郁棠站在母亲的门前情难自禁地喊了一声。

门"吱呀"一声就打开了。

陈婆子探出头来，一面朝着她使眼色，一面道："大小姐又要吃什么？这个时候了，灶膛的火都熄了，最多给您冲碗炒米垫垫肚子，再多的，可没有了。"

郁棠愣住。

陈婆子神色有异，她脑子飞快地转着。

难道和梦中一样，母亲的病情不大好了？

郁棠脸色一沉，望着陈婆子的目光就不由带着几分凝重，她朝着陈婆子做了个跟我来的手势，说话的声音却带着几分小姑娘的骄躁："我姆妈的病好些了没有？我不是饿了，我是想跟我姆妈说几句话。"

这样的郁棠让陈婆子非常陌生，很是意外。她却来不及多想，虽朝着郁棠点头，说出来的话却是拦她："太太刚用了药，已经洗漱歇下了，大小姐有什么事明天再过来吧！"

郁棠伸长了脖子往厢房望。

刚刚还在和陈婆子说话的母亲却一声没吭。显然是不想见她。

郁棠的心沉甸甸的："那好！我先回去睡了。你可记得告诉我姆妈我来过了。"

"记得！记得！"陈婆子笑着，若有所指地道，"这风凉露重的，我送大小姐回屋吧！"

这个季节，哪有什么风和露？不过是想找机会私底下和她说两句话罢了。

郁棠应着，和陈婆子去了旁边自己的厢房。

因为走得急，被子还凌乱地丢在床上，软鞋横七竖八的，一只在床前，一只在屋子中央。陈婆子低声呵斥着双桃："你是怎么服侍大小姐的？屋子里乱糟糟的，这要是让太太看见，又要教训你了。"

双桃红着脸，转身去收拾房间。

郁棠拉着陈婆子说话："姆妈到底怎样了？你别拿话糊弄我。我知道常来我们家给姆妈看病的是济民堂的刘三帖，我到时去济民堂找他去。"

陈婆子诧异地看了郁棠一眼。

郁棠是被家里人宠着长大的，虽说没有养歪，但也不是个强势的姑娘，这样咄咄逼人，还是第一次。

陈婆子不免有些犹豫。

郁棠自己知道自己的事，说好听点是没有心机，说不好听点就是没有脑子。家里出了什么事，她自然不是依靠，大家也不会对她说。

她索性对陈婆子道："你看我的样子，蓬头垢面的，我刚才跑出去了，长兴街走水，我们家的铺子也被烧了。"

就着如豆的灯光，陈婆子这才发现郁棠衣饰不整，她骇然道："您说什么？长兴大街走水了？"

郁棠点头："铺子里的货都没了，田里要过了中秋节才有收益，还要给姆妈看病，家里没银子了。"

这话倒不是她糊弄陈婆子的。在梦境中就是这样。

郁家小有薄资，倒不至于两间铺子被烧就没落了。可这次走水，库房里别人订的一批货也被烧了，郁家赔了一大笔银子，父亲之前从朋友手里买的一幅《松溪钓隐图》也到了要给银子的时候。母亲不愿意父亲失望，就做主卖了家里的三十亩上等良田。等到父亲带母亲去普陀山时，又背着母亲卖了家里的二十亩良田……之后父母去世，为了体面地治丧，她又卖了剩下来的五十亩良田。

祖父分给父亲的产业都没了，伯父那边也遇到事，没办法帮衬她。她这才会同意李家的婚事。

念头闪过，郁棠的神色又沉重了几分。

她冷着脸道："姆妈要是有什么事，阿爹回来定不会饶你！"

陈婆子哭笑不得。

她是陈氏的陪房，又是陈氏的乳母，陈氏不好，她比谁都着急，比谁都心疼，大小姐居然威胁她。

可看到这样的大小姐，她又莫名觉得欣慰。

她想了想，告诉郁棠："天气太热，太太苦夏，什么也吃不进去，既担心您的伤势，又担心老爷在外面奔波，吃不好睡不着的，人眼看着瘦了一圈，不敢让您知道。"

郁棠又愧疚又自责。

梦中的她，总是让父母担心，从来没有成为父母贴心的小棉袄，更不要说是依仗了。

想到这里，郁棠情不自禁地双手合十，朝着西方念了声"阿弥陀佛"。

她不是虔诚的信教徒，菩萨却垂怜她，让她在父母还在的时候拥有了在梦境中预知未来的能力，她定会好好珍惜现在的时光，不让梦中的恨事重演，不让这个家支离破碎，不让亲族离散。

郁棠泪如雨落。

自梦境中获得预知能力，摊上这么一件令人匪夷所思的事，郁棠以为自己会失眠，谁知道她脑袋挨着枕头，呼吸间萦绕着熟悉的佛手香时，她居然连梦也没有，一觉睡到了天明。

可她不是自然醒的，而是被双桃叫醒的："大小姐，大太太过来了！"

郁棠每次起床的时候都有些混混沌沌的。

她靠坐在床头，睁着一双黑白分明、水汽氤氲的大眼睛，半天才回过神来，打了一个哈欠道："大伯母？大伯母什么时候过来的？"

说着话，郁棠却一个激灵，完全清醒过来。

梦中，长兴街走水的第二天天还没有亮，她大伯母就过来。说是天气炎热，睡不着，日子难熬，带了针线过来做，实际上却找了借口把母亲和她拘在了家里一整天，直到傍晚，她大伯父和大堂兄忙完铺子的事，给远在苏州城里的父亲送了信去，大伯母这才离开回去。

就算是这样，大伯母走的时候还特意吩咐家里的仆从，不许她和母亲透露铺子里的半点消息，留下了大伯母随身服侍的王婆子在家里教她做雪花酥。

她母亲很是欣慰她能有兴趣学点厨艺，就搬了凳子在厨房里陪着，就这雪花酥，把她们母女俩一起拘到了父亲回来。

父亲回来，对铺子里的事也是轻描淡写的，要不是因为那幅《松溪钓隐图》，别人家来要银子，母亲还不知道家里没钱了。而她却是等到父母都去世了，才知道家里只余那五十亩良田了。

长兴街走水的事，她是直到嫁入李家，被李端觊觎，才觉得这是她梦境人生中的一个重要的转折。

郁棠急急忙忙起身："大伯母由谁陪着？我姆妈知道大伯母过来了吗？"

双桃一面服侍着她梳洗，一面道："天还没有亮就过来了，说是天气太热睡不着，也不让我们吵醒您和太太，由陈婆子陪着在庭院里纳凉。"

郁棠匆匆去了庭院。

大伯母穿着件靓蓝色的夏布襦裙，正坐在香樟树下的竹椅上。陈婆子和王婆子一左一右，一个陪着说话，一个帮着打扇。大伯母的神色却恹恹的，黑眼圈非常明显，一看就是没有睡好。

她心得有多大，在梦境中才会一点儿都没有觉察到大伯母的异样。

"大伯母！"郁棠上前给大伯母王氏行礼，眼眶却忍不住涌出泪花来。

在梦中，大伯父和大堂兄都因为她的牵连死于非命，大伯母没了依靠，回了娘家守寡，在娘家的侄儿、侄媳妇手里讨生活。大伯母不仅没有责怪她，在她最艰难的时候，还托了在庵堂出家做住持的表姐收留了她。

"你这孩子，哭什么哭？"王氏看着郁棠叹气，亲自上前把她扶了起来，示意王婆子给郁棠端张椅子过来，然后温声道，"我已经听说了，你昨天去过长兴街了。难得你这样懂事。多的话我也不说了。铺子里的事，无论如何也得瞒着你姆妈。你姆妈身体不好，听到这消息准急。你阿爹又不在家，若是你姆妈急出个三长两短来，你让你阿爹怎么办好？"

郁棠连连点头，扶着王氏重新坐下，又敬了杯菊花茶给王氏，在王氏身边坐下，道："大伯母放心，我晓得厉害的。"

王氏颔首，觉得今天的郁棠和往日大不一样，不禁打量起郁棠来。

十五六岁的小姑娘，怎么打扮都漂亮，何况郁棠是青竹巷里出了名的标致。只是她平日里被娇宠着，看上去一团孩子气，今日却身姿站得笔直，眉眼间透着几分坚韧，澄净的目光清亮有神，整个人像拔了节的竹子般舒展开来，看上去清爽利落，让人看着更是喜欢了。

王氏暗中赞许，道："听说你昨天下午撞着头了，好些了没有？"

郁棠连声道："我没事！事发突然，当时吓了一跳，很快就好了。"

王氏却不信，道："刚刚陈婆子说，你昏迷了两个时辰，醒来之后又说了些胡话，没等双桃去禀告你姆妈，你拉着双桃就去了长兴街看热闹，拦都拦不住。要不是陈婆子稳得住，帮你东拉西扯地瞒住了你姆妈，你姆妈只怕要跑到街上去找你。"

郁棠心虚，认错道："是我做得不对。我以后再也不这样了。"

王氏见她一张雪白的小脸皱巴巴的，怪可怜的，顿时觉得不忍，笑道："好了，我也没有责怪你的意思。只是你姆妈和你阿爹只有你一个孩子，含在嘴里怕化了，捧在手里怕摔了，不免多思多虑，你要多多体谅你姆妈和阿爹才是。别人能做的事，你未必就能做。"

"我知道了！"郁棠乖乖受教。

或者是心里还牵挂着丈夫和儿子，王氏低声和她说起昨天的大火来："你大伯父和你大堂兄忙了半夜，带了信回来，说不仅是我们家的铺子，就连裴家的铺子，也都烧得只剩下些残垣断壁了。偏生裴家又出了大事，连个主持大局的人都没有，汤知府如今焦头烂额的，都不知道怎么给朝廷写折子了。"

裴家是临安城里的大户人家，真正的大户。不管谁在临安城做知府，正式上任之前都要先去拜访裴家。

梦中，在她死之前，裴家一直都是临安城最显赫的家族。

临安城最繁华的长兴街，除了像郁家这样经营了数代人的七八间铺子，其余的全都是裴家的，城外的山林、良田、茶庄、桑园也有一大半是裴家的。很多人都靠着裴家过日子。

他们郁家的那一百亩良田，在梦中也是卖给了裴家。

裴家足足富了好几代人。

从前朝到现在陆陆续续出了二十几个两榜进士，七八个一品大员。

到了这一代，裴家的三位老爷都是两榜进士出身。根据梦中的提示，等再过几年，裴家又有两位少爷中了进士。裴家的老太爷，好像就是这个时候病逝的。

郁棠不由道："可真是不巧了。他们家的老太爷怎么说去就去了！"

谁知道王氏一愣，反问道："裴家老太爷吗？谁告诉你裴家老太爷去了？是裴家的大老爷，那个在京城做工部侍郎的大老爷，说是前些日子在京城暴病身亡了。消息才传到临安。裴老太爷一下子病倒了，裴家的几位少爷昨天晚上连夜赶往钱塘接灵，管事们都忙着给大老爷治丧，谁也没空管长兴街的事。"

郁棠愕然，却也没有多想。

不管是梦中还是现实，裴家都离她太远，裴家的事，她也不过是道听途说，作不得数。

王氏感慨道："长兴街的火，是一下子烧起来的。你大伯父说，这火烧得蹊跷——谁家走水都是从一个地方烧起来，然后蔓延到别的地方。你大伯父怀疑有人纵火，还想去官府里说说。可惜，裴家出事了，汤知府肯定没有心情去管这件事……"

郁棠听了，心跳得厉害。

梦中，李家就是在他们家出事之后来提的亲。当时她不太愿意，觉得自己还在孝期，议论这件事不太妥当。可大伯父和大伯母觉得，等过了孝期，她都十八了，到时候肯定嫁不了好人家，就和她商量着先和李家定亲，等满了孝再议婚期。

她不免有些犹豫。李家却派了人来私下里和她说，若是她同意先定亲，李家愿意借五千两银子给大伯父，不要利钱，让大伯父家东山再起。

长兴街失火，他们家的铺子被烧了，她伯父家的铺子也被烧了。李家来提这件事的时候，裴家正在重修长兴街。地基是现成的，修建铺子的钱却得各家出各家的，若是有人没钱重新修建铺子，可以折价卖给裴家。

大部分的人都把地基卖给了裴家。

她大伯父却不愿意卖地基。那是郁家留下来的老祖业。不仅不愿意卖，甚至还想把她父亲留下来的两间门面也建起来。

可她祖父死的时候，她大伯父因为顾念着她父亲不会经营庶务，把四间铺子平分了，两百亩地、一百亩良田分给了她父亲，另五十亩中等地、五十亩山林分给了他自己。

四间铺子造价共需要四千两银子，就是把她大伯父的田全卖了也只是杯水车薪，连建铺子的柱子都买不齐。

她听了李家的话，觉得自己这桩婚事好歹能让大伯父一家摆脱困境，没有知会大伯父一声就答应了和李家二少爷李竣的亲事。

事后，大伯父觉得对不起她，打听到卖粮去九边换盐引能赚大钱，便拿了李家的五千两银子去湖广。

虽然那次大伯父和大堂兄九死一生赚了大钱，可也埋下了后患——大伯父和大堂兄为了给她赚嫁妆，几次进出九边，先是把父亲留给她的那两间铺子重新建了起来，后来又把她家卖出去的良田花了大力气买回来……可大伯父也因此把主要的精力放在了粮食和盐引生意上，不仅和大堂兄在以什么为生的事上发生了争执，还在一次去九边的路上遇到了劫匪，尸骨无存。

梦中的她，养在深闺，不谙世事，就算知道长兴街的大火，知道这火烧得蹊跷也不会有什么想法。可此时的郁棠，在梦中曾经落入过李家的泥沼里，不知道见识过多少龌龊的手段，就这么听了一耳朵，就知道裴家这侵吞商铺的手段和当年李家圈地时的手段如出一辙。

只要有机会，就会欺小凌弱。

一样的心狠手辣，一样的卑劣恶毒！

这些事想起来只会让人心情低落。

郁棠再也不愿意沾染李家，就更谈不上和裴家打交道了。

她趁这个机会给大伯母吹耳边风：“连裴家的铺子都烧了，我们家的就更保不住了。好在地基还在，有了机会，总能东山再起。至于说铺子里的货，若是赔银子，肯定双倍。若是能找到买货客商和人家好好商量商量，说不定人家愿意宽限些时日，我们再重新给那客商做一批货，或者是能少赔些银子。长兴街走水，是谁也没想到，谁也不愿意的事啊！"

"话是这么说。可延迟交货恐怕不行。"王氏闻言苦笑，道，"你是个小孩子，平时家里也没人跟你说。这些年来，闽南那边的人出海赚了大钱，杭州城里的人就心动了，有本钱有本事的，就一家出一条船，带了丝绸、茶叶、瓷器之类的组成船队出海做生意。没那么多钱的，就拿了茶叶、丝绸等货入股出海。向我们家订漆器的，就是要出海做生意的。船队已经定下了出海的日子，若是他到期拿不出参股的货物，这生意就黄了。他可不得向我们要双倍的赔偿。"

梦中的郁棠的确不知道这件事，但这时的郁棠是知道的。

李家在临安城算是新贵。他们家从前也有钱，但上面还有个裴家，他们家就有些不够看了。据说往上数三代，李家年年大年初一的时候要去给裴家拜年的。直到李家的老太爷，也就是李端、李竣家的祖父考中了举人，他们的父亲又中了进士，还和裴家的二老爷是同年，这才慢慢地站直了腰杆。年年的大年初一去给裴家拜年的时候，李家的人也能坐在裴家的大堂里喝杯茶了。

也因为如此，李家虽然显贵了，却没有办法利用手中的权力扩大自家的产业：临安城的山山水水也好，街道商铺也好，多是裴家的，流落在外的原本就少，谁家会没事卖祖业？就算是卖祖业，大家也都习惯性卖给裴家。

李家难道还敢和裴家争不成？

可想要在官场上走得远，还不能贪，还得打点上司。这两样都要银子。李家想要更多的银子，就只能把眼光放在外面。

一来二去，李家就做起了出海的生意。

当然，出海是有风险的，遇到了海上风暴，往往会血本无归。杭州城里很多人家就是因此而破产的。李家的运气却不错，十次有九次投的船队都会平安归来，她端着李竣的牌位嫁过去之后，李家开始暴富。李竣的母亲夸她有旺夫命，李端也因此对她更加纠缠了。

可笑李竣坠马身亡的时候，李竣的母亲却指着她的鼻子骂她是"狐狸精"，说她红颜祸水……

梦中往事提起来全是心酸。

郁棠忙把这些都压在心底，继续和大伯母说铺子里的事："那能不能找那客商商量着由我们家出面，帮他保质保量地买一批货？"

王氏听了，看着郁棠的眼睛一亮，道："你倒和我想一块儿去了。"

她如同找到了知己般开始吐槽丈夫："你大伯父不答应。说郁家百年老字号，不要说临安了，就是整个杭州城里也没谁家的手艺比得过郁家。用次货冒充好货，这种事他干不出来。

"你大堂兄就说了，江西那边有几家百年老字号的漆货，东西也不比我们家差，若是你大伯父担心让那客商吃亏，亲自去那边一趟，盯着别人家出货就是了。你大伯父又觉得江西那边的货比我们家卖得便宜，这件事要是被别人知道了，郁家百年声誉就会毁于一旦。那些商户为了蝇头小利，宁愿舍近求远也会去江西订货，到时候我们家没了名声不说,还会白白给江西那边的漆货铺子找了买家。"

郁棠是知道大伯父做生意有些执拗的,可她没有想到大伯父会这么执拗。

她道:"那您不妨让大伯父去杭州城走一趟。我听说那些海上生意最喜欢的是茶叶、瓷器和丝绸,漆器、锡器都要得少。有人知道江西那边的铺子手艺不比我们家差,价钱也比我们家低,可过去一趟风险不小,货出了什么问题也不好退换,就算是让给他们又何妨?"

王氏直点头,心里的算盘却打得噼啪响。

这话儿子也曾经说过,可丈夫太固执,听不进去。但若是这话由二叔来说,肯定又不一样了。

王氏就心心念念地盼着郁棠的父亲郁文早点回来。

郁棠在梦境中活到了十年后,有了比现在多十年的阅历,她遇事原本就比十五岁的小姑娘淡定从容,何况该发生的事都已经发生了,着急上火也没有用,她的心态就更好了。

她如大伯母所愿,在家里待了一天,之后又跟着王婆子学做雪花酥。

和梦中不一样的是,梦中她花了两天的工夫才学会做这个点心,此时因有梦中的经验,上手很快不说,还多做了两锅雪花酥让陈婆子送给了街坊邻居。在梦境中,她家出事,街坊邻居多有帮衬,她一直记着,心存感激。

等到她父亲郁文回家,已经是四天后了。

郁棠刚帮母亲洗了头发,坐在庭院里帮母亲通头。

陈婆子一面给陈氏打着扇,一面夸奖郁棠:"您看大小姐,多懂事,多孝顺啊!您以后就等着享大小姐和姑爷的福好了!"

陈氏呵呵地笑,清瘦苍白的面孔流露出些许愧疚。

郁棠的婚事不顺,是因为他们家想招婿。

梦中的郁棠对自己的婚事没有什么想法,一切都由父母做主。可经历了那些事她才知道,若是能招赘,守在父母身边,就是她莫大的幸运和福气了。

看到母亲这样内疚,她撒娇般靠在了母亲的肩头,道:"我要找个漂亮的,不要像隔壁阿姐似的,嫁个矮矬子!"

这是郁棠第一次在母亲面前表现出自己对婚姻的想法。

陈氏不由大喜,小心地问她:"那,那你愿意招婿?"

"愿意啊!"郁棠主动积极地参与道,"招婿在家里,我就能一辈子陪着姆妈和阿爹了,家里的事都是我说了算。我为什么不愿意招婿啊?"

陈氏见她说得真情实意,立刻高兴起来,把郁棠拉到她的面前,语重心长地对她道:"你放心,姆妈和阿爹一定帮你好好看着,不会让我们家阿棠吃亏的,不会委屈了我们家阿棠的。"

郁棠重重地点头。

陈婆子看着气氛好，跟着打趣："太太可别忘了，要挑个漂亮的。我们家大小姐喜欢漂亮的。"

反正不指望丈夫有多大的出息，当然是要挑个顺眼的。

郁棠再次点头："姆妈要记得！还要长得高，听话。"

陈氏看她一副无知无畏的模样，笑出声来。

一身文士打扮的郁文就是在这笑声中走了进来："母女俩在说什么呢？这么高兴，也说给我听听呗！"

"相公！"陈氏的眼睛都亮了。

郁文的目光也是直直地落在了陈氏的身上。

"几天不见，你怎么又清减了。"他关切又有些心疼地问陈氏，"是不是阿棠在家里又闹腾了？还是这些日子太热，你又吃不下东西？要不我让人去街上买些冰回来，让陈婆子给你煮点绿豆水？"

"不用，不用！"陈氏笑眯眯地道，上上下下地打量着郁文，生怕他出门受了磨难似的，"济民堂的刘大夫不是说了，我这病，受不得凉。你怎么还怂恿着我吃冰？"

郁文嘿嘿地笑，道："我这不是觉得能让你松快一刻是一刻吗？"

这就是她父亲的性格。

人很好，真诚、乐观、大方、善良、幽默……什么事都大大咧咧，随遇而安。小的时候一心只用功读书，长大了，就依靠自家的哥哥帮着打点庶务，好不容易考中了秀才，觉得读书太辛苦，就不读了。

不遇到事还好，遇到事，只怕是有些经不住。

郁棠在心里叹气，上前给父亲行礼。

郁文这才注意到自家的闺女，有些心虚地道："阿棠，这些日子阿爹不在家，你有没有顽皮？有没有听你姆妈的话？"

郁棠很喜欢父亲待母亲好。

她嗔道："您答应我的茯苓粉呢？我还等着做茯苓膏呢！"

郁文听说家里的铺子被烧了，差点急疯了，哪里还记得茯苓粉？

他语塞。

郁棠在心里又叹了一口气。

父亲为了不让母亲担心，哪次出门回家不是光鲜靓丽的？所以她们都没有注意到父亲的心焦。

这些年，铺子里的收益全给了她母亲吃药，父亲知道长兴街走水，心里不知道怎么煎熬，忘记了给她的礼物也是情理之中的事。

梦中的她，和阿爹大吵了一架，后来阿爹陪她去山外山吃了顿好的，她这才罢休。现在的她，只想怎样为父母脱困。

"阿爹说话不算数。"郁棠插科打诨，推着父亲往书房去，"我要阿爹藏的那枚青田玉籽料。"

郁文割肉似的心疼，一边被女儿推搡着走，一边和女儿讨价还价："我把那方荷叶滴水的砚台给你好不好？或者是上次你说好的那盒狼毫的毛笔？"

"哼！"郁棠不满地道，"我才不会上当呢！就要那枚青田玉，我要雕个印章，像阿爹那样，挂在腰间。"

郁文道："男子才把印章挂在腰间，你是女孩子，挂三事[1]。我给你打副金三事好不好？"

家里都快没银子给姆妈买药了，她阿爹还准备给她打副金三事。

郁棠冷哼。

陈氏笑得直不起腰来。

父女俩推推搡搡进了书房。

郁文的书房设在庭院西边的厢房，整整一大间，四壁全堆着书，大书案在书房的正中，书案旁放着几个青花瓷的大缸，插着高高低低的画轴，书案上摆着一个小小的粉彩鱼缸，养着一红一黑两尾金鱼。

郁棠推搡着父亲进来当然不是为了讨要那枚青田玉籽料，她是为了和郁文商量母亲的病情。

在父亲回来之前，她仔细地想过。梦中她家破人亡看似由长兴街走水引起的，实则是因母亲的病情一直得不到缓解引起的。

想要改变命运，得从她母亲的病情入手。

只有她母亲的病好了，她父亲才不会病急乱投医，才不会听风就是雨，带着她母亲出门瞧病。至于财物，没了就没了。人才是最重要的。

"阿爹，您不是说您去苏州城见那个杨御医了吗？"郁棠摆弄着书房多宝阁上的文竹道，"杨御医怎么说？母亲的病他能瞧好吗？"

郁文还把郁棠当成小孩子，道："那是大人的事，你别管。你只管好好地陪着你姆妈就行了。你姆妈的病，有我呢！"

郁棠随手掐了一根文竹枝权，逗弄着鱼缸里的鱼，道："阿爹您别总把我当成小孩子。长兴街走水的事我早就知道了。当时我还去看了热闹。可我还不是一样帮着大伯母瞒着姆妈。姆妈到今天连一点风声都没有听到。连大伯母都夸我懂事。"

郁文非常意外，看着女儿把两尾金鱼搅得在鱼缸里乱游，忍俊不禁，道："你看你这个样子，撩猫逗狗的，哪有一点点大姑娘的样子？我怎么把你当大姑娘？"

梦中在李家的七年太苦了，她若不苦中作乐找点事趣，恐怕早就活不下去了。

郁棠娇嗔道："这与长大了有何关系？您这么大了，还不是馋山外山的马蹄糕。"

郁文不好意思地咳了两声，转移了话题："你姆妈这些日子，身子骨到底怎样？

[1] 三种古人随身佩带的卫生用具，基本组成是锤子、挑牙和耳挖勺。

她总瞒着我，我这心里没底！"

郁棠正等着父亲这句话。她道："您不跟我说心里话，我也不想和您说心里话。"

"哎哟！我们家囡囡还知道和我讲条件了。"郁文打趣着女儿，抬眼却看见女儿认真的目光，心中不禁涌现几分陌生的情绪，好像他不过一眨眼睛的工夫，女儿就已经成了个大姑娘，不仅懂事了，还知道关心、体贴、心疼父母了。

这让他既感慨又骄傲。别人都说他太宠女儿了，他的女儿也没见被他宠坏。还越来越孝顺。

郁文决定尊重女儿的心意，把女儿喜欢的那枚青田玉籽料也送女儿玩。

他一面翻箱找着那枚青田玉籽料，一面道："我没能见到杨御医。他的徒弟说，杨御医是因为伤了双手的筋脉没办法行医，这才从御医院致仕的。我怎么好执意要见杨御医。"

郁棠微微一愣。

梦境中，杨御医回到老家之后再也没有行医，她以为杨御医是年老体衰，没想到居然是这个原因。

她道："阿爹，姆妈的病，是不是只能求助于杨御医？"

如果父亲要带着她姆妈去普陀山，她无论如何也要阻止。

郁文终于找到了那枚青田玉籽料，决定再找个合适的匣子装籽料。

他又重新开始翻箱倒柜："杨御医是你鲁伯父介绍的。说杨御医从前在宫里以妇科见长。皇太后怀着皇上的时候，是杨御医保的胎。你姆妈的病根是生你之后落下的，当然是找那杨御医最好。"

鲁伯父叫鲁信，和她父亲是同年，两人私交甚笃。他就是那个卖《松溪钓隐图》给她父亲的人。他还曾经怂恿着她父亲印什么诗集，哄着她父亲出了一大笔银子，结果出的诗集一多半都是他的诗，她父亲这个出资人没什么人记得，鲁信的诗却因此在江南一带渐渐流传起来。

郁棠因而不喜此人，就道："您也别什么都听他的。他既然知道杨御医告老还乡的事，怎么就没有打听一下杨御医为何要告老还乡呢？害得您白跑了一趟，还让母亲担惊受怕。"

郁文终于找到了个合适的剔红漆小匣子，坐到了书案后的圈椅上，道："你别这么说。你鲁伯父也是一片好心，不仅亲自陪着我去了趟苏州城，还帮我打听到另一位御医王柏隐居在普陀山，不过王柏擅长的是儿科，也不知道能不能治好你姆妈。"

原来普陀山的事也有鲁信掺和。

郁棠气得不得了，道："阿爹，鲁伯父陪您去苏州城，是您出的银子还是他自己出的银子？"

郁文笑道："你这孩子，怎么能这样计较？"

她就知道，鲁信又算计她父亲。

郁棠生气道："我是觉得，鲁伯父既然对这些御医如此了解，他怎么不建议您带了姆妈去京城求医？毕竟京城的御医遍地走，没有这个还有那个，总能求到个能治姆妈病的。"

郁文失笑，道："你以为御医是什么？还遍地走！你鲁伯父是关心我，这才特别留意御医的消息。你可不能再这么说你鲁伯父了，不礼貌。"

郁棠鼓动父亲带母亲去京城看病。只要避开那些危险的地方，就能保住父母的性命，他们家也就可以完整、幸福了。

郁文被郁棠说得有些心动。但去京城是件大事，若是下了决心，要准备的事很多。

他把青田玉籽料装进匣子，心不在焉地道："这是你要的青田玉籽料，好好收着，别弄丢了。这可是我从你鲁伯父手里抢来的。"

郁棠现在连这个名字都不愿意多听，道："那我还是不夺人所爱了。您还是把那个荷叶滴水的砚台送给我吧！"

"给你你就拿着！"郁文伸长了手不收回来，调侃郁棠道，"我还准备把荷叶滴水砚台留着，等你下次顽皮的时候和你讲条件呢！若是此时就给了你，岂不是亏了！"

郁棠想着这青田玉籽料的确是个好东西，她犯不着为了鲁信就迁怒别的东西。她若是觉得心里不舒服，到时候用来送礼好了。

郁棠接过匣子，向父亲道了谢，两人讨论了几句这枚青田玉籽料雕个怎样的印章好之后，她提醒父亲："阿爹，若是去京城瞧病，肯定要很多的银子。那幅《松溪钓隐图》您已经拿在手里观赏了好几天了。"

郁文讪笑。郁棠不说这件事，他还真忘了。

郁文对钱财没有什么概念，也没有什么要求。他不以为意地道："我和你鲁伯父是知交，迟几天给银子他不会说什么的。而且家里再缺银子，也不缺你姆妈吃药的银子。你不用担心。"

郁棠就知道父亲会这么回答。她道："阿爹从来不管家里的账吧？您要不要去问问陈婆子？"

陈氏因为身体不好，从来不管家中的琐事。陈婆子也不负陈氏所托，家里的事在她手里井井有条，从不曾出过错。

郁文迟疑道："不至于……连你姆妈的药也吃不起吧？"

郁棠恨铁不成钢，道："坐吃山也空。家里的铺子被烧了，会很长一段时间都没有进账，姆妈的药却是一天都不能断，大伯父还想重新建铺子。您说，这些银子都从哪里来？"

郁文知道郁棠不会为了阻止他花销而夸大其词。当自己的爱好和妻子的病情相冲突的时候，郁文毫不犹豫地为妻子的病情让步。

"知道了。"他有些不好意思地应了一声。

郁棠知道父亲不会买那幅画了。

她松了一口气，重新提起铺子的事："大伯母出身商贾世家，祖父在世的时候，就看着大伯母能干，所以才为大伯父求娶了大伯母；而且祖父去世的时候也说了，以后铺子里的事，不可避开大伯母，言下之意，是让您和大伯父多听听大伯母的意见。铺子里的事，您是不是去和大伯母商量商量？我看着大伯父和大堂兄这几日忙得人都瘦了。平时都是大伯父帮衬我们家，这关键时候，您也应该帮帮大伯父才是。"

她祖父去世前，的确是有这样的交代。

郁文点头。

郁棠盈盈地笑。

家里的事，总算是有了一点点小小的进步。

郁文摸了摸郁棠的头，道："那你在你姆妈面前担着点，我瞅着机会去见见你大伯母。"

郁棠高兴地应下，拿着剔红漆的小匣子和郁文出了书房。

陈氏就让郁棠去请了大伯父一家来家里吃饭："你父亲不在家的日子辛苦你大伯父了，请你大伯父来和你父亲喝盅酒，解解乏。"

郁家兄弟虽然分了家，但宅子挨宅子住着，走得非常亲热。

郁棠领着双桃从后门去了大伯父家。王氏正在清点自己的陪嫁。

郁棠直接跑进王氏的内室，邀功似的跟大伯母耳语："我已经跟我阿爹说过了，我阿爹说，铺子里的事，他会先和您商量的。"

她希望大伯母也主动一点，免得她爹随性地逮着谁就先和谁商量。

大伯母一喜，去捏郁棠的脸："好闺女，越来越机敏了。有点小棉袄的样子了。"

郁棠侧头，避开大伯母的"魔爪"，带着双桃跑了："您快些来，我姆妈和阿爹在家里等着呢！"

王氏望着她的背影笑着摇头。

## 第二章 买画

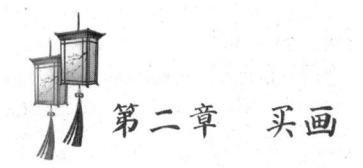

郁家的人都有一副好相貌。高鼻梁，大眼睛，头发乌黑，皮肤雪白。若说有什么缺点，就是个子不高。典型的南方人模样。

因而郁博虽然早已过而立之年，又因为常年做生意，遇人三分笑，可看上去依旧清秀斯文，像读书人而不是商贾。

郁棠的大堂兄郁远就更不用说了，除了眉目精致清雅，行事间还带着几分腼腆，有着邻家少年般的温文，让人看着就觉得亲切。

可郁棠知道，她的这个大堂兄十分有主见。梦中，若不是他撑着，就算有李家的那五千两银子，她大伯父也不可能把他们家卖出去的祖产一一买回来。

郁棠对这个大堂兄是很感激的。

在父亲和大伯父说话的时候，她以茶代酒，悄悄地给郁远敬酒。

郁远讶然。他的这个堂妹被叔父和婶婶惯着，虽然及笄了，却还是个小孩儿心性，除了吃就知道喝，家里的事一律不管不说，人情世故上也一律不应酬。

郁远不由得小声问郁棠："你是不是有什么事让我去办？"或者是她又闯了什么祸，需要他帮着在二叔父和婶婶面前说说好话。

郁棠被噎了一下。难道她在她大堂兄心里就是这样的一个人？

她不禁重新审视自己。

那边郁远见她的样子误以为自己猜对了，少不得小声安抚她："你别着急，有什么事慢慢地跟我说。要是急呢，我这就帮你办。若是不急，你就等两天——这两天我要跟着阿爹忙铺子里的事，要等忙过了这两天再给你办。"

郁棠哭笑不得。仔细想想，梦中她还真没有少麻烦自己的这个大堂兄。

她忙朝着郁远甜甜地笑，又敬了郁远一杯茶，道："我是看阿兄这几天辛苦了，这才敬你酒的。"

"是吗？！"郁远有些怀疑。

郁棠嘟了嘴，正欲说什么，坐在上座的大伯父却突然拔高了声音，道："这件事我不同意！若是爹娘泉下有知，也不会同意的。"

屋里因为他的这句话齐齐一静。郁远和郁棠也忙正襟坐好。

陈氏已拉着郁文的衣袖，低声道："相公，我也不同意。"

郁文望着妻子，轻轻地叹了一口气，欲说什么，却被大伯母打断："二叔，我们都知道你心里急。可这不是急就能解决的事。你也说了，那位王御医擅长看儿科，未必就能对症下药，看好弟妹的病。京城里我们人生地不熟的，御医院的门朝哪里开都不知道，你这样贸然就带着弟妹去了，先不说能不能找到合适的大夫，就是弟妹这身子骨，怕是也经不起这样的折腾啊！"

因郁棠的祖父在世的时候就很抬举自己的这个长媳，王氏在家里说话向来有分量。

郁文有些不知所措地望着王氏，道："那，那怎么办？我不能眼睁睁地看着孩子她姆妈就这样消瘦下去啊！"说着，他眼眶都红了。

陈氏忙道："相公，我这是因为苦夏，不是病情加重了。我知道你是担心我。可大伯和大嫂说得更有道理。就算是要去京城看病，也得请人去打听打听，等我的身子骨好一些了再说。"

郁文顿时有些沮丧。

王氏就朝着丈夫使了个眼色，偏生郁博还沉浸在对弟弟的不满中，道："我说你也是做父亲的人了……"

这是他教训郁文开头必说的话，家里的人都熟悉了解。郁远怕父亲和叔父有了争执，顾不上旁的，开口打断了郁博的话："阿爹，有件事您得和二叔商量商量。"

郁博打住了话题，和郁文的目光都落在了郁远身上。

郁远道："我听人说了，裴家大老爷的棺椁明天出殡，我们是不是要设个路奠？不管怎么说，从前在长兴街做生意的时候，裴家对我们家也多有照顾。"

长兴街十之八九都是裴家的生意，衙门的那些捕快不仅不敢在长兴街撒野，还常常在长兴街巡逻。他们这些在长兴街做生意的人家也跟着沾光，治安好不说，也从来不曾有过吃拿卡要的事。

"应该设个路奠。"郁博连连点头，对郁文道，"最好还写篇祭文，你是秀才，这点事对你来说应该信手拈来吧？"

郁文应下，道："我今晚就写好了，明天派人送去裴府。"

郁博想了想，道："就让阿远送过去。长兴街被烧了，但裴家肯定不会就这样荒废下去的。让阿远多跑几次裴家，和裴家的管事、掌柜的混个脸熟，以后有什么事也能和裴家搭得上话。"

郁文颔首，双桃跑进来禀道："鲁先生来了！"

在郁家被称为鲁先生，又会在饭点的时候来的，只有鲁信了。

郁棠皱眉。

郁文已经亲自去将人迎了进来。

"大兄！大嫂！弟妹。"鲁信以通家之好与在座的诸人问过好，笑道，"阿远和阿棠也在啊！看来今天是阖家欢啊！"

众人起身和鲁信见礼。

陈氏热情地吩咐双桃给鲁信拿一副碗筷上来，道："之前不知道伯伯要来，也没有准备什么好酒好菜的，您先将就着，我这就让人去重新做几道菜，您和孩子她大伯父、大堂兄好好地喝几盅酒。"

鲁信擦了擦还泛着油光的嘴，笑道："弟妹不用客气，我用过膳了才来的。"

郁棠挑了挑眉。

鲁信和她父亲一样，都是秀才。但她父亲是不愿意再读，鲁信却是因为家贫，没有钱再继续读下去。她父亲因此觉得鲁信不过是鱼搁浅滩，暂时落难，假以时日，一定会金榜题名的，不仅常带鲁信来家里蹭吃蹭喝，还常常救济鲁信。

在梦中时，郁棠觉得这也没什么。就算鲁信和父亲是酒肉朋友，那也是朋友，是能让父亲开心的。

可自从知道王柏的消息是鲁信透露的，她对鲁信就不太喜欢了。

她注意到鲁信鹦哥绿的杭绸长衫上还沾着几块油印子，有些尖锐却故作天真地道："鲁伯父是在哪里吃过了？我们家今天做了红烧肘子。陈婆子说，您最爱吃这个了。上次您来家里，把一盘红烧肘子都吃完了。"

鲁信老脸一红，急急地道："我是在裴家吃的。裴家大老爷不是暴病而亡了吗？他们家二老爷和三老爷都回来了，家里客似云来，名士林立。裴家怕家中的管事招待不周，特意请了我和几个好友去招待客人。"

郁棠暗暗撇了撇嘴。什么招待客人，是去裴家混吃混喝吧！

郁文却一点也没有怀疑，让双桃去给鲁信沏茶，请了鲁信上桌坐席："那就随意再加一点。"

鲁信向来把郁家当自己家，没有推辞就上了席。

郁文道："这三老爷回来还说得过去，怎么二老爷也回来了？"

裴家三位老爷，大老爷和二老爷是同年，当时一起考取了庶吉士。因要避嫌，兄弟俩只能留一个在京城，二老爷就主动外放，在武昌府下的汉阳县做了个县令，现如今是武昌府的知府。三老爷是去年大比的时候考上庶吉士的，如今在刑部观政。

大老爷去世，三老爷在京城，随道跟着回来说得过去，二老爷专程从武昌府赶回来，请假都不容易。

"谁说不是！"鲁信叹道，"要不怎么说二老爷这人敦厚、实在又孝顺呢？我寻思着来给大老爷送丧只是其一，主要还是听说老太爷病了，想回来瞧瞧。"说到这里，他表情一变，神色有些夸张地低声喊着郁文的字："惠礼，我可听说了，二老爷见老太爷病了，立刻拿了自己的名刺派人去了苏州城……"

郁文眼睛一亮，道："你是说？"

鲁信嘿嘿地笑，道："我可帮你打听清楚了。杨斗星明天晚上就会到临安。你可要抓住机会。"

"太好了！"郁文跃跃欲试，随后又神色一黯，道，"上次我们去见杨御医，他徒弟不是说他伤了双手的筋脉，没办法行医了吗？"

鲁信不以为然，道："那就要看他明天会不会到临安来了！"

言下之意，若是来了，双手筋脉受伤就是推托之词。

郁文愁道："既然是推托之词，就算他来了临安，也未必会答应给孩子她姆妈看病。"

"你怎么这么傻！"鲁信急道，"在苏州城我们当然没有办法，可这是在临安。我们求到裴家去，乡里乡亲的，裴家还能不帮着说两句吗？"

郁文连连点头，看到了希望。

郁棠只当在听废话。

梦中，她不知道杨斗星是否来过临安，也不知道鲁信是否给父亲通风报信，结果却是，裴家老太爷在裴家大老爷死后没多久就病逝了，二老爷和三老爷回乡守制，她父亲也在不久之后带着母亲去了普陀山看病。

可见不管发生过什么，杨斗星对她母亲的病情都没有起到什么作用。

郁博担心弄巧成拙，道："我认识裴家的大管事，不如让阿远先去打听打听！"

"还是别了！"鲁信反对，"若是平时，你们求上门去自然无妨，可如今，"他说到这里，左右看了看，有些故弄玄虚地小声道："我听说，老太爷要把三老爷留在家守家业，长房的不同意，大家正闹着呢！"

"啊！"众人不约而同地吸了口冷气。

裴家的老祖宗怕子孙不成气候，败坏了祖产，连累后代子孙没钱读书，有读书种子却不能出人头地，规定谁任族中宗主，谁就掌握家中五分之四的祖产。

那可不是一笔小数目。

当然，这些产业并不是全供宗主享受。作为裴家的宗主，是有责任、有义务用祖产资助家境清贫又愿意读书的族人的，维护族学文风昌盛，保证裴家的家业能世代传承下去的。

这让郁棠想起一件事来：梦中，裴家的宗主是裴家三老爷。

在梦里，郁棠对裴家三老爷成了裴家宗主没什么感触。主要还是因为当她知道裴家是三老爷当家的时候，梦中的她已经嫁到了李家，裴家三老爷已经是宗主了。可现在想想，她非常地不解。

裴家祖业再丰厚，作为一个读书人，做了宗主，就意味着得远离仕途，留在乡野守业，怎比得上拜相入阁，青史留名？

何况像裴家这样的大族，为了保证出外做官的子弟不会因为钱财在仕途上有什么困难，通常每年都有一定的补贴，以保证裴家的子弟在外做官能不受财物的束缚，在政治上一展抱负，根本不用担心嚼用。这也是李家成为新贵之后就想办法拼命捞钱的重要原因——他们家想像裴家一样，从此步入耕读传家、世代官宦的大族行列。

当然，这也是梦中的郁棠嫁到李家之后才知道的。

鲁信这个人虽然人品不怎么样，但狐朋狗友很多，消息灵通，虽不可全信，也不可全不信。他既然说裴家为谁做宗主的事闹了起来，就不可能是空穴来风。至少裴家的人为此有过争执。

可裴家三老爷是这样的人吗？

郁棠想到梦中裴家三老爷给她的印象：神秘、低调、强大、高高在上。牢牢掌握着裴家，控制着临安城。如同盘旋在空中的鹰隼，大家平时没有什么感觉，可一旦遇到什么大事，就能感受到被他笼罩的阴影。

李家那样巴结裴家，她都未曾见过裴家三老爷；李家几次想背着裴家插手临安城的生意，都没敢动手。

这样一个人，会为了宗主之位和长房的侄儿相争吗？郁棠非常怀疑。

她不由得对鲁信笑道："鲁伯父的消息可真灵通！既然让裴三老爷留在家继承家业是老太爷的主意，万事孝为先，长房有什么可争的？"

从前郁棠可不关心这些。鲁信闻言颇为意外，微微一愣，笑着对郁文道："阿棠长大了，都有自己的主见了！"

言下之意，他们这些大人在一起说话，郁棠作为女子，不应该随便插话。

可惜郁文从来不觉得自己唯一的女儿坐席面，有困惑就说出来有什么不对。

他笑道："可不是。我们家阿棠长大了，懂事了，知道心疼、体贴父母了。"说话间，他想到女儿是由于家里遇到事才会这样的，心里不免有些钝疼，神色微黯，叹了一口气。

郁博则是被鲁信的话吸引。

他在外面做生意，更能体会到裴家的厉害，甚至可以说，裴家这边有个风吹草动，他们这些做生意的都会跟着一起摇摆晃动。

"那裴家到底是由长房继承家业还是由三老爷继承家业呢？"他更关心这个问题，"鲁先生可否说得具体一些？"

鲁信见这两兄弟都不着调，心中有些不喜，但也不好多说什么，瓮声瓮气地道："裴家的宗主哪能这么快就做决定？裴家老太爷虽然是宗主，可裴家现在共三支。若是传嫡长子，谁都没话可说。可裴家老太爷要越过长房和二房传给三房，其他两支肯定不同意啊！这件事还有得争。"

他话说到最后，语气里带着些许的幸灾乐祸。

郁棠就更不齿此人了。刚刚还在裴家混吃混喝，转头就巴不得裴家出点事才好。

她暗暗给了鲁信一个白眼。

郁博知道鲁信说话向来如此，没有放在心上，而是担心道："也不知道裴家的事什么时候能消停，若是他们家放任长兴街这样……"

郁家就算是有银子把铺子重新建起来，也没办法把生意做起来。谁会跑到一堆废墟中去买东西？

鲁信不关心这些，他絮絮叨叨地说了裴家的很多八卦。比如说，裴家的大老爷娶的是当朝祭酒的长女，两个儿子都是读书的料子，从小跟着外祖父读书，小小年纪，学问却非常好。

二老爷是个泥菩萨的性子，遇事就只知道说好，娶的是裴老太爷举人同窗家的闺女，有一儿一女。

三老爷是老来子，从小就非常顽劣，喜欢舞枪弄棍，不喜欢读书，到了七八岁还坐不住，常常从学堂里逃学去梨园听戏看杂耍，再大些了，就学了人赌博斗鸡，惹得家里的管事满街找人，是临安城出了名的纨绔子弟。裴家大老爷想教训幼弟一顿都会被裴家老太爷给拦着。当时大家都说，裴家百年的声誉都要被裴家三老爷败光了，谁知道他居然一帆风顺地考上了进士。不要说外面的人了，就是裴家的人都吓了一大跳，觉得是不是弄错了。裴家老太爷也偏心得离了谱，知道裴家三老爷高中，拿了箩筐装着铜钱在大门口撒，还一心想着给这个小儿子说门显赫的亲事，放出话来说非三品大员家的嫡女不可。更邪门的是，这件事还真让裴家老太爷心想事成了，当朝次辅辛大人据说看中了裴家三老爷，要不是大老爷突然暴毙，这亲事就成了……

郁棠听得津津有味。她梦中从没有听说过裴家三老爷的这些轶事。

别人说起裴家三老爷，都话里话外透着荣幸地说一声"我认识"，或者是"我见过""我和三老爷喝过酒吃过饭"之类的。她从来不知道裴家三老爷小的时候还曾经这样轻狂浮躁过。

她以为裴家三老爷从小就是个稳重、懂事、知书达理的世家子呢！

郁文好像也没听说过裴家三老爷的事，直呼想不到。

鲁信不以为然地道："成王败寇。现在他小小年纪就在六部观政，裴家又有意疏导，谁还会不识趣地继续非议裴三。也就是像我们这样的，没根没桩的，被人当浮萍算计了。"

郁文知道他又要发牢骚了，忙劝他道："你总比我好一些。我爹就是个做漆货生意的，令尊好歹是个秀才，给左大人当过幕僚，是读书人家出身。"

左大人名光宗，两榜进士出身，在苏浙任巡抚期间，曾经多次击退海盗，造福苏浙百姓。累官至兵部尚书，死后被谥为襄懋。是苏浙出去的名臣，能臣。在苏浙声望极高。

就是郁棠这样不关心世事的小姑娘都听说过这位大人的名字和轶事。

鲁信有些得意，让郁棠的母亲拿酒来，他要和郁氏兄弟喝两杯，并在酒过三巡之后说起他祖上的事迹来："……我父亲曾经亲随左大人出海，绘制舆图，还曾帮着左大人训练水军。"

郁棠觉得鲁信在吹牛。

一顿饭吃到了月上柳梢头，郁远扶着醉醺醺又胡言乱语的鲁信在郁家歇下。

翌日，鲁信睡到了日上三竿才起。

他脸色苍白，嘴里喷着酒气地在屋里团团乱转地找着鞋子："完了！完了！惠礼，你们家的这些仆从都是从哪里买来的？怎么连这点小事也做不好。明明知道今天裴家大老爷出殡，我还要帮着安排出殡的事宜，也不早点叫醒我！你可害死我了！"

郁文心生愧疚，一面帮他找到了被他不知道什么时候甩在床底的鞋子，一面有些歉意地道："没事，没事，裴家离我们这里很近的。我让阿茗带你走小路过去。"

"快！快！快！"鲁信催着，茶水都没来得及喝一口，就跟着郁文的小厮阿茗出了门。

郁棠在帘子后面看着抿了嘴笑，转身陪着母亲用了早膳。

大伯母王氏和大堂兄郁远来见郁文。

郁远拿了郁文连夜写的祭文就走了，大伯母却留了下来。

郁棠寻思着可能是为了铺子里被烧的那一批货，隔着窗棂听了会儿墙角。

大伯母果然是为了让父亲说服大伯父去江西买漆器的事。

郁棠心中微安。

等送走大伯母用了午膳，郁文就出了趟门，说是要去铺子里看看。

陈氏已经知道自家的铺子被烧了，但还不知道事情的严重性，亲自送郁文出门的时候还叮嘱他："钱财是身外之物。家里的庶务向来是大伯帮着打理。没有大伯，我们家的生意也做不成。有什么话好好说，我们家多认点损失都行。"

郁文胡乱地点了头，晚上回来的时候告诉陈氏和郁棠："大哥和阿远有急事要去趟江西，家里做些干粮和佐菜给他们带在路上吃。"

陈氏笑眯眯地应了，和陈婆子去了厨房。

郁棠却是长长地舒了口气。家里的事总归是慢慢地朝着好的方向在走，假以时日，定会摆脱梦中的厄运的。

郁棠欢欢喜喜去厨房给陈氏帮忙。鲁信却垂头丧气地再次登门。

他苦着脸对郁文道："这次你可害死我了！我今天早上到裴府的时候，裴家大少爷已经摔了盆，裴家的大总管狠狠地瞪了我一眼。他算个什么东西？不过是裴家养的一条狗。要不是看在裴家的分上，谁认识他啊！"

鲁信少有口出秽言之时，郁文一愣，鲁信已道："不行！我不能再在临安待下去了。死水一潭，我再待下去也没有什么意思。我要去京城。我爹还有几个故交在京城。"他说着，转身拉了郁文的手，"惠礼，我不是有幅《松溪钓隐图》在你这里的吗？你前些日子还说喜欢，要买了去。这样，我们知交一场，我也不说多的，二百两银子。二百两银子你就拿走。"

前朝的《松溪钓隐图》是名画，是古董。要价二百两银子，不贵。何况郁文非常喜欢，鲁信此时的模样又如同落难。作为鲁信的朋友，郁文于情于理都应该把这幅画买下来。

可就在这两天，女儿郁棠给他算了一笔账。买了画就没银子给妻子治病。他的爱好不是最重要的，妻子的病才是最重要的。

郁文虽然性情温和，行事优柔寡断，孰轻孰重却是分得清楚的。

"鲁兄，"他脸涨得通红，"这件事是我对不起你。你也知道，我们家的铺子烧了，我现在拿不出那么多的银子来……"说着，就要去将画拿给鲁信："你看看还有没有其他人喜欢……"

鲁信不信，道："你家底殷实，又无什么负担，怎么可能拿不出二百两银子？"

郁文更是羞愧，道："还要留了银子给拙荆看病。"

鲁信不悦。

郁文却无论如何也不松口，直道："是我对不起兄长！"长揖不起。

鲁信揪着不放，道："你不是还有一百亩良田吗？"

临安山多田少，寻常地界，一百亩良田值个五六百两银子，在临安，却最少也值一千两银子。

郁文喃喃地道："给拙荆看病原本银子就不够，恐怕到时候还要卖田，我不能因我的事耽搁了她看病。"

鲁信还想说什么，听到消息赶过来的郁棠推门而入，笑盈盈地道："鲁伯父若是等着银子急用，不妨把画暂时当了，等到手头宽裕了再赎回来就是。裴家当铺，还是很公正的。"

梦中，她就去当过东西，虽然价格被压得很低，但相比同行，又算得上好的了。

鲁信觉得失了面子，脸色一变，对郁文道："虽然郁氏只是市井之家，可到底出过你这样的读书人，姑娘家，还是多在家里学学针线女红的好！"

郁文汗颜。

郁棠则在心里冷笑，睁了双大大的杏眼，故作天真地道："鲁伯父这话说得不对，我也常帮着我父亲去跑当铺的。"

郁文欲言又止。

他看出来女儿是怕他借了银子给鲁信。可见女儿有多担心他失信于她。

郁文有些伤心，转念觉得这样也好，鲁信也不用责怪他见其落难而不出手相助了。

鲁信怒气冲冲地走了。

郁棠非常高兴，把这件事告诉了母亲陈氏："您看，父亲为了您，把鲁伯父都得罪了，您等会儿见了父亲，可得好好安慰安慰他。"

陈氏闻言眼睛都湿润了。

第二天一大早，郁棠和母亲提了做好的干粮和佐菜随郁文去给郁博和郁远送行。

郁博叮嘱郁文："铺子里的事你不要管，等我回来再说。"

郁文连连点头。

可送走了郁博之后，他还是非常担心地去拜访了和他们家情况相似的几家商户，晚上回来的时候不免和妻女唉声叹气："大家等着看裴家怎么说呢！还有两家想回乡务农卖地基。只是这个时候，除了裴家，还有谁家愿意接手？也不知道裴家的事什么时候能够了结。"

郁棠对裴家的事非常好奇，道："裴家真的如鲁伯父说的那样吵了起来吗？"

"应该是你鲁伯父夸大其词了。"郁文道，"裴家是读书人家，知书达理，怎么会吵起来？最多也不过是兄弟间彼此争执了几句。况且裴家老太爷还在世，最终怎样，还不是裴家老太爷一句话。"

怕就怕裴家老太爷也命不久矣。郁棠在心里想着，那鲁信又登门拜访。

她有点烦了，吵着跟着父亲去了书房。

鲁信这次来不是推销他的画的，而是给郁家带了另一个消息："王柏也从普陀山来了！"

郁文又惊又喜。

鲁信不无妒忌地道："还是裴家厉害！什么致仕隐退，裴家一个帖子过去，还不是得屁颠屁颠地全跑到临安来。"

郁文道："也不能这么说。裴家老太爷是个好人，他病了，杨御医也好，王御医也好，能帮得上忙就帮一帮呗！"

"哼！"鲁信不以为然，道，"哪有人这么好心！"

郁文讪讪然地笑。

鲁信道："我已经帮你打点过了，你明天一早就随我去裴府见老太爷，请老太爷出面，让杨御医或是王御医来给弟妹瞧瞧。"

不要说郁文了，就是郁棠都喜出望外。郁棠甚至生出几分愧疚。

鲁信人品再不好，对她父亲还是挺好的。就凭这一点，他以后再来家里蹭吃蹭喝的，她肯定装不知道。

郁文对鲁信谢了又谢，道："不管拙荆的病能不能治好，你都是我的大恩人。"

鲁信倒不客气，道："你也不看看我们是什么交情。你的事，我肯定会放在心上的。只是我能力有限，帮不上你什么忙。"

"兄长说这话就见外了！"郁文和鲁信客气了几句，唤了阿苕去酒楼里订一桌席面过来，又吩咐陈婆子去打酒。

"打好酒！"郁棠笑盈盈地道，还拿了自己的一两体己银子给陈婆子，"鲁伯父可帮了大忙了。"

陈婆子笑呵呵地去了。

当晚鲁信又在郁家喝了个大醉。好在他没有忘记和郁文去裴家的事，清晨就起了床，梳洗过后，在郁家吃了一碗葱油拌面，喝了两碗豆浆，和郁文出了门。

郁棠心神不宁地在家里等着。

下午，鲁信和郁文分别背着两个药箱，殷勤地陪着两个陌生男子进了门。走在郁文身边的身量高一些，须发全白，看上去最少也有六十来岁了，精神抖擞，神色严肃。走在鲁信身边的白面无须，胖胖的，笑眯眯的，脑门全是汗，看着就让人觉得亲切。

郁文瞪了郁棠一眼，示意她回避一下。

郁棠避去了自己的厢房，不放心地派出双桃去打听。

双桃足足过了快一个时辰才回来，回来的时候却眼角眉梢都是欢喜，让郁棠生出无限的希望来。

"大小姐。"双桃不负郁棠所望，开口就是一串好消息，"裴家老太爷真是慈善之人，自己的病还没有好，却让大夫到我们家来给太太瞧病，而且一来就来了两位御医——杨御医和王御医都来了。两位御医都给太太诊了脉，说太太这是生育时留下的旧疾，只要平时少劳累，少动怒，好好养着就成，日日用药，反而不好。那杨御医还给太太开了个方子，让制成丸子，每日服一粒，给重孙喂饭都不是问题。老爷高兴坏了，直嚷着要给两位御医立长生牌呢！"

没想到裴家老太爷让两位御医都过来了。

"阿弥陀佛！"郁棠忍不住双手合十，念了一声，心里对裴家生出无限的感激。

不管裴家行事如何，裴家老太爷救了她母亲的性命是真的，救了他们一家是真的。

郁棠想起裴家老太爷病逝就在这几天，顿时心中焦虑起来：她要不要给裴家的人报个信，或者是示个警？说不定裴家老太爷因此而逃过这一劫呢？

可怎么才能给裴家报信、示警而不被怀疑她发了疯，郁棠脑子里乱糟糟的，没有主意，只是人随心动，不由自主地往郁文的书房去，正巧看见郁文在送鲁信和两位御医出门。

"你家里还有病人，就不讲这些虚礼了。"白胖和善的那位眯着眼睛笑道，"裴家老太爷那里，还等着我们回信呢！"

另一位须发全白的则冷冷地朝着郁文点了点头，道："我们过来，也是看在裴家老太爷的面子上，你要谢，就谢裴家老太爷好了。"

郁文很是谦逊，道："裴家老太爷那里我是一定要去磕个头的，您两位神医我也是要谢的。"

不过是几句应酬的话，须发全白的已面露不耐。

鲁信忙道："惠礼，你在家里照顾弟妹，我代你送两位御医回裴府好了。"

郁文只得答应，悄悄塞了几块碎银子给鲁信，这才送了三人出门。

郁棠立刻窜了出来，对父亲道："这下姆妈可有救了。您是怎么求的裴家老太爷?"

郁文笑道:"得感谢你鲁伯父。他说通了大总管,禀到了裴家老太爷那里,裴家老太爷慈悲为怀,立刻就让两位御医来给你姆妈瞧病了。我都没有见到裴家老太爷。"说到这里,他摸了摸郁棠乌黑亮泽的头发,"这个恩情,你可要记住了!"

郁棠迭声应诺,问起裴家老太爷的病来:"知道是哪里不舒服吗?"

郁文道:"说是气郁于心。可能是白发人送黑发人,一时接受不了。"

既然如此,梦中怎么就去世了呢?不会还有其他什么内幕吧?

郁棠想到鲁信之前提到的裴家宗主之争,心里很是不安,但她又没有什么阻止事情继续如梦中一般发生的本事。

她该怎么办好呢?

就在郁棠发愁的时候,她突然发现父亲和梦中一样,将家中祖传的二十亩良田给卖了。

"您拿这银子做什么去了?"裴家老太爷的事还没想出个办法,她爹这边又出了事,她不免有些气急败坏,话说得也很不客气,"我不是说了又说,让您别随便卖家里的田地吗?现在母亲的病有了着落,家里的铺子又没有了进项,地就算是要卖,也应该慢慢地卖了给母亲换药吃!"

杨斗星开的方子里有人参,长年累月,对于郁氏这样的人家也是笔不小的开销。

这件事郁文觉得是他的错,被女儿质问,他不免有些心虚,小声道:"阿棠,你姆妈现在虽然要吃药,却不用去京城了,这银子就当是我带着你姆妈去了趟京城的。再说了,你鲁伯父对我们家怎样,你也是看在眼里的。我怎么能在这个时候只顾着自家的好不顾他的死活呢?"

郁棠气极,道:"他现在是生死关头吗?没这二百两银子他就活不下去了吗?"

"也差不多!"郁文道,"你鲁伯父他得罪了裴家的人,在临安府待不下去了。明年又要开恩科了,他得不到好的推荐,学业上很难有精进。"

这种事情郁棠知道。

致仕的官员通常都是愿意造福一方的。有本地士子进京科考,都会写了名帖给相熟或是相好的官员,请他们帮着安排住宿甚至是指点课业,以期金榜题名,取得更好的成绩。

她冷笑,道:"我要是没有记错,鲁伯父还只是个秀才吧?裴家给他写了推荐信,他恐怕也用不上吧?再说了,裴家素来喜欢帮衬乡邻,他做了什么事,居然得罪了裴家,阿爹难道就不仔细想想吗?"

郁文显然不愿意多谈,只道:"他已决定寓居京城,以后也不知道会不会回来,这算是我最后一次帮他了,也算是我报答他救你姆妈之命,你就不要追究了。"

事已至此,郁棠还能说什么。

她恨恨地道:"画呢?"

那画毕竟是古董，还值些银子，以后家里万一拿不出给母亲用药的钱，还可以把那画当了。

郁文讨好地将画轴递给了郁棠。

郁棠一面将画卷摊开在书案，一面小声嘀咕："也就是您好说话。二百两银子，他若拿去当铺，最多也就能当个一百两银子……"

她话没有说完，就瞪大了眼睛。

这不是她梦中时常拿出来摩挲观看的那一幅《松溪钓隐图》？

梦中，父母出事后，这幅画却留在了家里，被人遗忘。直到她出嫁，大伯父考虑到她要嫁的李家是读书人家，想买些字画给她陪嫁，让她的嫁妆体面些，这幅画才被重新找了出来。又因为父母出事与这幅画有关，她把它当做了念想，小心翼翼地保管，时不时地拿出来看看。

她记得很清楚，这幅画有二十三个印章，最后两枚印章一枚是"春水堂"，一枚是"瘦梅翁"，"春水堂"盖在"瘦梅翁"的旁边，而此时，原本应该盖着"春水堂"印章的地方却盖着"梅林"。

这幅画是假的！

郁棠大怒，道："阿爹，鲁信是个小人！"

郁文见女儿反复地诋毁自己的朋友，心里就有点不高兴了，走了过来，一面要收了画卷收藏起来，一面道："你这孩子，怎么说话呢？世人谁没有缺点，你不要总揪着你鲁伯父的那点不是不放，看人，要看主要的……"

"不是！"郁棠打断了父亲的话，阻止了父亲将画卷卷起来，指了那枚盖着"梅林"的印章道，"爹，您看，这里应该盖着'春水堂'……"

郁文笑了起来，道："平日里让你读书你不读，现在闹笑话了吧！'春水堂'是谁的印章我不知道，可这'梅林'却是左大人的私章，从前我还曾专门研究过左大人的手稿和印章。你鲁伯父家的这幅是左大人赠予其先父的，没有这枚印章才奇怪呢？你看，这'瘦梅翁'就是你鲁伯父父亲的别号。"

郁棠完全混乱了。难道她梦中时常拿在手里把玩的名画才是假的？

郁棠不甘心，她请郁文找人鉴定。

郁文不同意："你阿爹读书不行，鉴定几幅前朝的古画无论如何也不会走眼的。"

郁棠心中的困惑却越来越大。

梦中，她嫁到李家之后，家里曾经闹过一次贼，后来大家清点家什，只有她丢了两三件金饰。那时她还奇怪，李家高墙大院，有人去李家做贼，怎么只偷了这点东西。

难道那个时候这幅画已经被人偷了？

在李家的日子，郁棠不愿意回想，却不能否认那是她心中的一个结。特别是对李家诸人的怨恨，碰一碰都会让她气得发抖，说不出话来。

不行！她不能就这样稀里糊涂当什么事情也没有发生。

郁棠向郁文讨了《松溪钓隐图》去观看，私下却悄悄将画带去了裴家的当铺。

裴家在临安只开了一家当铺，在临安府码头前的十字路口，掌柜还是那个白白胖胖的佟贵。梦中，郁棠在他手里当了不少的陪嫁。

她包了头，打扮成个乡下妇人，悄悄地进了当铺。

佟掌柜不在，守在柜上的是佟掌柜的儿子佟海。

和佟贵一样，他也长得白白胖胖，现在不过弱冠之年，就已经见人一脸的笑，十分可亲了。

郁棠把画递了过去，低声道了句："活当。"

佟海笑眯眯地接了画，漫不经心地打开了画卷，却在看到画卷的那一瞬间神色一凛。虽然随后立刻就换上了一副笑脸，但他脸上的震惊却已被郁棠捕捉到。

可见佟海这个时候已经练了一双好眼力。

"小娘子慢等，且先请到内堂喝杯茶。"他笑得像弥勒佛，"您当的这是古玩字画，得我们铺子里的客卿看看才能作价。"

为什么说裴家的当铺还算是公平公正的呢？很多当铺一见你去当东西，先就诈你一诈，问你要当多少银子，而且不管你开口要当多少银子，他们都能把你要当的东西贬得一文不值，劝着你死当。

郁棠点头，自从知道父亲又买了这画以来的焦虑都缓解了不少。

她的际遇如此奇妙，什么事都在变，至少这裴家的当铺是她熟知的，当铺的大、小掌柜还和从前一样。

她跟着小佟掌柜往内堂去。

一阵风吹过，天井里的香樟树哗哗作响，惹得树下池塘里养的几尾锦鲤从睡莲叶片下冒出头来。

郁棠不由放慢了脚步，看了几眼，却听见对面半掩着的琉璃隔扇后隐隐约约有人在说话。

她循声望过去。没有看见人脸，只透过门缝看到两个男子的身影。

胖胖的那位是佟贵，她一眼就认出来了。身材高大的那位穿了件天青色素面杭绸道袍，身姿挺拔，背手而立，远远的，隔着道隔扇都能感觉到那种临渊峙岳的气度。

应该是当铺里来了大客户。

郁棠隐姓埋名来这里当东西，怕露馅，不敢多看，忍不住在心里暗暗琢磨。气度这样好，却来当东西，也不知道是谁家公子……

她摇了摇头，莫名地觉得有些可惜。

喝过两盅茶，大、小佟掌柜居然联袂而来。

"这位小娘子，"佟大掌柜拿着她之前递给小佟掌柜的画卷，擦着汗道，"您这幅画，是赝品。"

假画？！

郁棠腾地一下站了起来。

她就知道，这个鲁信不是个好东西！

梦中，她父亲没有拒绝就买了他的画，他好歹还卖了幅真画给她爹。可现在，她爹不愿意买他的画，他索性卖了幅假画给她爹。

郁棠咬牙切齿，但心里不得不承认，若不是她插手，也许不会发生这种事。既然是她闯了祸，自然由她收拾烂摊子。不把鲁信手中的真画要回来也得把他手中的银子要回来！

郁棠一把夺过了佟大掌柜手上的画，恨恨地道："多谢佟大掌柜，打扰了。"

大、小佟掌柜却愣愣地望着她，好像被吓着了似的。

郁棠只好勉强地笑了笑。她怨怼鲁信就怨怼鲁信，却不应该迁怒人家佟大掌柜。

"不好意思！"她道歉道，"我没有想到是幅假画，耽搁你们时间了。"

大、小佟掌柜涵养真是好。若是换了其他人，拿了幅假画来当，早就被当铺的人当成碰瓷给架出去，丢在了大街上让人看笑话了。

"不是！"小佟掌柜说话都有些结巴了，"您，您头巾掉了。"

头巾掉了怎么了？郁棠半晌才反应过来。

她为了来当铺，特意找了件双桃的旧衣裳，这都不说，还梳了个妇人头，戴了朵粉红色的绒花，原来还想着要不要抹点粉，让脸色显得憔悴些，可找出双桃的粉时，她却嫌弃双桃用的粉不够细腻，双桃说去"谢馥香"买一盒新的回来，她又觉得为这个花二两银子不值得——二两银子，都够她姆妈吃半个月的药了。

郁棠寻思着自己梦中随便包了包就进了当铺也没有人认识，就心大地像梦中一样包了头，却忘了自己如今才刚刚及笄，一张脸嫩得像三月枝头刚刚挂果的樱桃，还透着青涩和娇俏，怎么看怎么像个穿着大人衣裳的小孩子，瞎眼的也能看得出她是乔装打扮。

郁棠脸涨得通红，胡乱地包了头，抓着画轴就出了当铺。

盛夏的正午，阳光火辣辣的，刺得人睁不开眼睛。

码头上一个人也没有，隔壁铺子的屋檐下，有掌柜的袒露着衣襟躺在摇椅上摇着蒲扇，看铺子的狗无精打采蜷卧在摇椅旁，知了一声声不知疲惫地叫着，让这寂静的午后更显沉闷。

郁棠回过神来。她只是问清楚了这幅画的真假，却没有弄清楚这幅画假在哪里。万一那鲁信抵赖，她该怎么说呢？

郁棠犹豫片刻，咬了咬牙，又重新折回了当铺。

当铺里，她之前看到的那个青衣男子不知道什么时候出来了，正和佟大掌柜在说话:"小小年纪就知道骗人,以后再遇到这样的事,切不可姑息养奸!"

佟大掌柜点头哈腰地站在那男子面前,正要应诺,抬头却看见郁棠走了进来。他张口结舌,面露尴尬。

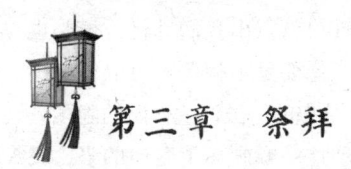

## 第三章 祭拜

那青衣男子大概感觉到佟大掌柜的异样,转过身来。

郁棠看到了一张极其英俊而又气势凌人的面孔。她呼吸一室,但很快被那青衣男子看她时眼底的淡淡漠然刺伤。

郁棠脸上火辣辣的,不禁解释道:"我不是来当假画的,是我爹,买了朋友的一幅画……"

青衣男子根本不相信,视她如无物般,微微扬了扬线条分明的下颌朝着佟大掌柜点了点头,和郁棠擦肩而过。

怎么会这样?!

郁棠在心里尖叫,蒙了半晌,不由自主地跟了过去,气愤地道:"我真不是来碰瓷的……"

青衣男子回眸望了她一眼。乌黑的眸子清浚浚,凉悠悠,如秋日深潭,幽寒入骨。

郁棠心中一凛。再多辩解的话都被堵在了喉咙里。

她定在原地。

佟大掌柜则急忙追了过去,殷勤地送那青衣男子出了门。

郁棠此时才发现门外不知何时已停了辆青帷马车。

佟大掌柜亲自拿了脚凳,要服侍着那青衣男子上马车,却被马车旁的一位穿着玄色短衫的劲瘦男子抢先一步撩了车帘。佟大掌柜也不恼,弯腰后退几步,望着马车"嘚嘚嘚"地驶远了,这才站直了转身回当铺,笑眯眯地道:"小娘子,您怎么折了回来?可是有什么要紧的事?"

郁棠不禁讪然地朝着佟大掌柜笑,道:"刚才那位公子是谁啊?"

佟大掌柜和煦地笑,没有直接地回答她的问题,而是一面弯腰伸手示意她里面说话,一面笑眯眯地问她:"小娘子有什么话我们屋里说。"

郁棠回过神来。虽然说她还没有见过比那青衣男子更好看的人,可她一个小姑娘家的,居然追着别人问他是谁……还好佟大掌柜为人厚道,没有讽刺她两句,不然她只有去钻地缝了。

郁棠赧然，忙将画递给佟大掌柜，真诚地请教，道："佟大掌柜，您说这画是假的，可有什么证据？"

佟大掌柜一愣。

小佟掌柜可能以为她是来找事的，忙上前几步将佟大掌柜拦在了身后，道："小娘子，我们当铺在临安府是百年的老字号了，您一开口就点出我们姓佟，想必也是打听过的。我们铺子里从来不做那偷龙转凤的事，您要是不相信，可以仔细检查检查那幅画，您是怎么拿进来的，我们就是怎么还给您的。虽说《松溪钓隐图》是名画，可我们当铺也不是没有见过好东西，为了您这一幅画坏了名声的事，我们可做不出来。"

郁棠的脸羞得通红，忙道："不是，不是。我不是怀疑你们偷龙转凤。是这幅画，也是别人卖给我们家的，我就是想知道这画哪里出了问题，我到时候也好去找那人！"

大、小佟掌柜都松了一口气。

小佟掌柜快言快语地道："你们就不该贪小便宜——我们裴家的当铺开了多少年，死当活当从来不勉强别人，他若是真的缺银子，怎么不拿来我们这里当了……"

"有你这样对客人说话的吗？"佟大掌柜呵斥了小佟掌柜一声，打断了小佟掌柜的话，想了想，道，"说这幅画是假的，也不完全对。"

郁棠精神一振，道："您此话怎讲？"

佟大掌柜道："小娘子可能不知道，能传世的古画，多是用宣纸画的。这宣纸呢，有两个特点，一是吸墨性极好，就是说，可以墨透纸背。另一个特点呢，就是它是由好几层纸浆反复晒制而成。手艺到家的装裱师傅，通常都是可以把宣纸一层一层剥开的。为什么说您这幅古画是赝品而不是假画呢？我们刚刚给铺子里专门鉴赏古画的先生看过了，您的这幅画，的确是前朝所作。可最上面那层被人揭了，您这幅，是下面的那一层，所以您看——"

他说着，打开了画卷，指给郁棠看："这里，这里，明显就是后来添加上去的，少了几分浩然缥缈之风……"

不是因为印章吗？郁棠有些茫然。

佟大掌柜望着郁棠那稚嫩的面庞，心中生出几分不忍，同情地道："小娘子若是手中拮据想当这幅画，也不是不可以。就是当不了几个银子。"

郁棠闻言，指了画上的盖着"梅林"的印章道："这个印章没有问题吗？"

佟大掌柜听着，深深地看了她一眼。

郁棠心中喊着糟糕。她这么问，分明是欲盖弥彰——既然怀疑印章有问题，知道这幅画不妥当，还要拿到当铺里来当……

郁棠再看佟大掌柜的脸，果然已经不复刚才的春风和气。

她急急地道："不是。我是觉得既然这幅画是左大人收藏的，应该不会有错才是……"

只是佟大掌柜已经不相信她了，脸上浮现出生意人特有的客气和疏离，笑道："小娘子说得对，这幅画最终的确是落在了左大人的手里，可小娘子的这幅画也的确是赝品，恕我们当铺不能收。若是小娘子还有什么好东西，再来光顾我们就是了。"

小佟掌柜干脆就亲自送客。

郁棠气得头昏脑涨，不知道自己是怎么走回去的。回去之后连喝了两杯大叶粗茶，这才缓过气来。

好你个鲁信！

拿了他们家的银子就想跑，哪有这么好的事？！

郁棠喊了阿苕过来，给了他十几个铜板，吩咐他："你去打听打听鲁秀才的下落，不要让我阿爹知道。"

阿苕常常背着郁文和陈氏给郁棠买零嘴，笑呵呵地应诺，出去打听鲁信的事去了。

到了下午，他忧心忡忡地来给郁棠报信："鲁老爷是不是犯了什么事？他把房子都典当给别人，说是要去京城投亲。可就算京城里有亲戚，难道能在亲戚家住一辈子不成？"

梦中，鲁信就再也没有回临安府。

郁棠冷笑，道："那他走了没有？"

"大家都以为他走了，"阿苕机灵地道，"可我打听清楚了，他有个相好在花儿巷，他这几天就宿在花儿巷，怕是舍不得那相好。"

郁棠脑子飞快地转了半晌，叹了口气，朝着西方合十拜了拜，招了阿苕过来，附耳叮嘱了他半天。

花儿巷就在长兴街的背面，弯弯曲曲一条巷子，东边通往长兴街，西边通往府衙大街，两旁都种着合抱粗的香樟树，到了晚上就红灯高照，莺莺燕燕的，人声鼎沸。

因长兴街走水，铺子都烧没了，残垣断壁的不好看，就有人用雨布将通往长兴街这边的道口遮了，只留了通往府衙大街那边的路。

晚上戌时，正是花儿巷最热闹的时候，一辆马车停在了楚大娘的院子前，呼啦啦下来七八个膀大腰圆的妇人，手持着棒槌就往院子里闯。

众人都是风月巷里的老手，一看这架势就知道是有正房来闹事了，兴奋得里三层外三层地围了过来，七嘴八舌地看着笑话。

楚大娘院子里一阵砰砰啪啪地砸，一个人高马大的妇人揪着鲁信的衣领从院子里走了出来,一面走,还一面高声道:"你到院子里喝花酒就喝花酒,怎么为了院子里的姐儿把家里的房子典当了呢?你让我们娘俩以后住哪里?吃什么?喝什么?"

临安城说大不大,说小也不小,何况鲁信是个喜欢多事的,哪里有事都要凑一脚,认得他的人很多,见此情景不由都哄笑起来。

有人道:"难怪鲁秀才天天往院子里跑,原来他家里的妇人五大三粗的,要是我,我也待不住。"

也有人奇怪:"不是说鲁秀才前头的老婆死了之后就没有再娶,无儿无女吗?这是哪里冒出来的妇人?"

有人猜想:"可能也是相好,不过是一个在院子里,一个养在外面。"

鲁信气得嘴都歪了,不知道哪里来的妇人,闹事闹到他面前来了,想辩解几句,偏偏衣领勒了脖子,一句话都说不出来,就这样被那妇人一直拖到了马车上,嘴里塞了一堆破布,驶出了花儿巷。

他这事只怕会被临安府的人议论一辈子。

鲁信裂眦嚼齿,要是让他知道是谁在暗算他,他绝不让他好过!

马车停在长兴街的街口。鲁信被拖下了马车。

月光照着长兴街断梁碎瓦,影影绰绰一片荒凉,隔壁花儿巷不时传来的吹弹笑唱又透着几分怪诞,让他头皮发麻,两腿打战。

"你,你们这是要干什么?"鲁信战战兢兢地地道。

郁棠包着头,从断墙的阴影中走了出来。鲁信一眼就认出了她。

他像被踩了尾巴似的跳了起来,指责道:"怎么是你?你想干什么?我要找你爹去评评理!"

郁棠似笑非笑地道:"干吗找我爹评理啊!我和你去衙门里评评理去!"

鲁信愕然。

郁棠把那幅画丢在了鲁信的脚下:"你不是说这是前朝的《松溪钓隐图》吗?裴家当铺的佟掌柜正好和我家沾亲带故,我拿去给佟掌柜掌了掌眼,人家佟掌柜可说了,这是赝品,最多值三五两银子。要么,我和你去衙门走一趟,要么,你把骗我爹的银子还回来!"

鲁信跳脚:"你一个小丫头片子,扯着虎皮做大旗,还想拿裴家压我?!你们家是什么家底,我还不知道?你说是赝品就是赝品。我还说你偷梁换柱,拿了我的画又不想给银子,诬陷我卖给你们家的是假画。"

那妇人一个使劲,重新把鲁信压在了地上。

郁棠不屑地道:"我也知道你不会认,也没有指望你认。天一亮我们去衙门,我已经请了佟掌柜做证。真的假不了,假的真不了。你到时候就等着身败名裂吃官司吧!"

别看郁棠的话说得振振有辞，掷地有声，她心里却十分抱歉。

拿了裴家做筏子，是她的不是。可除了这个办法，她也没有其他的办法了。

她暗暗想，等这件事过去了，她一定到庙里去给裴家老太爷祈福，谢谢裴家对他们家，对乡邻这些年来的庇护。若是有机会对裴家做些力所能及的事，她一定尽心尽力，绝不含糊。

鲁信对郁棠的话半信半疑的。可这种事不怕一万，就怕万一。郁家和裴家是没有什么走动，可前些日子他亲自搭桥，从裴家请了御医给郁陈氏瞧病，郁文曾经说过，要亲自去裴家拜谢裴老太爷的，谁知道他们之间说了些什么？

想到这里，他就后悔得要跺脚。早知如此，他就不管郁家的事了。但不管郁家的事，郁文又怎么会轻易地花二百两银子买了那幅画呢？

鲁信挣扎着："我要去见你爹！我于他有救妻之恩，他竟然这样待我！"

郁棠居高临下地看着他，道："你以为我这么做敢不经过我爹的允许吗？我爹不过是不想看着自己最好的兄弟一副无赖的嘴脸罢了。"说着，她对阿苕使了个眼色，道："你先把人送到佟掌柜那里，明天再和他理论。"

阿苕高声应"是"。

鲁信一下子慌了神，色厉内荏地道："你想怎么样？你就不怕坏了名声，以后都嫁不出去吗？"

郁棠无所谓地道："我们家被你骗得家破人亡，我难道就能嫁个好人家了？"

两人唇枪舌剑半晌，鲁信到底忌惮着裴家，道："要银子没有，我已经花了五十两了。"

郁棠让阿苕搜身，搜出一百八十两银票来。

她啐了鲁信一口，当场写下文书要鲁信画押："咱们把话说清楚，你自愿把这幅《松溪钓隐图》的赝品作价二十两银卖给我们家，立此为据，以后不得纠缠。另外我还送你三十两银子做盘缠，这件事就算了结了。"

鲁信怎么甘心？

郁棠威胁他道："据说长兴街烧死了不少人，我若是把你藏在这里，不知道什么时候才会被人发现。"

鲁信像条毒蛇般怨恨地盯着郁棠。

梦中的郁棠遇到过比这更难堪的事，哪里会因为鲁信的目光就有所动摇？

她旁若无人地按着鲁信的手画了押，收好了文书，丢了三十两银票给鲁信，让他滚蛋。

鲁信恨恨地走了。

郁棠又拿出二十两银票谢过帮忙的妇人，把那些妇人送走，心里的一块大石头暂且落了地。

阿苕担心地道："大小姐，鲁秀才不会找老爷申诉吧？"

郁棠拍了拍腰间放着文书的荷包，道："他要是有那个脸就去。"

阿苕放下心来，开始心疼那三十两银子："那您为什么还给他那么多的银子？"

郁棠不以为意地道："光脚的不怕穿鞋的。他不是急着去京城吗？我们一文钱都不给他，断了他的念想，他若是铤而走险对我们家不利怎么办？这三十两银子就当是买平安好了。"

希望鲁信像梦中一样去了京城之后就再也不要回来了。

阿苕笑嘻嘻地应着。

郁棠也觉得出了口气。只是没想到，她一转身，发现对面断墙的阴影下一双幽暗的眼睛，正静静地盯着她看。

郁棠吓了个半死。难道是长兴街火海烧死的鬼魂？

她拔脚就想跑，谁知道两腿却像灌了铅似的，怎么也抬不起来。

郁棠瑟瑟发抖，甚至差点和阿苕抱作一团了。

眼睛的主人悄无声息地从断墙阴影中走了出来。皎白的月光照在他的脸上。二十三四岁的年纪，修眉俊目却面若寒潭，面如冠玉却气势凌人。竟然是当铺里遇到的那个青衣男子。

他此时闲庭信步般地走出来，残垣断壁的长兴街都成了他的后花园似的。

郁棠瞪圆了眼睛。他怎么会在这里？

郁棠忙朝他身后望去。

有影子！她松了口气。好歹是个活人，不是什么鬼怪！

郁棠轻轻地拍了拍胸口，安了安神。想到在当铺里时这个人对她的态度，迟疑着怎么和他打个招呼。青衣男子却朝着她挑了挑眉，道："裴家？你和裴家当铺的佟掌柜很熟？佟掌柜给你背书说这幅画是赝品？"

他声线平淡冷漠，郁棠听来却面色赤红，备感狼狈。

她生平做过最荒唐的事，一件是去裴家铺子当画，第二件就是扯裴家大旗打压鲁信。偏偏这两件事都被眼前的男子碰到了。他肯定以为自己是个招摇撞骗、品行卑劣之人。

念头转过，郁棠就觉得浑身不自在，忙道："不是，不是！你听我说，这个就是卖画给我的……"

"如若不是见你也是受害之人，你以为你有机会扯了裴家的大旗在那里胡说八道？"那男子厉声道，压根就不想听她解释，毫不客气地打断了她的话，"念在你小小年纪，只是想讨回被骗的财物，这件事我就不跟你追究了。若是还有下次，定不轻饶！"

原来他都看见了！幸好他没有当场戳穿她。郁棠舒了口气。

不过，他这副语气，不是裴家的人就是和裴家有关的人。如果换成是她见有人这样狐假虎威，早就急得跳了起来，哪里会像他只是呵斥两句完事。

郁棠低头认错。

男子无意和她多说，大步朝花儿巷去。

郁棠犹豫着要不要追上去问一声他是谁，日后也好请了父亲亲自登门道谢。男子却如同后脑勺长了眼睛似的，回头瞥了她一眼。那目光，像利刃之锋划过长空落在她的身上。郁棠顿时失去了勇气。

虽然说事出有因，可做错了事就是做错了事。看他那样，根本不想和她有任何交集的样子，她怎么好意思再多纠缠？

男子大步离开。七八个举止矫健的男子从黑暗中走了出来，簇拥在他身边。原来暗处还有这么多的人吗？郁棠骇然。她可一点也没有瞧出来。

那男子和身边的人很快消失在了夜色中。郁棠打了个寒战。

阿苕仿若从冰窟窿里爬出来的，上牙齿和下牙齿打着架，道："大，大小姐，这人是谁啊？怎么看着这么吓人？他不会去裴家告我们的状吧？"

郁棠苦笑："应该不会！"别人根本就没有把他们放在眼里。谁又会和不相干的人计较？

郁棠心情复杂，越发对这男子好奇起来。

她吩咐阿苕："你找佟掌柜打听打听，看看这人是谁。"

阿苕有些害怕，但想到家中这些日子发生的事，还是硬着头皮应下。

郁棠揣了那一百三十两银票回家，交给了郁文，直言不讳地把事情的经过全都告诉了郁文。

郁文大惊失色，吓得出了一身的冷汗，责怪女儿："你怎么这么大的胆子？一个小姑娘家，居然跑到那种地方去了？你要是有个三长两短的，你让我和你姆妈怎么办？还有阿苕，反了天了，还敢怂恿着你去花儿巷雇了妇人让鲁信出丑？若是那鲁信有血性一些，不要脸地拉了你垫背，你准备怎么办？"又感叹那青衣男子好修养。

"这件事是我不对！"郁棠道，说起了佟掌柜的仁义，"因不知道那幅画的真假，手里又没有多余的银子，这才借口去当铺当东西，实则应该请佟掌柜帮着掌掌眼的。佟掌柜那里，还请父亲备些厚礼去谢他才是。"

她毕竟只是个十五六岁的小姑娘，郑重其事，得家中的长辈出面才对。

"理应如此！"郁文连连点头，道，"若是能知道那青衣男子是谁就更好了，也要去向别人赔个不是。"

郁棠颔首，举了手中的画，道："那这幅画如何处置？"

郁文叹气，道："留下来做个念想吧！就当是买了个教训。你鲁伯父出了这么大一个丑，多半是不会回临安了。"

这样最好！免得他隔三岔五地就怂恿着她父亲做这做那的。

郁棠"嗯"了一声，再次提起裴家老太爷，道："阿爹，您去裴家的时候再问问裴家老太爷的病情这几天怎样了呗！我们家欠着他们家这么大的一个人情，若是有什么我们能帮得上忙的，也能帮一帮。"

郁文瞪她一眼，道："裴家要什么没有？还用得着我们相帮？"

郁棠抿了嘴笑。

郁文感激裴家，去裴家道谢的时候还就真的好好地问了问裴老太爷的病情。

裴家的大管家因有裴家老太爷请了杨、王两位御医给陈氏看病这事，郁文又态度诚恳，也就没有瞒他，道："真没什么大事。就是心里不痛快，把二老爷和三老爷都叫了回来。三老爷是个坐不住的，可二老爷素来安静，这几天陪着老太爷喝茶说话，又有几位名医坐镇，老太爷眼看着气色一天比一天要好。"

至于那青衣男子是谁，裴家的大管家含含糊糊的也没有说个清楚。

郁文想着这肯定就是裴家的人了。裴家的人不说，想必是没有把这件事放在心上，他也不好多问，记得这份情就是了。

他回去教训郁棠："你再敢这样胡作非为，我打断你的腿！"

郁棠乖巧地上前给父亲捏肩膀。

郁文拿这样的女儿没有办法，无奈地叹气。

第二天又提了些点心茶酒亲自去给佟大掌柜赔礼。

佟大掌柜知道了前因后果哈哈大笑，不仅没有责怪郁棠，还夸郁棠有胆识，让郁文带了包桂花糕回来给郁棠当零嘴。只是同样没有告诉郁文那青衣男子是谁。

郁棠对佟大掌柜的印象就更好了。

因出了这件事，郁文和陈氏怕郁棠再出去闯祸，商量了一番后，禁了郁棠的足，把她拘在家里做女红。

阿苕打听了好久也没有打听到那天当铺里的男子的身份。

临安府有什么事能瞒得过裴家人的？可见别人根本不愿意见她。

郁棠渐渐就断了念想，只是晚上一个人睡在床上，有时会辗转反侧睡不着，想起那男子看她的目光，心生不安。

如此过了十来日，郁博和郁远从江西回来了。

郁文正在画画，闻讯讶然道："他们怎么这么快就回来了？难道事情不顺利？"

从这里坐船到江西的南昌府，要两月有余。

郁棠却和郁文想的相反。如果事情不顺利，才需要更长的时间。事情顺利，他们反而会提前回来。

"大伯父家就在隔壁，"郁棠抿了嘴笑，道，"要不，我帮您过去问问？"

陈氏陪着郁棠在做针线。她笑着呵斥女儿："我看你不是想去帮你爹问信，你是想偷懒吧？"

梦中的郁棠，思念亲人，多少个夜里哭湿了枕头。如今能让她承欢父母膝下，她恨不得去给菩萨镀个金身，又怎会如从前那个不懂事的自己，让母亲担忧，让父亲为难呢？

这十来天，她可是老老实实地在家里做绣活，还画了几个梦中后世流行的花样子，让陈氏觉得女儿受了这次教训，改头换面了，欣慰不已。

"还是姆妈最了解我。"她彩衣娱亲，在陈氏肩头蹭来蹭去，道，"姆妈，您就让我出去透透气呗！我都好几天没有出门了。"

陈氏最是心疼女儿的，加之这几天用了杨斗星的药，感觉胸口舒畅多了，精神头也足了，觉得就算是女儿闯了祸，也不至于让郁文一个人收拾烂摊子，遂笑："行！你和你爹一起去你大伯父家瞧瞧。"

郁棠欢呼。

郁博和郁远却一块儿过来了。

大家互相见过，在庭院里的树冠下坐下，双桃上了茶。

郁博说起这次去江西的事："运气很好！我们刚进江西境内，就遇到了位广州的行商，贩了漆器准备去宁波碰碰运气，我见他货收得不少，和他说了半天，他分了一半的货给我们。正巧在我们家订货的黄掌柜不拘是什么货，只要能赶上船队出海就行。这生意就谈成了。不过，我们家总归是失信于人。我答应给黄掌柜赔五十两银子……"

"应该的，应该的。"郁文忙道，"这银子兄长做主就行了。"

郁氏的漆器铺子是连在一块的，生意一块做，钱物也是一块出，年底算账的时候才分红的。

不用赔那么多银子了，郁棠一家都很高兴。郁文留了郁博和郁远吃饭。

郁博拒绝了，道："我得赶着去裴家一趟。我听说裴家要重建长兴街，我得去打听打听。"

郁文颇为意外，道："这消息可靠吗？我待在临安城都没有听说，兄长这才刚回来怎么就知道了？"

郁博笑道："你一心只读圣贤书，这些商贾之事，就算别人说给你听了，你也不会留意的。怎比得上我，从小就跟着爹经营我们家的漆器铺子。"

郁文道："裴家怎么突然想到重建长兴街？"

郁博道："好像是知府大人的意思。特意请了裴家的二老爷过去商量。这件事就传了出来。"

郁棠在旁边听着，觉得和梦中一样。裴家同意重建长兴街，但也提出来，那几家不属于裴家的铺子若是出不起银子，裴家可以买下他们的地基。

梦中她不知道这其中的蹊跷时觉得裴家这是在做善事，后来想明白曾暗中把裴家骂了一顿。现在她即便知道了这其中的蹊跷，却已受了裴家的大恩……

郁棠在心里叹气。

干脆眼不见心不烦，回了房间做针线。

037

郁氏兄弟在书房里说这件事。郁文提出两家各卖一间地基给裴家，裴家帮他们重建铺面。这样一来，郁家虽然资产少了一半，好歹还保住了另一半。

郁博担心裴家不会同意，道："长兴街多是裴家的铺子，他们大可晾着我们，我们到时候还得把地基全卖给他们家。"

郁文却跃跃欲试："兄长看我的！"

他自从知道鲁信卖给他的是幅赝品而他却没有看出来之后，就对佟掌柜的鉴赏能力刮目相看，几次带酒菜请佟掌柜吃饭，时不时地请教些鉴定古玩的技巧，自诩和佟掌柜已是半个挚友。郁文觉得他可以走走佟掌柜的路子。

临安城的人都知道佟掌柜家世代帮着裴家掌管着当铺，如今已经有七八代人了，是裴家有体面、说得上话的老人。

郁博没有郁文乐观。若是那佟掌柜是个好说话，什么事都往裴家带的，怎么可能有今天？

只是郁文兴致勃勃，他也不好泼冷水，索性鼓励了弟弟几句，这才领着郁远去忙铺子里的事了。

郁文用了午膳，换了件衣裳就出了门。晚上回来，他喜滋滋地告诉妻女："佟掌柜人真不错。他答应帮我们家去问问了。"

陈氏欢天喜地。郁棠有些发愣。

郁文把那幅《松溪钓隐图》拿出来在灯下打开，一面观看，一面对郁棠感慨："所以说，这做人不能太计较得失。你看，我是买了幅赝品，可它也让我交了个朋友。"

郁棠撇了撇嘴。要不是她想办法证实这幅画的真伪，他们家怎么能和佟掌柜打上交道？不过，正如她父亲所说，佟掌柜这人真是不错。

郁棠又想起梦中的事。照佟掌柜的意思，这画就是一模一样从原画中揭下来的，也就是说，那些传承印章没有问题。那梦中落在她手里的那幅画到底是从哪里来的呢？是真的还是假的呢？

郁棠想找机会请教佟掌柜，可没等她找到机会，郁文就兴高采烈地告诉陈氏和郁棠："我们家的铺子有救了！"

"这是怎么一回事？"陈氏放下手中的针线，亲自给郁文倒了杯茶。

郁文三下两下喝了茶，喜上眉梢地道："佟掌柜给我回信了，说裴家大总管原是不答应的，觉得两间地基不足以重建两间铺子，佟掌柜就寻思前些日子我们家不是被骗了银子吗，想给我们家说个情，让我们家再添点银子好了。大总管却说这个先例不能开。不然那些被烧了铺子的人家都有样学样的怎么办。谁知道两人正说着这件事，裴家三老爷路过听到了，就做主答应了这件事。还放出话来，所有被烧了铺子的人家，裴家都可以帮着先把铺面建起来，所花费的银子也由裴家先行垫付，分五年或是十年分期还款，不要利息。"

"啊！"郁棠愕然。这样一来，所有被烧了铺子的人家都能顺利地渡过这次难关了。

"裴家真是救苦救难的观世音菩萨！"陈氏双手合十，连连朝着裴家住的方向作揖。这和梦中已经完全不一样了。难道是因为她在梦中得了预知能力吗？那李家来提亲的时候，她岂不是什么也不用做，他们家就会拒绝这门亲事了？那她是不是以后再也不用和李家打交道了？他们家原来可是打算给她招赘的！郁棠想想这件事就觉得心里畅快。

陈氏则欣喜地道："那我们家是不是也不用卖地基了？"

"那恐怕不行！"郁文尴尬地摸了摸脑袋，道，"我们家之前就已经向裴家提出卖地基的事了，裴家人慈悲为怀，愿意借银子给大家，我们怎么能失信于裴家人呢！"

陈氏神色一黯，失望地叹了口气。

郁文安慰陈氏："这样就已经很好了。你要这样想，要不是我们家请了佟掌柜去说项，这件事怎么会被裴家三老爷知道呢？裴家三老爷不发话，裴家又怎么会无偿地借银子给这些烧了铺子的人家，说起来，我们家也间接做了件好事。"

陈氏笑了起来，娇嗔道："就你心宽。"

郁文嘿嘿地笑。

得了消息的郁博也以为自家铺子的地基不用卖了，跑来和郁文商量的时候才知道其中的原委。他哭笑不得，倒和郁文想到一块去了，心也很大，豁达地道："就当我们家没有这个缘分好了。"

郁氏两兄弟都有了决断，其他人就更不好说什么了。

过了几日，裴家和这些烧了铺子的人家协商着怎么重建铺面的事，裴家的老太爷突然去世了。

"这不可能！"半夜得到消息的郁文披着衣裳站在庭院里，听着一声高过一声的虫鸣，握着陈氏的手满脸震惊，"我昨天去裴家的时候还问起过老太爷，说老太爷好着呢，怎么会就这么走了？"

陈氏满心悲伤，道："会不会得了什么急病？裴家老太爷也过了耳顺之年吧？"

"可这也太突然了。"郁文还是不敢相信，吩咐阿苕，"你再去探探，是不是弄错了？"

阿苕一面抹着眼泪，一面哽咽地道："我已经问过了，裴家敲了云板，已经开始往各家报丧了。昭明寺和清虚观都得了消息，两家的住持已经赶了过来。消息不会有误了！"

郁棠依在门边，只觉得夜露重重，寒透心肺。

她已经很关注裴家老太爷的身体了，大家都说裴家老太爷好着呢，为何裴家老太爷还会突然去世？

郁棠非常后悔。她不应该只听别人说，她应该亲自去看一眼的。裴家帮了他们家这么多,她却没有积极主动地去帮裴家。

郁棠走过去挽了母亲的胳膊,道:"姆妈,你们到时候要去给裴家老太爷上香吗?能不能带了我去?"

临安城三面环山,苕溪河慢悠悠自东而西绕过临安城,流入钱塘江,成了临安百姓出城的要道。

裴家大宅就建在城东的小梅巷。依山而建的房舍错落有致,占据了整个小梅巷。而从苕溪河引入,自裴家大宅后院蜿蜒而下,汇入苕溪码头的那条小河,则被临安城的百姓称为小梅溪。又因这小梅溪是城里唯一一条通往码头还能走船的河,待过了城中的府衙和府学,河道两边就开始河房林立、小贩云集,虽比不上城西的长兴街满是商铺的繁华,却也有着不输城西长兴街的热闹。

夏日的早上,太阳还没有升起来,空气中弥漫的是草木和露珠的清新。

郁棠头戴白色的绢花,穿了件素色的夏布襦裙,扶着母亲穿过小梅溪两旁的河房。

小梅巷还遥遥在望,额头上已经冒出汗来。

她拿出雪青色杭绸素帕擦了擦汗,这才朝母亲陈氏望去。

见她也汗湿了鬓角,郁棠忙递了帕子过去,低声道:"姆妈,您也擦擦汗吧!"

陈氏摇了摇头,掏出了自己的帕子擦了汗;赞了她一声"乖",道:"你不用管姆妈,自己照顾好自己就行了。"

走在她们前面的郁文不免有些抱怨:"我说雇顶轿子,你说对死者不敬。你这身子骨好不容易养好了一点,可别折腾得又倒下了。要我说,你就不应该来。我带着阿棠过来就行了。"

陈氏瘦瘦高高的,面色青白,常年的病弱让她精致的眉眼看上去总带着三分雨中梨花般的楚楚可怜。她笑着安抚郁文:"好了,好了,我知道你关心我。我会量力而行,不让你和阿棠担心的。裴家老太爷于我有大恩,我若是身体好,应该三步一叩地去庙里祈求菩萨保佑他老人家早登极乐才是,这样不疼不痒地走去给他老人家敬炷香,不过是欺他老人家慈悲为怀,偷懒罢了。"说到这里,她眼神都变得黯淡起来。

自从知道裴家老太爷的死讯,陈氏心里就不得劲。

郁棠忙宽慰母亲:"姆妈,您也说裴家老太爷慈悲为怀,他不会计较这些的。以后我们有机会了,再去庙里给裴家老太爷祈福。"

陈氏点了点头。

郁文叮嘱母女俩:"裴家家大业大,三支虽然分了家却没有分宗。裴家老太爷那一支住在东路,裴家的祠堂也在东路。但裴家老太爷停灵,要来祭奠的人太多了,就停在了中路正门偏厅里。男宾就在偏厅里上香,女宾在东路另设了两处敬香的地方。一处是那些亲戚故交家的女眷,一处是像我们这样的乡邻。你们进去的时候记得要跟着管事的婆子们走,别走错了地方。"

三日小殓之后,灵堂开始对乡邻们开放。

郁文因陈氏看病和裴家有些交集,又是秀才身份,提前去问候了一声,这些日子都在裴家帮忙,今日才带着妻女去祭拜裴家老太爷。

陈氏还没有见过这么大阵势的丧事,心里有些惴惴,忐忑地应了一声。

如果梦中也算一世的话,郁棠也算两世为人,梦中被李家拘在内宅后院,出来一趟总是偷偷摸摸的,也没有经过这样的阵势,但她觉得梦中自己好歹在李家被磋磨了那些年,遇强则强,就算是出了什么错,不涉及利益,裴家应该还是很大度的,有则改之,无则加勉好了,倒不是十分担心。

或许是因为临安城受裴家恩惠的人很多,今天又是裴家开放灵堂的第一天,一路走过来,小梅溪旁有很多小贩都没有开张,逛的人也不多,等走到县学的时候,她发现县学居然没有开课,还挂了块白幡。

郁文叹道:"县学里的这些童生若是没有裴家老太爷的资助,怎么会隔几年就出几个秀才?如今裴家老太爷去了,裴家也不知道是谁当家,大家心里都很不安,多半人都怕是无心读书……"

陈氏听了道:"你不会也信了鲁信的鬼话吧?越过长房让三房当家?这可是要出事的?"

就是朝廷,也是立嫡立长。

郁文犹豫了半晌,悄声道:"若是有这样的传言也不稀奇。大老爷壮年病逝,两个儿子都未及冠,之前也没有接触过裴家的庶务……"

陈氏辩道:"这家里不是还有管事的吗?谁天生就会?只要愿意学就成!"

郁文迟疑道:"可我听那些人议论,裴家的两位少爷亲舅家,二老爷从小就不通数术……说不定这才是有流言传出来的缘故。"

只是这样一来,裴家不免会起事端。兄弟齐心,其利断金。若是内部出了纷争,再大的树也有可能轰然倒下。

郁文和陈氏不约而同都沉默下来。

郁棠看着气氛不太好,笑着凑趣道:"阿爹,裴家住的地方为什么叫小梅巷?小梅巷连株梅花都没有,也没有与梅有关系的东西。"

郁文笑道:"你当然看不到。我也是上次听佟掌柜说的。说是裴家老祖宗带着家人来临安避世时,发现了一株野生梅树,就在那株老梅树旁建房而居,取了名叫小梅巷。不过是裴家人丁兴旺,慢慢地向外扩建,那株老梅早已归属于内宅之中,寻常的客人难以一见而已。倒是这小梅巷的名字留下来了。"

一家三口不紧不慢地爬着坡,到了裴家。

大门外白茫茫一片。家仆穿梭其间,忙而不乱。

见到郁文,有管事模样的人上前打招呼:"郁老爷来了,请偏厅坐。"

郁文忙指了指陈氏和郁棠："拙荆和小女，受了老太爷大恩，无论如何也要来给老太爷磕个头，敬炷香。"

这样的人太多了。那管事客气地给陈氏和郁棠行礼，喊了个披麻戴孝的管事婆子过来，让她带着陈氏和郁棠去拜祭裴老太爷。

陈氏和郁棠客气一番，跟着那婆子往东边走。郁棠这才有功夫打量裴家的大宅。

不愧是盘踞临安城的庞然大物，在这山多地少的临安城里却有个最少也能停二十几辆马车的庭院，庭院旁的树也多是有合抱粗，枝叶繁茂，树冠如伞，迎客松更是比人还高，虬结的丫枝盘旋着伸出去，三尺有余。随势而上的回廊绿瓦红栏，顶上绘着蓝绿色的图案，柱子上全裹着白绫，两旁葱绿的树木间全缀着碗口大的白绢花。

这得多少银子！郁棠在心里咋舌。接着发现了更奇怪的事。

这一路上，她没有看到一朵除了白色之外任何一个其他颜色的花朵。

富贵人家都很喜欢种一些寓意着多子多福、瓜瓞绵绵的花树，特别是这个季节，正是石榴、枣树开花的时节，不要说这些花树了，就是如木槿、紫薇、月季这样常见的花树也没有看见。

郁棠脚步微滞，仔细打量着回廊旁伸出枝杈的树木。

一直注意着来宾的婆子立刻就发现了异样，她也慢下脚步，温声道："小娘子在看什么呢？可有什么我帮得上忙的地方？"

陈氏也困惑地回过头来。

郁棠忙收回目光，向前几步赶上了陈氏，怕那婆子误会她窥视内宅，少了教养，解释道："我看着这树像是石榴树，却又没有开花……"

那婆子一愣。

许是怕郁棠误会裴家的石榴树不开花，想了想，道："原是开花的，这不是老太爷去了吗？家里的几位老爷、少爷看着不舒服，就让剪了去。"

居然是这个理由。郁棠愕然。

陈氏也很意外，道："全都剪了去吗？"裴家一看就面积很大，花木也种得多，这要是全都剪了，得花多少人力啊！

那婆子估计是深受其害，闻言苦笑道："谁说不是！自三老爷嫌弃花开得太艳起，整整两天，三总管又要忙着治丧，又要忙着指使人剪花树，我们上上下下地跟着，手都要抬不起来了。"

"真是辛苦你们了！"陈氏同情地道，"忙过这阵子就好了。"

大概是陈氏说话十分的真诚，语气放缓的时候又带着几分无人能及的温柔，那婆子仔细地打量了陈氏几眼，竟然道："我夫家姓计，大家都称我一声计大娘。您有什么事，可以让人来跟我说一声。"

能被称一声"大娘"的，可不是普通有体面的仆妇，多半是服侍了裴家几代的世仆不说，还可能是精明强干，被哪一房主子看重，管着一方事务的婆子。

陈氏客客气气地称了一声"计大娘"。

郁棠心里却如翻江倒海。陈氏听不出来，她却听出来了。不喜欢红花的是三老爷，忙着治丧和指使人剪花树的是三总管，那大总管和二总管在干什么呢？裴家难道真的像鲁信说的那样，在别人看不到的地方已改弦更张，重新排序了吗？

她不动声色，一派天真，满脸好奇地套计大娘的话："裴家不愧是临安城之首。大总管就有三个。那一般的管事有几个？我阿爹认识佟掌柜。他说佟掌柜的学问很好，很厉害。那佟掌柜是你们府上的管事还是大总管呢？"

计大娘听着目光都变得温和起来，道："佟掌柜是我亲家翁。"

也就是说，计大娘的女儿嫁给了小佟掌柜。

"哎呀，这可真是巧！"郁棠和陈氏齐齐低声惊呼，郁棠更是绘声绘色地把她怎么认识佟家父子的过程讲给计大娘听，把小佟掌柜好好地夸奖了一番。

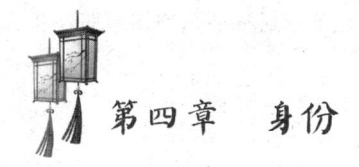

## 第四章　身份

哪个丈母娘不喜欢听人夸姑爷呢！

计大娘对她们更热情了，放下了防备，和她们说着裴家的事："家里的事很多，有三个大总管，七个管事。大总管管着家里大大小小的事，二总管管着府里的庶务和人情往来，三总管管着府里账房和外面的掌柜。七个管事里，大管事跟着大总管，二管事、三管事跟着二总管，其他的四位管事则跟着三总管，其中七管事又专管内宅的事，比如我，就归七管事管。

"至于说佟大掌柜的，他们祖上就是服侍老祖宗的，后来裴府能在临安扎下根来，他们家立下了大功。老祖宗驾鹤归西前放了佟家的籍。但佟家祖上是个知恩图报的，虽说放了籍，却一直没有走，还帮着掌管着当铺这摊子事，特别体面，与旁的世仆是不一样的。"说话间带着与有荣焉的自豪。

只要是生活在临安府，就不可避免地或多或少要和裴家打交道。如今的郁家，不管是重新建铺子，还是因为那幅画，都和裴家有了更深的往来。

梦中，是裴家三老爷做了宗主。郁棠因此不像郁文或是陈氏对这件事有很多的猜测。

但裴老太爷的丧事透露出太多的信息。比如说，临安城的那些商户有什么事，求的是大总管；裴老太爷病逝，理应管着外面生意的三总管却主持着裴老太爷治丧的事；应该这个时候站出来帮着治丧的二总管却不知道在干什么。

裴家三老爷是怎么做的宗主？这期间又发生了什么事？三位大总管此时是一心奉裴三老爷为主，还是各有心思？那谁是裴家三老爷的人？谁又是站在长房那一边的？

郁棠梦中纵然嫁到了李家，因被困在后宅，对裴家的事知道的也不多。从来没有听到过有人非议三老爷，好像他一出现在裴家就已经是只手遮天，一锤定音，全族顺服，无人敢有异议了。她不想郁家卷入裴家的这场事端中去。

还有那个她在当铺遇到的青衣男子，看年纪应该不是长房的两位少爷。那他和裴家到底是什么关系？会不会是其他两支的少爷？此时他站在哪一边？他知不知道最终赢得这场战争的会是裴家三老爷？

从梦中的事看那位裴家三老爷的性情，成了裴家宗主之后的裴家三老爷，十之八九是个顺我者昌、逆我者亡的角色。不知道那位青衣男子会不会因此避其锋芒。看那样子，他也是个桀骜不驯的……

郁棠心里乱糟糟的，她理不清楚此时她是更想让郁家避祸还是想知道那青衣男子的处境……但她已止不住自己对于裴家的关注。

郁棠道："那三总管可有得忙了！又要管外面的事，又要管府里的事。大总管和二总管也不帮帮忙吗？"

计大娘惊觉自己失言，偏偏郁棠一副不谙世事的模样，她含含糊糊地应了一声"大总管和二总管还有其他的事"就转移了话题，道："我看秀才娘子的身子骨还是很弱，您若是准备祭拜完老太爷在我们府里用了素斋再回去，我就让人带您去偏厅后面的庑房歇个午。这中午的太阳太辣了，您小心中暑。"

怕引起计大娘的怀疑，郁棠只好暂时打住。

陈氏谢过计大娘，说起裴家老太爷对她的恩惠来。

郁棠一面听着，一面观察着周遭。她发现这一路走来，还就真没有看见一朵别色的花。可见这位三老爷此时已令行禁止，表面上没人敢不遵从的。

郁棠更是担心了。

只是不知道裴家三老爷是如何上位的，是拿着裴老太爷的遗嘱逼迫众人就范的呢，还是在鲁信等人有流言蜚语传出来之前裴三老爷就已经挟天子以令诸侯？

她心不在焉的，等听到动静的时候，发现她和母亲已随着计大娘进入了一个哭声震天的院子，很多像她们这样的乡邻在这里哭灵。两旁的水陆道场梵唱绵长，念诵有韵，比人还高的三足铜鼎香炷如林，白烟袅袅，若不是到处挂着的白幡，她差点以为自己进了哪个寺庙。

陈氏被呛得咳了几声。

计大娘道："请跟我来！"

领着她们穿过众多哭灵的妇人进了偏厅,在中堂给裴老太爷的画像磕头、敬香。

起身时郁棠认真地打量着裴老太爷的画像:三缕长髯,卧蚕眉,杏仁眼,广额丰颊,穿着件青绿色织金五蝠团花的圆领襕衫,笑眯眯的,看上去非常慈蔼。

不知道这幅画是谁画的,工笔十分了得。面相栩栩如生不说,细微的表情都画了出来。郁棠就算是不怎么懂画,也能感觉得到这画者的功底。不知道是哪位大家所绘。裴老太爷在画这幅画像的时候是否会想到他死后裴家会闹出争夺宗主之事来呢?可见世事无常。

郁棠在哭灵声中突然生出几分悲切。她眼眶湿润,落下泪来。陈氏更是哭得不能自已。

郁棠和计大娘一左一右地搀着陈氏出了偏厅。

计大娘略一思忖,叫了个名唤"累枝"的丫鬟,吩咐她:"这是郁秀才家的娘子和大小姐,你领了娘子和大小姐去后面的厢房先歇着。"又对陈氏道:"我在外面还有差事,就不陪你们了。等会儿我再来看你们。"

庑房换厢房,这显然是计大娘在照顾她们。

陈氏和郁棠忙向她道谢,道:"我们在庑房休息就行了。"

计大娘低声道:"没事!那处厢房原是内宅女眷的客房,没有安排待客,给你们歇一天,不打紧。"这也是计大娘的好意。

母女俩谢了又谢,见计大娘说得真诚,又有仆妇来请计大娘示下,不好耽搁她的时间,就感激地应了,随着那个累枝上了西边的回廊。

"这么好的人,怎么说去了就去了呢?!"陈氏还沉浸在伤心中,一面用帕子抹着眼泪,一面喃喃感叹。

郁棠安慰了母亲几句,抬头发现她们跟着累枝七拐八拐的,到了一处僻静的小院子。

院子里青竹溪水、板桥灵石,布置得十分精致,哭灵声隐隐传来,将小院衬托得更为静谧。

累枝推了西边厢房的门,请了陈氏和郁棠进去,低声道:"郁家娘子,您先在这里歇会儿,用午膳的时候我来请您。"说完,亲自给两人倒了茶。

郁棠瞧这厢房清一色的黑漆家具,天青色帷帐,青花瓷的花瓶里还插着一高一矮两枝碗口大小的白色晚玉兰,布置干净素雅,整洁舒适。

庑房换了厢房,她猜此处应该是为裴家亲戚故交女眷准备的休憩之处。计大娘多半看她父亲是秀才,她母亲体弱又说话相投,给开了个后门,将她们母女安排在了这里。

陈氏接过茶,温声向累枝道谢。

郁棠想着计大娘能让这累枝做事,这累枝想必和计大娘关系不错。她接过累枝的茶,谢了一声"劳烦累枝姐姐了",又道:"我们能在这里歇了,都是托了计大娘和累枝姐姐的福。等过几天计大娘和累枝姐姐不忙了，我们再来拜谢。"

累枝没想到郁秀才家母女对她也会这样客气，不禁多瞧了郁棠儿眼。

郁棠衣饰寻常，中等个子，眉眼柔美，气质温婉，细腻的皮肤更是欺霜赛雪，仿若凝脂。

累枝讶然。郁家小姐竟然是个不输裴家太太、小姐们的大美人。

郁棠原来就是个大方的性子，后来又有了些匪夷所思的遭遇，行事间就更不卑不亢，从容淡定了。她任由累枝看着。倒是累枝有些不好意思，低了头，恭敬地道："郁小姐客气了。您的话我一定带到。"

"计大娘和累枝姑娘都有心了！"陈氏又和累枝寒暄了几句，亲自送了累枝出门，这才面露疲惫，瘫坐在了屋里的罗汉床上。

郁棠想着这是计大娘给她们开的后门，让人发现就不好了。遂关了面向院子的那一面窗棂；开了朝外的那一面窗棂。而且就算是开了，也不敢全开，只好开一半留一半，虚掩着。然后去给母亲拧个帕子擦汗，道："姆妈，您先歇会儿，午膳的时候累枝会来唤我们的。"

陈氏点了点头，心里过意不去地道："如果不是我这身子骨，我们也不必在裴家讨一顿素斋吃了。说的是来给裴老太爷上香，却讨了他们家一顿饭。"

郁棠安慰母亲："裴家是钟鸣鼎食之家，不会在乎这一两顿饭的。"

陈氏见郁棠额头上都是汗，心疼道："你也别勉强自己。若是觉得热了，就找个地方歇歇凉，可别来给裴老太爷上香，却把你给热着了。"

"知道了！"郁棠应着，端了小木机过来，要帮陈氏捏腿。

陈氏又惊又喜，道："哎哟！这可不得了了，我可从来没有享过闺女这样的福气呢！"

是啊！从前她不懂事，不知道珍惜。经历过梦中的事才知道这样的相聚是多难能可贵。

郁棠眼底发涩，撒娇着把这件事揭了过去，坐在陈氏腿边给她捏腿。

陈氏一面享受着女儿的孝顺，一面和她絮叨："人都说有福之人六月生，无福之人六月死……裴老太爷做了多少好事……好在是两位老爷都在家，临走的时候儿子都在身边。不过也不好，白发人送黑发人，大老爷不在了……"

郁棠左耳进右耳出，想着那些全写着"裴"的山林茶庄、街道码头，不无感慨地想：难道是因为裴家行的是小善？

外面突然传来一阵喧哗。陈氏和郁棠齐齐愣住。郁棠想到计大娘的话，悄声对陈氏道："您先坐着，我去看看！"

说是去看看，但因不知道外面是个怎样的光景，郁棠只是先推开了道窗缝朝外望了望。

院子里没有人。喧哗声好像是从院子外面传来的。

郁棠正犹豫着要不要出去看看，就见五六个婆子，七八个丫鬟，簇拥着两个妇人走了进来。

那些婆子、丫鬟都穿着靛蓝色的细布比甲，戴着酒盅大小的白色绢花。

两位妇人都个子高挑。一位通身素白，只在耳朵上坠了对莲子米大小的珍珠耳环。另一位穿了件银白色条纹杭绸襦衣，青色百褶裙，发间并插着两支赤金镶青石的簪子，手腕上各戴着一对绿汪汪的翡翠镯子。

"你们就在这里守着。"郁棠见那穿着杭绸襦衣的妇人冷冷地吩咐那些婆子、丫鬟，"谁也别让进来！"

婆子、丫鬟们齐齐停下脚步，半蹲着行福礼，恭敬地应"是"。

杭绸襦衣妇人就拉着那通身素白的妇人朝郁棠这边走了过来。

不知道这两位妇人要干什么？郁棠有些看不透。

这两位妇人一看就是显贵人家的女眷。若不是裴家的客人，要在这院子里歇息，裴家理应安排婆子、丫鬟在前面带路才是；若是裴家的女眷，因计大娘来找她们麻烦的……他们郁家好像还没有这么大的脸。那她们是借了这个僻静的小院来说悄悄话？

郁棠这一迟疑，两位妇人已携手上了东厢房的台阶，郁棠也看清楚了两位妇人的长相。

穿杭绸襦衣的那位长脸，柳叶眉，悬胆鼻，樱桃小嘴，有着张如工笔画般精致清丽的脸庞，却目含冰霜，神色倨傲，十分不好接近的模样。

通身素白的那位明显戴着孝，瓜子脸，杏仁眼，双目通红，神色憔悴。

非礼勿视，非礼勿听。郁棠顿时后悔自己之前没弄出点声响，让这两位妇人知道这小院里还有别人的。只是还没有等她补救，那位穿杭绸襦衣的妇人已开口责怪那通身素白孝衣的妇人："你怎么这么糊涂？眼见着情况不对就应该想办法尽快通知你哥哥和我。你看你，现在着急，还有用吗？裴老三拿着你公公临终前的遗嘱当令箭，我们就是反对也来不及了！"

裴老三？公公？郁棠一下子蒙了。那戴孝妇人是裴家的大太太？穿杭绸襦衣的妇人是大太太娘家的嫂子？她们这是要私底下非议裴家三老爷做了宗主的事吗？

郁棠被这突然的变化弄得一时失去了方寸，汗毛都竖起来了。

这大家大族的，不管内里有多少龌龊事，表面上都无论如何也要做出一副父慈子孝、兄友弟恭的样子。裴大太太分明是有话和娘家嫂子说。她碰到了这么私密的事，她和她姆妈不会被灭口吧？

郁棠非常不安，下意识转身朝着她母亲做了个"噤声"的手势。

陈氏奇怪着，没等她说话，裴大太太的声音就传了进来："我怎么知道我会养了一条噬人的毒蛇呢？想当初，他不听话，我在老太爷和老太太面前给他求了多少情。他不好好读书，又是我，亲自求了阿爹给他私下授课，要不然他能金榜题名、考上庶吉士？也是他，说的是要娶恭孝顺从的女子，您娘家嫂嫂瞧中了他，他却百般推托，要不是我，他就是考中了庶吉士，能像现在这样顺顺利利在六部观政吗？"

"好了，好了！"裴大太太的嫂嫂口气不善地道，"从前的事，还提它做什么？说来说去，他还是觉得我娘家的门第太低。水往低处流，人往高处走。这也是人之常情。要怪，只怪我娘家的兄弟不争气，没能入阁拜相。"

居然听到了这样劲爆的消息。郁棠和陈氏面面相觑，大气都不敢出了。

"这件事怎么能怪嫂嫂呢！"裴大太太估计提起这件事就十分气愤，道，"要说也是老三不识抬举……"

裴大太太的嫂嫂口里说不怪，实际上心里应该还憋着一口气，闻言冷笑着打断了裴大太太的话："也就你觉得他不识抬举了！人家的算盘打得精着呢，推了我们家，转身就搭上了黎家。"

"黎家？"裴大太太惊呼，"礼部尚书、文渊阁大学士黎训家？"

"除了那个黎家，你以为还有哪个黎家能被裴老三放在眼里？"裴大太太的嫂嫂讥讽道，"看样子这件事你也不知道。我之前就说你傻，让你防着点裴老三。你不听。现在知道厉害了吧？你们家老太爷这心偏着呢！要说黎家，他们家三小姐和我们彤官年纪相当，若是为了裴家好，大可以让我们家彤官和黎家联姻。"

"大嫂，您是不是弄错了？"裴大太太不敢相信地道，"之前可一点风声也没有。"

裴大太太的嫂嫂冷哼，道："别的事或许我听错了，这件事却是绝不会错的。黎夫人听说我们两家是亲家，悄悄地找到我，想打听裴老三房里的事呢，我还能弄错了！"

裴大太太倒吸了一口冷气。

裴大太太的嫂嫂接着道："你们家老太爷突然病逝，你们家二老爷和裴老三都要守孝三年。三年后的事谁知道会怎么样？现在要紧的，是裴老三的宗主之位。裴老三的心性你是知道的，没有一点容人之量，他大哥待他那样好，可他呢，说翻脸就翻脸，一点情面都不讲。若是他坐稳了这宗主之位，长房可就完了。"

裴大太太迟疑道："他还能挡着我们家彤官不让去科考不成？爹也说了，我们家彤官是个读书的料子，只要我们家彤官能举业有成，老三他能把我们怎样？裴家还要靠着我们彤官光宗耀祖呢！"

裴大太太还是挺有眼光的。郁棠听着在心里暗忖。

依稀记得，梦中，裴老太爷死后的第五年，裴家大少爷就考中了举人，后来又考中了进士。

只是梦中她全副心思都放在怎么从李家逃脱上，对裴家的事知晓不多，不知道裴家大少爷后来怎样了？

不过，她听李竣的母亲，也就是她在梦里的婆婆林氏曾经私底下和李端议论过，说是裴大太太有个人脉深厚的爹，还有个累官三品的兄弟，裴家大少爷就算是不靠裴家，前程也不会太差。

裴大太太的嫂嫂不这么想，道："你可真是像婆婆说的，白长这么大个子了。彤官这三年可是得在临安给姑爷守孝的。裴老三当了宗主，又是彤官的嫡亲叔父，就算公公和你哥哥想把他接到我们家去读书，也得他答应才行。不说别的，他如果铁了心要留了彤官在临安读书，又不好好地指导他，别说三年了，就是三十年，彤官也休想出头。"

这位裴家大太太的嫂嫂是来挑事的而不是来解决问题的吧？郁棠越听越感觉这位裴大太太的嫂嫂有种看戏不怕台高的味道，不像是真心为裴大太太打算。

不过，裴大太太的嫂嫂有一点还真说对了。梦中，裴大少爷就一直待在临安，直到他孝期满了，也没有参加科举，还是裴大太太的父亲病危，带了信说临终前要看裴大少爷一眼，裴大少爷这才离开临安，然后在京城借籍，考上了举人。

真相果真如裴大太太的嫂嫂所说的那样？！郁棠再次觉得裴家的水深，她们这些平常普通的人还是躲着点的好。

"嫂嫂，那您说怎么办？"裴大太太听了嫂嫂的话，急道，"如今木已成舟，难道我们还能跳出来反对老太爷的临终遗言不成？别人岂不说我要和小叔子争产！这岂不是坏了彤官的名声？"

"你怎么不开窍呢！"裴大太太的嫂嫂恨声道，"这不是还有裴二老爷吗？就算是宗主之位轮不到你们这一房，也不能就这样让给裴老三啊！"

"这是不可能的！"裴大太太道，"二叔父素来老实忠厚，他不可能出头争这些的。再说了，争这些对他也没有什么好处啊。"

裴大太太的嫂嫂道："他是不会出头争这些，但他可以出面说句公道话啊！裴家不是还有另外两支吗？毅老爷、望老爷，莫非也没有什么可说的吗？就算你不想裴家的那一大笔财产，那毅老爷和望老爷也不稀罕？他们两支可不像你们这一支代代都出读书人！要是我，我得不到的东西，别人也别想轻易就得到。"

裴大太太半晌没作声。裴大太太的嫂嫂也没有催她，不知道在干什么，屋檐下静悄悄的，没有人声。

郁棠和母亲敛声屏气，生怕被人发现。

不知道过了多久，裴大太太沉声道："大嫂，这件事我听您的！"

郁棠就听见裴大太太的嫂嫂语带喜悦，满意地道："你早该如此！从前有姑爷护着你们，你自然什么也不用管，可如今，姑爷去了，就算是为了两个侄儿，你也要刚强起来才是！"

裴大太太"嗯"了一声。

裴大太太的嫂嫂紧接着道："你附耳过来，我告诉你该怎么做！"

郁棠就看见裴大太太和她嫂嫂的脑袋凑在了一起。说了些什么就听不清楚了。这算不算是亲眼见证了裴大太太的疯魔时刻？

郁棠摇头。不知道长房和裴三老爷之间到底有什么冲突，让彼此之间必须分个胜负出来。可惜的是，长房最终还是失败了。

好不容易裴大太太和她嫂嫂走了，郁棠和陈氏都长长地舒了口气，陈氏更是后怕地反复叮嘱女儿："你听到的话一定要烂在肚子里。家务事都是婆说婆有理，公说公有理的。我们不是当事人，不能随便插手别人家的事务。"

郁棠连连点头。陈氏还是不放心，让郁棠诅咒发誓了一番，才将信将疑地放过了郁棠。

尽管如此，陈氏和郁棠都觉得如坐针毡，此处非久留之地。两人商量着，去跟累枝说一声，提前去裴家摆素宴的地方。

谁知道她们刚出门，却看见一群小厮在卸箱笼。听那口气，是裴大太太娘家的嫂嫂杨夫人过来吊唁，安排住在了离这里不远的客房。难怪刚才听到一阵喧哗声。

陈氏和郁棠生怕引起了别人的注意，悄悄找到了累枝，向她告辞。

累枝还以为她们母女觉得那里太过孤单，想着马上也要到了开席的时候，遂丢下了手中的事，领她们往安排午膳的厅堂去。

正值夏日的中午，太阳刺目，裴家回廊两旁的大树却遮天蔽日，凉风习习，非常舒适。

远远地，郁棠看见从对面的回廊走过来几个男子。

中间的男子二十三四岁的样子，身材挺拔，穿着孝衣，面孔苍白，鼻梁高挺，紧绷的下颌微微扬起，气势虽然张扬，眉宇间却透着阴郁。居然是那天在当铺遇到的青衣男子。

郁棠杏目圆瞪。他，他怎么会在这里？这可是裴家的内院！

累枝忙拉了拉郁棠的衣角，急声道："郁大小姐，是我们家三老爷和他的朋友。您，您回避一下。"

三老爷？裴家三老爷？不会吧？！

郁棠望了望累枝，又望了望对面的人，怀疑自己眼花耳鸣了。

累枝见郁棠眼睛都不带转弯般直勾勾地盯着三老爷，急得满头是汗，也顾不得失礼不失礼的了，拉着郁棠就避到回廊的拐角。

陈氏见状，拦在郁棠的前面。

裴宴目不斜视，从对面的回廊走过。倒是跟在他身后的男子，好几个都回头看了郁棠一眼。

郁棠没有注意到这些，她还陷在青衣男子就是裴家三老爷的震惊中。

等到累枝带着她继续往前走时，她还有些不敢相信地向累枝求证："三老爷，怎么这么年轻？"

累枝道："三老爷是老太爷老来子。"

她知道他是老来子啊！可她不知道他看上去这么年轻！想当初，她还猜想他是其他两支的少爷。还把他当裴家的亲戚。难怪他当时没有个好脸色。

郁棠脸一红，道："你们家三老爷几岁考中的庶吉士？"

累枝道："二十一岁。"

这不能怪她。她爹二十一岁的时候还是个童生。郁棠嘟了嘟嘴。

陈氏阻止女儿道："不得无礼！好好走你的路。"在裴家非议裴家的人，太没有礼貌了。

郁棠只得闭嘴。

陈氏还不放心，道："你答应过我，不惹是非的。你再好奇，也给我忍着。"

郁棠无奈地点头。

累枝听她们母女话中有话，紧张地问："出什么事了？"

陈氏道："没事，没事。我家的这小丫头，就是好奇心太重。"

累枝眼底闪过一丝笑意，道："见到我们家三老爷的人都会很惊讶的。郁大小姐不是第一个。"她说着，朝身后望了一眼，然后小声道："三老爷多半是去探望杨夫人的。"

"探望杨夫人？"郁棠道，神色有些古怪。

裴三老爷和杨夫人有这么好吗？

"就是我们家大太太的娘家嫂嫂。"累枝道，"我们家大太太娘家兄弟在通政司任通政使，正三品呢！"说到这里，累枝朝着四处张望了片刻，见周围没人，露出鄙夷之色，道："刚才就是杨夫人不舒服，说什么安排的院子不好，让大总管帮着换一间。大总管也是，这点小事还报到了三老爷那里。三老爷因为老太爷的事，这几天吃不好喝不好的，一直都没有阖眼，心里正烦着，大总管就撞了上去。你且看着，大总管要吃苦头了。"

不知道这是不是杨夫人计谋的一部分？郁棠暗忖着。

陈氏听得胆战心惊，小声道："也许是大总管也拿杨夫人没办法处理呢？"

"杨夫人不是那样的人！"累枝不以为然地道，"大总管这个人有点倚老卖老的，偏偏三老爷是最不吃这一套的。从前他还有老安人护着，如今老安人因为老太爷的事都病倒了，谁还有功夫去管他啊！他也不看看这是什么时候！"

这又是哪一出呢？

陈氏和郁棠都不好评论，陈氏顺着累枝说了几句，走到了摆席面的厅堂。

厅堂里热气扑面，密密麻麻地坐了很多人。

郁棠看到了好几个熟面孔，都是他们家的乡邻。或许是离开了灵堂，悲伤也很快逝去，大家说说笑笑的，厅堂里嘈杂又热闹，不像是丧礼，倒像是喜宴。

郁棠想起刚才裴三老爷的样子，又想到梦中她接到父母死讯时的悲痛，不由叹了口气。只有真正的亲人才会有痛彻心扉的悲伤。

累枝把陈氏和郁棠安排在了靠后面的席面上。

那儿比较安静，有穿堂风，比较凉快，席面上坐的也都是临安城一些乡绅家的女眷。其中一个圆脸的小姑娘，和郁棠差不多大小，是城里马秀才家的女儿马秀娘，见到她就笑盈盈地和她打招呼，还要和她坐一块儿。

她们玩得还不错。梦中她出阁的时候，马秀娘已经嫁给了一位姓章的童生，她特意托人带了一对足足有五两银子的银手镯给郁棠压箱，还带了口信给她，让她有什么难处可以找她。只是后来李家手段狠毒，她怕连累了马秀娘，没敢联系她。直到在梦中临死前，她都没来得及给她道声谢。

郁棠眼眶湿润，握着马秀娘的手就坐在了她的身边。

马秀才家的娘子马太太对陈氏道："你看这两丫头，好得像一个人似的，倒显得我们是那王母娘娘，要把她们给分开似的。"

陈氏忍俊不禁。

马秀娘问郁棠："你去了哪里？我刚刚还在找你。"

郁棠道："我就在府里啊！你刚才在哪里？我也没看到你。"

马秀娘嘀咕道："这就奇怪了。"

郁棠转移了话题，道："你是什么时候来的？我们有些日子没见了，你都在忙些什么呢？"

马秀娘说起了自己的事。

陈氏见郁棠口风严谨，松了口气，和马太太寒暄起来。

郁棠这边却听得有些心不在焉。

她还在想裴三老爷的事。真是做梦也没有想到他就是传说中的那位裴家宗主。枉她之前还担心他会在这场纷争中站错队，谁知道人家却是一点亏也不肯吃的主。梦中不仅稳稳占据了宗主的位置，还把裴家那些在外面当官的子弟指使得团团转。

后来裴家又出的两个进士，一个是长房的大少爷，一个是另一支的禅少爷。长房的大少爷被他压着，不知道另一支的禅少爷是不是被他捧的。

说起来，他之前没有计较她利用裴家的名声，她还欠着他的人情呢。

原以为他是哪支的少爷，她寻个名画古玩之类的送上，也算是道了声谢。可如今他是裴家的三老爷，她就是寻了名画古玩，只怕他也不稀罕。要不，这件事就当没发生？她就当不知道他的身份算了？

郁棠只要一想到青衣男子是她梦中那个隐藏在裴家身后，像阴影一样笼罩着临安城的裴家三老爷，她就如临深渊、战战兢兢，觉得自己随时会面临着未知的危险。哎，裴家三老爷的事这么多，但愿他已经忘记了她和她所做的事。

不过，他的神色比他上次见着的时候阴沉了很多，从前他给她的印象是冷漠、疏离。可现在，他给她的印象却是暴戾、浮躁。他看似平静，实则非常不快，如一根紧绷的弦，好像随时都可能因为绷不住而失去理智。

是他父亲的死引起的吗？在梦中，父母去世的时候她也伤心，却不是像他这样的。裴老太爷的逝世好像把他身上某些让他安静、镇定的东西带走了似的。

她父母去世的时候她更多的是感觉到痛苦。裴家三老爷和裴家老太爷的感情肯定非常好。

郁棠在心里感慨着，突然发觉马秀娘摇了摇她的手，并说道："我刚才和你说话呢，你没听见吗？在想什么呢？"

她立刻回过神来，道："不好意思，我刚才在想别的事。你要跟我说什么？我听着呢！"

马秀娘没有追究，道："我说再过十天昭明寺有个庙会，你要不要和我一起去？"

她不提，郁棠还真忘了这件事。

梦中，李家的二公子，也就是李竣，据说就是在昭明寺的庙会上看了她一眼，就放在了心上，要死要活，非她不娶。李家考虑到他不是继承家业的儿子，这才勉强同意了这门亲事，请了媒婆上门提亲。

如今，她再也不想和李家有任何的牵扯了。

"我就不去了。"郁棠道，"我姆妈的身子骨不好你是知道的，我要在家里陪着我姆妈。"

马秀娘点头表示理解，在旁边听了只言片语的陈氏却道："难得秀娘约了你出去玩，你就去吧！家里有陈婆子呢。"

梦中，母亲也是这样劝她出去玩的。

郁棠眼眶微湿，道："我不想去。天气太热了。我还是待在家里好了。免得中了暑。"

马太太听了，训斥马秀娘道："你看人家阿棠，你也给我在家里待着，哪里也不许去。"

"娘！"马秀娘如遭雷击，求了半天，马太太怎么也不答应。

郁棠汗颜，道："要不，你来我家玩吧！庙会有什么好玩的？热得要死，吃个冰拿到手里都快化了。你来我家，我让我阿爹去给我们买冰，还有井水湃的甜瓜吃。"

马秀娘立刻高兴地应了，兴高采烈地和她说起串门的事来。

郁棠专心致志地听马秀娘说话，有人过来和陈氏打招呼："你可是稀客！这么热的天，我还以为你不会出门呢，没想到你居然会来祭拜老太爷。"

陈氏和马秀才的娘子都站了起来，客气地和来人寒暄："汤太太，您也来祭拜老太爷啊！"

郁棠抬头，看见一张满是精明算计的妇人面孔。

她目光一寒。

本城汤秀才家的娘子汤太太。也就是梦中受了李家所托，私底下给她传话，她若是答应了李家的婚事，李家愿意借五千两银子给郁家的人。

梦中，她把汤太太当恩人，觉得她古道热肠。后来她见识渐长，这才觉得，这位汤太太能越过她伯母怂恿她一个小姑娘私下答应李家的婚事，分明是心怀叵测、包藏祸心才是。

汤太太和陈氏、马太太回了礼，掏出帕子擦了擦眼角并不存在的泪水，神色间带着几分悲伤地道："可不是！老太爷去了，可是我们临安城里的一件大事！知府家的夫人也来了，这不，我一直陪着她在那边的小院歇息，没有注意到你们也来了。"

陈氏和马太太都不太想和这位汤太太打交道，实在是因为这位汤太太十分喜欢交际应酬、攀高结贵不说，还喜欢吹嘘显摆。

那汤知府因为和汤秀才姓了一个姓，她不知怎的，硬生生让比汤秀才还小两岁的汤知府成了汤秀才同宗的叔父。她更是整天巴结奉承着汤夫人，热情得让汤夫人有时候都受不了。

听到她又在这里显摆，不太喜欢她的陈氏和马太太干巴巴地和她说了几句话，准备将人打发了。

谁知道平日里看见了汤夫人眼里就没有别人的汤太太今天却像吃错了药似的，不仅没有走，还笑盈盈地打量着郁棠和马秀娘，道："这才几天没见，郁家小娘子和马家小娘子都长成了大姑娘。又漂亮又温顺。要是在大街上撞见了，我肯定不认得。"

陈氏和马太太只得让女儿给汤太太行礼，又谦虚了几句。

汤太太仿佛看不到陈氏和马太太的敷衍，亲热地道："要不我怎么和汤夫人说，这满城的秀才娘子就你们二位是最最贤良淑德的呢，家里这么标致的小姑娘都不随便让人看一眼。要是我有个这么长脸的闺女，早就带着到处走动了。"

两人不想和她多说，都只是应了一声。

不知道是不是郁棠想多了，她总觉得汤太太明面上好像是在打量她和马秀娘，实际上却更关注她。

她不动声色地朝母亲身后躲了躲。

汤太太已笑着拉了靠她而坐的马秀娘的手，问马太太道："我记得你们家小娘子是去年三月及笄的，定了亲事没有？我们有这么出众的小娘子，可不能就随便许配了人家。"

马秀娘羞得低下了头。马太太则皱了皱眉。

大庭广众之下，汤太太当着马秀娘的面这么直白说起马秀娘的婚事，是件很失礼的事。

马太太不悦道："汤太太记错了，三月份及笄的是郁家小娘子，我们家闺女二月及笄。"

"哎呀！瞧我这记性！"汤太太笑着，望向了陈氏母女，道，"郁家小娘子说了亲事没有？要不要我帮着关心关心。你猜，我刚才遇到谁了？裴家大太太娘家的嫂嫂杨夫人。杨夫人这次还不是一个人来的，带着她娘家的侄儿呢！而且我听人说，杨夫人的夫婿，在通政司任通政使呢！正经的正三品。要不然汤夫人怎么一直在那边陪着呢！"

说这话是什么意思？杨夫人带谁过来与他们郁棠何干？想以杨家的权势吊他们郁家的胃口吗？

陈氏微愠，语气生硬地道："那就不耽搁汤太太应酬了。我们家姑娘留着准备招婿的。"

汤太太愕然。

陈氏瘦弱的身体拦在女儿前面，动也没动一下。

汤太太勉强露出个笑来，道："那我就不打扰了。先去那边陪杨夫人了。等有空了再去你们家串门。"

"不送了！"陈氏淡淡地道。

汤太太有些悻然地走了。

马太太长吁一口气，毫不掩饰对汤太太的嫌弃，道："还好她识趣走了。再说两句，我都要忍不住了。"说完，招呼郁棠和马秀娘坐下，并板着脸对她们道："小姑娘家，以后再遇到这种事就该不闻不问避者走，知道了吗？"

马秀娘委屈地大叫，道："又不是我想听——"

"大人说话小孩听着。"马太太没等她说完就打断了她的话，然后不再理会女儿，转身去和陈氏说着话，"你说这个汤太太是怎么想的？汤夫人也好，杨夫人也好，别人家再怎么好那也是别人家，她这么上杆子爬，也没有看见落得个什么好啊！"

好处？！郁棠一愣。

陈氏应和，和马太太小声议论起汤太太来，马秀娘也拉着郁棠窃窃私语："我跟你说，已经有人来我们家给我提亲了。不过那家没娘，底下还有好几个弟弟妹妹，我娘还在犹豫，就没对外透露风声。"

议亲？是这个时候才开始的议亲吗？是梦中那个姓章的童生吗？

郁棠被马秀娘的话吸引，没心神琢磨汤太太的话，好奇地问起了去马秀娘家提亲的人。

马秀娘羞羞答答的又忍不住炫耀地道："是跟我爹读书的章师兄，人很好，老实本分，从来不和那些人出去喝酒取乐，读书也勤奋。我爹说了，他怎么也能考个秀才。就是这亲事若是说定了，怕是马上就要嫁了。"

郁棠听着心里有些内疚。

梦中的马秀娘很关心她，她沉浸在失去父母的悲伤里，并没有怎么关注马秀娘。

马秀娘是什么时候和章童生定的亲,什么时候出的阁都不知道,若不是那重五两的银手镯,她恐怕对马秀娘都没什么印象了。

她待马秀娘并没有马秀娘对她那样纯粹、上心。

"那你要好好的!"郁棠不知道她嫁人之后过得好不好,只能送上这寡淡的祝福。

马秀娘却用力地点了点头,好像郁棠这样的祝福于她已经足够了似的。

郁棠握紧了马秀娘的手。

厅堂里开始上菜了。

郁棠想起了她梦中的婆婆林氏。

她梦中的公公李意此时在山东日照任知府,林氏常常自诩自家是官宦世家,寻常人家压根就不放在眼里,那些秀才娘子在她的眼里更是"泥腿子都没有洗干净的穷酸",平时遇到了她多半会鼻孔朝天,装作没看见。这也是为什么虽然都是乡里乡亲的,郁棠却不怕碰着她。

放眼整个临安府,进士夫人还真没有几个。汤夫人和林氏因此常来常往的,关系还不错。既然杨夫人来了汤夫人会作陪,那想必林氏也在其中。汤太太莫名其妙地跑过来和她们寒暄,她不会也莫名其妙地遇到林氏吧?

郁棠低了头吃饭,决定避着那些贵门女眷。她不是怕林氏,她是怕自己控制不住泼她一脸茶水,却没有合理的解释,让她母亲丢脸。

可有的时候就是你越不想发生什么就越会发生什么。

郁棠安安稳稳地在裴家混了一顿素斋,眼看着日头越来越辣,大家睡意浓浓,陈氏和马太太带着女儿准备打道回府,出了厅堂,竟然迎面碰上了汤太太和郁棠梦中的婆婆林氏。

林氏依旧如梦中那样令郁棠厌烦。乌黑的青丝一丝不苟地挽了个圆髻,戴着两朵白绒茶花,穿着件月白色杭绸襦衣,下着玄色马面裙,板着脸,神色严肃,带着几分傲慢。

远远地,郁棠就感觉到她的目光落在了自己的身上。等到汤太太不知道附耳和她说了什么,她看郁棠的目光就更专注了。

这是什么意思?

郁棠知道自己长得好看,而且因为好看常常被人看,但她还没有那么自大,觉得以林氏的尖酸刻薄,定不会因为她长得好看就留意她,甚至是关注她。

她心里隐隐有什么念头闪过,想要抓住,却又倏然消失不见了。

"郁太太、马太太!"汤太太高声地笑着走了过来,道,"这可真是有缘。"说着,她介绍身边的林氏给陈氏和马太太:"这是城南李府的李夫人,就是和二老爷是同年、在日照当知府的李大人家的夫人。"

陈氏和马太太只得停下脚步,和她们打招呼。

林氏又看了郁棠好几眼。

郁棠这下能肯定自己的直觉没有出错了。汤太太也好，林氏也好，都是冲着她来的。可她有什么值得她们这样注意的呢？这个时候李竣还没有见过她！

林氏优雅地和陈氏、马太太见礼，亲切温柔地和陈氏、马太太说着话："早就听说过两位的贤名了，因缘巧合，一直没有机会见着。今天倒是有缘能在这里碰到。"

陈氏、马太太连称不敢。林氏的目光却有意无意地总往郁棠身上看。

郁棠在心里冷笑，任她看。

她皮肤虽然非常白，光洁细腻，一点瑕疵也没有，但面颊却像小孩子，始终带着点婴儿肥，身体也是，珠圆玉润的，虽然玲珑却也丰腴，不像如今的很多大家闺秀，伸出手来瘦得能看见骨头。为此梦中林氏没有少嫌弃她胖，说她也就只剩下肤色能看了。

梦中的她，有一段时间很自卑，吃饭都不敢多吃。

直到梦中她的大嫂，也就是李端的妻子顾氏羡慕地说她的模样宜生养，她才惊觉林氏完全是鸡蛋里面挑骨头，觉得是她克死了李竣，因此讨厌她罢了。

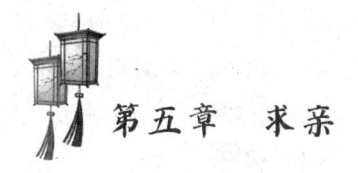

## 第五章　求亲

而此时的李夫人林氏，再一次打破了郁棠对她的印象。

她神色依旧带着几分高傲，却谈吐温和，笑容亲切，望着郁棠和马秀娘道："这是两位的掌上明珠吧！真是春兰秋菊，各有千秋。之前汤太太向我提起，我还觉得是汤太太夸大其词，没想到是我见识浅薄了。"

陈氏和马太太都不是擅长交际应酬的人，之前从未和李夫人打过交道，不免有些拘谨，闻言忙谦逊地道着"哪里哪里""夫人过奖了"之类的客气话。

李夫人却一副和陈氏、马太太一见如故的样子，继续夸了郁棠和马秀娘两句，还从衣袖里拿出两块玉佩要给郁棠和马秀娘作见面礼，说什么没想到会在这里遇到她们两个，小小的心意，请她们不要嫌弃。

伸手不打笑脸人，何况李意这几年顺风顺水的，已做到日照知府，李夫人的娘家据说是福建的大商贾，就算是有些骄纵，也情有可原。何况她对她们以礼相待，陈氏和马太太两人顿时觉得李夫人为人还是不错的。遂叮嘱女儿收了见面礼，约了下次有机会登门道谢。

　　李夫人笑道："到时候把两位小娘子都带来。我只生了两个儿子，混世魔王一般，一直以来都心心念念想有个女儿，偏偏没有这样的好命。"说完，还长长地叹了口气。

　　陈氏从前身体不好，很少出门，对李家是真不了解。马太太比陈氏好一点，城中的进士、举人、秀才只有那么几户，有个什么婚丧嫁娶的，总是能碰到。见李夫人恭维她们，也投桃报李地恭维李夫人道："我们还羡慕夫人有个好儿子，年纪轻轻就中了举人呢！我们家那个混账小子要是有令公子一半的争气，我半夜都能笑醒过来。"

　　不管是梦中还是如今，李端都是李夫人的骄傲。马太太正好挠到她的痒痒窝了。

　　她忍不住面露得意，滔滔不绝地讲起李端来了："马太太过奖了！那孩子，也就读书没有让我操心……从小就体弱多病，生怕他长不大……到了娶妻的年纪，又是一番头痛……好在是顾家看他是个读书的料子，同意了这门亲事……就盼着他能早日成亲，来年下场的时候能春闱题名……"

　　如果说这一生最让李夫人志得意满的是儿子李端的举业，那第二桩让她自得的就是帮李端求娶了杭州府顾家二房的嫡长女。

　　江南四大姓，顾、沈、陆、钱。李端的妻子顾曦，就是杭州那个顾家的姑娘。

　　陈氏和马太太都一副很感兴趣的样子听着，不时捧几句。

　　郁棠冷眼旁观。好像全天下只有李端钟灵毓秀，是个人物似的。她想到梦中李端对她做的那些事，到她委婉地向林氏求助，林氏却骂她不要脸，勾引李端……

　　郁棠忍不住就想让林氏也尝尝那种伤心、痛苦，甚至是绝望。

　　她故意用一种看似是压低了嗓子实则旁边的人都能听见的声音，困惑地和马秀娘私语："李家的大公子多大了？我刚听府里的人说，裴三老爷二十一岁就考中了进士。"

　　林氏像被人打了一拳似的，话声戛然而止。

　　陈氏脸涨得通红，呵斥郁棠："胡说八道些什么？裴三老爷的事，也是你能议论的？"然后向林氏道歉，"小孩子家不懂事，您别放在心上。"

　　但林氏的笑容还是僵了几分。

　　汤太太看着气氛不对，忙笑着给林氏解围："童言无忌！童言无忌！"

　　林氏听了，一副强压着火气的样子勉强地朝着陈氏笑了笑。

　　郁棠暗暗称奇。林氏什么时候这么好的脾气了！

　　梦中，她嫁进李家的时候，林氏是想怎么说她就怎么说她的，就算林氏最满意的儿媳妇顾曦，一不如林氏的意，林氏也是不给情面就发作的。

　　可见林氏也不是真的受不得气。不过是对着儿媳妇，一点也不想忍罢了。郁棠在心里嘲讽。

就听见林氏继续道:"我这人,就是有点话多,一说起话来就有点打不住。"

"大家都一样。"陈氏和马太太应酬着她。

谁知道林氏却一点也没有散了的意思,居然继续道:"这家家有本难念的经。我们家,我虽然爱长子,可最心疼的还是小儿子。他比他哥哥要小四岁,又是次子,不用继承家业,我婆婆就使劲惯着,养成了个不谙世故的禀性。如今都十八了,还什么也不懂,嫌弃家里的丫鬟婆子啰唆,不让近身服侍,整天跟着身边的小厮、随从骑马蹴鞠,要不就跟着家里的账房先生去铺子里查账,他的婚事,我都要愁死了!"

说完,深深地看了郁棠一眼。

在场的人全都愣住了,特别是郁棠。

她和李家这是什么孽缘?梦中是李竣看中了她,如今她躲着李竣,可却好像被林氏瞧中了。不过,真是谢谢她了,李家的媳妇,她可是一点也不稀罕。

想到这里,她突然想到了顾曦。如果顾曦也知道她嫁到李家会发生什么,恐怕也不会嫁给李端吧!要不,把她和李端的婚事给破坏了?林氏会气得一跳三丈高吧!郁棠只是想想就觉得乐得有些合不拢嘴。

陈氏此时反应过来。敢情这位李夫人说了这么多,是看中了他们家郁棠啊!她刚才已经很明确地拒绝了汤太太,怎么李夫人还堵着她们说这件事啊!

陈氏有自知之明。若是论长相,他们家阿棠就是裴家也嫁得。可若是这婚姻大事全都论长相,又怎么会有门当户对这一说呢?

她看了汤太太一眼。汤太太不敢和她对视,好像很心虚的样子。

陈氏明白过来。原来之前汤太太在厅堂和她们"偶遇",是受了李夫人所托。

李夫人不顾两家的生疏在这里和她尴尬地聊天,原来是不死心啊!

这种事拖不得,拖来拖去就容易生出很多流言蜚语来。他们家阿棠也到了说亲的年纪,可不能因此影响了婚事。

陈氏笑着对林氏道:"您倒是和我害的是一样的心病。我们家只有这一个闺女,她爹是捧在手里怕摔了,含在嘴里怕化了,铁了心要招女婿上门。可这招女婿上门哪里是那么简单的,我头发都愁掉了。"

林氏愕然。

郁棠偷乐。林氏这是没有想到自己会被拒绝吧!

林氏的笑容再也维持不下去了。她草草地和陈氏说了几句,就和汤太太匆匆告辞了。

郁棠恨不得抱着她姆妈亲两口。

她看着林氏的背影很是解气,决定再送林氏一份"礼物"。

"姆妈,"她笑盈盈地道,"城南的李家,是不是就是那个卖果子的李家?"

李意祖上,是卖果子起家的。当然,这已经是好几十年前的事了。如今的临安城里知道的不多。她还是梦中嫁到李家后，偶尔听李家的一个世仆说起的。

林氏娘家是做丝绸、茶叶生意的，而且是经营了几代的大商贾。她很忌讳别人说李家的祖上是卖果子的。

陈氏和马太太都没听说过。她们一时不知道怎么回答好。

郁棠却看到林氏很明显地打了个趔趄，差点跌倒。

郁棠心里的小人哈哈大笑。她决定再送点"礼物"给林氏："姆妈，难道你们都没有听说过？东街上摆茶水摊子的王婆子和小梅溪卖水梨的阿六可都知道。"

"是吗？"陈氏和马太太以为郁棠只是闲聊，随口应了一声。

郁棠却感觉到林氏都有点站不住了。

她嘻嘻地笑，还想再讽刺林氏两句，眼角的余光突然扫到旁边回廊里站着个人。郁棠抬眼望去，顿时脸色一窘，连退了两步。这下子轮到她差点跌倒了。

马秀娘眼疾手快地扶了她，关切地道："你这是怎么了？没站稳，崴了脚？"

"不是，不是。"郁棠红着脸道，"我没事！"人却踮着脚，伸长了脖子朝马秀娘身后张望。

马秀娘几个都顺着她望过去。黑漆灰顶的回廊，青石油润，竹枝婆娑，空无一人却满目浓绿，远远的，一阵清凉之风扑面而来。

"你看什么呢？"几个人不解地问郁棠。

"没看什么！没看什么！"郁棠粉饰太平地道，拉了拉母亲的衣袖，"客走主人安。我们还是快点回去吧！"

大家也都累了。

"行！"马太太热情地邀请陈氏母女，"你们要是有了空闲，就去我们家里坐坐，她爹去了杭州府，还要七八天才回来，你们来了，正好给我做个伴。"

陈氏应了，和马太太母女说着话，去跟郁文打了一声招呼，回了家。

郁棠却一直心不在焉的。

她这段时间是什么运气？怎么走到哪里都能遇到裴家三老爷。而且还是她最狼狈的时候，因为她刚才在裴家竟然笑了。

丧礼那么肃穆的场合，她竟然笑了，还笑得挺欢快的，而且被裴家三老爷逮了个正着。他会不会以为自己对逝者没有敬意啊！而且，他刚才的脸色好难看，仿佛阴沉得能滴得出墨汁来。也不知道他是听见她笑才这么气愤，还是他正好心情不好。不过，他一个人，怎么会去了那里又正巧碰到了她们呢？他是只看见了自己笑还是连她讽刺林氏的话都听见了呢？

郁棠叹气。她在他心里估计就没有个好了！

郁棠想到裴家那些被掐了花的花树，绿油油的一大片，没有杂色。也不知道她会不会像那些花树上的花一样，被他处理掉……

不过，话又说回来，他心胸也太狭窄了一点。一点小事就板着个脸。还是庶吉士呢。但现在他父亲去世了，他应该得在家里守孝了吧？以后他们说不定还会遇到……

她怎么这么倒霉。郁棠忧郁了好几天。

不管郁棠的心情如何，时光都一直向前，很快到了裴家老太爷出殡的日子。

裴家的祖坟在东天目山的腰间，靠山面河，大家都说那儿是块风水宝地，所以裴家的人才会几代富贵不辍。

裴老太爷下葬的前一天，郁文干脆就歇在了裴府。郁棠和母亲则一早准备好了纸钱香烛，翌日天还没有亮就起床梳洗，换上素净的衣饰，带着陈婆子和双桃，和马太太母女一道赶往小梅巷。她们要去送裴老太爷最后一程。

一路上都是人。大家三五成群，议论着裴老太爷的葬礼。

"就算是天气炎热也不至于这么寒酸啊！停灵只停了七天不说，棺椁也直接葬入祖坟。这是谁的主意？"

"听说是三老爷的意思。"有知情的人低声道，"长房的大少爷因为这件事，还和三老爷起了争执。可他一个小孩子，哪里争得过叔父啊！这件事就这样定下来了！"

"那裴家二老爷就没有说什么吗？他也是叔父啊！"

"现在可是裴家三老爷当家，他能说什么？"

"这倒也是。"有人感慨，"大老爷去的时候，棺椁还绕城一周，让大家设了路祭。如今我们想给老太爷送些纸钱都不成，只能这样简陋地送老太爷上山了。"

有人更关心自己的切身利益，窃窃私语道："你们说现在裴家是裴三老爷当家，有什么证据没有？"

"你看这几天，大总管出面了没有？"有人八卦，"从前大总管可是大老爷的陪读，裴府的事哪一件不是他说了算？还有二总管，你看他这几天露面了没有？"

"大总管我是知道的，可这关二总管什么事？二总管不是一年四季都是以大总管马首是瞻的吗？"

"这你就不知道了。连坐懂不懂？二总管站在大总管那边，大总管倒了，他还能讨个什么好？"

"嘿！那扇子刘家的亏大发了，他们家刚把闺女嫁到了大总管家。"

"不是嫁了进去，是抬了进去吧！"说起桃色事件，大家都来了劲。

"不管是抬还是娶，扇子刘在外面自称和大总管是亲家不假……"

郁棠听着这些飞短流长，又想起裴三老爷阴郁的面孔。

为什么要制造把柄给人捏呢？不就是死后哀荣吗？裴家又不是没有钱，撒钱往上办就是了。或者，这是他和长房争斗的一种策略？

郁棠胡乱猜测着，裴家到了。

马太太拉着她们进了巷口的一家杂货铺，道："这是我相熟的铺子，我们在这里歇歇，等会儿裴老太爷出丧的时候我们再出去也不迟！"

只是她的话还没有说完，外面就已经一阵喧嚣，有人喊"摔盆了"。

汹涌的人潮朝裴家大门口涌了过去。

郁棠听见有人道："怎么是裴家三老爷捧的牌位？长房呢？就算大老爷死了，还有二老爷。就是排序也轮不到他啊！"

"快别说了！"有人道，"你这还看不出来吗？传言是真的。以后裴家三老爷就是裴家的宗主了。"

摔盆捧灵可都是长子长孙的事啊！就算大老爷去了，可大老爷还有两个儿子。虽说梦中裴三老爷最终是做了裴家的宗主，可如今和梦中已有了些许的变化。比如说，梦中的裴家就只知道买地基收铺子，没想过要借钱给乡邻。

郁棠一听就为裴三老爷急起来。这哪里是让他当宗主，这是把他架在火炉上烤啊！裴老太爷到底留下了什么样的遗嘱？就算是要裴三老爷当宗主，不能等出了殡，兄弟们再坐下来商量着定下来吗？为何要在葬礼上就明晃晃打长房的脸呢？一副要把长房变旁支的模样。这搁谁谁受得了啊？

郁棠踮了脚朝里张望。

裴三老爷已被人扶着走了出来。

他低着头。夏日初升的阳光斜斜地落在他的孝帽上，形成了一道阴影，挡住了他的面孔。

"孝子叩首。"随着礼宾的唱喝，裴家的孝子孝孙们呼啦啦全都跪在了地上，三叩首。

旁边来祭拜裴老太爷的人们开始放爆竹，插香炷。

礼宾喊着"起灵"。

棺椁抬了起来，走了三步。

礼宾再喊"孝子叩首"，棺椁停了下来，孝子孝孙再三叩首。

马太太紧紧地拉着马秀娘，对陈氏道："我们快过去把纸钱给烧了，不然等大家都放起爆竹来，被炸着可不是好玩的。"

陈氏还是第一次带着女儿来参加路祭。

她紧张地点头，紧随在马太太身后。

爆竹声声响起，空中到处飘散着呛人的烟。

郁棠和母亲刚刚站定，就看见有个身材高瘦的男子朝着裴家送葬的队伍冲了过去，"扑通"一下跪在了老太爷的棺椁前，哭着嚷着："老太爷啊！您可得睁开眼睛仔细看看，您选了个白眼狼啊！他这是要把长房的少爷们挤对得没有活路了啊……"

人群炸开了。

"是大总管！"

"居然是大总管！"

"这是怎么一回事？"

"难道裴三老爷当宗主还另有隐情？"

裴三老爷抬起头来，看了大总管一眼，脸上的神情冷漠、厌倦，整个人死气沉沉的。

郁棠吓了一大跳。

有人上前拉走了大总管。

他一边挣扎，一边嘴里嚷着什么。可惜爆竹声太大，郁棠没有听见。

有人大声号了一嗓子"老太爷您好走啊"，众人俱是一愣，随后想起裴老太爷对自己的恩惠，都哭了起来。

送葬的队伍恢复了之前的秩序，很快又动了起来。

爆竹声好像更响了。

郁棠觉得这一嗓子不像是无意的。她在送葬的人群里寻找哭灵的人，却一无所获。郁棠又踮着脚找父亲的身影。人群拥挤，一眼望去全是人头。父亲也不知道在哪里忙着。郁棠叹气。

和马太太母女分手，回到家中，已过正午。

郁棠全身都是汗，内里的小衣都贴在身上了。

她好好地洗了个澡，重新换了轻薄的杭绸褙子，用了午膳，一觉睡到了夕阳西下。

郁文也回来了，在厅堂里一面用着膳食一面和陈氏絮叨着裴家的事："大总管也算忠烈的人了，为了大老爷，全家的性命都压了上去。哎，可惜了。"

郁棠听着心头一跳，快步走了进去，道："阿爹，您在说什么呢？"

陈氏正坐在丈夫身边帮着丈夫打扇，闻言道："小孩子家，大人说话就听着。不该管的事不要管。让你绣的帕子你绣得怎么样了？不是说过两天秀娘要来家里做客的吗？你许了人家冰、甜瓜，都置办好了没有？"

郁棠笑嘻嘻地过去给郁文捏着肩膀，道："姆妈，我这不是来求阿爹的吗？我手里只有二两银子的体己钱了，买了冰和甜瓜就没零花了！"

"让你平时大手大脚的。"陈氏责怪道，但还是吩咐陈婆子，"去我屋里绞几两银子给阿棠。"

"姆妈最好了！"郁棠冲上去给陈氏捏肩。

陈氏啼笑皆非，把女儿的手从自己的肩膀上拉了下来，道："不准再皮。给你爹捏肩去。你爹这几天在裴家帮忙，辛苦了。"

"好嘞！"郁棠又去给郁文捏肩，并道，"阿爹，我对您好吧？"

郁文看着眼前的妻女，眼睛笑成了一道弯，道："好，好，好！我们家阿棠最好了！"

"那好！"郁棠朝郁文伸手，"那您也资助我点银子呗！免得我在朋友面前丢脸。"

"郁棠！"陈氏嗔怒。

郁文忙安抚妻子："别生气，别生气。杨御医和王御医都说了，你不能生气。"然后又训了郁棠："你要是敢再这样，小心我再把你禁足，罚你写一千个大字。"

郁棠原本是想彩衣娱亲的，结果弄巧成拙了，也很是后悔，忙去哄了母亲。

郁文喊着陈氏的闺名："秀妍，你看，阿棠脸都吓白了。你就不要生气了！何况我们只有阿棠这一个孩子，以后家业都是她的，我们现在给她和以后给她也没有什么差别。你说是不是？"

陈氏无奈地叹气，又盼咐陈婆子："拿一小锭雪花银给她。"说完，白了丈夫一眼，道："你这下满意了！"

"满意，满意！"郁文笑眯眯地道，朝着郁棠使眼色，"你看你姆妈，待你多好啊。我前几天看中了一盒湖笔，要二两银子，你姆妈都没舍得给我买，你一要就是十两银子。"

"多谢姆妈！"郁棠笑呵呵地跟母亲道谢。

陈氏无奈地摇头。

郁棠问起父亲裴家的事来："阿爹，您刚才是在说裴家大总管的事？他怎么样了？"

郁文则是怕陈氏揪着这几两银子不放，遂顺着女儿转移了话题，道："正是在说他。他回去之后就自缢了！"说到这里，他神色一黯，继续道："我回来的时候，听说因为这件事，三老爷把长房一家都拘在了汀兰水榭，谁也不许见。大太太娘家的嫂子和侄儿这不是还没走吗？当场就闹了起来。"

陈氏也是此时才听说，"哎呀"一声，道："裴三老爷这也太，太……"

她一时找不到个合适的词来形容裴三老爷干的事。

郁文也摇头，道："大家也都这么说。我看着裴家要起风波了，就借口惦记着你的病早点回来了。汤秀才几个还都待在裴府呢。"

郁棠想到裴大太太和杨夫人的对话，直皱眉，觉得父母说的都不对，道："这怎么能怪裴家三老爷呢？身为大总管，事事应该以裴府为先。今天是老太爷出殡的日子，他居然自缢了，他这是要干什么呢？我要是裴家三老爷，还给他收什么殓啊，直接把人送出去才是。"

郁文和陈氏都吓了一大跳。

郁棠从前可是从来不关心这些事的，何况说出来的话还这么尖锐。

陈氏忙道："你这孩子，怎么说话的呢？死者为大！到了外面，可不能这么说。别人会说你刻薄的。"

郁棠不以为然，觉得不能让父母上了那个大总管的当，道："本来就是那大总管不对嘛！您想想啊，他这么一死，他好了，得了个忠义的名声，可活着的人呢？他们一家的差事算是完了吧！不，不仅是他们一家的，就是和他们家沾亲带故的，恐怕都不能在裴家做事了。还有长房的，虽说三老爷当了宗主，可他是有老太爷遗命的，就算是其中有什么钩心斗角的地方，成王败寇，不服气再斗就是了，他这么一死，别人会怎么想长房的？这是对老太爷的安排不满呢，还是要和三老爷争这个宗主的位子呢？裴家可不是一个人的裴家，他们可是有三支。长房这么闹，就不怕其他两支笑话吗？还是说，长房已经不顾颜面和体面了，一心一意要把三老爷拉下马？"

郁文和陈氏面面相觑。这还是他们那个只知道吃喝玩乐的闺女吗？什么时候，女儿有了这样的见识？

郁棠没有自知之明，还问父母："难道我说的不对吗？我最讨厌像大总管这样的沽名钓誉之辈了——只顾自己生前死后的尊荣，不顾别人的死活。他这么一死，三老爷固然难逃责任，可长房也一样被人非议。"

她还在想，这样鹬蚌相争、渔翁得利的法子，说不定是二老爷想出来的。毕竟他才是这件事的得利者。

不过，郁棠并不担心裴三老爷会失败。梦中他可是大赢家。和梦中不同的是，她本以为裴三老爷过得挺惬意的，但现在看来，却也未必。

郁棠叹了口气，问父亲："您见过裴家二老爷吗？他是个怎样的人？"她此时有点后悔梦中没有好好关注裴家的那些事。

郁文回过神来，道："我当然见过二老爷。他为人是很不错的，有学识，有修养，性格温和，行事大方，待人处事细致周到，让人如沐春风，是个难得的雅士。"

对二老爷的评价这么高！郁棠颇为意外。转念又觉得，她爹这个人看谁都挺好，就是鲁信，卖了幅假画给他，诓了他的银子，他还是选择了原谅鲁信，并不记恨鲁信。

用她爹的话说，就是恨人也是要精力的，与其恨谁，不如去爬个山，买几支湖笔，做件新衣裳，高兴高兴。

想到这些，她就又想起了那幅盖着"春水堂"印章的画。既然那真迹上的印章是对的，那梦中落在她手中的那幅画到底是从何而来呢？

郁棠想着，下次她爹去见佟掌柜的时候，她是不是也吵着去一趟，问问佟掌柜有谁家的私章刻的是"春水堂"。

她在那里琢磨着，就听见一直没有吭声的陈氏对她的父亲道："惠礼，我是觉得阿棠的话很有道理。若是大总管觉得长房受了委屈，要为长房出头，大可等老太爷出了殡再向三老爷讨个公道。"

郁棠惊喜于母亲的醒悟。

郁文则苦笑，道："到底有什么内幕，我们也不知道，也不好议论。"委婉地让陈氏和郁棠不要再说这件事了。

郁棠笑眯眯地应了。陈氏也点着头。

郁博一家过来串门。郁文草草地扒完了饭，陈氏指使着陈婆子和双桃收拾好碗筷，亲自去沏了茶。郁棠则去洗了些果子。

两家人坐下来说话。

郁博问郁文大总管的事："你可知道了？"

"知道了！"郁文把他了解的告诉了兄长，还拿郁棠刚才说的话评判了大总管一番。

郁棠有些诧异。她没有想到大总管自缢的事传得这么快。算来算去，大总管也不过死了几个时辰。但她见父亲心底实际上是赞同自己说辞的，还是很高兴，在旁边抿了嘴笑。

郁博和郁文之前一样，觉得大总管是个忠仆，但听郁文这一说，他也觉得大总管的做法有些不妥了。只是他过来是另有其事的，同弟弟感慨了几句，他道："阿弟，你知不知道谁接手了大总管的差事？"

郁文向来不关心这些的，他犹豫道："难道不是三总管？"

"我听说不是。"郁博担忧地道，"听说接手大总管差事的既不是其他两位总管，也不是七位管事之一，而是一个叫裴满的。我可从来没有听说过这个人。你这几天在裴家帮忙，可曾听说过这个人？"

"没有！"郁文愕然，道，"这姓裴，又行仆役之事，肯定不是裴家的子弟。那就是赐的姓。能被赐了姓，肯定是十分出众的世仆了，可裴家和我们乡里乡邻的，这么出众的一个人，就算是没有见过也应该听说过。这个叫裴满的突然就这样冒了出来，还一下子就做到了大总管……"

"我也是这么想。"郁博失望地道，"还以为我是个商贾，和裴家来往不多，没听说过呢！"

郁文道："你打听这个做什么？之前建铺子的事不是裴三老爷答应了的吗？如今他是宗主了，就更不可能有什么改变了。"

郁博搔头，道："我不是担心这个。我是想着这裴满当上大总管了，我怎么也得去道个贺，若是能从你这里知道点消息，到时候也能和他多搭几句话。你是不知道，如今生意难做，祖宗传下来的那些花样子也都被烧了，我寻思着，铺子重新建了起来，我们要不要换个其他的买卖？"

郁远欲言又止。

郁棠觉得大堂兄比大伯父做生意更厉害，决定帮一帮大堂兄。她仗着自己还是个小姑娘，父母和伯父母对自己又很是纵容，插嘴道："大伯父也说生意不好做，若是要转行，不如让大堂兄到外面去多走走看看，大堂兄得了大伯父的真传，肯定能有所收获的。"

郁博见侄女拍他的马屁，呵呵地笑了起来，心情十分舒畅，大手一挥道："也行！反正这段时间我要忙着重建商铺的事，就让你大堂兄到杭州府住些日子，看看别人是怎么做生意的。"他并不觉得郁远能有什么好主意。

郁远是男子，郁博对他管得比较严，他也比较规矩，长辈说话的时候等闲不敢插话的。他瞪了郁棠一眼，恭顺地应了一声"是"。

郁博、郁文兄弟继续说着闲话，郁远抽空把郁棠揪了出来，威胁她道："再这样乱说话，我去杭州府的时候就不给你带篦梳、头箍了。我们郁家祖传的漆艺，怎么能随便改弦更张呢？何况各行各业都是有窍门的，不是像你说的那样，随便看看就能入门的。"

郁棠对做生意一窍不通，但她却知道，想做好事，就得先做好人；想做好人，就得有眼光和格局；想有眼光和格局，就得多看多听多走多经事。

"大堂兄，你放心好了，我不是在捣乱。"她笑嘻嘻和郁远解释道，"就算你不同意大伯父的做法，你也不好反对。与其像你这样不情不愿地跟在大伯父身边做事，还不如出去见识一番，知道那些名扬天下的大店是怎么招待客商的也好啊。"

郁远心中一动。

郁棠道："大堂兄，我资助你五两银子。"

郁远敲了下郁棠的头，道："你那点银子，也就能多买几包窝丝糖，还想资助我。"

"大堂兄，你可不能瞧不起人！"

兄妹两个闹成了一团。

等送走了大伯父一家，郁棠开始准备招待马秀娘到家里做客的事。郁文为这件事还特地上街订了冰，叮嘱阿苕等马秀娘到了之后再去店里拿。

马秀娘吃着用冰拌的桂花红糖凉粉，羡慕得两眼冒星星，倚靠在铺了凉席的罗汉榻上，咯吱咯吱地咬着冰，含糊不清地道："阿棠……好吃……要不，你招了我二弟弟做女婿吧……他今年虽然才九岁，可你从小养着，肯定听话……"

郁棠也好久没有吃过拌着冰的桂花红糖凉粉了。

陈氏不让她多吃，怕她凉了肚子。

她幸福地舀了一大勺冰塞进了嘴里，"呸"了一声马秀娘，道："我才不要帮你养弟弟，我家要招女婿，肯定要招个会做生意的女婿，才不要读书人呢！"

"为什么？"马秀娘诧异道，"秀才不用征赋，还受人敬重。"

郁棠不以为然地道："会读书的人谁愿意做人家的上门女婿，反正我家我爹已经是秀才了，招个会做生意的，让家底再殷实些，以后也好督促子孙读书。"

"嘻嘻嘻！"马秀娘掩了嘴直笑，道，"原来你想让你儿子给你挣诰命啊！"

小姐妹遇到一起肯定会瞎说，可说到马秀娘这个份儿上，还是让人有点害臊。

"你胡说些什么啊？！"郁棠丢了碗去挠马秀娘的胳肢窝，"我看你才是想等着夫婿给你挣诰命呢！"

马秀娘哎哟哎哟地叫着,从榻上避到了门口。

郁棠的手一顿,朝湘妃竹帘外望去,挑了挑眉。

"怎么了?"马秀娘转过身,也望了过去。

帘子外,陈婆子正领着带了个丫鬟的汤太太往陈氏的正房去。

"她来做什么?"马秀娘站在郁棠的身边,有些讨厌地道,"她这个人,最势利了,没有什么事不会登门的。"

郁棠对汤太太也有戒心,她叫了双桃进来,吩咐她:"你去看看汤太太来做什么。"

双桃应声而去。

郁棠和马秀娘的玩心都淡了不少,两人规规矩矩坐在罗汉榻上吃着冰,说着城里的八卦。而城里的八卦,最引人注目的就是裴家的事。

"你听说了没有?"马秀娘低声道,"裴家大少爷的舅母,要带裴家大少爷回京城读书,裴三老爷把裴家的长辈都叫到了祠堂,当着众人的面问裴家大少爷是留在家里守孝还是回外祖父家读书……"

"啊!"郁棠惊讶地道,"裴三老爷这样,裴家大少爷就算是想去外祖父家里读书也不敢啊。他要是去了,就坐实了'不孝'的名声,他就别想做官了。"

她虽然知道梦中裴家大少爷是被裴三老爷压在家里的,但却不知道是用这种方法。

"是啊!"马秀娘道,"我爹说,裴三老爷真狠。还说,我们家以后有什么能不找裴家还是尽量不要找裴家了。"

郁棠呵呵地笑。

马秀娘则叹气:"还有大总管一家,也不知道怎样了,我爹说,自从大总管死了之后,临安城里的人就再也没有看见过大总管一家人了。"

郁棠愕然,迟疑道:"应该是被赶出了临安城吧?!"

马秀娘道:"可谁也没有看见大总管一家出城啊!"言下之意,是指大总管一家都遇了害。

"不会吧!"郁棠道,"大总管家应该人还挺多的!"

"这种事谁说得准。"马秀娘显然不相信裴三老爷,道,"谁做了坏事还会在脑门上写着啊!"

那个人会杀人吗?郁棠半晌没有说话。

双桃跑了进来:"小姐,小姐,汤太太是来给您说媒的!"

"什么?!"郁棠和马秀娘都站了起来。

郁棠皱眉,马秀娘却兴奋拉着双桃道:"你快说说,汤太太是给谁家来提亲的?"

双桃笑道:"是城南李进士家的二少爷!"

"李竣!"郁棠惊呆了。

马秀娘看着露出狡黠的笑容,指着郁棠道:"阿棠,你给我老实交代,这里面有什么故事,我呢,就给你保守秘密,要不然,我就告诉婶婶去,说你认识城南李府的二少爷……"

"胡说些什么呢?"郁棠心里乱糟糟的,道,"我怎么会认识李竣!"

她说的是实话。虽然她梦中嫁给了李竣,却从来不曾见过这个人。说亲的时候,她想着李竣是见过她的,还倾心于她,至少比盲婚哑嫁要好多了。后来她嫁进李家,李竣已经不在世了。

马秀娘却不信,道:"那你怎么知道李府的二少爷叫李竣?"

郁棠心不在焉地敷衍她道:"我之前听人说过。"然后急急地问双桃:"我姆妈怎么说?"

双桃笑道:"太太说家里原是准备招婿的,没想过把您嫁出去。兹事体大,太太得和老爷商量了之后才能答复李家。"

郁棠愣住。她姆妈怎么会这样答复汤太太?

她道:"汤太太还说了些什么?"

双桃抿了嘴笑,若有所指地道:"汤太太说,李家二少爷曾经无意间遇到过您,非您不娶。李夫人之前也是因为李家二少爷在家里闹腾,所以才请了汤太太来试探太太口气的,后来汤太太给李夫人回了话,李夫人不死心,又亲自试探太太的口气。可李家二少爷知道后,不仅没有打消念头,还在家嚷着要给郁家当上门女婿。谁说也不听。李夫人没有办法了,只好托了汤太太来和太太商量。"

难怪母亲口气有所软化!不管是父亲还是母亲,最在乎的就是她的感受。若是她能幸福,招不招婿对他们来说都没有关系,大不了让大堂兄郁远一肩挑两房就是了。可这件事也太蹊跷了。

梦中,林氏明明说李竣是在庙会上见到她的,现在怎么又变了说辞!

郁棠不由喃喃地道:"怎么会这样?"难道她就跳不出嫁入李家的命运?!

一时间,郁棠的脸色变得极其难看。马秀娘和双桃面面相觑。

郁棠问双桃:"汤太太走了没有?"

双桃道:"刚刚走!"

郁棠心里很急,给马秀娘赔了个不是,撩了帘子就准备去找母亲陈氏。

马秀娘这下子可看出来了,郁棠并不喜欢这门亲事,她忙拉了郁棠,道:"你这边有事,就别管我了。我先回去了。等你这边闲下来,我再来家里串门。"

郁棠觉得特别不好意思,留马秀娘用了晚膳再走。

马秀娘爽利地道:"我们还是不是好姐妹?你若是认我这个姐姐,就什么也不要说,跟婶婶打声招呼,我先回府了。"

郁棠抱了抱马秀娘,道:"姐姐,对不住了,以后我们再聚。"

马秀娘直点头,由郁棠陪着去向陈氏辞行。

厅堂正中的黑漆四方桌上，堆满了礼盒。陈氏正和陈婆子在清点礼盒。

知道马秀娘要走，陈氏让人去拿几盒点心给马秀娘，并请马秀娘经常来家里串门，又安排阿苕去雇了顶轿子，让阿苕送了马秀娘回去。

马秀娘辞了陈氏，郁棠扶着母亲回了正房。

她直言道："姆妈，我想留在家里。"

陈氏只当她年纪还小，很多事都不通透，笑道："把你留在家里，是怕你嫁出去了受苦。可若是有好人家，阿爹和你姆妈让阿远照顾也一样。"

事情果然如郁棠所料。

她道："不知道有多少人家婚前说得好好的，成了亲就变了。您别听那汤太太巧舌如簧，李夫人向来瞧不起人，我不喜欢这样的婆婆。"

陈氏笑道："傻孩子，你又不是跟你婆婆过一辈子。再说了，若是夫婿愿意维护你，谁家的婆婆会随便给媳妇脸色看？"

"那可不一定！"郁棠道，"百事孝为先，谁家的相公会为了媳妇顶撞母亲的。"

陈氏不想惹得女儿不快，何况这件事八字还没有一撇。

她安抚女儿道："好，好，好，都听你的。等你阿爹回来，我们家就正式相看几户人家，把你的亲事定下来。"

郁棠见母亲并没有把她的话放在心上，急得不行，想着如何劝父母改变主意。

马秀娘第二天一大早又来探望郁棠。

"是不是出了什么事？"郁棠吓了一大跳。

马秀娘连喝了几口茶，这才道："阿棠，我昨天特意让……"她含糊地说了一声"章公子"，继续道："帮着去打听了一下那个李竣，"然后嘴里又像含了个萝卜似的道着"章公子"，道："说李竣虽然有点骄纵，却待人真诚，行事磊落，品行端正，是个可托付终身的人。"

没想到李竣是这样的人。

更没有想到马秀娘会这样帮她。

郁棠眼眶湿润，道："谢谢姐姐！也帮我跟姐夫道声谢。"

马秀娘听了，脸色通红，羞赧地道："不用，不用。能帮得上你就好。"她好奇地道："那你，你还想留在家里吗？"

"我还是想留在家里。"郁棠和她说着体己话，"我总觉得这门亲事不太好。"

马秀娘劝她："有什么不妥的？他都说了，只要能娶到你，宁愿到你们家来当上门女婿。你还要怎样？人家不就是图你这个人吗？"

她的话让郁棠突然间如醍醐灌顶。对啊！李家和他们家结亲，图的是什么？难道真的是她这个人！梦中，他们家也是诚意十足地把她娶进了门，而且她还是望门寡，可林氏也没有善待她。难道是因为李竣的死让林氏迁怒于她？

可林氏对顾曦也没有好到哪里去啊！

郁棠在心里撇了撇嘴。她决定亲自去会一会她梦中从不曾见过面的"未婚夫"。

"姐夫和李家二少爷熟吗？"她问马秀娘。

马秀娘道："你要干吗？"

"我想见见李家的二少爷，到时候想请姐夫和姐姐陪着我一起去。"

马秀娘以为郁棠怕李竣长相丑陋，要亲眼看了才放心，笑道："你放心好了，人家李家二少爷可是一表人才，不知道多少人盯着想招了他做女婿的，保证不让你失望。"

郁棠笑了笑。她根本不想知道李竣长得怎样，她想知道，李竣到底有多稀罕她。她到底哪里惹了他，让她人在家里坐，祸从天上来，让她不得安宁。

马秀娘怕自己不答应郁棠，郁棠不死心，托付别人相伴，再闹出什么事来。她道："那你等我问问……章公子……"

郁棠笑着应了。

送走了马秀娘，她叫了阿苕，给了他十几个铜板，道："你拿给小梅溪卖水的阿六，让他盯着李家的二少爷，看他平日里都在干些什么。"

郁家只有三个仆从，陈婆子、双桃和阿苕。家里有什么事都瞒不过他们三个人。阿苕自然也听说了李家二少爷上门求亲的事，想着大小姐肯定是怕那李家二少爷长得对不住人，他也怕李家二少爷配不上他们家大小姐，忙笑着应下了，并道："大小姐您放心，我不会告诉太太的。"

郁棠索性赏了阿苕十几个铜子。

过了两天，马秀娘派了人给她回信，说章公子答应陪她们一道去见李竣。

阿六也打听到了李竣的消息："李家二少爷约了朋友去昭明寺里吃斋菜。"

郁棠去给马秀娘说了一声，两人定下策略，由章公子和阿苕陪着她们去趟昭明寺上香。

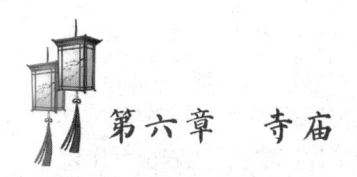

## 第六章 寺庙

昭明寺位于东天目山，山脚下有一弥陀村。郁棠和马秀娘、章公子就约了在这里见面，然后装作偶遇，一起去昭明寺。

马秀娘和章公子比郁棠先到。郁棠下了轿子，连声道歉。

马秀娘带了丫鬟喜鹊，抿着嘴挽了郁棠的胳膊，笑道："我们也没有比你早多少。"又问郁棠："你用过早饭了没有？可曾带了点心茶水？"说完，还看了气喘吁吁的阿苕一眼。

去昭明寺，要爬半座山，路还有点远。大家或因敬香要有虔诚之心，或因轿子上山价钱太贵，通常都是在山脚下轿，一路走过去。

阿苕忙拍了拍背后的包袱，道："马小姐放心，陈婆子昨天就给我们准备好了。"又上前去给章公子行礼。

章公子点了点头。

郁棠就好奇地飞快睃了他一眼。

十八九岁的年纪，相貌清秀白皙，高高瘦瘦的，看上去很温和的一个人。在家里条件并不怎么样的情况下，还能在这个年纪就考上了童生，可见勤奋和资质都不差。

郁棠喜欢聪明人。

章公子带了个小厮，让马秀娘和郁棠走在前面。

郁棠碰了马秀娘的手臂，悄声打趣道："姐夫看上去挺好啊！伯父给姐姐选了一门好亲事。"

马秀娘脸羞得通红，却连客气话都没有说一句。可见是十分满意这门亲事。

郁棠道："姐夫叫什么？"

马秀娘低声道："单名一个慧字，还没有取字。"

章慧吗？不知道他在梦中是什么时候考中的秀才。

或许是走的人很多，通往昭明寺的山路蜿蜒却很平坦，又不是讲经或香会，去敬香的人不多，而且都是老年或是中年的妇人，像她们这样年轻的女孩子，后面还远远跟着个年轻的公子，已经非常惹人注目了。和他们擦肩而过的人都会回头多看两眼。

虽然戴着帷帽，但马秀娘还是羞得不行，低声对郁棠道："我们，我们还是和章公子约个地方见面吧？"

这青天白日的，马秀娘带了丫鬟，她带了小厮，郁棠想想，笑着点了头。

马秀娘转身和喜鹊说了几句，喜鹊捂着嘴笑着去给章慧传了话。

章慧抬头看了马秀娘几眼，很勉强地点了点头，惹得郁棠又是一阵笑。

马秀娘就去拧郁棠，娇嗔道："我们这不都是为了你。要是让人看出个什么来，我们都不要做人了！"

郁棠连声赔罪，调侃道："姐姐放心。等你出阁的时候，我无论如何也要亲手绣一对鸳鸯枕头给姐姐压箱底的。"

"你这死丫头，还胡说八道。"

马秀娘和郁棠说说笑笑的，时间过得很快，太阳刚刚升起来的时候，她们已经到了昭明寺。

两人去了天王殿。

郁棠脱了帷帽。

马秀娘低声惊呼了一声："阿棠，你今天可真漂亮！"

郁棠今天穿了件茜红色的杭绸绣折枝花褶子，搭一件白色银条立领窄袖衫，乌黑的青丝绾个随云髻，靠近鬓角的地方斜斜地插了一支鎏银镶珍珠的小小步摇，衬得她肤光如雪，眉目如画，清新秀丽。

她微微地笑着。那李竣说看中了她的相貌，她倒想看看，她的相貌对李竣而言到底有几分喜欢。她不仅敷了面，还绞了额头，修了眉。盛装而来。

马秀娘感慨道："你平时应该多打扮打扮的。"

可能因为陈氏就是个美人，郁棠虽然常听人夸她漂亮，但夸她的多是家中的亲戚朋友或是隔壁的邻居长辈，和母亲并肩照着镜子的时候也没觉得自己有多漂亮，认为大家是说客气话。梦中嫁到李家后，被李端觊觎，她才觉察到自己可能比很多人都漂亮，但她那时候已经是孀居，穿着打扮都有规矩，林氏视她为眼中钉，她也无意伤风败俗，平日里就尽量地把自己往简单、低调上打扮。

如今，保持了梦中的一些习惯，难怪马秀娘会被小小地惊艳了一番。

两人敬了香，在招待香客的庑房里休息，阿苕去打听李竣具体在什么地方。

马秀娘再次盯着郁棠的脸感慨："你还别说，我越看你越觉得漂亮，特别是说话的表情和看我的神态，好像和从前有很大的不同。可我看你也不过是换了件衣裳，戴了件首饰啊！难道是我从前和你来往得太少？"

可能是因为梦中的一些经历刻在了她的骨子里，现在的她，比以前的她更有主见，更有胆识了。

郁棠笑道："你这是情人眼里出西施。不知道看姐夫是不是也如此？"

"你这个坏蛋，我帮你，你居然笑话我！"

两人又闹作一团。

良久，马秀娘才和郁棠分别瘫在罗汉榻上。

她道："我觉得，就凭你这模样，只有你不同意别人的，没有别人不同意你的。若是你觉得李家二少爷还看得过眼，你会答应这门亲事吗？"

马秀娘没有亲眼见过李竣，不知道李竣到底长什么样子。

不会！郁棠差点脱口而出。

她转念想到现在这种情况下她若是对李竣一口就否定，肯定会让人很奇怪，遂道："嫁人又不是只嫁他一个人，是嫁给他们一家人。"

"这倒也是的。"马秀娘想了想，道，"我要是有李夫人那样的一个婆婆，我也得烦死。"

两人相视一笑。

马秀娘终于不再劝她。

郁棠问起马秀娘的婚事来。

马秀娘告诉她，她和章公子下半年就会成亲了，说是章公子家缺少主持中馈的人，想让她早点过门。"我娘也是个爽快的性子，觉得不答应是不答应的事。既然答应了，就是一家人，怎么样好好过日子才是正经，有些事，大致上能过得去就行了。"说完，悄悄地叮嘱她，"我娘当着外面的人都说我们两家早就议了亲，只是我们年纪还小，没有正经提，免得说我们前脚定了亲，后脚就成了亲，若是有人问起你，你可别说漏了嘴。"

"我知道，我知道！"郁棠有点羡慕马秀娘的婚事顺利。

也不知道自己会嫁给谁，招婿说起来简单，想要招个品行端方，又聪明的人却很难。郁棠幽幽地在心里叹气。

阿苕回来报她："李家二少爷穿了件竹青色的杭绸道袍，簪着白玉竹节簪子，系着白色的腰带，坠了对荷包。一个水绿色，香袋样；一个湖绿色，如意样。和几个同窗在悟道松那里喝茶。"

悟道松在昭明寺东边的藏经阁旁，是株古松，其盖如伞，可荫数丈。临安很多读书人都喜欢到那里开诗会、喝茶、下棋，寺里的僧人就在树下设了石桌石凳、竹席木榻，供那些士子嬉戏。

郁棠道："那里离我们和章公子约的洗笔泉有多远？"

洗笔泉则是昭明寺另一处有趣的地方。它在昭明寺的后山一处峭壁处，有一眼小泉从山腹中流出，泉水清澈甘甜，据说泉水喝了能清目涤神，读书聪明。临安城里很多人家添了孩子，特别是男孩子的，都会到这里来接上一瓯水给孩子喝，以求孩子喝了能聪颖伶俐；甚至是有些人有个头疼脑热的，也来这里接一瓯水回去喝。来昭明寺敬香的人就更不用说了，肯定是要来这里喝一口山泉水的。

阿苕机灵地道："我已经去看了，我们从这里出门往西，到悟道松那里转北，有道门可以到昭明寺的后山。出了门再往东，有条路专通洗笔泉。"

也就是说，她们要从悟道松那里绕一圈。若不是那里有道门通往昭明寺的后山，被人发现了，她们难道说自己迷了路吗？

马秀娘捂了脸。和章公子在哪里会合，是她定的。

郁棠笑得直不起腰来，催她："我们快去，小心去晚了又有了什么变化。"

马秀娘顾不得害臊，忙道："那我们快去！"

郁棠整了整鬓角，重新戴上帷帽，和马秀娘去了悟道松。

悟道松下铺着七八张凉席，几个青年学子盘膝而坐说着话，十几个小厮在旁边，或在打扇，或在焚香，或在煮茶……还有三三两两看热闹的人。

昭明寺的香客好像全都聚集在了这里。

马秀娘紧张地道："怎么办？我们就算是这样走过去，他们也不会注意到我们！"

郁棠冷笑。林氏不是说李竣看中她了吗？那他肯定认识自己，并有深刻的印象。

马秀娘警惕地道："你要做什么？"按她们之前想的，只要她们走过去，引起李竣的注意就行了。

郁棠道："姐姐，你留在这里，我装作去看热闹的样子瞧上一眼就行了。"

马秀娘犹豫道："这样不好吧？"

郁棠知道这样有风险，所以才不能把马秀娘拉进来。

她笑道："没事，你听我的，不会有错的。"说完，不等马秀娘反应过来，交代了喜鹊一声"你看好你们大小姐"，抬脚就朝悟道松走去。

马秀娘想把郁棠喊回来，可没想到郁棠健步如飞，很快就走出一丈地。她看了看周围的人，只好把呼声咽了下去。

郁棠身量虽不高，但腰细腿长、脚步轻盈、风姿绰约，人还没有走到悟道松，悟道松下那群装名人雅士的半大小子就全都注意到了，一个个睁大眼睛瞧了过来。

悟道松下的喧闹声都渐渐变小了。

郁棠要的就是这种效果。

她徐步走了过去，无视那些落在她身上的目光，佯装好奇般地撩了帷帽。然后她看到了一张张目瞪口呆的面孔。

青竹色道袍……两个荷包……一个水绿色，一个湖绿色……郁棠很快找到了坐在人群偏西处的李竣。

他不到弱冠之年，皮肤白皙，五官英俊，眉宇间神采飞扬，正和身边的人说着什么。感觉到了身边的异样，他回过头来，一眼就看见了郁棠。

郁棠看见他慢慢张开了嘴巴，睁大了眼睛，像傻了似的目不转睛地盯着她瞧着，眼中充满了惊艳。

这就是李竣吗？郁棠眨了眨眼睛。

在她的想象中，李竣若是认识她，看见她突然出现在这里，应该很惊讶才是。若是不认识她，就会很陌生，或看她一眼就转过头去，像裴三老爷第一次见她似的，或好奇地打量她几眼。

可现在……她没有想到李竣会是这样一副模样，让她没有办法判断他认不认识她。但她又不能无功而返——事情已经到了这一步，她再想找到这样的机会就难了。最最重要的是，她怕她父母觉得这是一门好亲事，悄悄地答应了李家。

郁棠想了想，朝着李竣笑了笑。

李竣脸色顿时通红，但人也回过神来了。

他不好意思地低头，假意喝了一口茶，又忍不住地抬头看她，一副对她非常好奇的模样。

郁棠上前几步，走到了悟道松下，看着李竣道："可否向众位公子问个路？"

李竣面露犹豫，离郁棠最近的一位公子已站了起来，赤红着脸，神色有些慌张地高声道："这位小姐,您可以问我。"说着,他朝着郁棠行了一个礼,"小生姓陈,乃临安府板桥镇人,家住板桥镇西边的陈家村……"

没等他的话说完,陈姓书生突然被他身边的一个公子给推到了旁边,有人凑上前来对郁棠道:"小姐别听他的。他一个板桥人,哪里有我这个祖籍弥陀村的人清楚。小姐您要问哪里?"

"唉,唉,唉!傅小晚,你太过分了。"陈姓书生气愤地指着和郁棠说话的人道,"你怎么连个先来后到也不讲,亏你还是孔子门生,孟子信徒。"

"这和读书有什么关系?"有人走过来搭了那个叫傅小晚的肩膀,笑着对陈姓书生道,"陈耀,我们给别人排忧解难,是日行一善而已。仁者见仁,智者见智,你别把别人想的都和你一样。"大约这句话不太雅,那人含糊其词的。

被称作陈耀的人气得不得了。

有人过来解围:"好了,好了,沈方、陈耀、傅小晚,你们都少说两句。看你们把别人吓的。"

郁棠一看,是李竣。

李竣给了她一个温和的笑容,对她揖礼道:"小姐,我的这几位同窗都是挺好的人,不过是喜欢开玩笑,没有吓着你吧?"

傅小晚哧笑起来,道:"李竣,你别站着说话不腰疼,你这个样子,我也没有察觉到你有多有礼啊!"

"小晚!"沈方拦了傅小晚,看得出来,他们俩的关系很好。

傅小晚没再说话。

郁棠心中一喜。她没有认错李竣,而且还和李竣搭上话了。

郁棠笑着对李竣道:"这位公子,多谢您了!我想去洗笔泉,不知道怎么走?"

李竣忙给她指路:"你从这边往前,看到一个红色的角门,先向左……"

他的几位同窗在他身后尖叫着起哄。

那个傅小晚更是促狭道:"原来小姐是想请了李公子指路啊!难怪不搭理我们!"

只是他的话音还没有落,就被沈方拍了拍肩膀,呵斥道:"胡说些什么呢?"

傅小晚嘻嘻地笑。

有人道:"他可是城南李家的二公子,叫李竣,最喜欢在城外的驿道上跑马了,小姐可记住了。下次若是又迷了路,不妨去那里问问。"

李竣很是尴尬的样子,却没有阻止或是反驳那人的话。

郁棠诧异。李竣这是什么意思?不会真的误会她是看中了他吧?

郁棠正寻思着怎么让李竣消除误会,就听见那陈耀阴阳怪气地道:"李公子这就有点不解风情了,还是赶紧问问人家小姐是哪个府上的,别辜负了别人的一番深情厚谊才是。"

这话就说得有些过分了。郁棠皱眉。

李竣不悦地转身瞪了陈耀一眼。

沈方干脆怒目而视，呵斥陈耀道："不会说话就别说，没有人把你当哑巴。"

陈耀道："沈公子高门大户，又是杭州府的，瞧不上我们这边穷乡僻壤也是常事。"

"你说谁呢？"傅小晚帮沈方出头，怒斥对方，"你给我把嘴巴放干净一点。"

"我说沈方，与你何干？"

陈耀、傅小晚几个吵了起来。

李竣不仅没有去帮忙，反而站在郁棠的面前，期期艾艾了半晌，朝她行了个揖礼，道："还不知道小姐是哪家府第呢？是否有丫鬟小厮跟过来？那边有个石凳，若是小姐不嫌弃，不妨过去休憩片刻，我派了小厮去找了小姐的家里人过来。"

郁棠一瞬间如坠冰窖。真相来得这样猝不及防。她以为自己还要花些功夫，谁知道李竣几句话之后就自暴其短。李竣根本不认识她。不知道她是谁。林氏说了谎！可她为什么要说谎呢？就是为了让她嫁给李竣吗？林氏图的是什么？梦中，她失去了父母，家中落魄，就是嫁妆，也没有多少银子，林氏为什么一定要她嫁给李竣呢？难道是因为林氏知道李竣命不久矣？郁棠立刻否认了这个猜想。

就算李竣早逝，李家要给李竣找个冥婚也不是不可能的。为何要大费周折，图谋她呢？郁棠想不出来。

而旁边藏经阁的二楼上，把整个过程都看在眼底的裴宴，一张脸绷得紧紧的，原本就没有什么表情的面孔越发显得冷峻、肃杀。还没有到冬天，就让人感觉到了刺骨的寒冷。

刚刚赶来不久的昭明寺住持慧空大师看着他紧握着大红栏杆的手，白皙如玉、修长如竹，却可以捏住裴府的七寸，让人不敢动弹，不禁在心里微微摇头，道："施主在这里看什么呢？"

裴宴收回了目光，漠然地看了慧空一眼，没有吭声。

慧空不以为忤，走到他的身边，望着悟道松下的男男女女，笑道："若是施主没有主意，我倒想请施主看幅画卷。"

裴宴没有说话，淡淡的青色经络却浮于手背，手好像抓得更紧了。

慧空指了下面的郁棠和李竣等人，道："施主你看！"

他并不指望裴宴会回答他，所以继续道："我们站在二楼望去，只觉得男才女貌，如同一对璧人，那位公子仿佛对那位小姐十分倾心，正小心翼翼地和她说着话。可实际上，那位公子和小姐在说话之前并不认识，而且是那位小姐主动跟那位公子搭的话。可见事实和想象有多大的差距。"

"我和令尊是方外之交，他唤你回来的事，也曾跟我说过。我当时觉得令尊做得对。可谁又知道，令尊会因此而病逝呢？所以，还请你节哀顺变，不要用想象去代替事实，不要用未来去惩罚现在。你应该更关注目前。否则，裴老太爷唤你回来又有何意义？"

裴宴垂了眼。长长的睫毛像齐刷刷的小扇子，在眼睑处留下了一道阴影。

慧空看着，喧了一声佛号，转移了话题："施主说想借昭明寺的藏经阁一用，本寺深感荣幸。不知道施主对哪本藏经感兴趣呢？老衲平日常诵《金刚经》，不知施主可有什么心得？"

裴宴突然睁开眼睛，然后冷冷打断了慧空的话："《心经》。"

慧空一时没有反应过来："什么？"

"我说《心经》。"裴宴的目光依旧看着原来的地方，道，"您问我喜欢什么，我说喜欢《心经》。"

慧空长长地松了一口气。裴宴愿意和他说话就好。

自从裴家老太爷去世后，裴宴就不再跟别人交流，说出来的话也带着几分金戈铁马般的杀戮，让他身边的人都不好受不说，还传出许多不利于裴家的流言。这是和裴老太爷私交甚笃的慧空大师不愿意看到的。

"你从小就有过目不忘的才能，《心经》短短百来字，想必已被你烂熟于心……"慧空一面和裴宴说着话，一面想着他刚刚翘起来的嘴角，忍不住顺着他的视线望过去，只看见原本站在悟道松旁的女子已不见了踪影，只留李府的那个二公子李竣一个人孤零零地站在那里。

他身后的年轻士子还在吵着什么，他的神色却很茫然，仿佛被人抛弃了似的。

这恐怕又是另一个故事了。

慧空收回心绪，继续和裴宴说着《心经》，想通过这种方式，打开裴宴的心结。

郁棠是被马秀娘拉走的。

马秀娘在听到那群人起哄的时候就怕郁棠会有麻烦，她三步并作两步地跑了过去，匆匆地对李竣说了声"抱歉，我和妹妹走散了"，然后强拉着郁棠离开了悟道松。

郁棠低一脚高一脚的，直到爬上通往洗笔泉的山路才缓过气来。

她恨不得立刻就赶回家去，把自己的发现告诉陈氏，查清楚林氏为何一定要她做媳妇。

但马秀娘好不容易能和章慧出来一趟，她不能只管自己不管别人。

郁棠实在是太害怕旧事重演，再次和李家扯上关系，又不愿意扫了马秀娘的兴，她悄悄地招了阿苕："你回去跟我姆妈说，李夫人说谎，在我回家之前，无论如何也不能答应李家什么事。"

阿苕有些摸不着头脑，但今天郁棠是来相看李家二少爷的，刚才又同李家二少爷搭上了话，郁棠等不及到家就让他去报信，想必这件事很要紧，忙连声应下，一溜烟地跑下了山。

郁棠心中微安，这才有心情陪着马秀娘去洗笔泉。

马秀娘心里却开始有些狐疑，道："是不是李家二少爷说了什么不妥当的话？我刚才听着他们起哄了！"

不管是梦中还是现实，李竣都没有做出什么对不起郁棠的事，郁棠也不能因为他是李家的子弟就冤枉他。

她道："那倒没有。只是我不喜欢长成他那样的。"

马秀娘有点可惜，道："那就没有办法了。这就像青菜萝卜，各有所爱。勉强不得。"

郁棠越和马秀娘相处，就越觉得她通透体贴，是个难得的可交之人。

她笑着挽了马秀娘的胳膊，亲亲热热地喊了一声"姐姐"，说起了她感兴趣的话题："你和章公子的婚期定下来了没有？到时候还要打家具、订喜饼、请全福人，来不来得及？"

"来得及！"马秀娘果然被转移了注意力，她欢欢喜喜地说着自己的事，"家具什么的，我姆妈从前就给我做好了两口樟木箱子，其他的，就先紧着章家的，有多少算多少……"

两人说着话，很快就到了洗笔泉。

洗笔泉是个小小的泉眼，泉眼下是个一半藏在山石里一半露在外面的小洼，宽不过三尺，深不过双膝，清澈见底。旁边两株碗口粗的树，不知道是什么品种，却树冠如伞，低低地覆在水洼上面，还有不知名的草叶落在水面上。

七八个妇人正围着小洼打水。章慧带着小厮远远地站在一块横卧的大青石旁，看见她们眼睛一亮。

马秀娘抿了嘴笑。

两人一句话都没有说，眉眼间却喜气盈盈的，让人看着就觉得高兴。

郁棠见通往洗笔泉的山路还继续蜿蜒向上，好像可以接着往上爬似的，不由笑着小声问马秀娘："你们要不要去爬山？我和喜鹊在这里歇一会儿，喝点水再走。"

马秀娘脸色一红，低声道："你和我们一起去爬山好了。"

郁棠连连摇头，道："我走累了，要在这里歇会儿！"

马秀娘自然不能丢下她不管，还要说什么，郁棠已道："我刚刚才见过李家二少爷，我想自己先静一静，想想以后怎么办。"

马秀娘想想也是，不好再劝她，叮嘱了喜鹊几句，看着来打水的人慢慢少了，这才给了章慧一个眼神，先行往山上去。

章慧不知道发生了什么事，好奇地看了郁棠一眼，等马秀娘走了一段距离，这才跟了上去。

郁棠是真的在想以后怎么办。

李家的事一定得查清楚，不然就算是她招了女婿在家里，李家要对付他们家也是很容易的。她梦中可是见识过李家的那些手段的。

不知道为什么，郁棠突然想到了裴三老爷。她突然觉得，她这么想也不全对。如果他们求了裴家庇护，李家肯定不敢随意就对付他们家。问题就出在"随意"这两个字上了。裴家为什么要为了他们家和李家对上呢？林氏所求之物对李家到底有多重要，李家会不会因此而宁愿和裴家对上呢？

想到这些，郁棠就有些烦躁。为什么他们家一定要依托裴家或是顺从李家呢？说来说去，还是他们家不够强大。可他们家人丁单薄，这个时候让大堂哥去读书也来不及了啊！毕竟远水解不了近渴。

那还有没有第二条路可走呢？继续做生意？搬出临安？

杭州府的达官贵人更多，他们又是外来户，很难得到世家大族的庇护，那还不如在临安，至少周围都是知根知底的乡亲。郁家一直与人为善，他们家若是有事，街坊们也多愿意出手相助。梦中，她父母去世之后，她就得到过他们的很多帮助。

哎！真是左也难，右也难。若是裴三老爷遇到这样的事，不知道他会如何解围。郁棠在那里托腮发愁。

喜鹊看她安安静静坐在那里快两刻钟了都没有说一句话，有些无聊，就在附近能一眼看得到她的地方折了树枝做花冠玩。

又有人过来打水。郁棠随意看了一眼。是个十二三岁的童子，梳着双角，穿着件青莲色杭绸道袍，怀里抱着个小木桶，脸圆嘟嘟的，粉扑扑的，看着十分讨喜。

察觉到郁棠的视线，他好奇地看了郁棠一眼，随后露出惊讶的表情，半响都没有挪开眼睛。

郁棠见四周没人，这童子又很是可爱，笑着逗他："你认识我？"

童子像受了惊吓般，连忙摇头，再不敢看她，转身去打水。

郁棠看着好笑，心情都变得轻快起来。

那童子一面打水，一面悄悄地偷窥她，好像她是只大老虎似的，张口就能吃了他，特别好玩。

郁棠道："你这是要做什么呢？"

童子怀里的木桶虽小，但也能装上四五斤水的样子。这童子年纪尚幼，短时还好，若是走长路，怕是抱不动。何况这童子一身富贵人家的打扮，行的却是小厮之事，想必是哪位先生养在身边的书童。这户人家不仅十分富足，还对身边的仆从颇为友善，不然这童子的表情也不会这样生动活泼了。

她觉得这童子十之八九是跟着家里的主人来寺里游玩的。

童子想了想，腼腆地道："是住持，要煮茶。我家老爷就让我来取水。"

家中仆人穿成这样，能得了昭明寺的住持亲自接待也就很正常了。

郁棠笑道："我只听说这泉水喝了能明目清肺，不知道还能煮茶。煮茶好喝吗？"

那童子听着笑道:"不好喝!可住持说了,喝茶是明志,我们家老爷最烦别人这样附庸风雅了,不想和他计较,就随他去了。反正我们老爷是不喝的。"

郁棠听了一愣,竟然这样评价昭明寺的住持……她觉得这童子家的老爷很有意思,嘻嘻地笑了起来。

童子看着也跟着笑了起来,好像对郁棠更亲近了。

他把打了一半水的小木桶放在旁边的青石上,半是抱怨半是骄傲地道:"是真的!我们家老爷说了,什么天下第一泉、陈年的雪水,那都是些没事干的文士为了糊弄人造出来的,不管是什么水,澄几天,都一样用。我们家老爷还说过,他老人家有个师兄,买了一条船,半夜停在江中间,潜入江下三丈打了一桶水上来沏茶喝,还要分什么春夏秋冬,世人竞相效仿,风靡一时,全是一群疯子。"

郁棠哈哈哈大笑,朝着那童子竖了大拇指,道:"你们家老爷才是真正的名士做派,魏晋风骨。"

童子听了露出与有荣焉的表情来,抱了小木桶道:"住持师父和我们家老爷还等着我的水呢,我先走了。"

郁棠朝着他挥手,道:"你慢点,小心些,别跌倒了。"

童子乖乖点头,问她:"你怎么一个人在这里?要不,等我把水送回去了,跟我们家老爷说一声,我来陪你,等你家里人过来了我再走?"

"不用!"郁棠指了指远处的喜鹊,"我就是在这里歇会儿!"

童子松了口气的样子,笑着和她告辞,抱着小木桶走了。

郁棠继续想李家的事。如果不依靠别人,怎么才能摆脱李家呢?李家又有些什么人或事可以利用的呢?她慢慢地回忆着梦中嫁入李家之后发生的事。

李家后来是靠做海上生意发的财。与临安府的人不同,临安府的人做海运生意,都是从杭州找的门路,李家却是从福建找的门路,是林氏的娘家牵的线。李家手段开始凌厉,也是在暴富之后,有了钱做胆、官位为伞之后。但那都是现在没有发生的事,根本不能作为把柄。当然,还有一件事可以利用,就是李端对她的觊觎。但这太恶心人了。她宁愿死,也不愿意利用这件事。

想到这里,她眼前一亮。那李竣呢?如果利用李竣呢?比如说,李竣在梦中是意外逝世的。如果她救了李竣,持恩求报,要求李竣发誓,不娶她为妻,不与郁家为敌呢?

郁棠越想越觉得这件事可行。最大的问题是要打消李竣对她的兴趣。那就得明明确确先拒绝李竣,或者是以最快的速度定下一门亲事。然后安排她的未婚夫去救李竣。朋友妻,他肯定不好欺!

郁棠觉得几天以来的郁气一朝散尽,心情都变得美好起来。不过,最终还是得自强自立才行。只是她现在没有什么主意,只能慢慢想了。

郁棠打定了主意,去找了喜鹊,和她一起做了几顶花冠。等到马秀娘和章慧回来，她分了几顶花冠给马秀娘。

为了避开李竣等人，他们没有在昭明寺用斋食，只是买了几盒昭明寺特有的素点心，在弥陀村路边的食肆借了个僻静的角落，吃了自带的干粮。等到了来接人的阿苕，他们这才各自打道回府。

陈氏翘首以盼，好不容易把郁棠盼回了家，没等郁棠从雇来的轿子里下来站稳，就拉着女儿的手往厅堂去。

一面走，她还一面吩咐双桃："把镇在井里的甜瓜切一个端过来，打了水服侍小姐梳洗更衣。"

双桃应声而去。

郁棠被母亲按着坐在了厅堂的太师椅上。

陈氏见她鬓角的发丝都被汗打湿了，心疼得不行，转身不知道从哪里拿了一把团扇出来，坐在她身边打着扇："你给我好好说说，今天到底出了什么事？你怎么中途让阿苕给我带了那么个口信？把我吓得坐立不安的，生怕你出了什么事。"

郁棠没有想到。她忙向母亲道歉，道："我是觉得那汤太太像块牛皮糖似的，怕她胡说八道的，姆妈和阿爹被她说动了心。"

陈氏嗔道："你阿爹和姆妈就这么糊涂啊！"

郁棠嘿嘿笑。

陈氏正色道："是不是李家二少爷有些不妥当？"

虽然女儿出门的理由说得含含糊糊，但她毕竟比女儿经历得多，琢磨着郁棠多半是担心和李家的婚事，想亲自看看李家的二少爷长什么样子。他们家不是什么豪门大户，有很多的规矩，也不是什么人丁兴旺之家，有很多的孩子，他们夫妻只想着女儿以后能过得幸福就行，想着若是能看对了眼，那岂不是桩极好的姻缘？这才睁只眼闭只眼，让阿苕陪着郁棠出去的。

见女儿等不到回来就派了阿苕带信给她，她怎能不担心？

郁棠把今天相看李竣的事一五一十地都告诉了陈氏。

陈氏惊讶得半晌都合不拢嘴，直到双桃端了甜瓜进来，服侍郁棠梳洗更衣之后离开，她才找到自己的声音似的，小心翼翼地问吃着甜瓜的郁棠："也就是说，李家二少爷根本不认识你，李夫人求亲的话都是粉饰之词？"

郁棠点了点头，觉得今天的甜瓜格外甜，塞了一块给母亲，把自己的怀疑告诉了母亲："我就是觉得他们家肯定是图我们家什么。可惜，我想不到我们家有什么能让他们家觊觎的。"

陈氏看着女儿那张就算是在光线昏暗的屋内依旧像上了一层釉似的面孔，不由有些得意。像他们家阿棠这样漂亮的小姑娘，不要说是临安城，就是杭州府，恐怕也不多见。难道就不能是看上了他们家阿棠长得漂亮？

陈氏虽然这么想，但也知道不太现实。

她道:"我已经让人给你阿爹带信了,让他今天早点回来。你阿爹毕竟是秀才出身,比我们见多识广,这件事,还得他拿主意。"

三个臭皮匠,顶一个诸葛亮。郁棠是喜欢有什么事说出来和家里人一起商量的。

她道:"阿爹今天去码头了?"

裴家新上任的大总管裴满做事利落,裴家老太爷还没有过七七,长兴街重建的事就已经开始。她之前听阿苕说,裴家从杭州那边买了几船砖瓦,这两天就要运到苕溪码头了,郁文这几天都和郁博在一起。

陈氏"嗯"了一声,觉得这次的甜瓜的确比平日吃的要甜,对郁棠道:"你留点给你阿爹吃!这个瓜就剩这一点了。"

郁棠朝母亲眨眼睛,郁文回来了。

陈氏忙迎上前去,服侍郁文洗脸净手。

郁棠起身喊了声"阿爹",等郁文收拾好了就端了甜瓜给郁文吃。

郁文夸了女儿一声"乖",问陈氏:"什么事火急火燎地把我给催了回来。我今天还想请佟掌柜到章二鱼馆喝两盅呢!这季节吃鱼最好不过了。"

陈氏笑道:"我就说你怎么去这么久,砖瓦的事还顺利吧?"

"顺利。"郁文道,"家里出了什么事?"

陈氏把郁棠去昭明寺的事说了一遍。

郁文十分心大,不以为意地道:"管他们要干什么,我们不答应就行了。"

陈氏皱着眉道:"可他们这样,就怕所图不菲,没了这件事,还能整出件别的事来,防不胜防。"

郁文笑道:"除了我们家阿棠所托非人,其他的事有什么好担心的?千金散尽还复来嘛!"

"你说得倒好。"陈氏不满地道,"我就是怕他们搅和我们家阿棠的婚事。"

"这件事你别管了,"郁文道,"我自有主张。"

郁棠听着头皮发麻。自从有了鲁信卖画的事,她对她爹都有了全新的认识了。他的主张,她可一点也不放心。

郁棠摇着母亲的胳膊,撒着娇道:"姆妈,您看阿爹,一点也不关心我,那是我的终身大事,他谁都不商量就想定下来,哪能这样啊!就算是买张桌子还要去看几遍呢!"

"你这孩子,说什么话呢?"郁文朝着女儿瞪眼,道,"这选夫婿是买桌子吗?你以为你的事我不着急啊,这不是没有什么好人选吗?我知道你是怕我把你嫁到李家去,你放心,没有经你同意,我谁家也不答应。"

郁棠欣喜地惊呼一声,狗腿地把装着瓜果的盘子捧到郁文手边,讨好地道:"阿爹,这世上您是对我最好的人了,您也是这世上最好的父亲了!"

"那是!"郁文虽然觉得女儿这话有点夸张,可还是止不住嘴角高翘,心情舒畅。

陈氏直摇头。

第二天一大早，她就派了人去给汤太太回信，说是他们家已经决定为郁棠招婿了，恐怕不能和李家结亲了。

汤太太得了信就立刻赶了过来，一面喘着气，一面苦笑着对陈氏道："我们也知道你们家要招婿，这话也跟李家二少爷说了，可没想到的是，李家二少爷宁愿入赘也要娶令千金。这不，这件事闹得他们家大少爷知道了，把二少爷关在了家里，还写了信去给李大人。二少爷坚决不从，已经开始闹绝食了。

"李夫人是最心疼孩子的，既怕二少爷有个三长两短，又怕李大人知道了生气，您的人前脚一走，她后脚就来了，让我无论如何也要帮他们家二少爷走这么一趟。说是他们家孩子是真心实意喜欢你们家小姐的，让您无论如何也给他们家二少爷一个机会，先别忙着给你们家小姐定亲。能不能入赘，最多三个月，他们家就给一个准信。"

说完，她长叹一口气，拉了陈氏的手道："这满城的秀才娘子，我就羡慕你。夫婿对你一心一意不说，就是养个女儿也这样给你争气。你说，李家是什么人家，他堂堂的二少爷不做，来给你们家当上门女婿，不管这门亲事成不成，你这辈子都值了。"

陈氏和郁棠都被这个变故惊呆了。没有想到郁家提出来的条件这样苛刻，李家居然还会考虑。这让郁棠更加忌惮这门亲事，忌惮李家。又觉得这一切的后续都是因为她昨天私自去找了李竣……郁棠心情复杂。

可等到了下午，她只想抽自己几下，想让时光倒流。

陈耀请了媒婆上门提亲。

陈氏目瞪口呆，和陈婆子道："这又是哪里冒出来的一个人？"

陈婆子也被这段时间发生的事给弄得有点头晕，她道："说是在县学读书，昨天去昭明寺游玩的时候偶遇了我们家小姐，念念不忘，禀明了父母之后，特请了人来求亲。"

陈氏道："那他知不知道我们家是要招女婿的？"

陈婆子道："说是知道。还说他们家五个儿子，他排行第三，家里同意他入赘。"

郁棠揉了揉鬓角，只得出来收拾残局，把在昭明寺如何遇到陈耀的事告诉了母亲，并道："这个陈耀不成，他人品不好。"

陈氏没想到还有这种事，她好奇地问郁棠："那个陈耀真的只是见了你一面？"

"真的只是见了我一面！"郁棠头痛，"您还想他见我几面啊？"

"别急，别急。"陈氏安抚女儿，道，"我只是没有想到真的有人见了你一面就来我们家提亲的。"

郁棠怎么听怎么觉得母亲语气里隐隐带着几分骄傲呢？

她无力地道:"您能不能先把那媒婆打发走了?她这样带着一堆东西堵在我们家门口,我怕到时候大家都以为我急着出阁呢!"

郁棠的话提醒了陈氏,陈氏忙对陈婆子道:"快,快去让那媒婆走了,说我们家阿棠的婚事她爹已经有主意了,暂不议这事。"

陈婆子应声而去,却满面春风。显然对有人能这样来家里提亲非常高兴。

郁棠以为这件事就这样完了。不承想过了两天,傅小晚也请了媒人来提亲。只是傅家知道郁家要招婿后,很失望地走了。

好歹有个正常人啦!郁棠松了口气。可她貌美的名声却因此被传了出去。

等到郁家的人知道,已到了中秋节送节礼的时候了。

大伯母王氏就笑着打趣陈氏:"我们家阿棠真是好福气。一家有女百家求,这样的事只在书上看到过,却是第一次亲眼见到。"

陈氏发愁,和王氏说着体己话:"我这人是不是胆子太小了?木秀于林,风必摧之。我怎么觉得阿棠有这个名声不是件好事,想起来我心里就怦怦乱跳呢!"

王氏一愣,道:"我们家阿棠有兄弟维护,还有个秀才的阿爹,又不是那没有依靠的寒门小户,有什么好怕的。不过,姑娘家还是贤名重于美名,阿棠的婚事,要快点定下来才是。"

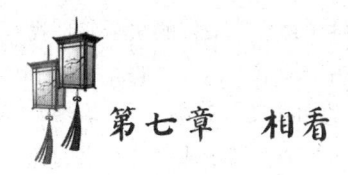

## 第七章 相看

陈氏和王氏的担心不无道理。

很快,就有"郁家女儿依仗自己有几分姿色就不知道天高地厚,要招个读书人做女婿"的传言,等到这个传言传到陈氏和郁棠的耳朵里时,临安城已传得沸沸扬扬,少有不知道的。

陈氏气得直哆嗦,半晌都说不出话来。

郁棠生怕她有个好歹,忙让阿苕去请大夫。

陈氏一把抓住了郁棠的手,眼眶顿时湿润起来,道:"阿棠,去请了你大伯母过来,我有话跟她说。"

郁棠听了就在心里琢磨开来。

她若是再装小姑娘,家里有什么大事恐怕都不会和她商量,偏偏很多事她都是知道结果的,而想让父母相信她,她就得拿出手段来,让父母觉得她有能力、有见识，可以帮着家里解决困境。

"姆妈！"郁棠拿定了主意，不仅没有去请大伯母，还坐在了陈氏的床头，直言道，"您是为了外面的那些流言吗？"

陈氏不想让女儿烦心，道："大人的事你不要管，让你去请你大伯母你就去请好了。听话！"

郁棠笑道："姆妈，我已经长大了。有些事，您可以试着和我说说。若是我说得不对，您再找大伯母也不迟。"

陈氏愕然。

郁棠道："如果您是为别的事找大伯母，我这就去请大伯母。若是为了外面那些关于我婚事的流言，我倒有个主意。您不妨听听。"

陈氏看着女儿一副胸有成竹的样子，不免有些犹豫。

郁棠笑道："实际上这件事不难。您只要请个官媒到家里来，然后拿一笔银子给她，把我们家要招什么样的女婿跟她说说就行了！"

陈氏忙道："这怎么能行？官媒通常都不靠谱。"

郁棠笑道："我们又不是真的要那官媒保媒，靠不靠谱有什么关系。"

陈氏惊得坐直了身子，忙道："你这是什么意思？"

郁棠就细细地给母亲讲道："您想想啊，外面那些流言蜚语也不知道是从哪里来的，我们就是想查也查不出个什么来，就算是万一让我们查到了，别人一句'不过是随意说说'，就能让我们拿别人没有办法。对付这种事，最好的法子就是我们也传出话去。那些人不是说我不知天高地厚，要招个读书人做女婿吗？我们干脆把招女婿的条件宣而告之，让那些流言不攻自破，这件事不就解决了？"

陈氏还是有些转不过弯来，道："难道我们随便招个女婿不成？读过书的和没有读书的可不一样。仓廪实而知礼节，衣食足而知荣辱。家底太薄了，饭都吃不饱，哪里还有那么多的讲究？到时候就算是到了我们家，他今天眼红这个，明天算计那个的，没事也会闹出事来。若是将来孩子受了父亲的影响……你还有什么好日子过？"

"怎么可能随便找一个？"郁棠笑道，"您想多了。"

陈氏皱眉。

郁棠徐徐地道："读书人不等于有功名啊！"

陈氏恍然大悟，反手握紧了女儿的手，连声道："我怎么这么糊涂，我怎么这么糊涂！"

郁棠抿了嘴笑。

陈氏激动地道："有功名的自然不愿意入赘，而且就算入了赘，将来也麻烦。我们应该寻个相当的人家，读过几年书，为人厚道，能写会算，能帮着打理庶务，将来有了孙儿，父亲那边的血脉不差，肯定不会蠢。再交给你阿爹悉心教导几年，说不定我们家也能出个举人、进士呢？"她越说越觉得可行，"这样的人家，父母肯定也不是那见到东西就挪不动脚的，以后和我们有来有往的，当多个亲戚走动。你们要是遇到什么事了，那边还能帮衬帮衬。我们还可以答应人家，三代归宗，到时候幺房的还跟着他们家姓。"

话说到这里，陈氏的郁闷一扫而空，坐不住了。

她叫了陈婆子进来，抓了一把铜钱给了陈婆子，让陈婆子去请官媒来家里，并道："多请几个。反正是要把这件事宣扬出去，人越多越好。"

陈婆子见郁棠的事有了对策，心里也跟着高兴，喜气洋洋地走了。

陈氏呵呵地笑，转身拉着女儿的手上下打量起来。

郁棠想着自己到底和从前不一样了，心里难免有些发虚，不自在地道："姆妈，您这是怎么了？"

"我是在看我们家阿棠可真是长成大姑娘了。"陈氏眼角眉梢全是喜悦，"从前是姆妈和你阿爹不对，总觉得你是在胡闹。可看你这些日子做的事，虽说大胆得很，可也是有棱有角，主意正得很。"说着，她长长地叹了口气，欣慰地道："从前我们没有一定要把你留在家里，就是怕你撑不起这个家来。如今看来，姆妈和你阿爹关心则乱，不知道我们家阿棠骨子里是个有主见、有担当的好姑娘！"

你们并没有看走眼！是老天爷让我在梦中预知了未来，我才能在应该担起这个家的责任时担起这份重担。

郁棠眼角微红，紧紧地搂住了母亲，又是愧疚又是心酸地喃喃道："姆妈，您别这么说，是我，是我的错……"

"你看你，又胡说八道了。"陈氏哪里能猜到郁棠的心事，还以为女儿是不知道说什么好，笑着推开了郁棠，见郁棠满脸的泪，奇怪地道，"你又是怎么了？"

母亲什么都不知道，却让郁棠觉得既踏实又安稳。她擦着眼泪笑道："我没事，就是好久都没有被姆妈这样夸过了！"

"你这孩子！"陈氏露出哭笑不得的表情，道，"让你做的鞋面你都绣好了吗？这要是真的找到了个合适的人家，很快就要给你办婚事了。你可别到时候连鞋都要去铺子里买。"

江南这边的风俗，新妇第二天认亲的时候，是要送公爹婆母等亲戚亲手做的鞋袜的。

郁棠从小就喜动不喜静，又有父母娇宠着，女红自然也就很一般，梦中后来嫁到李家，见林氏待她不善，就更不愿意给谁做针线了，绣个花叶子都绣不好。陈氏揪着她不放，她哪里还敢多说，一溜烟就跑了。

陈氏望着女儿的背影，笑得直不起腰来，却被从长兴街那边赶回来的郁文撞了个正着。

他松了口气，笑道："什么事这么高兴呢？刚刚碰到阿苕，说你身子骨不好，要请大夫来着……"

陈氏笑着把刚才的事告诉了郁文，并道："有了阿棠的主意，我这病还不得立马就好。"

"还有这种事？！"郁文惊呼，"士别三日，当刮目相看。真是没有想到。"

"可不是！"

夫妻俩感慨了半天。

郁文把郁棠叫到书房好好表扬了一通，还把郁家祖传的一块豆沙绿澄泥砚送给她了。

郁棠拿着砚台和母亲抱怨："这么名贵的砚台，我要是用了，阿爹肯定要嗷嗷叫的，这算什么奖励啊？不过是换了个地方让我帮着保管罢了。"

陈氏笑着点了点郁棠的额头，道："给你做压箱底的还不够体面吗？"

郁棠嘻嘻笑。

陈氏疼爱女儿，不想她失望，去银楼订了一个珍珠发箍、一对珍珠头花送给郁棠，道："你马姐姐出阁的时候，你正好戴着去喝喜酒。"

郁棠惊喜地道："马姐姐的婚期定了？"

陈氏笑着点头，道："定在了九月初六。添箱的东西你准备好了没有？要是没有，就赶紧去铺子里订了。我给你出钱。"女儿的女红，她是不指望了。

郁棠想多送点东西给马秀娘，银子当然是越多越好。她撒着娇又从陈氏那里多要了五两银子，去银楼给马秀娘订了一对银手镯，一支镶翡翠的分心。

很快，官媒就把郁家招女婿的条件大事宣扬了一番，还解释道："不是那几家的公子不好，是不符合郁家条件，这也是没有办法的事。"

众人都觉得有理，关于郁棠"心高气傲要招读书人做女婿"的流言也就慢慢散了。

不过，郁棠的婚事也放在了很多人的心上。

这天，郁文去给佟掌柜送了中秋节礼之后回来，很是高兴，酒意微醺地对陈氏道："佟掌柜说要给我们家阿棠做个媒！"

陈氏一面端了醒酒汤给郁文，一面高兴地道："量媒量媒。佟掌柜人这么好，说的亲事肯定也靠谱。你坐下来仔细给我说说。"

郁文将手中的醒酒汤一饮而尽，和陈氏在灯下道："佟掌柜说，他有个好友，姓卫，两口子都是爽利人。家里有一个油坊，两百多亩地，还有个山头，种了三百多株桂花树，家里五个儿子，全都启了蒙，是他看着长大的。长子肯定是要留在家里继承家业的，其他的儿子应该可以入赘。若是我觉得可以，他就去探探口风，把人叫出来给我们家瞧瞧。行了，就让我们家阿棠给他做双鞋穿；不行，就当是我认了个子侄。"

"五个儿子？"陈氏笑道，"那敢情好。若是这门亲事成了，我们也有个亲戚搭把手。你看你一个秀才，还要亲自管着铺子里的事。要是家里多几个孩子，你和大伯也不必如此辛苦了。"

郁文因郁棠的婚事有了眉目，心里高兴，开玩笑道："说来说去，都怪裴家。要不是裴家每年资助那么多的学子，临安府怎么可能出那么多的秀才？你看看别的地方，秀才多值钱。再看看我们临安，真是人比人气死人！"

"好了，好了，你少说两句。"陈氏笑着嗔道，"喝了酒就胡说八道。人家裴家做好事，还碍着你了不成？我倒觉得，我们临安府的秀才越不值钱越好。走出去多好听啊！那些在外面做生意的，别人也不敢随意欺负。"

夫妻俩高高兴兴地说着体己话，大伯母王氏拿了新鲜上市的水梨过来，说是给郁棠尝尝的，妯娌间不免说起郁棠的婚事，知道佟掌柜要给郁棠保媒，王氏喜道："定了日子，你记得叫上我，我也去看看。"

陈氏笑道："还不知道能不能成，只是去探探口风。"

王氏不以为然地笑道："就凭我们家阿棠，只有她挑别人的，哪有别人挑她的？"
陈氏显然对这门婚事有所期盼，连声笑着说"借你吉言"。

或者真的是有缘分，佟掌柜那边很快就回了信，说卫家的次子、三子都和郁棠年纪相当，随郁家挑。

王氏听了笑得合不拢嘴，对郁博道："我看这卫家都是实在人，说不定真是一门好亲事呢！"

郁棠是家中的掌上明珠，何况关系到她的终身大事。郁博虽然没有亲自去问，但也很关心，闻言仔细地叮嘱王氏："你年纪比弟妹大，行事又是最稳当妥帖的，阿棠的这件事，你要好好地看看，什么都是次要的，这秉性第一要紧。家和万事兴，要是脾气不好，再有本事、长得再体面、为人再老实，也过得不舒服。"

"知道了，知道了！"王氏说起这件事，想起了自己的儿子，坐在镜台前梳头的时候和郁博道，"远儿的婚事，你是不是也拿个主意？"

王氏之前想和娘家兄弟结亲的，谁知道那孩子长到八岁的时候夭折了，王氏吓了一大跳，去庙里给郁远算命，都说郁远不宜早结亲，他的婚事才一直拖到了现在。

郁家子嗣单薄，向来把孩子看得重。郁博也不敢随便拿主意，道："我和惠礼商量了再说。"又问王氏："是两个孩子都相看，还是定下了相看谁？"

王氏笑道："弟妹的意思，次子比阿棠大两岁，年纪大一些，懂事一些，就相看他们家次子。"

郁博点头，不再议论此事。

郁棠这边事到临头了，心里却有些忐忑不安起来。自己的婚事，就这样定下来了吗？不知道那个叫卫小山的人长什么样子，是什么性格，怎么看待这门亲事。

她长长地叹了口气，在心里告诉自己，卫家诚意十足，卫家的长子听说还考上了童生,能结这样一门亲事,也算是门当户对了,她应该很满意才是。但想的是一回事,心却不受她的控制,始终蔫蔫的,提不起兴致来。

到了相看的日子,陈氏请了马秀娘来陪郁棠。

因相看的地方定了昭明寺,郁家除了要雇车马、准备干粮,还要在昭明寺定斋席,请中间牵线的人……陈氏忙前忙后的,郁棠又有心遮掩,陈氏没有发现郁棠的异样,马秀娘却发现了。

她找借口把在屋里服侍的双桃打发出去,拉着郁棠的手说着悄悄话:"你这是怎么了?不满意,还是有其他的……念想?马上要相看了,若是没有什么明显的不好,这件事十之八九就定下来了。你要是有什么觉得不好的,趁着现在木没成舟,早点说出来。一旦这亲事定下来了,你就是有一千个、一万个想法,可都得一辈子给我压在心里了。这可不是闹着玩的。会害人害己的。"

马秀娘始终不相信郁棠面对李竣这样不论是模样还是诚意都让人挑不出毛病的人一点都不心动。

郁棠朝着马秀娘笑了笑,只是她不知道,她的笑容有多勉强。

"我知道。"她低低地道,"我姆妈和阿爹也不是不讲理的人。我只是觉得,就这样嫁了……"

她有点害怕。梦中,李端和顾曦,不知道多少人羡慕。就是她,在没有发现李端那些下流心思之前,不也觉得他们夫妻喝酒行令、画眉添香,是一对比翼鸟吗?

马秀娘不相信,但怕自己说多了引起郁棠的反感,以后有什么话都不跟她说了,像之前胡闹似的跑去昭明寺会李竣,惹出更多的事端来就麻烦了。还不如她看着点,别让郁棠出什么事。

"大家都一样啊!"她索性顺着郁棠的话安抚郁棠,"你看我,和章公子也算得上是从小就认识了,可真的说了亲,定下了婚事,我心里还不是一直在打鼓,生怕这里做得不好,那里做得不好。等过些日子,自然就好了。"

郁棠笑着谢了马秀娘,好像被她的话安慰到了,实则心里却更是不安了。她的害怕,和马秀娘所说的害怕还不一样。她不怕环境改变了,也不怕自己嫁人之后会过得不好,她怕的是,她不想嫁给这个人……

念头闪过,郁棠愣住了。她,她原来是不想嫁给这个人吗?可这个人有什么不好的?大家不都是这样的吗?父母之命,媒妁之言。门当户对的,就能结亲了。卫家还把腰弯到了地上,两个儿子任他们家选,她还有什么不满意的?她想找什么样的人?

郁棠被自己吓了一大跳。想和马秀娘说说,却又不知道从何说起。

陈氏已经在外面催她们:"你们收拾好了没有?马车到了,我们还要赶到昭明寺用午膳呢!"

马秀娘忙应了一声,帮着郁棠整理一番就出了门。

郁棠再多的话都被堵在嗓子里。

昭明寺还是像从前一样高大雄伟，可看在此时的郁棠眼里，却觉得它太过嘈杂浮华，没有镇守一方大寺的威严和肃穆。或许是因为心境变了，看什么的感觉也变了。

她在心里暗暗琢磨着，被陈氏带去了天王殿。

来陪着郁棠相看的人还不少，除了郁文两口子，女眷这边是马秀娘和王氏，男宾是佟掌柜、郁博和郁远。

按照和卫家的约定，两家各自用过午膳之后，大家就去游后山，然后在后山的洗笔泉那里装作偶遇的样子，两家的人就趁机彼此看上几眼。

郁棠心事重重地用了午膳，和马秀娘手挽着手，跟在陈氏和王氏的身后，往洗笔泉去。

为了不喧宾夺主，马秀娘今天穿了件焦布比甲，插着鎏银的簪子，戴着对丁香耳环，非常朴素。郁棠则穿了件银红色的素面杭绸镶柳绿掐丝牙边的褙子，梳了双螺髻，插了把镶青金石的牙梳，华丽又不失俏皮。

卫家的人在人群中一眼就看见了郁棠。卫太太等不到儿子表态就已非常满意了。待回过头去看儿子，儿子已经满脸通红，抬不起头来。卫太太忍不住就抿着嘴笑了起来。

郁家的人也一眼就看见了卫小山。

他穿了件还带着褶子的新衣裳，高高的个子，身材魁梧，人有点黑，但浓眉大眼的，敦厚中带着几分英气，是个很精神的小伙子。看郁棠的时候两眼发光，亮晶晶的，透着让人一眼就能看明白的欢喜。不要说郁家的人了，就连来时还有点不快的郁棠，都对他心生好感，飘忽的心顿时都变得安稳了几分。

若是这个，倒也还好。她在心里想着，不禁仔细地打量了一眼卫家的人。

卫父一看就是个沉默寡言的乡绅；卫太太精明外露，目光却清正；卫家的长子和卫小山长得很像，只是眉宇间比弟弟多了几分儒雅；卫家的长嫂也不错，清秀温和，说起话来慢条斯理的，看着像是读过书。还有个相陪的，是卫太太娘家嫂子，看着也是爽利能干的。倒是卫家跟过来的老五卫小川，刚满十岁，看到郁棠之后就一直有些气呼呼的。两家人说话的时候他落在大家的身后，不知道什么时候还折了一条树枝，一会儿扫着路边齐膝的杂草，一会儿打打身边的树枝，时不时地弄出些动静来，打断了两家人说话的兴致。

卫太太看着直皱眉，把长子叫过去低声吩咐了几句，卫家的长子卫小元就沉着脸将卫小川拎到了旁边，低声斥责了他几句，卫小川竟然发了脾气，一溜烟跑了。

郁家的人看着，有些奇怪。

卫太太应该一直观察着郁家人的脸色，忙向陈氏解释道："这孩子是最小的一个，被家里人惯坏了。今天原本没有带他，可到了昭明寺才发现他不知道什么时候跟了过来，只好带在了身边。亲家……嗯，郁太太不要放在心上。我回去了之后会好好教训他的。"

陈氏是你敬我一尺，我敬你一丈的人，见卫太太这样客气，忙道："小孩子都是这么顽皮，卫太太不必放在心上。"

卫太太听了，立刻就和陈氏搭上了话。说的虽然都是些日常琐事，却能看得出来，她对陈氏很是用心，非常想和郁家结亲。

陈氏对卫太太一家也满意，散的时候明确表示让卫太太有空的时候去家里做客。

卫家的人包括卫父，都面露喜色。

回去的时候马秀娘也一直在夸卫小山。

郁棠吁了口气，撩开车帘回头望着渐渐远去的昭明寺，良久，一颗怦怦乱跳的心才慢慢平静下来。

第二天一大早，卫家就请了媒人上门，夸郁棠的话说了一箩筐，陈氏脸上的笑就没有褪下去过，但还是按照习俗矜持地表示要考虑考虑。

媒婆知道这门亲事十拿九稳了，欢欢喜喜拿了陈氏的赏银走了。

大伯母想着之前大家议论郁棠心高气傲要招读书人做女婿的传言，有心把这门亲事传了出去。

一时间，青竹巷的人都知道郁家马上要和卫家结亲了。

只是陈氏还没有等来卫家的媒婆带着提亲的礼物正式上门，先等来了汤太太。

她进门就抱怨："我不是说让你们等一等吗？你怎么就这么急不可待的。放眼整个临安城，有谁比得上李家，比得上李家二少爷？你可不能眼皮子这么浅，愿意给人当上门女婿的，有几个是好的。"

这话说得陈氏心中生恼，她说话也就不客气了。

陈氏慢条斯理地喝着茶，淡淡地道："这要看是什么人家了。我们家姑娘啊，就有这样的福气。李家再好，你之前让我们等着，不就是因为李家也在考虑让他们家二少爷给我们家当上门女婿吗？不过是他们李家没有卫家有诚意，卫家赶到他们前头了。汤太太怎么能说卫家不如李家呢？"

汤太太被呛得一噎。

陈氏继续道："汤太太想必还不知道吧？我们两家准备在中秋节之前把婚事定下来，到时候请汤太太来喝杯水酒，还请汤太太不要推辞。"

汤太太灰头土脸地走了。

陈氏朝着她的背影"呸"了一声，吩咐陈婆子："把她喝了的茶盅给我扔了。"

陈婆子笑道："您何必这样动怒？就算是个旧茶盅，好歹也值几个铜子。不如留在家里，等着有行乞的路过我们家讨水喝，也能盛盅茶水。"

陈氏冷笑，道："给行乞的人用都玷汰了别人。"

陈婆子嘿嘿直笑。

陈氏自去督促郁棠绣鞋面不说。

林氏得了汤太太的回话，气得脸色铁青，想嚷着这件事就算了，可想想还在家里闹腾的小儿子和把她叫过去呵斥了一顿的婆婆，她说话都不利索了，道："这郁家，太不识抬举了。"

汤太太以为这件事就这样完了，松了一口气的同时不免和林氏生出几分同仇敌忾来，道："可不是吗？那陈氏，更是张狂得没边了。不就是生了个女儿吗？仗着自己有几分颜色就这个瞧不起，那个看不上的。色衰而爱弛，她就不怕哪天招上门的女婿不听话……"

谁知道林氏却翻了脸，道："又不是纳妾，什么色衰不色衰的。"

汤太太讨了个没趣，想着裴家的太太小姐都没有这样泼她的面子，心里也有点不高兴了，草草地陪着说了几句话就走了。

郁家这边，郁文又请了几个人去打听，都说卫家家风好，几房之间互帮互助，卫小山更是个忠厚孝顺的，郁文这才算放了心，和陈氏商量起两家的婚事来："既然卫家这样抬举我们家，我们也不可让卫家没脸。也不用他带什么过来了，定亲的时候我们这边拿一百两银子、两头猪、十坛金华酒、一担茶叶、一担米，四季的衣服你看着给置办好了。总之，不能让别人挑出什么毛病来。"

陈氏有些为难地道："一百两银子吗？还要布置新房，阿棠的首饰也要添一些……"一口气拿出来还是有点困难的。

郁文笑道："我已经跟佟掌柜说好了，他借我六十两银子，六分利，一年还清。你就放心好了。这些事我心里都有数，你只管去办就行了。"

陈氏欢喜道："佟掌柜这次可帮了大忙了。他有小孙孙没有？要是有了小孙孙，我给他们家小孙孙做几件衣裳。"

"还没！"郁文道，"他正为这件事犯愁呢！你要是有空，可以和佟太太说说。你之前不是常去庙里吗？看看有没有哪家庙里灵验的，让佟太太也去拜拜。"

陈氏犹豫道："要说灵验，当数灵隐寺了。可灵隐寺有些远……"

郁文笑道："那有什么？等我们家阿棠成了亲，你正好没事，和佟太太一起去。还可以给我们家阿棠求个签什么的。"

陈氏顿时来了兴致，和郁文说起杭州的美食来，还道："你到时候也去，阿棠也去，我们家就当是去杭州城玩一趟。"

郁文看到妻子这样好心情，连连点头，还真在心里琢磨起这件事来。

不承想，到了卫家媒人应该上门的时候，卫家的媒人却没有来。

陈氏心中暗暗着急，想让阿苕去打听打听，又怕露了痕迹，让人以为郁家急着嫁女儿，于郁棠的名声不好，只能在家里团团转，偏偏还不能让别人知道。

等在家里的郁文则有些生气，觉得卫家不守信用，对和卫家结亲这件事心里有了芥蒂，又怕陈氏急出病来，只得憋着气安慰陈氏："人家说了今天过来，也没有说是早上还是下午，卫家离我们有四五里地，若是有个什么事耽搁了，到我们家就是晌午了，难道别人还来我们家蹭顿饭不成？乡下人家，米金贵着，是轻易不在别人家吃饭的。"

陈氏笑得勉强，弱弱地道："话虽这么说，但不是应该早就准备起来，天不亮就出门吗？到了下午才来……"显得诚意不足。

夫妻两人正在说着话，来帮着待客的王氏过来了。

她见家里冷冷清清的，吓了一大跳，忙道："怎么？卫家的媒人没来？"

陈氏愁着脸摇了摇头。

王氏脸一沉，道："这可不是个事。我这就让阿远去问问。"

陈氏拉住了王氏，道："还是再等等吧！也许有什么事耽搁了。"

王氏只得作罢，心里很不高兴。

这件事自然也就没能瞒得过郁棠。她一愣，随后心里一阵轻松。觉得若是这门亲事就这样作罢了也没什么，她还可以继续几年这样轻快的日子。只怕家中的长辈心中不快，毕竟人也相看了，家里对卫小山也很满意。

她去见了陈氏和王氏，见她们在她面前强装笑脸，不由对自己的不以为意生出愧疚，忙道："姆妈、大伯母，好事多磨，没了卫家这门亲事，只能说我们缘分不够，您二位不必伤心难过。"

"你这孩子，"陈氏打起精神来安抚郁棠，"大人的事少插嘴，你的婚事姆妈知道该怎么办，你好好待在屋里把鞋面绣好就成了。"然后赶了她去屋里做女红。

郁棠只得叮嘱双桃一声，若是卫家有人来就来报她一声，让她也知道他们家和卫家的婚事出了什么岔子。

双桃苦着脸应诺。

卫家直到过了午时才来人，而且是卫家的长子卫小元和媒婆一起来的，还两手空空，穿着素衣，在腰间系了根孝带。郁家的人心里咯噔一下。

陈氏和王氏在屋里嘀咕："卫家这是谁没了？他们家刚和我们家阿棠要说亲，不会扯到阿棠的身上吧？"

王氏当机立断："走，去看看！"

按礼，卫小元先去见郁文。

陈氏和王氏包括得了信的郁棠，都在郁文的书房外面听着。

"郁伯父，"卫小元红着眼睛，满脸悲痛地道，"是我们家小山和郁小姐没有缘分。小山，小山他昨天晚上出去捕鱼，没回来，早上我们才发现……他溺水了！"

"啊！"还准备给卫家一个下马威的郁文手一抖，茶盅落在地上，"哐啷"一声，茶水溅到了他新换的胖头鞋上。

"怎么会这样？"他大怒，"你们家不知道他要定亲了吗？他还跑去捕鱼？你们家就缺这点银子？"

他心里却直呼"完了完了",他们家阿棠刚刚和卫小山议亲,卫小山就死了,这"克夫"的帽子只怕是要扣在他们家阿棠的头上了。

偷听的三个人也呆住了。

郁文的话说得刻薄尖酸,卫小元刚刚丧弟,换个人都会和郁文吵起来。卫小元不仅没有和郁文吵起来,甚至连句重话都没有,还忍着悲痛道:"郁伯父,这件事是我们家不对。我之所以这时候才来,是因为来之前阿爹和我商量了半天,就是怕坏了郁小姐的名声。我爹的意思是,若是有人问起来,就说和郁家小姐相看的是我们家老三,但我们家老二出了这样的事,一时半会儿不能和你们家议亲了。你们家就说等不得,再给郁小姐寻门更好的亲事就是了。反正当初也没有说定是和我们家老二议亲还是和老三议亲。"

"啊!"这又是个意外。郁文惊得半天都说不出话来。屋外偷听的三个人,特别是陈氏和王氏,眼泪一下子就落了下来。

"这么好的人家……这么好的孩子……"陈氏甚至忍不住就呜咽起来。

郁棠想到卫小山看自己时欢喜的眼神,也跟着无声地哭了。

郁文和卫小元听到动静赶出来,看见三个泪如两下的人,郁文不由重重地叹了口气,人慢慢地缓了过来,充满歉意地对卫小元道:"刚才是我说话有欠思量,你不要责怪伯父,谁遇到这样的事,心里都不好过。你也多劝劝你父母,节哀顺变。我等会儿跟着你去家里看看,让她堂兄去给小山上炷香。"

卫家这样讲道理,丧子之痛时还能顾及郁棠的名声,他们应该心存感激才是。

卫小元很是意外,看了几眼一面落泪一面劝慰着长辈的郁棠,心中一酸。这大约就是情深不寿了。小山知道郁家也瞧上了自己,一直兴奋得都不知道怎么好。可没想到,却出了这样的意外。若是这两人能成了夫妻,该有多好啊!不过,小山不在了,郁家没有避之不及,郁小姐还因他落了泪,小山泉下有知,想必也会高兴的。

他想宽慰郁家的人几句,郁文已拍了拍他的肩膀,痛声道:"我这就去换件衣裳,让人唤了阿远过来,我和你到你家去。"

卫小元犹豫地看了郁棠一眼,想跟郁棠说说自己的弟弟,转念又想,就算郁棠知道了又如何呢?不过是更伤心罢了。若是以后过得好则罢,若是以后遇到不顺之时,总想着这门没成的亲事,岂不是让她以后也过得不安生?

他最终什么也没说,朝着郁家女眷郑重地行了个礼,出了郁家的大门。

晚上,郁文和郁远从卫家回来,听到消息的郁博也赶了过来。

一家人坐在厅堂里说起这件事,郁文毫不掩饰对这门亲事的可惜:"真正的厚道人家。卫老爷不说,是个男人,就是卫太太,见了我也是一句苛责的话都没有,不停地说对不住我们家阿棠,还反复地跟我说,以后若是有什么流言蜚语的,都可以推到他们家那边去。你说,当初我们怎么就没有和他们家老三议亲呢?要不然也不会发生这件事了。"

郁博听着也觉得可惜，道："那明天我也过去给送份奠仪吧！阿远呢，去给卫家帮帮忙。人家厚道，我们也不能不闻不问的。就算是以后有什么流言蜚语的，也不能推到卫家人的身上。那孩子人都不在了，还怎么能坏了他的名声？我们家的孩子是孩子，别人家的孩子就不是孩子了？"

"是这个理。"王氏长叹道，还怕郁棠听见了不高兴，去看郁棠。

郁棠默默地坐在窗边，像被霜打了的茄子。

刚刚听到卫小山死讯的时候，她觉得很震惊。震惊过后，是可惜；可惜过后，却是浓浓的伤心。

这么年轻就没了。父母得多不好受啊！推己及人。想当初，她知道父母遇难的消息，像天塌了似的。他的死，肯定让他的父母也觉得像塌了天似的。她心一闲，就会想起他那双看着她绽放喜悦的眼睛。郁棠忍不住眼眶湿润。再想到卫家的厚道，她突然也可惜起这段还没有开始的缘分。

她怏怏地坐在那里，连话都不想说。

王氏走过来轻轻地搂了搂她，低声道："阿棠，这不关你的事。人这一生还长着呢，这不过是个小小的坎，时间长了，就好了。"

陈氏这才惊觉自己忽略了女儿的感受，忙走过来和王氏一起安慰她。

郁棠不想让家中的长辈担心，打起精神来和她们说着话，最后还问她们："我能去给卫家的二公子上炷香吗？"

陈氏和王氏面面相觑，想了想，迟疑道："阿棠，我们都知道你伤心，可我们家毕竟和卫家没有什么来往，你去不合适。"

郁棠点头。她虽然可怜卫太太失去了儿子，却更要照顾好自己母亲的心情。

等到第二天郁远去卫家的时候，她让郁远帮她给卫小山敬炷香，宽慰卫家人几句。郁远一口答应了。

卫太太知道后哭成了泪人，直说卫小山没有福气。郁远看着黯然神伤，接下来的几天都在卫家帮忙。

卫小山因没有成亲，又是暴亡，父母叔伯都在世，按礼是不能葬入祖坟的，更不能停灵七七四十九天。卫家的人就商量着把卫小元的次子过继给卫小山，这样，卫小山就有了子嗣，能入祖坟了。可问题是，卫小元此时只有一个儿子，过继的事得等他有了次子再说，这摔盆打灵之人怎么办？

卫小元提出来让幼弟卫小川代替。卫家的人都觉得可行。卫小川红肿着眼睛答应了。

卫家的长辈就定了给卫小山停灵二七十四天。卫太太不答应，要给儿子停灵三七二十一天。但守三七，又要多花些银子。卫家当初之所以答应给一个儿子去郁家做上门女婿，就是因为儿子多了花销太大，特别是还有个读书极有天赋的小儿子卫小川，家里有点负担不起了。

卫父想得更远一些——死者固然重要，活着的人更重要。他倾向于守二七。

卫家父母有了矛盾。

郁文从郁远那里知道后，拿了二十两银子和陈氏去了卫家。

郁棠则心情低落，想去和马秀娘说说体己话。

梦中，李浚坠马；现实，卫小山溺水。她怎能没有什么想法？

马秀娘也知道了卫家的事，自然欢迎郁棠来家里做客，不仅如此，她还贴心地把家里的弟弟打发去了章慧那里，买了很多零嘴点心招待郁棠。

郁棠满腹的心思，在见到马秀娘之后，却不知道说什么好。

马秀娘善解人意，郁棠不说，她也不提，就静静地陪郁棠在她家院子的芭蕉树旁坐了半天，什么话也没有说。郁棠临走的时候，她还问郁棠要不要她去家里陪。

郁棠心里暖暖的，心情顿时好了很多。她紧紧地抱了会儿马秀娘，这才打道回府。

只是坐着轿子刚刚进了青竹巷，她就发现家门口围了好几个邻居。

郁棠心里一紧，催着抬轿的快走，没等轿子停稳，就撩帘下了轿。

有认识郁棠的邻居看了忙道："郁小姐，你去了哪里？你们家里被偷了。阿苕已经去找郁老爷了，你也快回家看看吧！"

郁棠吓了一大跳，推开人群就进了门。

陈婆子正在扫地，看见郁棠回来就快步迎上前来，道："小姐，没事。不过丢了几刀肉和半缸米。"

郁棠皱眉。临安城这几年风调雨顺，几乎路不拾遗，很少出现这样的事情。就是梦中后来灾年，裴家也开仓放粮，又关了城门拒绝流民进城，也几乎没有出现偷窃之事。可见裴三老爷做了裴家的宗主，还是做了些好事的。

郁棠道："你仔细查过了？"

"仔细查过。"陈婆子道，"太太库房的东西我还一一对照了账册的，都还在。"说到这里，她庆幸地拍了拍胸，"还好我半路折了回来，要不然我罪过可大了！"

郁棠仔细地问了问，原来陈婆子见家里没人，准备去隔壁串个门，走到半路想着说话的时候闲着也是闲着，不如拿了针线过去做，这才撞破偷东西的人，没有偷更多的东西走。

"那你没事吧？"郁棠关心地问。

陈婆子红着脸道："没事，没事。早知道我就不出门了。"

郁棠道："以后注意些就是了。"

陈婆子抱怨道："我们这青竹巷这么多年都没有谁家丢过什么东西，也不知道是哪里来的混账东西。"

郁棠道:"报官了吗?"

"报了!"陈婆子道,"隔壁吴老爷帮着报的官。只是这门没坏窗没撬的,只怕是报了官也查不出什么来。"

主要还是丢的东西不贵重,衙门不会重视。不管怎么说,家里被陌生人闯进来过……郁棠都觉得心里瘆得慌。

郁文和陈氏还是到了晚上才回来,听说这件事,郁文心里也觉得瘆得慌,吩咐阿苕:"你去买条大黄狗回来看家。"

从前他们家不养狗,主要是那时候郁棠还小,怕吓着了郁棠。如今遭了贼,却不能就这样不闻不问了。

阿苕应声而去。郁棠问起郁文去卫家的事。

郁文叹息,道:"卫家不愿意收我们家的银子,还是我好说歹说,卫家最后才收下了。但只说是借,给我们六分息,三年之内还清。"

郁棠有些惊讶。

她没有想到卫家家底这么薄。

郁文道:"你瞎想什么呢?去年有帮他们榨油的人病了,他们家不仅帮着看了病,还收留了那家的两个孩子,手头就有些不宽裕了。"

陈氏听着说起了卫家:"卫老爷和卫太太都是大善之人。他们家还有位表小姐,说是卫太太娘家侄女,自幼丧母,被养在卫家,卫太太当自己亲生的闺女似的,教识字还教管家。这次的葬礼,内宅的事,多是那姑娘在旁边帮衬。我瞧她行事做派倒和卫太太有几分相似,精明却不失和善,真是难得。"

郁棠对这些不是太有兴趣,她道:"那卫小山的葬礼,定了几七?"

陈氏道:"定了三七。"

那就好!郁棠在心里叹气。

外面有男子高声说话的声音。郁棠等人还以为是衙役过来查今天的盗窃案,郁文没等陈婆子禀告,就推门走了出去,谁知道进来的却是个面生的白胖男子。

他穿了件靓蓝色团花杭绸直裰,圆头大脑的,看见郁文就急声地问:"您是郁惠礼郁老爷吗?"

"是我!"郁文应道。

那男子明显神色一松,道:"我是从杭州过来的。鲁信鲁老爷您认识吧?"

郁文和随后出来的陈氏、郁棠俱是一愣。

那男子已道:"我是太湖人士。前些日子和他同在一家客栈落脚。五天前他饮酒过量,突然暴毙在了客栈。客栈的老板报了官。官府让自行处理。客栈老板曾听鲁老爷说和您是八拜之交,见我返乡,就让我来给您带个信。看您能不能帮他买副棺材把他葬了,不然客栈的老板就把他拖到义庄去了。"

"啊!"郁文和陈氏、郁棠面面相觑。这都是什么事啊!

陈氏对那男子道："那您应该去鲁家报信吧？"

男子苦笑，道："我去了。可人家说了，鲁信和他父亲与鲁家已出了五服，平日里也不来往，鲁信临走前把祖宅都卖了，而且还为了多卖几两银子，卖给了外人。他是死是活都与他们没有关系。"那男子可能是怕郁文和鲁家的人一样不管这件事，又道："反正我的信已经带到了，您去不去帮他收尸，那是您的事了。我还急着要回乡呢，就不打扰您了。"说完，转身就走了，连口茶都没有喝。

郁文来回踱着步。

陈氏道："你不会，真的要去杭州给他收尸吧？"

郁文看了一眼郁棠，道："我还是去一趟吧！就当为我们家阿棠积福了。"

陈氏欲言又止。她想到了卫家。做了好事，余荫后人。他们只有郁棠这一个女儿，只要是好的，就盼着能落在她的身上。

陈氏跺了跺脚，吩咐陈婆子给郁文准备行囊。

郁棠原本想阻止的，转念想到父亲这一生都与人为善，鲁信就是再不好，人已经死了，再也不可能麻烦父亲了，为了让父亲安心，就让父亲走趟杭州好了。就当是做好事了。

梦中，她没了鲁信的消息。不知道鲁信是像现在一样死在了外乡，还是因为和他断了音讯，这又成了一个谜。

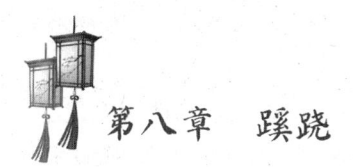

## 第八章　蹊跷

翌日，郁文没等衙役来家里询问案情就往杭州赶。陈氏和郁棠送他到了码头。

守当铺的居然是小佟掌柜而不是佟掌柜。郁文不免问一句："佟掌柜哪里去了？"

小佟掌柜笑道："裴家在杭州城还有个当铺，每个月月初，我爹都要去那里查查账。这段时间临安城的事情多，我爹忙着这边的事，有几个月没去杭州城了，就想趁着这几天不忙，过去看看。"

裴家大老爷和老太爷相继去世，难怪佟掌柜没有出门。

郁棠在心里想着，郁文却很惊喜，道："裴家在杭州城还有当铺？当铺在什么地方？我正要去杭州城，到时候去找他吃个饭。"又道："早知道他要去杭州城，大家就一起同行做个伴了。"

小佟掌柜已让人倒了茶水过来请郁家人喝茶,并关心地道:"郁老爷您这是去杭州城做什么呢?裴家当铺在施腰河旁的仿仁里那块儿,五间门脸,人高的招幌,老远就能看见。我爹还要在那里待个两三天的。当铺旁边有好几家书局,还有古玩铺子,郁老爷过去了,还可以和我爹一起逛逛。"

郁文愁眉苦脸的。他倒是想逛啊,可鲁信等不得啊!

他道:"只能等下次和你爹再约了。"

两人说话间,去杭州城的船过来了。郁棠和母亲送郁文上船。船还没有驶离码头,一艘华丽三帆大船停在了客船旁。

众人纷纷观望、指点。

郁棠看见一个身姿挺拔的青衣男子带着一群人赶了过来,指使随从搭着船板。

有人在旁边议论:"看见没有,那就是裴家的大总管裴满。"

"真的,真的!"有人道,"你站开点,我瞧瞧。"

郁棠颇为意外,踮着脚多看了几眼。

那个叫裴满的男子二十七八岁的年纪,身材瘦弱、目光坚毅、神色严肃,看着很不好说话的样子。

郁棠撇了撇嘴。仆从肖主。一看就是裴三老爷喜欢用的人。和他一样!

她在心里腹诽了几句,就看见大船上下来了一位身穿白色锦衣的男子,三十来岁,留着八字胡,手中拿了把黑漆描金川扇,趾高气扬的。刚下船他就板着脸对裴满道:"遐光呢?他怎么没来接我?我从京城来,这么远,专程来看他!他不去杭州城迎我也就罢了,我都到苕溪码头了,他居然也不来接我。这是待客之道吗?"

裴满的姿态放得非常低,恭敬地上前给那人行礼,称那人为"周状元",道:"我们家三老爷被家里的事缠着了,不然凭您和我们家三老爷的交情,我们家三老爷怎么可能不来接您呢?"

周状元就冷哼了两声,抱怨道:"我让他别管这些乱七八糟的事。乡下地方,有什么好待的。他偏不听。现在好了,这大好的天气,竟然要处理庶务,想想我都替他心痛。"

裴满赔着笑,不置可否。

周状元估计也没准备让裴满接话,朝着他挥了挥手,道:"走吧!轿子在哪里?遐光是知道我的脾气的,轿子里的用具熏的什么香?"

裴满忙道:"这个三老爷亲自交代过,熏的是我们家三老爷亲自做的梨花白。"

周状元闻言看了裴满一眼,哧笑道:"难怪遐光选了你在他跟前当差,就你这睁眼说瞎话还不让人讨厌的本事,也当得这个差事了——你们家三老爷,可是从来不用香的,更别说亲手制香了。"

裴满的确会说话,笑着道:"大家都说您和我们家三老爷是诤友,也只有您这么了解我们家三老爷了。"只是他笑起来的时候依旧带着几分冷意,并不十分亲切。

但他的话显然让周状元很受用,周状元也不挑了,"唰"地打开扇子摇了两下,道:"前面带路。"

裴满忙做了个"请前面走"的手势,陪着周状元往停在码头旁边的轿子去。

仆从鱼贯抬着箱笼从船上下来。

郁棠就这么看了一眼,那些箱笼不下十个,个个都漆着上好的桐油,明晃晃的,能照得出人的影子,四角包着祥云纹的黄铜,还有七八个穿着素净,戴着帷帽的女子站在船舷边,看样子等着下船,不知道是那位周状元的丫鬟还是内眷。

旁边的人看着又炸开了锅。

"这是裴三老爷的好友吧?"

"从京城里来,还是位状元郎,裴三老爷好有面子。"

"看这些排场,这位状元郎肯定也是大户人家出身。"

郁棠却在想,原来裴家三老爷字"遐光"。是"心乎爱矣,遐不谓矣"呢,还是"于万斯年,不遐有佐"?或者是"山色葱笼丹槛外,霞光泛滟翠松梢"?不过,裴家三老爷的确如松似竹、如光似珠,相貌出众。

还有那个周状元。梦中她并没有听说过。不知道是哪一科的状元。不过,那副骄傲自大的模样倒和裴三老爷如出一辙,两人不愧是好友。

郁棠想着,载着郁文的客船驶离了码头。

她和母亲朝着父亲挥手,直到船已经驶远,她才搀着母亲去当铺和小佟掌柜打了声招呼往家走。

那边周状元和裴满已不见了踪影,留了个管事打扮的人在那指使着小厮装箱笼。高高的箱笼堆了两马车还没有完。

郁棠不由咋舌。出来做个客而已,却带了这么多的东西,可见这个人是如何的讲究了。她对这个周状元的身份不免有些好奇。

回到家中,阿苕已经照着郁文的吩咐抱了一条小黄狗回来。小小的身子,柔柔的毛发,乌溜溜的大眼睛,让人看一眼就会暖到心里头。

郁棠忍不住蹲下来抚摸小狗,小狗就在她掌下细细地叫着。

她的心都要化了,问阿苕:"哪里捉来的?可取了名字?"

阿苕笑道:"就从我们家乡下的佃户家里捉来的,叫三黄。"

郁棠"咦"道:"为什么叫三黄?"

阿苕笑道:"说是一口气生了四个,这是第三个,就随口叫了三黄。"

郁棠笑道:"可它是我们家唯一的一个,叫小黄好了。"

众人都称"好"。

陈婆子就用骨头汤拌了饭给它吃。小黄吃得呼哧呼哧的。陈氏看着有趣,也过来摸它的头。

郁棠想着她屋里还有马秀娘送的肉脯，跑回屋里去拿，却听到后门有动静。

家里的人都在前面的庭院里，难道是进了贼？郁棠寻思着，拿了根插门的木棒高声喊了句"谁在那里"。

后门不仅没有安静下来，反而还"哐啷"一声，有人朝后院扔了块石头进来。这就不是贼了，是有人对他们家不满。

郁棠很生气。他们家向来与人为善，邻里间从不曾有过口角，还有上次那贼，只拿了些吃食走，说不定也是有人恶作剧。

她三步并作两步跑过去开了后门，看见一个穿着靛蓝色细布衣的男孩子飞快地从他们家后门跑开了。因是早上，又是后巷，并没有什么人，郁棠看得清楚，她不由得一愣，茫然地喃声道："卫小川！"

不错，那个男孩子就是她上次相亲见过的卫小川。他跑到他们家后门来干什么？明知被发现了，还朝着他家后门抛石头？像是有什么不满似的。

她想起上次他拿着小树枝甩打身边杂草的样子，也是一副气呼呼、很是不满的神态。他们家到底哪里惹着他了？

想到卫小山，她就悄悄招了阿苕去打听："卫家最小的那个儿子，叫卫小川的，你看看他最近都在做些什么。"

阿苕曾经跟着郁文去过卫家，道："应该在县学里上学吧？我听卫家的人说，他几个哥哥启蒙的时候他就在旁边听着，三岁就能识字，五岁就能背下整本的《孝经》，虽然年纪小，可早早就进了县学，估计明年就要下场了。"

郁棠很是意外，更担心这孩子是不是出了什么事。按道理，如此早慧的孩子，不应该表现得这么激愤才是。

阿苕应声而去，不一会儿就来告诉她，说卫小川正规规矩矩地在县学上学呢！

郁棠想了想，让双桃拿了几盒点心，带着阿苕去了县学。

因是跟县学的先生找的人，卫小川虽然不愿意，还是绷着个脸出了学舍，冷冷地问郁棠："你找我干什么？我们两家又没有什么关系了！"

郁棠更觉得其中有什么问题了。

她道："你别告诉我今天早上朝我们家扔石头的不是你。男子汉大丈夫，敢做敢当，有话说话，有事说事，缩头缩尾的，算什么好汉？"

毕竟还是孩子，卫小川听着眼睛都急红了，高声道："你以为我不敢找你？是我四哥拦着我，不让我找你。你这个狐狸精，红颜祸水。我二哥水性好着呢，就是为了娶你，才去河里摸鱼的，结果溺死在了河里。还有我三哥，听说你漂亮，你们家选了我二哥入赘，还和我二哥打了一架。现在我二哥不在了，三哥后悔死了，觉得在兄弟间都不能抬头做人了。要不是你，我二哥和三哥怎么会这样！"

郁棠愕然。

"你别来找我了！你再来找我，我就把你做过的好事都告诉别人！"卫小川冲她嚷着，一溜烟地跑了。

　　郁棠只觉得浑身发冷，站都站不住了。梦中，林氏也骂她是狐狸精，可她只是在心里冷笑。现在，卫小川骂她，她却想起卫小山那双看着她绽放着喜悦和惊艳，如星星般亮晶晶的眼睛。她的眼泪忍不住落下来。

　　郁棠知道这不是自己的责任，可她只要一想起这件事来，就会觉得伤心。

　　陪她去的阿苕则非常地气愤，道："小姐，我去把他逮回来。这小子，说的是什么话呢？他们家出了事，还赖我们家了。"

　　郁棠制止了他，道："他年纪还小，骤然间失去了兄长，心里不好过，说话有些不妥，也是常情。你不要因这件事闹腾，两家长辈知道了，都要伤心的。"

　　梦中，父母去世之后，她也曾迁怒过很多的人，甚至包括裴家，觉得若不是裴家巡查不力，长兴街怎么可能烧起来？可夜间巡查原本就不是裴家的责任，裴家不过是因为长兴街多是他们家的铺子，才顺带着帮着他们这几家同样在长兴街做生意的商家巡了铺子，结果她家里出了事，她还不是一样在心里责怪裴家？

　　阿苕不好再去找卫小川，嘴里嘀嘀咕咕的，这时有男子惊喜的声音在郁棠耳边响起："郁小姐？"

　　郁棠循声望去，竟然是李竣。

　　他穿了件宝蓝色云纹团花直裰，乌黑的头发高高绾起，插了支白玉簪，额头白净，眼睛明亮，比上一次见面时打扮得成熟很多。

　　"真的是你啊！"李竣满脸惊喜，急切地道，"我远远地看着就像你，一时都没敢相信我的眼睛。你来县学做什么？有什么我能帮忙的吗？"

　　郁棠客气地朝着他笑了笑，道："没什么事。过来看个亲戚家的孩子。"她眼角还残留着哭过之后的痕迹。

　　李竣欲言又止。郁棠向他告辞。

　　李竣忙叫住了她，真诚地道："郁小姐，你有什么事，真的可以和我说。我平时都在府学那边跟着我阿兄一起读书。但县学这里的教谕是沈方的族叔沈善言先生。他是己卯年的探花，曾经在翰林院做过大学士，精通经史，后来厌倦了官场中的纷争，才接受了裴家的邀请，来临安城做了一名普普通通的教谕。他是很有学问的人，是我阿兄的恩师。若是我做不到，还可以请我阿兄出面帮你找沈先生。"

　　郁棠非常意外。她都不知道原来临安城的县学藏龙卧虎，还有这样的人才。

　　李竣却激动起来，道："郁小姐，我是随我兄长过来的。你知道吗？周子衿也来临安了。不过，你多半没有听说过。周大人是壬午年的状元郎，南通周家的嫡系子弟。他祖父是帝师，他爹曾经做过首辅，他大兄是当今吏部尚书，他还有个叔父在大理寺，他自己则做过刑部给事中。全家都很厉害的。他来临安城拜访裴三老爷。裴三老爷你肯定知道，就是裴遐光，裴宴。周大人知道沈先生在县学里做教谕，特意和裴三老爷一起来拜会沈先生。大家都不知道。我爹因为和裴家二老爷是同年，我阿兄又常去裴家请二老爷指点课业，这才知道他们来了县学，我阿兄特意带我过来在他们面前露个脸的……"

他像个开屏的孔雀，想吸引郁棠的注意。

郁棠听见李端也在这里，只觉得浑身像被毛毛虫爬过似的不舒服。

她打断了李竣的话，道："李家二少爷多心了，我真没什么事。家中的长辈还等着我回去呢，我先告辞了。"说完，朝着阿苕使了个眼色，转身就准备离开。

李竣一愣，见郁棠走出十来步远，他这才回过神来，忙喊住了郁棠。

郁棠不解地转身。

李竣满脸通红地站在那里，一副支支吾吾不知道说什么好的样子。

郁棠还有什么不明白的。

梦中，李竣从来不曾见过她，林氏却说他对她一见倾心，她就靠着这个，忍了林氏很多年。现实，造化弄人，李竣见到了她，居然应和了梦中林氏的谎言——李竣对她一见倾心。可惜，她就对李家腻味得不得了，不管李竣多好、对她多有诚意，她都不准备和李家扯上任何的关系。

郁棠冷冷地道："下次李少爷还是想清楚了要和我说什么再叫住我吧！"若想让李竣对她死心，她就不能对他和颜悦色。

李竣果然面露羞惭。

郁棠带着阿苕往外走。

李竣咬了咬牙，却追了上去。

"郁小姐！"他拦在了她的面前，结结巴巴地道，"郁小姐，那个，那个汤太太，我姆妈说，已经去过你家好几次了，你们家……要招上门女婿。你别急，你等几天，我阿爹这几天就应该会有信回来了……我，我是愿意的……"

他的话还没有说完，就看见郁棠的脸色以肉眼可见的速度苍白僵硬起来。

这是怎么了？李竣在心里嘀咕着，说话的声音就更大了，表决心似的道："郁小姐，你放心，我们家有两个儿子，我知道你们家要上门女婿，我无论如何也会让我阿爹答应的，你等着我！"

"李竣，你胡说八道些什么！"有男子暴怒着打断了他的话，"你给我滚过来！"

这熟悉的声音……

李竣霍然转身，看见自家兄长那张英俊却铁青着的面孔。而他兄长身后，还站着一脸高深莫测的裴三老爷裴宴、颇有些幸灾乐祸的周状元，还有一脸错愕的沈先生。

"阿兄！"李竣耸着肩膀，小心翼翼地喊了一声李端。

李端恨不得一巴掌拍死这个没脑子的弟弟。

今天是多好的机会，一个状元郎、一个探花郎，还有个两榜进士，别人想巴结都没有机会，他却跑到这里来撩别人家小娘子，还大言不惭地要去别人家做上门女婿，简直是有辱斯文。

念头闪过，他心中一动。上门女婿？！难道那位女郎就是郁家小姐？

李端忍不住看了弟弟对面的女子一眼。就这一眼，他就再也挪不开视线。

中等的个子，身材不像时下流行的那样纤瘦，却腿长腰细，曲线玲珑，穿了件很普通的白色细条纱襦衣，下身是绯红色八面绣折枝花的马面裙，梳了个双螺髻，髻后插了一丛茉莉花，小小的银丁香耳珰在阳光下闪闪发亮，衬着她眼角的那一抹红，清丽中平添了些许的娇艳。

难怪傅家也会去求亲。果然长得漂亮。李端半晌回不过神来。

周状元在旁边看着嬉笑一声，展开了手中黑漆描金川扇，打破了这瞬间的静默："这一个脸红耳赤的，一个梨花带雨的，也不知道受了什么委屈。"他说着，含笑望了一眼李端，"来，来，来。有什么事只管和我们说说，我们给你们做主。"好似那李端是坏人姻缘的王母娘娘似的。

"子衿！"沈善言沉脸喊着周状元的字，道，"这里不是京城，你给我收敛着点，别把你在京城的那一套拿到临安城来。"

他是个年约五旬的男子，身材高瘦，须发全白，面容严肃，穿了件靓蓝色粗布袍子，不像个探花郎，而是像久考不中的落第文士。

周状元好像有点怵他。见他不悦，呵呵地笑了几声，朝裴宴望去。

裴宴却在看郁棠。又遇到了这姑娘，他还记得那次在昭明寺看见她时的情景。

她穿了件茜红色的杭绸绣折枝花褙子，绾了个随云髻。行走间，软软的丝绸贴在她的身上，腰肢盈盈一握，仿佛柳枝，斜斜地插在鬓角的鎏银镶珍珠步摇仿若那秋千，贴着她雪白的面孔。

悟道松下的那些少年争先恐后地跑到她面前献殷勤。但此时……她却红着眼睛，面如缟素，愣愣地望着李端。

裴宴不由朝李端望去。

或者是因为要来见他们，他穿得很正式。枣红色五蝠团花杭绸直裰，头上扎着藕色头巾，腰间坠着荷包、金三事，皮肤白皙，五官俊逸，身姿如松，就这样静静地站在那里，就令人想起"芝兰玉树"之类的赞美之词来。

只是他此时的表情有些不对。眼睛直勾勾地看着郁家的那位小姐，眨也不眨一下……难道这位李家大少爷和这位郁小姐也有什么故事不成？

裴宴撇了撇嘴，却被扑过来把手臂搭在他肩上的周子衿撞得差点一个趔趄。

周子衿和他耳语："喂，你那是什么眼神？你不会也认识这女郎吧？这是个什么情况？能让个男子这样不管不顾地嚷着要去做上门女婿，这女郎不简单啊！你跟我说说，我一定给你保密！"

裴宴皱眉，不耐地把他的手臂从自己的肩上打了下来，道："你少给我发疯。"

周子衿嘴角微翕，一副有话要说的样子。沈善言心里咯噔一声，生怕他又说出什么惊世骇俗的话来，忙重重地咳了几声。

李端还不算糊涂，清醒过来。他有些心虚。十年寒窗苦读，他从来都不曾看过别的女子一眼，可眼前这个女孩子，却让他心痒痒的，没办法不去仔细打量。

他忙整理好自己的思绪，对李竣道："还不去给长辈行礼，书都读到狗肚子里去了。"

李竣红着脸上前给众人行礼。

裴宴随意地抬了抬手，示意李竣不用多礼，然后神色淡然地问周子衿道："你走不走？你要是不走，那我就先走了！"

郁棠这才发现裴三老爷也在场。她朝裴宴望去。他穿了件月白色细布直裰，除了头上那根青竹簪，通身都没有其他饰品，神色漠然，目光阴郁，比前几次见到的时候更显得阴冷。

郁棠愕然。他不是裴家斗争的胜利者吗？怎么不见一点喜悦呢？郁棠困惑着，感觉身体一点点地回暖，因为看见李端而变得麻木的四肢也渐渐能够动弹了。有些事，她以为自己只是梦中遇到，不会放在心上。实际上，并没有！看见李端，她会愤怒，会憎恨，还会不甘。她强忍着才没有口出恶语。

而李端此时，却顾不得郁棠了。他今天是带李竣来露脸的，这才刚和裴宴等人碰头，还没有来得及说几句话，裴宴就要走了……这怎么能行呢！

李端忙上前几步，对裴宴道："世叔，周先生难得来一回，我带来了上好的毛尖，老师那里还有一套天青色的汝窑茶具，县学后院那株百年的桂花树也快要开花了，与其匆匆赶回去，不如去后院喝喝茶，偷得半日闲，闻闻桂花香。"

裴宴的老师是原吏部尚书张英，工部尚书、东阁大学士江华和吏部侍郎费质文都是他的同门师兄。按理说，不管是李意想再进一步，还是李端想仕途顺利，找谁都不如找裴宴这个同乡。

可偏偏裴宴性格古怪，他和长房剑拔弩张不说，和二房也不来往。李意虽然和裴家二老爷裴宣是同年，裴宣回来之后李端也常去请教裴宣，却一直没有找到机会和裴宴搭上话。

李端没有办法，只能找恩师沈善言。沈善言对这个弟子是寄予了厚望的，这才借着裴宴陪着周子衿来拜访他的机会，特意把李端叫了过来，就想借此机会让他能和裴宴结交。

此时他自然要为李端说话："遐光，子纯说得对，你难得来一趟县学，不如留下来喝杯茶再走。"

裴宴没有说话，面无表情地瞥了李端一眼，又瞥了郁棠一眼。

众人一愣。

李端想到自己刚才的失礼，面孔顿时涨得通红，喃喃地向裴宴解释道："郁小姐，差点和我们家议亲！"

郁棠杏眼圆瞪。李端这是什么意思？什么叫差点和他们家议亲？郁棠气得肺都要炸了。

裴宴却漫不经心，言不由衷地"哦"了一声。

郁棠不解。

周子衿的眼睛却一会儿落在郁棠身上，一会儿落在李端身上。

郁棠一个激灵，恍然大悟。裴宴不会是怀疑她和李端……这怎么可能？裴宴是怎么想的？可她一想到有这种可能，血就直往头顶涌。

郁棠喊了一声"裴三老爷"。

裴宴置若罔闻，突然对沈善言道："那就一起去后院喝杯茶。"

沈善言心中暗喜，生怕裴宴改变了主意，拉着他就往后院去："实际上我是有事找你。自你做了裴家宗主之后，我还没有和你好好说过话。裴老太爷在世时对县学多有照顾，如今他驾鹤西去，县学里受他照拂的学子很多都心浮气躁的，你若是不来，我还准备过几天去找找你……"

两人渐行渐远。

郁棠气得不行，高喊了声："裴三老爷，我有话跟您说！"有些事她得和他说清楚才行。前两次是她不对，可这一次，却是他冤枉她。

众人回首。裴宴却仿若没有听见，径直朝前。沈善言看了郁棠一眼，想了想，跟着裴宴走了。

周子衿倒是很感兴趣。他嘴角含笑，"唰"地一下打开了川扇，只是还没有来得及说话，就被像后脑勺长了眼睛似的裴宴转身拎了衣领，拖着往前走，道："你不喝茶吗？你不喝茶那就回京城去！"周子衿立刻闭了嘴。

李端惊愕地望着眼前的情景，拽着李竣就去追裴宴。

李竣不敢说话，眼巴巴望着郁棠。

郁棠气得半死，耳边却传来几声"当当当"的敲钟声。

县学放学了。年轻的学子三三两两地走了出来。

郁棠跺脚，把什么李端也好，李竣也好，统统都抛到了脑后，怒气冲冲地回了家，又怕母亲看出什么来，叮嘱阿苕不许将今天的事说出去。

阿苕连连点头。那可是裴家三老爷！他哪敢胡说。

郁文从杭州城回来了。一同回来的，还有鲁信的棺椁。

"这次可花了大钱了。"郁文苦笑道，"棺材不说，别人一听我要扶棺回乡，都不愿意送我，我只好专程雇了一条船。把他的棺椁寄放在庙里，也收了一大笔香火钱。"他觉得很对不起妻女，向陈氏和郁棠保证，"这是最后一次。以后再不会如此了。"

陈氏是个心胸豁达之人，想着事已至此，多说只会坏了夫妻的感情，不仅没有责怪郁文，还安慰他："做人只求心安，我们算是对得起鲁老爷就行了。"

郁文叹气道："你是不知道。我们还得想办法和鲁家的人交涉，否则还得帮他置办一块墓地，以后还得安排人奠拜他。"

陈氏道："那也是没有办法的事。明天我让陈婆子给你准备些茶点，你走趟鲁家。死者为大，我相信鲁家也不是那不讲理的人家。"

"但愿如此。"郁文忧心忡忡地去了鲁家。

鲁家见郁文帮着鲁信收了尸，还把棺椁运了回来，也愿意退一步，同意让鲁信葬入祖坟。

郁文松了口气，第二天就去了庙里，准备请庙里的和尚给他超度三天，再选个吉日葬了。

郁家又被盗了。这次盗贼是在翻郁文的书房时被小黄发现的。

小黄毕竟还小，"汪汪汪"地冲着小偷叫着，还去咬小偷裤脚，被小偷踢了一脚，疼得直呜咽。

阿莒虽然及时赶了过来，却没有敢和那小偷正面交锋，半吓半赶地就让那盗贼跑了。

郁棠心疼地抱着小黄，轻轻地给它顺着毛。

陈氏也觉得非常害怕，拿了五两银子给阿莒，让他去找郁文："这银子给衙役们喝酒，就是抓不到贼，请他们多在我们家门口走几趟，也能威慑一下那些小偷。"

阿莒应诺。

郁棠想着父亲这些日子的奔波，去给郁文收拾书房，顺便帮着父亲清点一下物什，看有没有丢失什么。

屋里还整整齐齐的，不知道那小偷是来不及还是做事谨慎，轻手轻脚地让人看不出来。

郁棠慢慢地帮父亲整理着。那小偷居然只偷了他父亲的半刀宣纸，家中祖传的那些澄泥砚被翻了出来都没有拿走。

是那小偷不识货吗？郁棠看着砚台旁雕刻着的栩栩如生的喜鹊和仿若活了过来的梅花，总觉得这件事透着蹊跷。要偷银子，应该去父母的内室才是？要偷书房，肯定是能有些见识的，否则怎么知道哪些东西值钱哪些东西不值钱？

陈婆子气得在院子里大骂："他们就是欺负我们家老爷不在，不然怎么敢来偷了一次还来偷第二次。"

听到陈婆子骂声的郁棠眉头微蹙。还别说，陈婆子骂得真有点道理。家中两次被盗，都是郁文不在的时候。怎么会这么巧？

陈氏也觉得巧，带着郁棠去了趟郁博家里，想请郁远在郁文不在的时候到家里住几天。

郁博还在忙铺子里的事，王氏一口答应了，和陈氏商量："要不，还是早点把阿棠的婚事定下来吧？你们家有个人，那些人也不敢随便进出了。"他们家就是人丁太单薄。

陈氏叹气，道："总得等卫家那孩子七七了再说吧！人家厚道，我们也不能太急切。阿棠也等得起。"

王氏叹气，让家里的小厮搬了些郁远惯用的东西过去。

有邻居看见，不免要问几声。陈氏把家里的事告诉那邻居，那邻居也跟着感叹了几句，安慰陈氏："你们家招了女婿就好了。"

"承您吉言！"陈氏和邻居客气几句，回到家中就把客房收拾出来。

郁棠则蹲在回廊里逗着小黄玩，心里却想着裴宴。这人真狂妄自大，一知半解的就给人下结论，也不听人解释。裴家偌大的产业落在他手里，也不知道他是怎么撑起来的。

郁棠幽幽地叹气，觉得自己流年不利，近段时间运气很差。她抱着小黄轻轻地捋着它的毛，有两个衙役上门。说是得了师爷的吩咐，以后巡街，多在这附近逛逛。

陈婆子谢了又谢，请两人进来喝茶，又吩咐双桃去买茶点。

这两人不仅世代在临安城居住，而且是世袭的差事，虽在衙门当差，行事却颇有分寸，该贪的时候不手软，该帮忙的时候也愿意帮忙。平日里和城中有头有脸的人家也当邻里走动。

见陈婆子说得诚恳，郁文在临安城素来有和善的名声，遂不客气，在前院穿堂前坐着喝茶，和陈婆子闲话。

"说来也奇怪，这一片向来清静太平，怎么就你们家被偷了，而且还连着被偷了两次。该不会是前次在你们这儿得了手，惦记上了吧？"其中一个姓李的问道。

陈婆子道："不应该啊！我们家上次也没丢什么东西。再说了，谁不知道我们家连着做了几桩好事，家里的银子都用完了，不说别的，就是鲁秀才的丧事，我们家老爷还向佟掌柜借了几两银子呢！要偷，也不该偷到我们家来啊！"

另一个衙役姓王，道："肯定是丢了什么东西你们不知道。凭我的经验，若是没有偷到东西，不可能短短的几天光景，就来你们家两回。多半是什么东西被人惦记上了，上次没偷成，这次又来了。"

郁棠深以为然。不过，是什么东西被人惦记上了呢？她想起郁文的书房。难道他们家还有什么传家宝是她父亲也不知道的？她说给陈氏听。

陈氏直笑，道："你祖父去世之前就把家产分清楚了，等给你祖父脱了孝服，你大伯父和你阿爹才正式分开。你大伯父这个人心细，分家的时候怕说不清楚，不仅请了里正，还请了两位乡邻。若是有什么东西，早就被人惦记了，还等到现在？"

郁棠想起梦中，李家隔壁新搬来的邻居，嫌弃院子里种的是香樟，结果在香樟树下挖出一匣子银子……反正是闲着无事，这几天陈氏也不督促她绣花了，她干脆去帮父亲整理书房。

丢在书柜下的狮子滚绣球，柜顶上落满了灰尘的《弃金钗》，铺在旁边小书案上的《卫夫人碑帖》……郁棠甚至在书房的角落找到了一盒曹氏紫云墨锭。她趁机帮着把父亲平时的手稿、书画都归类收整。

陈氏进来的时候就看见满地的书画纸墨、词话绘本，乱糟糟的，像家里遭了贼似的，郁棠则笑呵呵地依在书柜旁拿着本书看得入迷。

"你这孩子！"陈氏一面收拾着地上的书本，一面笑着嗔怪道，"我看你比那贼还厉害，看这屋子，连个下脚的地方都没有了。"

郁棠笑嘻嘻地放下手中的书，随手拿了个脏兮兮的荷包，道："姆妈，您猜这里面是什么？"

"是什么？"陈氏笑着，收拾出一条路来。

"是我小时候给您画的一幅花样子。"她乐滋滋地跑过来拿给陈氏看，"我还记得我说要好好地收着的，后来不知怎的不见了，今天竟然找了出来。您看，这上面还有我写的字。"

陈氏拿过来一看，上面歪歪斜斜地写着"第一"两个字。她也记起来了，不由笑道："这是我让你画的第一幅花样子。"

郁棠连连点头，道："没想到我当时藏在了阿爹的书房里。"

陈氏笑道："你阿爹的书房是要收拾收拾了。"

母女俩说说笑笑的，整理着书房的什物。

鲁信卖给他们家的那幅赝品从一个夹层里滚落出来。

"怎么放在这里了？"陈氏喃喃地道，想把它放回原处。

郁棠却觉得不吉利，道："人都不在了，还留着它做什么。我明天拿到佟掌柜的当铺去，佟掌柜说了，这画还是可以卖几两银子的，好歹补贴一下我们家的家用。为了给他办丧事，阿爹还向佟掌柜借了银子的。若是能补上佟掌柜那边的空，这画也算是物归原主了。"

陈氏觉得这主意好，笑道："就你鬼点子多。"

郁棠俏皮地皱了皱鼻子，把画轴拿回了自己屋里。

半夜，他们被小黄的叫声惊醒，书房那边传来郁远的怒喝："什么人？跑到我们家来偷东西！"

郁棠披着衣服跑出去，就看见郁远和一个瘦小的黑衣人在打架。

"抓贼了！抓贼了！"郁棠高声喊了起来。

隔壁的人听到声响都被惊醒。灯光渐次亮了起来，寂静的青竹巷变得喧哗起来。

邻里或拿着棍子，或拿着菜刀跑了过来。

那黑衣人被捉住。陈婆子拿着油灯凑过去。小偷居然是他们青竹巷的一个小子。众人哗然。

吴老爷气愤地让人去叫那小子的父母，并道："得通知你们本家，像你这样的，得除名。"

那小子吓得号啕大哭，抱着吴老爷的大腿求饶道："您别告诉我本家，我，我是被人陷害的，我就想来偷几两银子用用，我没有伤人害命的意思，我也不敢伤人害命啊！"

吴老爷不为所动，道："被人陷害？！谁能陷害你？我看你平时就不学好，这才会动了歹心。你这种人，留着也是害人害己！"

他正怒斥着，那小子的母亲来了，见此情景"扑通"一声就跪到了陈氏面前，头如捣蒜地给儿子求着情："只要不送官，您说什么都成！"

陈氏非常地为难。不惩处这小子，他们家也不能就这样白白被人偷了；惩处这小子，大家比邻而居这么多年，抬头不见低头见的，以后遇到他们家的人怎么相处？

郁棠看着心中一动。

这小子她不怎么认识，可刚刚他母亲磕头的时候，他却把脸侧了过去，一副不忍多看的样子，也不向吴老爷求情了。

她走了过去。那小子正默默地流泪。郁棠在心里琢磨着，这小子出了这样大的事，他父亲居然没来。不知道是没有父亲，还是父亲不管？不管是前者还是后者，却都可以利用利用。

她去拉了陈氏的衣袖，低声道："乡邻们都来帮了大忙，您先请他们去屋里喝杯茶，有大堂兄在，这小子先绑起来让阿苕守着，等阿爹回来了再说。"

陈氏觉得这个主意好，商量了郁远后，请了大家进屋喝茶。

大家见事情完了，半夜三更的，谁还有心思喝茶，纷纷道谢，向陈氏告辞。陈氏感激地一一送了他们出门。只有那小子的母亲，如丧考妣地瘫坐在地无声地哭着。

吴老爷有些不放心，道："要不让我们家的小厮过来帮个忙？"

"多谢多谢！"郁远恭敬地再次给吴老爷行礼，道，"天色已晚，明天等我叔父回来，我和叔父再登门道谢。"

吴老爷见郁远行事周全，颔首背着手回家去了。

那小子的母亲不停地给陈氏磕头求情。那小子则哭得人都抽搐起来。

郁棠就指了那小子的母亲对那小子道："你看，你做的事，却连累了你母亲。民不告，官不究。你跟我说实话，你到底来我们家干吗的？你要是老老实实地跟我说了，我就帮你向我阿爹求情放了你。你姆妈也不用受人白眼，一辈子抬不起头来做人了。"

那小子听了抬头看了郁棠一眼，流露出犹豫之色。

郁棠心中有数，继续道："这偷东西是最没用的，你看那些家规族规，谁家

111

能容忍那些偷东西的小偷。我阿爹这个人和吴老爷一样，最恨这种事了。他未必会报官，但一定会让你本家把你逐出家门，除去名字的。到时候你母亲去世了，连个供奉香火的人都没有了……"

那小子眼泪哗一下又流了出来，他哽咽道："我阿爹在外面赌，把家里的祖宅都卖了，我，我就是想弄几两银子租个房子。"

郁棠叹道："那我就没什么好说的了。你就等着我阿爹回来把你送了官府，再去找你本家长辈了。"

"不是，不是。"那小子听了忙道，"郁小姐，你，你若是给我五两银子，不是，给我三两也成，我就告诉你。"

郁棠不动声色，道："你还骗我！一两银子也没有，你爱说不说。"说完，起身就做出一副要喊人来的样子。

那小子慌了，忙道："是有人给了我五两银子，让我来你们家偷一幅画……你别把我送官了，我也没有偷成……"

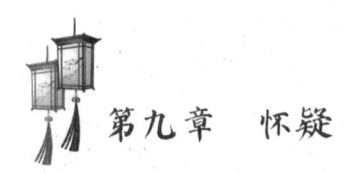

## 第九章　怀疑

一幅画？！

一幅怎样的画？

郁棠闻言心怦怦乱跳，呼吸急促。

"你识字？"她听见自己声音有些嘶哑地问。

"不识字。"那小子哭丧着脸，一副破罐子破摔的样子，道，"是赌坊的管事让我偷的，说若是偷了出来，就给我五两银子。是幅两个老头在山林的河边钓鱼的画……"

两个老头在山林的河边钓鱼！

郁棠立刻想到了那幅《松溪钓隐图》。

她感觉自己心慌气短，手脚颤抖。

"是不是这幅画？"郁棠不知道自己是怎么走回房间，又是怎么把那幅画摊给那小子看的，只知道当她打开那幅画的时候，那小子的眼睛都亮了，连声道着："就是这幅画，就是这幅画。管事跟我说过，这上面有个章是盖在老头旁边童子的头发上的。就是这幅画没错。"

从前忽略的那些事交错纷乱地在郁棠的脑海里一一掠过。

梦中李家被盗案，李家的暴富……现在的两次行窃，盖在小童头发上的"梅林"印章，还有代替了"梅林"印章的"春水堂"……她仿佛明白，又仿佛千头万绪，什么也不知道。

"阿棠，你这是怎么了？"陈氏和郁远、双桃几个都围了过来，陈氏更是扶住了郁棠，不解地道，"你这孩子，怎么把这幅画又寻了出来？这画有什么不妥吗？还是……"她问着，看了看到他们家偷东西的小子，又看了看郁棠。

有些事还没有弄明白……而且，就算是弄明白了，她母亲知道了除了跟着担心、着急，也没有其他的办法。

"没事。"郁棠极力压制着心中的惊涛骇浪，让语气听上去平和淡然地道，"他说是来我们家偷画的，我就问了问他。"

那小子一听，立刻嚷道："就是……"

郁棠却装作无意的样子用画轴打了那小子的嘴一下，让那小子的话变得含糊不清，并道："姆妈，他不识字，说是别人让他来我们家偷东西的，我看这件事还得从长计议，等阿爹回来才好。现在还是把他给大堂兄看管吧，免得他东一句西一句的，没有个真话，我们听了反而着急上火。"说完，她还给了那小子一个威胁的眼神。

陈氏对女儿和丈夫都有盲目的信任，自然没有怀疑。郁远却看得分明，他仔细地打量了郁棠一眼，帮着郁棠说了话："是啊！阿棠说得对。这里有我呢，婶婶还是早点去歇了吧。您身子骨一向不好，这么一番折腾，若是又有哪里不舒服就麻烦了。"

郁棠看郁远一眼，知道郁远看出其中有问题了却还在帮她，她也就顺着郁远的话道："姆妈，因为鲁信的丧事，我们家还欠着佟掌柜的银子呢！"

陈氏不敢再在这里耽搁，但还是心存疑惑地道："难道有人将这幅画当成了真迹？"

"也有可能。"郁棠现在只想哄着母亲去睡觉，笑道，"当初阿爹不也看走了眼吗？"

陈氏点头，由双桃陪着去了内室。

那小子的母亲就来求郁远。郁远则盯着郁棠。

郁棠朝着他使了个眼色。

郁远会意，对那小子的母亲道："你也别急，我们家不是那刻薄之人，只是这件事是我二叔家的事，我也不好此时就拿主意。我看你也累了，但让你回去你恐怕也不会回去。我看这样，你今天就和陈婆子睡一夜，你家小子呢，就由我暂时看管着，等我叔父回来了，我们再商量看怎么办。"

那小子的母亲千恩万谢，喝着那小子给郁远磕头，骂着他不知道上进之类的话。

陈婆子也看出点端倪来了，打断了喝骂，拉着那小子的母亲走了。

郁远叫来阿苔，把那小子绑了，丢在了他的房间里。

兄妹两个就站在庭院的竹丛边说话。

"我就是觉得不对劲，诈了那小子几句，那小子就告诉了我一通话。"郁棠把刚才问的消息都告诉了郁远，"也不知道是真是假。阿兄您不找我，我也会找您帮着打听打听。"

她说完，和郁远去了书房，重新点了灯，把画摊在了大书案上，一面仔细地打量着这幅画，一面道："可我实在想不通这画有什么特别之处——就算它是一幅真迹，也得换成银子才成。当初鲁秀才卖这幅画的时候，不止找了阿爹一个人。那人若是喜欢这幅画，何不多花几两银子买了，为何要节外生枝地做出这许多事来？何况这幅画是假的，还经过了佟掌柜的鉴定，他如果一直想得到这幅画，应该知道才是。"

郁远比郁棠读的书多，而且非常喜欢字画，对此也比郁棠有研究。

他细细地观看着这幅画，实在看不出有什么不同之处来："难道佟掌柜就没有走眼的时候？"

郁棠一愣。她为什么会觉得佟掌柜不会走眼？一是梦中佟掌柜没有任何不好的事传出来，她先入为主；另一件事就是，梦中这幅画在她手里不知道被她观摩了多少遍，她绝不会看错！

可郁远的话又像滴进油锅里的水，溅得油花四溅。如果她那幅画是假的呢？

郁棠只觉得心里骤然间亮敞起来。她刚才不就冒出了个这样大胆的念头吗？如果梦中她父亲买的就是这幅画，而这幅画随着她陪嫁到了李家，李家那次被盗，就有人把她的画换了……那这一切好像都说得通了。

这就是幅真迹！佟掌柜走了眼。梦中在她手里的那幅，才是假的！可又是谁换了她手中的那幅真迹呢？

郁棠脑子转得飞快。

她那时候已经捧着牌位嫁进了李家，是李家的守贞妇人，全临安城都盯着她，看她什么时候能给临安城、给李家挣一个贞节牌坊回来，她不怎么出门，可但凡她出了门，遇到的认识她的人，都对她三分同情，三分唏嘘，还有三分是敬重。谁会没有脑子地偷到她这里来？谁又有那么大的胆子偷到李家去？而且，对于那次偷盗李家始终讳莫如深。她从前以为李家是怕有不好的谣言传出来，影响她孀居。但如果事情不是这样的呢？如果偷她画的就是李家人呢？还有李家的暴富，就是从她丢画之后没多久开始的。

郁棠想到这里，就觉得气愤难平，脑子嗡嗡作响。

她移了两盏灯到书案上，对郁远道："阿兄，你能看出这画有什么异样吗？"

郁远摇头，拿着那画左看右看了好半天，苦笑道："难怪人说书到用时方恨少。

我若是多读点书就好了。"

郁棠一下子就想到了裴宴。

她忙摇了摇头，好像这样，就能把这个念头摇走一样。裴宴可是裴家的三老爷，她如果拿一幅被佟掌柜鉴定过是假画的画去找他帮着鉴定，裴宴恐怕就不仅仅是要把她赶出来，说不定还会觉得她是去闹事的。她真是脑子进了水才会想求裴宴帮忙！难怪之前裴宴瞧不起她，她的确是……做事不经大脑！

郁棠叹气，问郁远："阿兄，你说，我们要不要把这幅画拿去给更厉害的人看看？我总觉得，若是那小子没有糊弄我们，我们肯定被指使他偷画的人盯着。那人得不到这幅画，肯定还会生事。我们不知道他是谁，就算是想舍财免灾，把这幅画送给他也没有办法啊！"

郁远想了想，道："我明天去找叔父，把这件事告诉他。然后再请李衙役帮我悄悄去问问那赌坊的管事，看能不能问出是谁想要我们家这幅画。若是叔父答应，我们就请了那赌坊的管事做中间人，大张旗鼓地把这幅画卖给对方好了。"

郁棠担心道："若他们觉得我们卖给他们的是赝品呢？"

郁远愕然，半晌道："那，你有什么好主意？"

"我觉得还是想办法弄清楚这幅画的好。"郁棠说着，突然想到了鲁信，她顿时语凝，朝郁远望去。

郁远在堂妹的眼中看到了困惑、迟疑、担忧、惊讶甚至是惊惧。他心中咯噔一声，想到了这幅画的来源。难道，难道鲁信的死也与这幅画有关？鲁信这个人实际上是非常自私的。他每次饮酒过量，都是别人出钱，他自己几乎从来不买酒喝。如果馋了，多半是想办法蹭别人家的酒喝，蹭不着的时候，才会心痛极了地打上二两酒。

"我，我这就去找叔父。"郁远一下子跳了起来，"鲁信具体是怎么死的，我们都不知道，只能去问叔父。"

郁文在城郊另一个庙里忙着鲁信的丧事。

"匹夫无罪，怀璧其罪！"郁棠望着书案上的画，恨不得把它一把火烧了，"这真是无妄之祸啊！"但她不敢。

她怕就算她真的把画烧掉，要画的人不相信，也还是会来找他们家的麻烦；而且到时候他们交不出画来，弄不好处境比现在还要艰难。

郁棠去看了看漏壶，道："城门最快还要两个时辰才开，你先睡会儿，我到时候让双桃去叫你。然后让阿苕去吴老爷家借匹骡子，一大早的，万一雇不到马车，你有骡子骑，总比走路快！"

郁远知道郁棠这样的安排是最好的。他心情虽然沉甸甸的，还是照着郁棠的安排强迫自己睡了一觉。

郁棠则一夜没睡。她一直盯着那幅画，希望能找到和梦中不同的地方。等到快天亮的时候,她先喊了双桃起来帮郁远准备了干粮,然后让阿苔去叫了郁远起床,送郁远出了门。

同样睡不着的,还有偷东西那小子的母亲。

听到郁家有了动静,那小子的母亲就麻利地收拾好自己出了门,看见陈婆子在扫院子,她一句话不说,找了把扫帚就开始打扫,陈婆子阻拦,她就抱着扫帚苦苦地哀求:"您就让我帮着你们家做点事吧,不然我哪还有脸去见郁太太。"

陈婆子拗不过她,索性把扫院子的事交给了她,自己去厨房里忙去了。

那小子的母亲倒欢天喜地,一丝不苟地扫着院子。

郁棠站在窗边,听着"唰唰"的扫地声,想了想,去叩了阿苔的门。

阿苔打着哈欠开了门,看见是郁棠,一个激灵,清醒过来,忙道:"小姐有什么事?"

郁棠道:"你把那小偷叫出来。"

阿苔去叫了人。

或许是没有睡好,那小子精神萎靡,眼睛肿得像桃核。

郁棠指了在扫地的妇人,道:"你看,你做的好事,却要你母亲帮你偿还。她今天天还没有亮就帮着我家扫院子了。"

那小子的眼睛立刻湿润起来。

郁棠道:"我大堂兄已经去叫我阿爹了,你有什么话,趁早和我说了,不然等到我阿爹查到了,你可就要吃不了兜着走了。"

"我知道的都说了。"那小子流着眼泪抽泣道,"我以后真的再也不敢了。"

郁棠见问不出什么,叮嘱阿苔把人看好,去了陈氏那里。

陈氏也没有睡好,正在揉头。

郁棠喊了一声"姆妈",过去帮母亲按摩鬓角,安抚她道:"您别担心,阿兄已经去找阿爹了,以后肯定不会轻易有人来偷东西了。"

"但愿如此!"陈氏叹气。

郁棠想了想,道:"昨天多亏了邻里帮忙,您看要不要做些糕点给各家送去,答谢一番。"

"应该,应该。"陈氏听着精神一振,夸道,"我们家阿棠成了大姑娘了,这人情世故心里都有数了。"很是欣慰的样子。

郁棠抿了嘴笑。陈氏有了事做,不再总想着昨天晚上的事了。

用了早膳,她和陈婆子做了一锅白糖糕,又把家里的茶叶拿出来仔细地分成了若干份,就带了郁棠一家一家地感谢。等到东西送完了,也到了晌午吃饭的时候。

郁文赶了回来,骑着吴老爷家的骡子。

陈氏奇道:"阿远呢?"

郁文含糊着道:"我让他去办点事去了。饭做好了没有?等会儿还要去吴老爷家还骡子,得备份大礼才是。昨晚的事,他可帮了大忙了。"显然是有事瞒着陈氏。

陈氏见他精神不佳,吩咐郁棠去厨房帮着陈婆子摆桌,自己亲自打了水服侍郁文梳洗。

郁文更了衣,洗了把脸,问陈氏:"那偷儿和他母亲呢?"

陈氏道:"在柴房呢。怕是不好意思见人。"

郁文没有管那对母子,和陈氏、郁棠吃了饭,拎了茶酒糕点亲自去吴家还了骡子,这才坐下来好好地和陈氏、郁棠说话:"我去了吴老爷家之后,又去了里正那里。我们青竹巷这么多年都没有出过行窃之人,这小子留不得。但看在邻里的分上,我不把他送官,把他交给他们本家处置。里正也同意了。他等会儿就过来把人带走。"

陈氏松了口气,道:"这样也好,免得坏了我们青竹巷的名声。"然后她问起鲁信的事来:"定了下葬的吉日没有?有没有什么需要我们帮忙的?"

提起这件事,郁文就心情低落,他道:"这件事全是我的错,还怎么能把你们都牵扯进去。我和庙里的和尚定了明天就下葬,到时候让阿远去帮帮忙就行了。你们好生在家里歇着,该干什么就干什么。"

说话间,郁远回来了。郁文就对陈氏道:"我等会儿就要回庙里去,鲁信无儿无女的,今天晚上我给他守夜。天气越来越冷,你给我收拾两件厚些的衣裳,我去庙里的时候带过去。"

陈氏应声而去。

郁文立马叫了郁棠,低声道:"你跟我到书房说话。"

郁棠寻思着父亲是要问她那画的事,点了点头,轻手轻脚地跟着父亲去了书房。郁远也在。三个人凑在一起小声地说着话。

郁棠这才知道,原来郁远是奉了郁文之命走了趟赌坊。而赌坊的管事不肯承认是受人所托,咬定了是自己听说他们家有这样一幅画,又不想出银子,所以才会花钱请了个混混去他们家偷东西的。

赌坊的管事这样,郁远也就没办法请赌场的管事做中间人了。关于鲁信的死却没有什么收获。

郁文说:"我当时只想把人快点运回来,入土为安,他是什么时候死的、死之前有什么异样、还留了些什么遗物,我想着人死如灯灭,一律没有多问。"

他后悔道:"早知如此,我就应该问清楚的。"

郁棠这一晚上想了很多,心里暗暗也有了一个主意。等到父兄都说完,她试探着道:"阿爹,我觉得这件事我们一定得查清楚了。不说别的,至少我们知道了对方到底为何非要得到这幅画,哪怕是他们在暗我们在明,我们也有办法和对方周旋;否则我们就只能一味地被动挨打,说不定还会像鲁秀才似的……"

郁文听着,脸色铁青。

· 117 ·

郁棠道:"阿爹,阿兄,我有个想法。"

郁文和郁远的目光都落在了她的身上。

她这才道:"之前佟掌柜不是说,这幅《松溪钓隐图》并不完全是幅假画,是有手艺高超的师傅把宣纸的最上面一层揭了,留下了下面的一层,然后在原来的印迹上重新临摹的吗?佟掌柜还说,宣纸是有好多层的。要不,我们也找个手艺高超的师傅,把这画最上面一层揭下来,由着他们偷走好了。这样一来,我们既摆脱了困境,又可以仔细地研究这幅画里到底有什么秘密。您看能行吗?"

郁文和郁远的眼睛都一亮,郁文更是毫不隐藏自己喜悦地赞扬道:"阿棠,你从小就鬼机灵的,为了几颗糖,什么鬼点子都想得出来。如今终于把你的机灵劲用在正事上了。你说得有道理。与其让对方怀疑我们给他的是假画,怀疑我们不愿意将画卖给他,不如像你所说的,我们也做一幅赝品好了。"

郁远道:"二叔,阿棠,我之前为了我们家的漆器生意,认识了一个专仿古玩字画的,我们可以去问问他。"

郁文道:"人可靠吗?别传出什么风声去,弄巧成拙就不好了。"

郁远笑道:"那人姓钱,住在杭州城。因做的不是什么正经买卖,所以住在一个叫十字巷的地方。那里是杭州城最繁华的地方,街道两边商铺林立,每天进出不知道有多少人,又四通八达,非常热闹。出了事,跑出巷子就能找不到人。所以您放心,我们去的时候多绕几圈,小心一点,肯定不会被人发现的。"

郁文有些意外,沉吟道:"在杭州城啊!"

"是的!"郁远想说服郁文,道,"您想想,做这门生意的人,怎么会隐居乡野呢?何况杭州城离我们也不远,坐船最多半天就到了;而且有人问起来也好应对,这不快到中秋节了吗?就说想去杭州城买点东西。"

郁文想了想,拍板道:"那就这么办!"

郁棠忙道:"阿爹,那我跟不跟着去?我想跟着你们一起去,我还是小时候去过一趟杭州城呢!您就把我也带去吧?"

郁文迟疑了一会儿就下定了决心,笑道:"行,带你去。不过,路上不准给我惹事,眼睛也要睁大一点,发现什么不对劲的地方,要及时跟我和你阿兄说。"

父亲这是肯定了她的能力吧!郁棠高兴极了,上前抱了父亲一下,道:"您真好。"

郁文却假意板着脸,严肃地道:"你先别拍马屁。这件事,得瞒着你姆妈,你知道吗?"

"是!"郁棠保证。

郁文笑了笑,温声对郁远道:"大兄和大嫂那边,你也不要透露了风声。免得他们两人为我们担心。"

"是!"郁远恭敬地道。

郁棠一溜烟地跑了:"阿爹,我这就去收拾东西。"

郁文和郁远看了笑着直摇头。

陈氏知道郁文要带郁棠去杭州城,不免嘀咕道:"虽然说要过中秋节了,可也用不着去杭州城买东西吧?临安城什么东西没有?"

郁文愿意带着郁棠去杭州城玩,她当然是高兴的。可现在,家里没什么银子,郁文又是个不看重钱财的;还有郁棠,那是出门没看到合意的,糖也要买三颗回来的家伙,他们这么一买,他们家下半年的日子可怎么过?

郁棠隐隐猜出母亲的心思,她亲热地挽了母亲的胳膊,悄声道:"姆妈,我跟着阿爹去,就是要看着他,不让他乱买东西。"

陈氏"扑哧"一声笑,摸着女儿的头道:"你能管着你自己就不错了,你还帮我看着你阿爹?"

"真的!"郁棠发誓,"我若是乱买东西,就罚一个月不能出门。"

陈氏拧了拧女儿的鼻子,并不相信她的话,可也不忍心拘着女儿和丈夫,索性把心一横,就当不知道。大不了下半年她去当两件首饰。

母女俩说笑着,里正带了几个人过来。郁文在厅堂招待了他们。喝了半杯茶,寒暄了几句,那些人就把那小子和他母亲带走了。据说,跟里正过来的人都是那小子的本家,至于本家怎样处置这对母子,就要看这对母子的造化了。

安葬了鲁信,郁文把画藏好,带了郁远和郁棠去杭州城。

在苕溪码头,他们遇到了裴宴和周子衿。

裴宴穿了件竹青色细布直裰,连个簪子都没插,更不要说其他饰物了,通身干干净净的,依旧阴着个脸,看什么都漫不经心的。周子衿则穿了件紫红色宝蓝折枝花团花的锦袍,腰间挂着玉佩、金三事、荷包等物,头上簪着碧玉簪,手上换了把红漆描金折扇,正和裴宴说着什么。裴宴不时点个头,态度挺敷衍的。

两人前面停着艘船。两桅帆船,十来丈长,明亮的桐漆能照出人的影子,雕花窗棂,白色的纱帘,挂着桐漆灯笼。不是周子衿那天来时坐的船,比起那天周子衿坐的船要小巧精致。

裴满在船边指使着仆从抬箱笼,看那样子,是谁要出门。

郁棠伸长脖子扫了一眼。郁文则精神一振,笑着对郁棠和郁远道:"没想到在这里遇到了裴家三老爷,你们在这里等着,我去打个招呼。"

郁棠想起裴宴的傲慢无礼,不想父亲拿热脸贴他的冷脸,拉了拉郁文的衣袖,低声道:"他又没有看见我们,而且他还有朋友,我们一定得上前去和他打招呼吗?"

最重要的是,她爹又不准备再考举人,也不准备做官,有必要和裴家走那么近吗?

郁文却道:"裴家三老爷这个人还是不错的。裴家老太爷去的时候我不是在那边帮忙吗?裴家三老爷每天都来跟我们打招呼,还派了两个小厮专门服侍我们,礼数周到，待人真诚。如今遇到了，怎么能当没有看见呢？"

可你看重别人，别人未必看重你啊！郁棠拉着郁文的衣袖不放，道："阿爹，我们的船快到了。"

他们坐客船去杭州城。

郁文道："还早。船就是到了，还得在码头停靠一刻钟，不会迟的。"说完，甩开衣袖就要过去。

郁棠气得暗暗跺脚。结果郁文却像想起什么似的，停下脚步转过身来。

郁棠一喜，以为郁文改变了主意。谁知道郁文却朝着郁远招手，道："你也随我一道过去和裴家三老爷打个招呼。正好裴满也在，在他面前混个脸熟，你以后有什么事找他也方便些。"

她爹主动去跟裴宴打招呼，她大堂兄还要在裴满面前混个脸熟，郁棠气得不行。可郁远已乐颠颠地跟着她爹跑了，她就是气也没有用。

郁棠捂着眼睛，不想看她爹在裴宴那里受冷待，但令她惊讶的是，裴宴对她爹还挺客气的，说话期间还看了她一眼。因为他这一眼，周子衿也注意到她，朝她望过来，随后不知道和她爹说了什么，她爹一个劲地摆手，周子衿哈哈地笑了几声，朝裴宴望去。

裴宴冷着个脸，什么也没有说。周子衿也不说话了。

裴宴就喊了裴满一声。裴满丢下手头的事，立刻大步走了过去。

裴宴指了指郁远，裴满就朝着郁远行了个揖礼。郁远急忙回礼，显得有些紧张。

裴宴又说了几句话，郁远再次向裴满行礼，裴满还了礼，转身又去忙他的事去了。

郁文和裴宴说了几句话，裴宴点了点头。郁文又和周子衿打了个招呼，大家就散了。

郁棠松了口气，等她爹一过来就迫不及待地问："阿爹，裴家三老爷都和你说了些什么？"

郁文红光满面的，非常高兴的样子，道："裴家三老爷人真不错，他那个朋友也不错，听说我们要去杭州城，和他们顺路，请我们和他们一道坐船。我看裴家三老爷的样子，像有要紧事的，就婉言拒绝了，裴家三老爷果然没有留我。不过，他年纪轻轻就能在六部观政也不是没有道理的，我和他才说了几句话，他就把裴满叫了过来介绍给你阿兄认识。就凭这眼力见，以后肯定会仕途顺利，飞黄腾达的。"

郁棠在心里撇了撇嘴。什么仕途顺利、飞黄腾达，梦中他后来根本就没有去做官。而且他年纪轻轻就在六部观政，不是因为他考上了庶吉士吗？和他是否有眼力应该没有关系吧！至于父亲对裴宴的夸奖，她压根不信，觉得她爹是带着善意去看他，才会这样夸奖他的。不然周子衿提出和他们一道坐船去杭州，他为什么不顺着客气几句？他根本就不想和他们同行，而且连最基本的面子都不愿意维系，客气话都没有说一句。

郁棠顿时想起上次遇到裴宴时，裴宴看她的眼神。真是气人！她鼓着腮。

偏偏郁远也对裴宴赞不绝口："待人和气又客套，一点也不倨傲，我还以为像他这样少年得志的人都很清高，不太愿意和我们这样的人打交道。裴家三老爷不愧是读书人，腹有诗书气自华，有涵养，有气度。"

郁棠听不下去了，道："阿兄，什么叫'我们这样的人'，我们家哪里不好了？你也不要妄自菲薄！"

郁远赧然。

郁文呵呵地笑，拍了拍侄子的肩膀道："我当初就觉得你应该跟着我好好读书，可大兄非要你跟着他做生意。看见了吧？读书人就是比别人受人尊重。你是没机会再读书了，以后你的孩子可不能走你的老路子，就算是把家里铺子都卖了，也要供孩子们读书。"

郁远深以为然，不停地点头。

郁棠却不这么认为，她为郁远辩道："若是阿兄不跟着大伯父做生意，不要说大伯父那边了，就是我们这边，只怕吃穿嚼用都成问题。我倒觉得大伯父做得对。"

"你这孩子！"郁文道，"怎么像个爆竹似的，一点就着。不，没点就着了。我又没有说什么，不过是希望你阿兄的目光要看长远一点，孩子一定要读书。"

父女俩你一句我一句的，船过来了。郁棠随着父兄登了船。

进船舱之前，她不由朝裴宴那边望了一眼。那些仆从还在搬箱笼。

她想到周子衿来时的情景，不禁低声问郁远："阿兄，他们去杭州城做什么？裴家三老爷也去吗？"

郁远愣了一下，也朝裴宴那边望去，道："听那个周状元说，新上任的浙江提学御史是裴三老爷的同门，周状元好像有什么事要找那位提学御史，拉着裴三老爷一道过去。不然裴三老爷还在孝期，怎么会随便就往杭州城跑。"

郁棠有些意外，在心里恶意猜测裴宴。说不定他和她爹说这么些话，就是为了让她爹帮他把去杭州的意图告诉别人，免得有人以为他孝期不在家守孝，跑去杭州城里玩。郁棠又把裴宴鄙视了一番。

今天坐船的人不多，三三两两的，有很多的空位。他们找了个角落坐下。

船开动后，初秋的凉风吹在人脸上，清爽又凉快，非常舒服。

郁远去帮郁文父女买了茶点过来，三个人喝茶聊天。

郁文问郁棠："你有什么地方想去的？或者是有什么东西想买的？"

郁棠惦记着画的事，哪有心情去玩？不过，她既然到了杭州城，怎么也要给她姆妈和马秀娘带点东西回去。

她挽了父亲的胳膊，笑道："能不能买几块帕子和头巾回去？"

郁文讶然，笑道："只买这些吗？"

他每次出门，郁棠都恨不得开出长长的一张单子，让他全都买回来。

郁棠脸红，哼哼道："我那不是不懂事吗？"

郁文听了直笑，心里却异常妥帖，大手一挥，道："你不用担心钱的事，想买什么就去买。等到中秋节过后，田庄的收益就会交过来了，家里又有银子用了。"

郁棠暗自叹气。她之前怎么没有发现，她爹就是个寅吃卯粮的。不过，她好像也是……郁棠讪然。

有人扒着船窗惊呼。船舱里的人都被惊动了，纷纷朝外望去。

就见一艘桐漆两桅船如鱼般灵巧地划着水，乘风破浪地从他们身边驰过。

"是裴家的船！"有人喊道，"我见过。裴老太爷在世的时候，每次去杭州城时坐的就是这样的船。"

"真的吗？"那人不说还好，一说，更多的人扒到船窗边去看。

"好快！"

"真漂亮！"

众人称赞道。

有人喊："你们快看，那是不是官牌？有谁识字的，快看看写的是什么？"

郁远也扒过去看。

郁棠把他给拉了回来，道："阿兄，这有什么好看的。不过就是艘船罢了。别人还以为我们没有见过似的。"

郁远嘿嘿笑，道："我这不是羡慕吗？哪天我们家也能开上这样的船就好了。"

郁棠嘟了嘟嘴。

郁远就摸了摸她的头，道："阿棠不要生气了。以后阿兄一定好好赚钱，让你侄子好好读书。等到阿棠回娘家的时候，我就让你侄子也竖着官牌，用这样的大船去接你。"

都说的是些什么鬼话啊！

郁棠道："我就待在家里，回什么娘家？！"

郁远怏怏然地笑，求助似的朝郁文望去。

刚才一声不吭的郁文却一拍桌子，正色道："阿棠说得对。应该先做好生意，再想办法让子孙读书。裴家就是这样的。刚刚搬到这里来的时候也没有立刻就参加科举，是到了第二代才开始的。"接着对郁远道："这些年是我误会你爹了，等回到临安，我要请大兄喝酒！"

郁远不好意思地连道"不敢"。

郁棠却连说话的兴致都没有了。怎么到哪里都能遇到裴家的人，说什么都能提到裴家！她就不能生活在一个没有裴宴，没有裴家的地方吗？好气啊！

江南水乡，河道纵横，百姓出行，多靠水路。

杭州城大大小小的码头有好几个，其中最大的三个码头分别在武林门、涌金门和钱塘门附近。

　　武林门码头在城西北，和江南大运河互通，是南来北往的必经水路，因千年占刹香积寺离这里不远，这个码头又叫香积寺码头。涌金门码头在城西，西湖边上，是往太湖、临安等地的要道。钱塘门码头在香积寺码头和涌金门码头的中间，附近寺庙林立，常年香烟袅袅，香客如云，有着"钱塘门外香篮儿"之说。

　　郁棠他们的客船停靠在涌金门码头。他们要在这里下船，或换乘小小的乌篷船，或雇顶轿子进城。

　　坐船要比坐轿子便宜很多，也舒服很多，还能看看沿途的风景。唯一不好的就是花费的时间比坐轿子要长。好在是郁文他们准备在杭州城多待几日，颇为闲暇，他一早就打定了主意坐乌篷船进城。

　　或许是在船上待久了，下船的时候，郁棠两腿发软，觉得整个人都在晃动。

　　郁远扶着她，指着前面大槐树下一个卖大碗茶的道："你要不要喝杯茶歇会儿？"

　　码头上人头攒动、比肩接踵，叫卖声、吆喝声、呼唤声、吵嚷声，各种声音一声高过一声，嘈杂喧嚣，热闹得让人头疼。

　　"不用了！"郁棠有些疲惫地道，"还是快点到客栈去吧！"到了客栈，她就能好好休息了。

　　郁远点头。

　　郁棠趁机打量了码头几眼。青石铺成的台阶厚重结实，无孔的拱桥秀美静谧，河道里停满了各式各样的船只。她没有看见裴家的船。

　　郁文已去联系好了乌篷船，一个人五文钱，送到小河御街旁的如意客栈。

　　他道："我来杭州城，多半都住在那里。又便宜又干净，老板人不错，饭菜也好吃。"

　　郁棠和郁远点头，跟着郁文上了乌篷船。

　　船娘端了茶点招待他们。

　　郁棠没能忍住，悄声问郁远："裴家的船应该比我们先到，怎么没有看见？"

　　郁远哈哈地笑，打趣她道："你不是说就算是多看几眼，那也是别人家的船吗？怎么，你也关心起他们家的船来了？"

　　郁棠恼羞成怒，道："不说算了。"

　　郁远又轻轻地笑了几声，这才道："他们多半是从武林门那边进的城。"

　　郁棠不解。

　　郁远道："香积寺码头通往内城的桃花河，他们开的是两桅船，应该是直接进了城。"

　　自家有船就是舒服。郁棠撇了撇嘴。

　　郁远就指了两岸的河房和垂柳让她看："漂亮吧？"

细细的柳叶如青丝垂落在河面，河房爬满了藤萝，石桌竹椅旁姹紫嫣红地开满了花，屋顶的露台晒着大头菜、竹笋。穿着花衣的小姑娘、小小子在门口踢着毽子，跳着百索，还有挑着担子叫卖"花生酥""绣线剪刀"的货郎。

"很漂亮！"郁棠看得入迷。

郁远羡慕地道："要是能搬来这里就好了，生意肯定好做。"

不是"人离乡贱"吗？郁棠从来不知道郁远居然有这样的勇气。

是因为梦中过得太艰难他不敢想，还是因为她自顾不暇没有机会知道？郁棠的笑容一点点地褪去。

郁远望着两岸的风景，还在那里兴奋地说着话："我第一次随阿爹来杭州城的时候就觉得这里很好，就是卖个小鱼干，客人也比我们那里的多。我们那里还是太闭塞了，来来去去都是那些人，说来说去都是那些事……"

郁棠安静地听着，慢慢地喝了杯茶。

乌篷船靠了岸，两边都是三到五间门脸的商铺，高高的幌子不是绣着金丝线就是镶着银丝边，路上的行人也多是绫罗绸缎、仆从随身，整个街道看上去都是明亮艳丽的。可哪里有什么如意客栈？郁文付账的时候郁棠就抱着包袱左右地看。

然后一面写着大大的"当"字，底下用金丝线绣了个"裴氏"的招幌就醒目地印入了她的眼帘。

郁棠傻了眼。裴家的当铺吗？不是说在施腰河的什么仿仁里吗？他们不是要去小河御街吗？那她这是在哪里？

郁棠忙去拉郁文的衣袖，指了裴家的招幌道："阿爹，您看！"

郁文却见怪不怪的模样，笑着对她道："你眼睛还挺尖的。那里就是裴家的当铺了。可惜佟掌柜不在，不然我等会儿带你去串个门。"

那他们来干什么？郁棠睁大了眼睛。

郁文反应过来。他哈哈大笑，道："傻丫头，我们面前这条河就叫施腰河了，我们站的这条路则叫小河御道。裴家的当铺那块儿叫仿仁里，看见当铺旁边那条小巷子没有，从那儿往我们这边，却是积善里。如意客栈，就在那小巷里面。"

也就是说，他们住在裴家当铺的后面。

郁棠愤然。她到了杭州城怎么还到处都能碰到姓裴的！

郁文觉得女儿的模样很有意思，索性指了裴家当铺旁一家书局道："看见没有？那也是裴家的。还有旁边卖古玩的、胭脂水粉的、假髻头花的，全都是他们家铺子——仿仁里、积善里，还有它们相邻的子瓦坊、定民居都是他们家的。"

那哪里不是他们家的呢？

郁棠道："裴家三老爷也住这边吗？"

"那怎么可能？"郁文笑道，"他们家在凤凰山那里有别院，在清波门、梅家桥、明庆寺那边都有宅子。不过，他们既然是由香积寺码头进的城，那不是住在凤凰山那边的别院，就是住在梅家桥那边宅子里了。"

郁远奇道："叔父怎么知道？我还是第一次听说。"

郁文颇有些得意地道："是佟掌柜告诉我的。听佟掌柜说，梅家桥和清波门那边的宅子，是裴三老爷自己的，是裴三老爷的外祖们留给他的，不是裴家的产业。"

郁远讶然，道："裴家老安人是哪家的姑娘？"

"钱塘钱家的姑娘。"郁文道，"就是那个吴越国姓的钱。"江南四大姓，钱家居首。

郁远道："裴家三老爷的外祖们没有儿子吗？"

"说是有个儿子，没到弱冠就病逝了。"郁文道，"后来虽然过继了一个族侄，但家中的产业一半给了老安人做陪嫁，还有一半给了外孙、侄子们分了。钱家老太爷去的时候，裴家大老爷、二老爷都已经成了家，只有裴三老爷年幼。钱家老太爷怕裴家三老爷说亲的时候吃亏，留了不少的产业给他。"

"哇！"郁远两眼冒着星星，道，"这可真是皇帝重长子，百姓爱幺儿。裴三老爷的运气真好啊！"

"谁说不是。"郁文和郁远说着闲话，"佟掌柜说，梅家桥那边的宅子，仆从就得一百多人，清波门那边的宅子就更大了。平时也没有人去住，仅养这两个宅子，花费就不小，而且这些花销都是裴家三老爷自己在管，可见裴家三老爷还有自己的产业。可这些产业在哪里，有多少，谁都不知道。因为这个，裴家老太爷在世的时候裴家长房就一直怀疑裴家老太爷私下里给裴家三老爷置办了私产……"

郁远道："若是我，我也会怀疑。裴家三老爷这才多大的岁数……"

反正就是裴家很有钱！郁棠已经麻木了。她不想说话。

跟着父亲，七弯八拐地到了如意客栈的时候，郁棠连好奇心都没有了。随着小二直接去了自己的房间，她甚至没有仔细地打量打量如意客栈，倒在床上就睡着了。

是郁远把她叫醒的："叔父说带我们去北关逛夜市。你快换身衣服。叔父说，一刻钟后我们就出发。"

郁棠长这么大还从来没有逛过夜市，她终于有了点精神，换了件短襦，包了头，和父兄出了门。

天色已近黄昏，他们一路向北，路上的行人却不减反增。

郁远告诉她："我们要去武林门，北关夜市就在武林门外。"

他们不会遇到裴宴吧？

郁棠道："杭州城只有这一个夜市吗？"

"杭州城有好几个夜市，不过北城这边的夜市最有名而已。"郁远笑道，"来杭州城的人多半都会去逛逛。可若是久居杭州城的人，却喜欢去小河御街的夜市，那里的夜市人少一些，东西也贵一些。北关夜市，多是南来北往的客商或是跑船的人去的。"

走在前面的郁文闻言接了郁远的话："主要是你没来过，我想让你看看。姑娘家，以后出了阁就没现在自由自在了。能趁着这个时候多走些地方就尽量多走些地方，这人啊，要有见识才有胆量。等明天，我再带你去小河御街那边的夜市。让你看看两边的夜市有什么不同。"

裴宴那样的人，就算是逛夜市，也应该会去小河御街夜市吧！郁棠来了兴致，笑着问父亲："北关夜市什么东西好吃？"

郁文笑道："关三娘的烤鱼、王婆子的桂花酒酿圆子、唐二傻子的炊饼……多得是。你别吃得撑着就行。"

郁棠道："下次带了姆妈来！"

郁文笑道："我和你姆妈还是刚成亲的时候来过两趟，后来你姆妈身体不好，我就不敢带她出门了。就是你，我怕你姆妈担心，也不怎么带你出门。"

三个人说说笑笑的，出了武林门。

郁棠没有想到北关夜市离他们住的地方这么远，脚都走痛了。

郁远看着挤都挤不动的人群，找了半天才找到一家有位置的食肆，和郁文商量："我们先歇一会儿吧！"

郁文有些犹豫，低声道："这么好的生意他们家都没什么人，可见东西很不好吃。要不，我们再往前走走？"他们总不能白坐人家的地方不点东西吧！

郁棠也这么觉得，只是她刚要说话，一抬头，看见了站在食肆旁边的裴宴和周子衿。

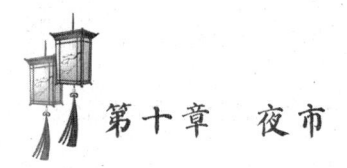

## 第十章 夜市

她这是什么运气？不是说裴宴住在凤凰山或是梅家桥的豪华宅子里吗？他跑到这平价的北关夜市做什么？郁棠杏目圆瞪。

裴宴估计也挺意外，睁大了眼睛瞪着她。

两个人就这样隔着熙熙攘攘的人群，你看着我，我看着你，谁也没说话，更不要说打招呼了。

还是周子衿发现了郁文："哎哟，这不是郁秀才吗？你怎么在这里？"

他说着，看了郁棠一眼。

郁棠穿着身蓝色粗布印花衣裳，又包了头，乍一看，像个乡下进城来看热闹的村姑，只是露在外面的手又白又嫩，漂亮得像枝头刚刚绽放的玉兰花。

郁文也没有想到会在这里遇到裴宴和周子衿，在这里遇到了熟人他还是很高兴的："周状元，裴老爷！好巧啊！我想着既然来了杭州府，怎么也要到北关夜市来逛逛，就带着侄儿和女儿过来了。你们怎么也来了北关夜市？就你们两个人吗？"

裴宴矜持地点了点头，周子衿则热情多了，笑道："我们住在梅家桥那边，这不，梅家桥离北关这边还挺近的，我也有好多年没来过了，就把遐光拉着过来逛逛了。"他说着，又看了郁棠一眼。

他对这姑娘的印象太深了。

长得漂亮的美人他不是没见过，可像郁棠这样，能引得两兄弟都心生爱慕，让男孩子叫着嚷着要去他们家做上门女婿的，他还是第一次见到；而且他这次见到的郁棠还和上一次不一样。上一次的郁棠，虽然是普通打扮，却是个让人眼前一亮，颇为惊艳的女孩子。这次打扮得如此乡土，居然也难掩其妍丽，可见这个女孩子漂亮得有自己的风骨，无论怎样的梳妆打扮也无损她的出众。

周子衿忍不住问郁文："这小姑娘真是你们家千金？"

郁文不知他为什么这样问，忍俊不禁地道："难道还有假不成？"

周子衿嘿嘿地笑，道："我就是有点可惜。你是不知道啊，我最近在画十二美人图……"

美人在骨不在皮。如果这小姑娘不是郁家的千金就好了。他可以拿一大笔银子请她出来画个像。

一旁的裴宴知道周子衿是个画痴，为此连在六部的差事都辞了不说，看到漂亮的小姑娘、小小子眼睛就像黏住了似的挪不开。

他不悦地皱眉，没等周子衿把话说完已沉声对郁文道："郁老爷是刚来还是准备走了？"

郁文也猜出了周子衿的未尽之言，他带着女儿出头露面是一回事，让女儿给人画在画上又是另外一回事。他感激地看了裴宴一眼，道："我们刚来！裴老爷和周状元是刚来还是准备回去了？要不我们一起逛逛？"

裴宴却道："不用了。这夜市到处烟熏火燎的，我陪他看看就行了……"

周子衿忙道："遐光，既然出来了，你就别扫兴了。他乡遇故知，人生一大幸事，我们不如结伴逛逛好了。"

郁文看出裴宴不太愿意，拒绝的话还没有说出口，已被周子衿搭了肩膀，不由分说地推着往里走："走！我早年来的时候，吃过一回唐二傻子家的炊饼就念念不忘到今天。这一次我来北关夜市，也是冲着这炊饼来的。"

郁文还是挺喜欢周子衿这自来熟性格的，他想了想，觉得大家结伴走也挺好的，特别是周子衿和裴宴这两个都是有身份地位的人，肯定不会对他带着女儿逛夜市说什么，索性一面随着周子衿往里走，一面和他聊着天："我还以为你会喜欢吃桂花酒酿圆子，你不是南通人吗？我们南边的人都喜欢吃这个。"

"我是南方人啊！可我在京城出生，也是在京城长大的。"周子衿笑道，"我就喜欢吃面食！"

不过几句话，两个人的身影差点就被淹没在人群中。

郁远忙招呼郁棠："你走我前面，免得丢了。"

郁棠看着裴宴微愠的面孔，有些不自在地整了整鬓角，这才照郁远说的跟在了郁文的身后。

前面有耍猴戏的。郁文和周子衿挤进去看，也朝着郁棠几个招手。裴宴的脸色更不好看了。

郁棠和郁远却很感兴趣。郁远拉着郁棠的衣袖就往里挤。

郁棠不禁看了裴宴一眼。他穿着件靓蓝色净面细布直裰，依旧是什么饰品也没有佩带，白净的面孔，英俊的五官，冷峻的表情，背手走在人来人往的夜市摊子前，硬生生把那份热闹走出三分的寂静来。这个人真是遗世独立！

郁棠思忖着，就把裴三老爷丢到了脑后，高高兴兴地去和郁远看猴戏去了。不过，只看了几眼，郁棠心里就开始有些难受起来。

那小猴子乌溜溜的黑眼睛，看人的时候就像有什么话跟人说似的，瘦小的身子覆着一层薄薄的黄毛，身手灵活，杂耍的人让它做什么它就做什么，还知道给人作揖讨东西吃，非常可爱。可它的脖子上却被箍着一个铁项圈，或许是箍的时间太长，周围的毛都脱落了，它越是听话乖巧，她就越没办法直视。

这些猴子长于山林，却不知道怎么被人逮住，要做些讨好人的举动才能有吃有喝，才能活下来。

她胸口生闷，拉了拉郁远的衣袖，在郁远的耳边道："我们还是别看了吧，我们就中午吃了些干粮。我肚子饿了，我们去吃点东西好了。"

那小猴子正在表演舞大旗，郁远看着有趣，一心二用地道："你等会儿，我看完了就和你去吃东西。"

郁棠想着这小猴子的四肢原本是应该在地上，如今却被迫站起来……更看不下去了，神色黯然地道："那你在这里看着，我在外面等你。"

郁远闻言一个激灵，忙道："那我不看了，陪你去旁边等叔父。"郁文也没有吃晚饭。

郁棠点头，和郁远挤了出来。郁远去找郁文。

郁棠一眼看到了站在旁边树下的裴宴。他没有去看猴戏，而是冷冷地站在旁边的大树下。可能是感觉到郁棠在看他，他转头瞥了郁棠一眼。郁棠礼貌地朝他笑了笑。他却面无表情地回过头去。

郁棠被气得不轻。这个人怎么回事？看不出好歹吗？她对他先表达了善意，他居然这副态度！郁棠脑子里嗡嗡的，半晌才回过神来。

郁文和郁远、周子衿走了过来。

周子衿抱歉地道："我不知道你们还没有用晚膳。我请客，你们想吃什么？"最后一句，他问郁棠。

郁棠怎么好意思蹭周子衿的饭，忙客气地道："您不必客气，我吃什么都行。"

周子衿听了笑道："那我们去吃关三娘的烤鱼吧？我上次来吃过，感觉还不错。"

江南的人多爱吃鱼。郁棠顿时对周子衿心生好感，笑着朝周子衿道谢。

周子衿挥了挥手，道："这些都是小事……"话说到这里，他欲言又止。

裴宴语气冰冷地喊了声"子衿"，道："你还吃得下吗？你晚上吃了两斤炙河豚。"

"哎呀！这有什么吃不下的。"周子衿立刻道，"我走了这半天，那两斤炙河豚早不知道哪里去了，自然得去尝尝关三娘家的烤鱼。"他说着，奇道："难道你不吃吗？"

裴宴斩钉截铁地嫌弃道："不吃！"

郁棠等人的目光都落在了周子衿的身上。

周子衿心虚道："我好歹是客人！遐光于情于理都应该陪陪我吧！"

裴宴斜睨了他一眼，径直朝前走："你不是说要吃关三娘的烤鱼吗？还不走！"

"好的，好的。"周子衿立刻跟上。

郁文摇摇头，带着郁远和郁棠也跟了上去。

郁棠悄声问郁文："阿爹，我们一定要跟着去吗？"裴宴的态度太差了，她觉得她继续跟着会吃不下饭的。

郁文道："我们反正要去吃饭，不如就去关三娘的店里。他们店里的拌面也做得很好。上次我还跟你姆妈说过，想让陈婆子学着点，结果陈婆子怎么也学不像。"

好吧！郁棠决定为了美食，还是忍着好了。

关三娘家的烤鱼棚子还挺大的，但还是里三层外三层地坐满了人。

周子衿一副土豪做派，直接拿银子请人让了一张桌子给他们。

几个人正准备围着桌子坐下，裴宴不知道从哪里掏出一块白色的帕子，把他要坐的地方仔仔细细地擦了一遍。

郁棠看着，悄悄地摸了摸桌子。

那桌子看着陈旧，灯光下仿佛泛着油光，可摸着却很干净，不要说油花了，就是灰尘都没有。

她放心地坐下，裴宴又开始擦桌子。

周子衿忍不住了，道："遐光，你能不能别这么讲究？"

· 129 ·

裴宴抿着嘴，坚持擦完了桌子。

周子衿无奈，和郁文一起商量着点了店里的招牌菜。

能在夜市里闯出名堂来的果然都名不虚传。

关三娘家的烤鱼酥脆咸香，拌面红油赤酱，卤猪蹄糯而不腻，银耳汤甜软可口……吃得郁棠胃口大开，周子衿赞不绝口。裴宴却坐在那里，一口也没有吃。

周子衿故意小声和郁文说他："你看，就是个这样无趣的人！今天要不是遇到你们，我就是吃进去龙肝凤胆也会变成石头压在心间。"

郁文看着裴宴就这样随意地坐在那里，却像株身姿挺拔的雪里青松，从骨子里隐隐流露出几分孤傲来，突然觉得周子衿这样勉强裴宴有些不妥当。

"各人有各人的秉性，好朋友就更不应该彼此为难了。"郁文笑着，朝周子衿举了举手中的酒杯，道，"这杯我敬你。"

周子衿呵呵地笑，把这一茬丢到了脑后。裴宴的目光却不由自主地落在了坐在他对面的郁棠身上。

郁棠在啃猪蹄。

她开始是用的筷子，后来发现筷子不顶用，猪蹄时不时地就会落下来，旁边的人又都手拿着在啃。她四处睃了睃，发现周围的人都在喝酒吹牛，没有谁会注意到她这个跟着父兄蹭饭吃的小姑娘，遂放心下来，悄悄地放下筷子换成了手。有了双手相助，那些蹄筋也被她啃得干干净净。

裴宴在看郁棠的手。郁棠的手很漂亮。白皙细腻，十指修长，增一分则腴，减一分则瘦，没有一丁点瑕疵。可此时，这双漂亮的手上却沾满了红红的辣椒粉，油腻腻的，反着光。如明珠蒙尘、如白玉惹灰，让人怎么看怎么觉得不舒服。裴宴连自己都没有发觉地开始瞪着郁棠。

郁棠正心满意足地咀嚼着猪蹄筋，却感觉到有道强烈的目光落在自己的身上。

她抬头一看，就看见裴宴那冰冷却隐含着怒意的面孔。

郁棠愕然。他为什么要这样看自己？她刚才什么也没有做啊！难道是她吃相不好？或者是她的着装不妥当？郁棠低头打量自己。然后她非常震惊地发现，她的前襟上滴了一滴油。怎么会这样？郁棠觉得自己有些凌乱了。

她举着猪蹄望着裴宴，觉得自己应该和他解释几句才对。可没等她开口，裴宴就淡淡地挪开了目光。郁棠眨了眨眼睛。裴宴，这是讨厌她吗？郁棠很是委屈。

马有失蹄，人有失手……她一天都没有正经吃过东西了，看到这么好吃的东西，怎么可能像什么都没有看见似的，一味地克制自己？再说了，这里是夜市，来夜市吃东西，不就是讲究兴之所至吗？

刚才还被她惊为天人的美食突然间味同嚼蜡。

哎！她就知道，她和裴家的这位三老爷犯冲，只要遇到就没有什么好事，更别说她在他面前有什么形象可言了！

郁棠正自怨自艾，裴宴突然转过脸来，皱着眉头从袖中拿出一块帕子丢在了她的面前，道："擦擦！"

她一愣。

正在倒酒的郁远和正在喝酒的郁文、周子衿听到动静都瞧过来。

郁文和周子衿呵呵地笑了起来，郁文更是指了郁棠的嘴角，道："有葱花。"

郁棠杏目圆瞪："阿爹，有您这样的吗？"

郁文不解，道："我怎么了？"说着，手点了点自己的嘴角，示意郁棠快把嘴擦干净。

这么多外人在，难道就不能私下告诉她吗？

郁棠气呼呼的，觉得裴宴丢在她面前的帕子像针毡，不要说用了，看着就不舒服。

她掏出自己的帕子，狠狠地擦了擦嘴角，然后又顺便擦了擦手，又把那方白帕子就那么丢在了桌子上。

裴宴松了一口气，觉得心情好多了。

郁文和周子衿笑了两声就把这件事丢到了脑后，继续喝着他们的酒，说着他们的话，在旁边执壶的郁远笑吟吟地听着，很感兴趣的样子。

郁棠瞥了眼裴宴，重重地咬了口猪蹄。裴宴的目光落在了她的前襟。郁棠嘴角抽搐。他还有完没完。君子不是非礼勿视的吗？他就不能装作没看见？装作不知道？

郁棠心里的小人被气得直跺脚。她就知道，他是个心胸狭窄、吹毛求疵的小人。不说别的，她和他也算见过好几次面了，可他给过谁一个笑脸？而且还自以为是。第一次见她，以为她是碰瓷的；第二次见她，以为她是骗子；第三次见她，以为她是水性杨花……想到这些，郁棠像被针戳破了的皮球。反正，她在他心目中估计也不是个什么好人了！何况，他们天差地别的，就算她不是个好人，与他又有何干系呢？

郁棠这么一想，骤然间又高兴起来。她何必这样患得患失的，这段时间也就是机缘巧合和裴宴碰到的次数多了起来。梦中，她在临安城生活了二十几年也从来没有碰到过裴宴。可见没有裴宴，她也活得好好的。那裴宴怎么看她，怎么想她又有什么关系呢？她何必为了一个和她不会产生什么交集的人浪费感情呢？

郁棠觉得自己想通了。她深深地吸了一口气，又开始啃猪蹄。关三娘家的东西可真好吃啊！若是下次有人说起，她一定要告诉别人，关三娘家除了烤鱼还有猪蹄，当然，他们家的拌面也很好吃。

郁棠又恢复了之前的乐观和豁达。

裴宴眼睛珠子都要瞪出来了。这小姑娘，怎么没心没肺的，听话都不带听音的。吃得满手都是油，哪有一点女孩子的样子？

而放下了心中包袱的郁棠，没有了任何的负担。

她不仅用手啃猪蹄，还站在路边的小摊子上吃酒酿圆子，一边走路一边吃糖画，尝了驴肉，押了单双……裴宴他想瞪她多久就瞪多久好了，她又不是裴家的什么人，要从他手里拿零用钱，得看他的脸色行事。

这个晚上，她比任何时候都要快活。这就是父母双全的幸福吧！郁棠扶着喝得微醺的父亲，欢喜地想着。这次出来回了临安之后，她应该很难再出门了，更不要说像现在这样跟着父亲出来玩耍了。以后，难有这样的快乐时光了吧？

郁棠和父兄慢慢地走在小河御街上，晚风吹在她的脸上，带着初秋的凉意，让刚刚度过了一个漫长炎夏的人备感舒爽。

乐极生悲。郁棠回到客栈，梳洗躺下没多久，就开始肚子疼。她心中咯噔一下，脑海里浮现出裴宴人似白雪般坐在烟火袅袅的夜市摊子上的情景。难道她吃坏了肚子？！

郁棠捂着痛得厉害的肚子，立刻去敲了郁远的门。郁远披着衣裳就去给她找大夫。郁文的酒全被吓醒了。可这半夜三更的，他们又是外乡人，大夫哪里是这么好找的！

郁文没有办法，只得去敲裴家当铺的门。

裴家当铺这边主事的是佟掌柜的胞弟佟二掌柜。

他和郁文认识，闻言立刻去找了裴宴放在铺子里应急的一张帖子，道："王柏御医正巧在杭州城里，我这就去请他过来给郁小姐瞧瞧。"

郁文千恩万谢，跂着鞋就随佟二掌柜走了。

郁棠却用被子捂着脸。

裴三老爷的名帖啊……那他明天岂不是也会知道？郁棠觉得自己没法见人了。

郁棠生无可恋地躺在床上，隔着屏风，听着白面无须、胖乎乎、笑眯眯的御医王柏对郁文道："没大碍！小姑娘家，从小精心养在闺房里，突然跟你出来乱吃乱喝，肠胃一时受不了。也不用开什么药了，断食二日即可。以后这些辛辣的东西还是少吃。"

郁文后悔得不得了，躬身哈腰点头称是。

王柏还记得他们家，笑眯眯地问："你们家太太的病可有了起色？老杨那人别看冷面冷颜，那是因为他医术好，一力降十会。他开的方子应该不会有什么错的。"

上次虽然是他和杨斗星去给陈氏瞧的病，可开药方的却是杨斗星。

郁文忙道："拙荆记着两位的恩情呢！前几天还去庙里给两位求了平安的。要不是您二位正值春秋，都想给立个长生牌啊！"

"哈哈哈！"王柏大笑，道，"我就不用了，杨斗星沽名钓誉的，最喜欢这些东西，你下回遇到他了，一定要告诉他，他面上不显，心里肯定很高兴。"

文人相轻，同行互相拆台的也不少。这话谁也不好接。

郁文支支吾吾地应酬了几句，道："您二位都是忙人，能再见一次都是福气了，哪能经常见到。"

"那也不一定。"王柏笑道，"裴家大太太这些日子总是不好，杨斗星都快住在临安了。你们有什么事，大可直接去裴府求见。"这一次，不也是裴家的帖子把他半夜三更招来的吗？

郁家的人俱是一愣，随即又有些高兴。有个这样的名医在身边，有时候未必用得上，但心里却要踏实几分。

郁文谢了又谢，把王柏哄高兴了，这才把王柏送走，回来的时候，虽是初秋，额头上也冒出汗来："哎，这些名人，一个比一个不好打交道。"

郁远忙给郁文倒了杯茶，又向佟二掌柜道谢。

佟二掌柜见这里没什么事了，笑着告辞："若还有什么事就直接让店里的小二去前面的铺子传个话，大家乡里乡亲的，出门在外理应多帮着点，您千万别和我客气。"

郁文和郁远忙道谢，亲自送了佟二掌柜出门，并道："等过两天我们家姑娘好一些了，我再去给裴三老爷道谢。"

这就不是佟二掌柜能做主的了。他笑着应了，说了几句"好好照顾家里的孩子要紧"之类的话，回去歇了。

知道郁棠没事，郁文和郁远悬着的心也落了下来，郁远更是打趣郁棠道："让你不知道收敛，现在知道克制了吧？"

郁棠有气无力地躺在那里看着郁远。

郁远又觉得她有点可怜，去倒了杯温水要扶她起身喝水。

郁棠紧紧地闭了闭嘴，可怜兮兮地求着大堂兄："我已经喝了两壶水了，再喝下去，肚子都成水囊了。"

"活该！"郁文听了笑道，"谁让你不听话的呢？"

郁棠大呼冤枉，道："是我不听话还是您没有交代我。我哪里知道那些东西那么厉害。我回去了要跟姆妈说，说您带我出来，也不管着我，让我乱吃东西。"

"你敢！"郁文还真不愿意让陈氏着急，道，"你要是回去了敢跟你姆妈吭一声，我以后去哪里都不带着你了。"

郁棠哼哼了两声表示不满，然后和父亲讲条件："那您回去了也不能说我在夜市上吃坏了肚子。"

郁文愕然。

郁远大笑，道："叔父，您上阿棠当了。她就不想让您跟别人说她在夜市上吃坏了肚子的事。"

郁文呵呵笑了起来，点了点郁棠的额头，道："小机灵鬼，我和你大堂兄都守口如瓶，你满意了吧？"

"这还差不多！"郁棠小声嘀咕着，喝多了水又想上厕所了。

郁文和郁远直笑，请了客栈的老板娘帮着照顾郁棠，回了自己的房间。

折腾了大半夜，快天亮的时候郁棠才睡着，等她一觉醒来，是被饿醒的不说，郁文和郁远还都不在客栈了。

老板娘是个四十来岁的妇人，面相敦厚老实，笑着给她端了温水进来，道："你喝点水。你爹和你兄长走的时候都反复叮嘱过我们了，不能给你吃的，只能喝温水。你先忍一忍，过两天就好了。"

郁棠觉得自己都快变成水囊了，肚子里全装的水，动一动都在晃荡。她阻拦了老板娘的水，问老板娘："您知道我爹和阿兄去了哪里吗？"

"说是要出去逛逛。"老板娘也不勉强她，笑着把温水放在了她床边的小杌上，"说你若是醒了，就在店里休息。他们晚上就回来了。"

难道是去那个姓钱的师傅那里？郁棠不敢多问，怕被有心人看出什么，和客栈的老板娘寒暄了几句，就佯装打起哈欠来。

老板娘一看，立刻起身告辞："您先歇着，有什么事只管叫我。"

郁棠谢过老板娘，等老板娘走后，她感觉更饿了，可惜不能吃东西。

她数着自己出门前母亲背着父亲悄悄放在她荷包里的碎银子，觉得这次真的是亏大了。

父兄都不在，她又不好到处跑，自己把自己拘在客栈里发了半天的呆，突然觉得自己好像回到了梦中李家的那个牢笼似的——因为答应过李家会守节，她以孀居的规矩要求着自己，处处留意，处处小心。但她遵守了承诺，李家却背信弃义……想到这些，那些被她压到心底的不快就像溃了堤似的，汹涌喷出，止也止不住了。

她不想这样待在这里。她想出去走走。或者是给自己找点事做。

梦中，她是怎么打发那些苦闷的日子的？做头花。是的，做头花，做各式各样的头花。

她答应李家的时候把事情想得太简单，觉得人生短短几十年，眨眼就过去了。若是能报答大伯父一家的恩情，他们两家有一家能爬上岸去，她就是苦点累点又有什么关系？等她真的开始守节的时候才知道，原来日子是真的很难熬。从天黑盼到天明，从天明盼到天黑。从朝霞满天坐到夕阳西下。一个刻钟，一个时辰，数着数儿过。她觉得日子没办法过下去了，非常地浮躁，做什么事都做不好，也不喜欢做。养花、刺绣、制衣，都试过了，还是不行。

直到有一年端午节，李家那个叫白杏的小丫鬟悄悄送了朵枣红色的漳绒头花给她，还悄悄地对她道："我知道您不能戴，可您可以留着没事的时候拿出来看看。"

那是一朵很普通的头花，做成山茶花的样子，不过酒盅大小。铁丝做的花枝连边线都没有缠好，露出些锈斑来，粗糙得很，搁她在娘家的时候，就是双桃也不会买。

可就是这朵花，她时时拿出来看看。那暗红的枣色，带着绒毛的花瓣，居然渐渐地抚平了她的烦躁。

她开始用丝线缠绕露出锈斑的花枝，用绿色的夏布给花做萼……后来，她开始给小丫鬟们做头花。杭绸的、丝绒的、织金的、粗布的、细布的……丁香花、玉簪花、茉莉花、牡丹花……酒盅大小的、盖杯大小的、指甲盖大小的……钉铜珠的、钉鎏银珠的、钉琉璃珠的……到后来能以假乱真，在六月里做出玉兰花挂在香樟树上……她大部分时间，都花费在做头花上。

郁棠掩面。自梦醒以来，她觉得自己就应该如新生一样，把梦中的种种都忘掉。可有些事，刻在她的骨子里，融到她的血液里。她改不掉，忘不了。

郁棠想做一朵头花。小小的，粉红色的，一瓣又一瓣，层层叠叠，山茶花式样，歇一只小甲虫，绿豆大小，栩栩如生，趴在山茶花的花蕊上，戴在她的发间。那是她梦中自从李竣死后就再也没有过的打扮。郁棠此时就像干渴的旅人，抵御不了心里的渴望。

她起身梳妆打扮，看见铜镜里的女子有双灿若星子的眼睛，明亮得仿若能照亮整个夜空。

她慢慢地为自己插了一朵珠花，戴上了帷帽，起身去找老板娘："您这附近有卖铜丝绢布的吗？我想做点头花。"

老板娘知道她是秀才家的闺女。可秀才家多的是需要女眷做针线才有吃穿嚼用的。她只是同情地看了郁棠一眼，就指了门外的一条小道："从这里出去遇到第一个十字路口向左拐，那一条巷子都是卖头花梳篦、帕子荷包的。"

不仅有这些东西卖，还有做这些东西的材料卖。有收这些东西的店家，也有卖这些东西的客商。

老板娘想着他们家和裴家熟，还叫了个小厮跟着她一道去："帮着搬搬东西，指指路。"遇到登徒子，还可以威胁两句或是唤人去帮忙。

郁棠谢了又谢，由那小厮领着出了门。

花了三两银子，半天的工夫，她买了一大堆铜丝线、鎏金珠子鎏银珠子琉璃珠子还有一堆各式各样的零头布回来。

喝了点水，她就坐在客房的窗棂前开始做头花。

熟悉的工具、熟悉的材料、熟悉的颜色……郁棠的心平静了下来，既感觉不到累，也感觉不到饿。

不知不觉间，屋里的光线暗了下来，郁棠这才发现太阳都已经偏西了。

她起身，揉了揉有点酸胀的眼睛，出了门招了个小厮来问："郁老爷和郁公子都没有回来吗？"

"没有！"小厮答道，郁棠就看见佟二掌柜走了进来。

他和佟大掌柜很像，倒不是五官，而是气质，都给人非常和气、好说话的感觉。

客栈的老板在柜台上管账。

他问客栈的老板："老板娘在不在？郁家小姐怎么样了？一直惦记着要来问问，结果今天生意太忙了，总是抽不开身。"

男女有别。客栈的老板也不好意思去探望郁棠，道："应该没事了吧，之前还听店里的小二说郁家小姐出了趟门买了些东西回来——还能逛街，多半好了。"但具体好没有，他也不知道，说完这话，他又让人去喊了老板娘出来。

老板娘笑道："好了，好了！就是精神不太好。不过，任谁这一天不吃东西也会没精神啊！"

"那就好。"佟二掌柜松了一口气的样子，道，"我们家三老爷已经知道我用他的名帖给郁小姐请大夫了，到时候三老爷要是问起郁家的情况来，我也知道怎么回答啊！"然后他又问起郁文和郁远来，知道他们两个人一大早就出了门还没回来，他道："那我就不去探望郁小姐了，郁老爷和郁公子回来，您帮我跟他们说一声，我明天再来拜访他们。"

老板和老板娘连声应"好"，送了佟二掌柜出门。

郁棠也不好意思出去打招呼，又折回了自己屋里。

掌灯时分，郁文先回来了。

他神色疲惫，老板和他打招呼的时候他的笑容都有些勉强，他草草地和老板客气了几句就回了房。

郁棠听到动静，就去了父亲屋里。

"坐吧！"郁文眼底的倦意仿若从心底冒出来的，他抚了抚额头，道，"你不来找我，我也准备去看看你。你今天怎么样？肚子还疼吗？我们不在的时候，你一个人待在客栈里做什么？"

郁棠一一答了，然后帮父亲倒了杯热茶，这才坐到了父亲的身边，道："您是不是遇到了什么事？"

郁文点头，端着茶盅却没有喝茶，而是愣愣地望着郁棠，目光深沉，显得很是凝重。

郁棠心中咯噔一下。

按照他们之前的打算，为了不引人注意，她爹去查鲁信的事，看鲁信的死有没有蹊跷，而郁远则去找那位姓钱的师傅，看他能不能帮着把那幅《松溪钓隐图》再揭一层。现在郁远没有回来，不知道那位姓钱的师傅会怎么答复郁远，郁文这里，肯定不是什么好消息。

她静心屏气，等着父亲想好怎么跟她说这件事。

郁文果然沉默了良久，这才道："阿棠，你是对的！你鲁伯父的死，只怕真的应了你的猜测！"

得了这样的信息，郁棠心里面反而踏实起来。她道："难道鲁伯父是被人害死的？"

"不知道是不是被人害死的，可他按理不应该这样死的。"郁文细细地和郁棠说起他查到的事来，"你鲁伯父死之前，还欠着客栈的房钱和巷子口小食肆的酒钱，而且他刚刚和新上任的提学御史搭上关系。听那客栈的老板说，他已经得到那位提学御史的推荐，过两天就要去京城的国子监读书了……"

郁棠皱了皱眉，道："会不会是鲁秀才吹牛？"

"不管是不是吹牛，他准备去京城是真的。"郁文道，"他还找了好几个熟人凑银子，想把住宿的钱和酒钱结清了。客栈还好说，那小食肆的老板听说他要走了，怕他不给酒钱偷偷跑了，一直派自己的儿子跟着你鲁伯父。那小食肆的老板说，当天晚上他儿子亲眼看见你鲁伯父回客栈歇下了，怕你鲁伯父半夜被人叫出去玩耍，小食肆老板的儿子一直等到打了二更鼓，实在是守不住了才回去的。

"谁知道第二天一大早，却发现你鲁伯父就溺死在了离客栈不远的桃花河。我也问过客栈老板了，客栈老板信誓旦旦地说没有发现你鲁伯父出去。"

郁棠打了个寒战。郁文也神色黯然。

两人都觉得形势不妙，既不敢继续查下去打草惊蛇，也不敢就这样装糊涂，等到祸事临门。

一时间，父女俩都没有了主意。

郁文只好自己安慰自己："也许是我们想得太复杂了，等阿远回来再说。"

做钱师傅这种生意的，通常都很忌惮生面孔。今天郁远过去，并没有把画带过去，而是请了个和那位钱师傅私交非常好的朋友做中间人，试着请钱师傅帮这个忙。至于成不成还两说。

郁棠见父亲有些丧气，只得道："阿爹，您还没有用晚膳吧？我让老板娘端点饭菜上来。今天店里煎了鱼，我坐在屋里都闻到了那香味。"

这家客栈是可以包餐，也可以单点的。郁文他们不知道事情会办得怎样，没有包餐，就只能单点了。

"还是等阿远回来吧！"郁文蔫蔫地道，此时郁远回来了。

他倒是神采飞扬，高兴地道："叔父，钱师傅让我们明天一大早就过去，看过了画才能给我们一个准信。"这也算是个好消息了。

郁文打起了精神，但郁远还是看出了端倪。

郁文也没有瞒他，把事情的经过都告诉了郁远。

郁远神情严肃，道："那我们明天更要小心一点了。"

郁文叹气，道："吃饭吧！尽人事，听天命。明天的事明天再说。"

郁棠忙去叫了饭。

吃过饭，原定去小河御街夜市的，大家也没有了心情，早早就各自回了房。

郁棠继续做头花，直到听到三更鼓才睡下。

翌日她起来的时候听到郁文在和掌柜的说话，郁远带着画已经出了门。

不过，这次他回来得挺早。午饭前就回来了，而且把画留在了钱师傅那里。

他两眼发亮地压低了声音和郁文、郁棠道："钱师傅看过画了，说这画最少还能揭三层，问我们要揭几层。我想着总归麻烦他一次，也没有客气，就让他能揭几层是几层，不过，要比之前讲的多要五两银子，等到明天下午才能拿画。"

郁文自昨天知道鲁信的事之后就心情低落，闻言简单地应了一声"行"，直接拿了银子给郁远。

郁远拿了银子，又出去了一趟。

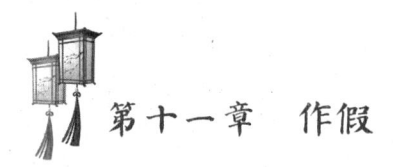

## 第十一章　作假

到了下午，郁远回来了，他们也没什么事了，现在就等着钱师傅那边看能不能有什么发现了。

郁文等得心焦，和客栈老板下棋打发时间。郁远有些坐不住，和郁文打了声招呼，到街上逛去了，想看看杭州城什么生意好，大家都做些什么生意，怎么做生意的。

郁棠在房间里做头花。有人进来道："郁老爷住这里吗？"

郁文抬头，道："哪位找我？"

来者十五六岁的样子，唇红齿白的，仆从打扮。他笑道："我是周老爷的小厮，我们家老爷让我来看看您在不在店里。"说着，一溜烟地跑了。

郁文奇道："周老爷？哪个周老爷！"他话音刚落，就看见那小厮陪着周子衿和裴宴走了进来。

郁文笑了起来，忙迎上前去，行着揖礼道："我说是谁呢，原来是周状元。您怎么过来了？可是有什么事找我？"又朝着裴宴行礼。

裴宴还是副不冷不热的模样，淡然地朝着郁文点了点头。

周子衿道："听说令千金病了，我们应该昨天就来看看，可昨天约了人见面，一顿午饭吃到了下午，我也喝得醉醺醺的，不好失礼，就没有过来。怎样，令千金好些了没有？有没有我们能帮得上忙的？"

郁文听了很是感动，道："小孩子家，吃夹了食，已经拿了裴老爷的名帖去请了王御医过来瞧了瞧，说是没什么事，禁食就行。劳您二位费心了。我还准备过两天去裴府道谢，没想到您二位先过来了，真是过意不去。"说完，又单独谢了裴宴。

裴宴没说什么，受了郁文的礼。

郁文道："周状元和裴老爷等会儿可有什么事？不如我来做东，就在附近找个饭庄或是馆子，我请两位喝几盅。"

周子衿眼睛一亮，显然对此很感兴趣，谁知道旁边的裴宴却在他之前开口道："不用了，你这边肯定还有很多事。以后有机会再一起喝酒吧！"

郁文只当他是客气，语气更诚恳了："以后的事我们以后遇到了再说。你们能来看我们家姑娘，我这心里不知道多高兴呢！若是就这样走，您让我心里怎么想？特别是裴老爷，前天要不是您那张名帖，我们家姑娘还不知道要遭什么罪呢！"

"那也是碰了个巧！"裴宴淡然地道，执意要走。

周子衿倒是想留下来，可见裴宴不像是在客气，只得出面道："真不是和你客气。我们今天就是过来看看令千金。令千金既然没事，我们就先告辞了。"

郁文当然不能让他们就这样走了，拦着两人不放。

周子衿无奈，道："不是我不给老兄这个面子，实在是遐光他……令千金吃坏了肚子，他因这个，拦着我不让我去小河御街那边的夜市……"非常遗憾的模样。

只是他的话还没有说完，就听见二楼的客房传来"啪"的一声。众人不由齐齐朝上望去，只看见紧闭的房门。

郁文想了想，笑道："大概是我们家姑娘不好意思了！"

"那是，那是！"周子衿笑道。裴宴却从头到尾眉眼都没有动一下。

屋里的郁棠满脸通红，咬着指甲打着转。裴宴不是来见那个什么御史的吗？跑这里来干什么？梅家桥和如意客栈可是一个北一个西。不过，裴家当铺在这里。难道他是来裴家当铺办事，顺道被周状元拉过来的？她怎么就没有想到这一茬呢！真是太丢人了！吃东西把肚子吃坏了，能让裴宴笑一辈子吧？郁棠觉得自己没脸见人了。

特别是刚才，听到有人喊她父亲的名字就跑了出去，结果她看到裴宴一时激动，关门的时候就失了轻重，发出了很大的声音……她好想有道地缝钻进去啊！

郁棠在房间里懊恼不已，突然有点庆幸自己还在禁食。这样她就能躲在房里不出去了。

郁棠舒了口气，觉得自己应该好好地把那朵头花做出来，若是手脚快一点，说不定还能给她姆妈也做一朵。可针拿在手上，她半晌都不知道扎在哪里，脑子里乱七八糟的不知道在想什么，明明知道自己这样不对，却又懒洋洋地提不起精神，想着谁还不偷个懒，她等会儿赶一赶也不耽搁事。这么一想，等她回过神来的时候太阳已经偏西,老板娘给她送了温水过来。郁棠顿时觉得自己饿得都快坐不直了。她忙道:"我爹呢?"

"在下面和我们当家的下棋呢!"老板娘笑眯眯的,羡慕道,"昨天我看佟二掌柜拿着裴老爷的名帖过来的时候就在想,你们家和裴家关系可真好。没想到裴老爷今天居然亲自来探病了。你们家在临安也是有头有脸的人家吧?郁老爷看着却十分朴素,不愧是读书人家,行事就是低调有涵养。"

郁棠一愣。她爹没有请裴宴吃饭吗?

她不由道:"您,您也认识裴家三老爷?"

"认识,认识,怎么不认识呢!"老板娘乐呵呵地道,"我们这一片的人谁不认识裴家的三位老爷啊!我们可都是靠着裴家讨生活呢。我们这客栈,租的就是裴家的房子,就是你买珠子的那条街,也是裴家的。不过,三老爷还是第一次到我们这里来。三老爷长得可真好!上次见他,老太爷还正值春秋鼎盛,他也就十三四岁的样子。老太爷来这边当铺里查账,他好像很嫌弃的样子,就坐在外面御河边的石栏杆上。大家都没见过这么钟灵毓秀的人,想仔细看看,又不敢,就找了理由在他旁边走来走去的。只有后街头蔡家的姑娘胆子最大,朝他身上丢了朵花,他看了一眼没吭声。大家觉得有趣,好几个人都学着蔡家姑娘的样子朝他身上丢花,还有丢帕子的。他气得够呛,一溜烟地跑了。我到今天都记得他当时的样子。"

"真的?"郁棠想想就乐得不行,哈哈大笑。

"真的!"老板娘也笑得不行,目光都变得温柔起来,"一晃眼这么多年过去了,三老爷越长越俊了,不过,看着脾气好像也越来越不好了。"

"就是!"郁棠应着,想着自己几次遇到他时他那副神情,再想想老板娘的话,不仅不觉得害怕了,还莫名有了几分亲切。她道,"裴老爷什么时候走的?我爹没有留他吃饭吗?"

"留了。"老板娘估计很少能跟人说裴宴,笑道,"裴老爷不答应,周状元也只好跟着走了。他还和从前一样,不合群。"

郁棠抿了嘴笑,心里的郁闷一扫而空,吃坏肚子的事也没那么在意了。毕竟比起裴宴被小姑娘们丢花丢得害臊跑掉而言,她这也不算什么吧!

郁远傍晚时分才回到店里。他左手拎着几个荷叶包,右手拎个玻璃瓶儿,看见郁文在大厅里下棋就直奔过去,笑着抬了抬手里的东西,道:"叔父,您看我带什么回来了?"

郁文在他靠近的时候就闻到了一股卤菜香,他深深地嗅了嗅,道:"是杭州城北的那家卤猪头。"

郁远哈哈大笑,道:"叔父您鼻子可真灵。"

"那是!"郁文笑道,"你也不想想你第一次吃卤猪头的时候是谁给你从杭州府带回去的？要是他家的卤猪头我都闻不出来了，还称什么老饕？"说着，他指了郁远手中的玻璃瓶儿："这是什么？还用琉璃瓶儿装着，就这瓶儿都值好几两银子，你从哪里弄来的？"

郁远和老板打了个招呼，有些得意地坐在了旁边的凳子上，道："这个您就猜不到了吧？这叫葡萄酒，是姚三儿送我的。"

"葡萄酒？"郁文皱了皱眉，"姚三儿？"

"就是住在城北姚家的三小子，从小和我一块儿长大，后来跟着他小叔做了行商的那个。"郁远兴奋地道，"我今天中午在城北那儿逛着，没想到遇到他了。他如今在武林门那边开了间杂货铺子，做了老板了。知道我和您一道来的，他原要来给您问声好的，结果铺子里来了货，走不脱身，就送了我这瓶葡萄酒，说是从大食那边过来的，如今杭州城里富贵人家送礼都时兴送这个，说是孝敬您的，给您尝个鲜。这卤猪头也是他买的。他还准备明天过来拜访您。"

郁文想起来了，笑道："原来是他啊！当年他父母双亡，你不时救济他点吃食，没想到他还能记得你，这也是缘分了。"

郁远连连点头，笑道："他现在真不错了，还在庆春门那里买了个小宅子，娶了个杭州城里的娘子做老婆，在杭州城里安了家了。"

郁文点头，邀请老板和他一起喝酒："难得我们这么投缘，你也别客气了。我们正好一起尝尝这葡萄酒是个什么滋味。"

老板和郁文打过好几次交道，知道他是个颇为豁达的人，加之最近这段时间这葡萄酒闹得大家都很好奇，也就不客气了，让老板娘去添几个菜，就和郁文、郁远挪到了天井，把卤猪头肉装了盘，先喝起酒来。

郁远执壶。

那酒一倒进酒盅里郁文就闻着一股果香味，与平时他喝的酒都不一样，他深深地吸了口气，再低头一看，白瓷的酒盅里，那酒红殷殷的，像血似的，他吓了一大跳，道："怎么这个颜色？"

郁远忙道："就是这个颜色，姚三儿之前还特意叮嘱过我，要不是这个颜色，那就是假酒了。"

郁文点了点头，勉强地喝了一口。

客栈的老板忙问："怎么样？味道好不好？"

郁文不置可否，幽幽地道："这酒和那茶一样，也是分口味的，我觉得好，你未必会觉得好，这个得自己尝尝才知道。"

客栈老板觉得言之有理，举杯就喝了一口……然后，整个人就呆在了那里。

郁远看着不对，急道："怎么了？有什么不对吗？"

客栈老板看了郁文一眼，把口中的酒咽了下去，这才慢慢地对郁远道："你尝尝就知道了。"

郁远狐疑地看了两人一眼，试探着喝了口酒，只是这酒还没有入喉就被他"噗"的一声吐了出来。

"这是什么味道？"他拧着眉，"不是说非常名贵吗？"

郁文和客栈的老板都大笑起来，郁文此时才直言道："什么名酒？怎么比得上我们金华酒？不过，尝个鲜还是可以的。去，给你阿妹也端一杯上去尝尝。难得来一趟杭州府，总得见识些稀奇古怪的东西才不枉此行嘛！"

郁远挤着眼端了杯酒给郁棠。

郁棠怀疑地望着郁远："不是说让我禁食吗？"

"这酒很名贵的，你就尝一口，闻闻味儿，你以为还能让你一整盅都喝下去啊！"郁远道。

郁棠不疑有它，喝了一口。又涩又酸又苦，这是什么酒啊！

郁棠起身要揍郁远。

郁远和她围着圆桌打着转儿，道："是叔父让我端上来给你尝尝的。"

"那你也不能这样啊！"

兄妹俩正闹着，小二在外面叩门，道："郁公子，有人找您！"

郁棠不好再和他闹，郁远一面整了整衣襟，一面问道："是什么人？"

那店小二道："是个十二三岁的小子，只说来找您，不肯说自己是谁。"

郁远困惑地道："这谁啊？"然后对郁棠道："我去看看就来。"

郁棠点头，送了郁远出门。

不一会儿，郁远就折了回来，他低声和郁棠耳语："是钱师傅派了人找我过去，等会儿叔父回来了，你跟他说一声。"

郁文此时在和客栈老板喝酒。

郁棠担心道："没说是什么事吗？"

郁远摇头，道："你放心，有什么事我立刻就让人来给你们报信。"

郁棠再不放心也只能让他走了。

打二更鼓的时候，郁文的酒席散了，他过来看郁棠："你好点了没有？"

"好多了！"郁棠扶父亲在桌边坐下，给他倒了杯热茶。

郁文看到郁棠做了一半丢在桌上的针线，不禁拿起来凑到油灯前观看："哎哟，没想到你居然会做这个。这小虫子可做得以假乱真的，背上七个黑点的位置都没有错。真不错！"

郁棠很擅长做昆虫，除了瓢虫，还有蜻蜓、螳螂、蜜蜂……她都做得很逼真。

郁文就道："这花也做得好，我瞧着像白头翁。等你回去，给你姆妈也做朵戴戴。"

这是父亲对她的嘉奖和肯定。郁棠非常高兴，笑道："我准备给姆妈做个牡丹花或是芍药花。"

郁文却道："我觉得你姆妈戴海棠或是丁香更好看。"

难道在父亲心目中，母亲更像海棠花或是丁香花？

郁棠笑盈盈地点头，把郁远的去向告诉了郁文。

郁文很是担心，但又不好当着郁棠的面表露出来，淡淡地道了句"我知道了"，然后叮嘱郁棠："你早点睡了，明天记得给你姆妈做朵头花，我们就说是在杭州城买的，看你姆妈分不分辨得出来。"

郁棠笑着应了。晚上却辗转反侧，一直没怎么睡着。

天还没亮，郁远回来了。他进屋的时候把隔壁心悬着的郁棠也惊醒了，她悄悄地穿了衣服去父亲的房间。

郁远来开的门。郁文披着衣服，脸色沉重地站在书案前，看见郁棠进来也没有说什么。

等郁棠走近了，这才发现书案上摊着三幅没有装裱的画。其中两幅可以看得出来是《松溪钓隐图》，还有一幅，看着像山又像海，上面还有很多各式各样让人看不懂的符号。

郁文沉声道："阿棠，真让你给猜中了。这画里有蹊跷！"

这不用父亲说郁棠也看出来了，她朝郁远望去。

郁远的脸色也不怎么好看，他压低了嗓子道："这是钱师傅揭出来的三幅画，《松溪钓隐图》在上下两层，中层这层不知道是什么东西。钱师傅连装裱都没有装裱就让我们拿回来。"可见钱师傅也看出这其中有问题了。

郁棠指着那不知是什么的画道："这是什么？"

郁远摇头："我也不知道。"

郁文盯着那无名之图，阴着脸吐出了两个字："舆图！"

"什么？！"郁棠和郁远异口同声地问。

郁文解释道："就是山川地形图。从前打仗、治水，都要这样的图才能知道周遭都是山还是水，是山林还是平川。"

郁棠想着自己去个昭明寺没人领着都不知道往哪里走，顿时觉得能画出这样一幅画的人非常令人敬佩；而且，肯定费了不少人力物力，很珍贵。她道："难道他们找的就是这幅图？"

郁文和郁远没有吭声，默认了她的话。郁文更是道："舆图是很稀少贵重的，都是由兵部或是工部掌管着，寻常人见都没有见过。从前将领出征，要总兵之类的三品大员才能凭着兵部文书到工部去领，打完仗了，舆图就得原封不动地还回去。就是我，也是无意间听鲁信说过。"

郁远听了不免有些惶恐，道："这幅画是哪里流落出来的？到底是谁在找这幅画？他怎么知道这幅图里藏着这个东西？他为何不堂堂正正地找我们家买？"

这些问题谁也没办法回答。郁文也好，郁棠也好，从未像此刻这样清醒地认识到，他们家惹上了大麻烦。

郁远道："那，那我们怎么办？"

郁文瘫坐在了书案后的太师椅上，道："你让我想想，让我想想……我虽然认出这是幅舆图，可到底画的是哪里的山形地貌，有什么作用却是一概不知……若是想知道，只能去找见过舆图，甚至是对各种舆图都很熟悉了解的人……"说着，他指着那图中画着波浪线代表水的地方，"什么都没有标，根本不知道是河水还是江水，我们拿着这幅画，如同小孩子举着把八十斤大刀，不仅不能威慑他人，还会伤着自己。"

见过舆图的人，对舆图很熟悉了解的人……郁棠脑海里突然浮现出裴宴的面孔。

"阿爹！"她吞吞吐吐地道，"要不，我们去找裴三老爷吧？！"

郁文猛地朝她看过来。郁棠顿时莫名地心中发虚，像被人剥了外衣一样不自在，道："要不，要不找周状元也可以……他们都是有见识的人，肯定认识这上面画的是什么……"

"不行！"郁文想也没想就拒绝了郁棠。

郁棠和郁远均愕然地望着郁文。

郁文道："若是阿棠猜得不错，鲁信的死十之八九与这幅画有关，我们都根本不知道这背后的人是谁，怎么能让裴家三老爷也惹上这样的是非？"

郁棠脸上火辣辣的。她只想到梦中裴宴是大赢家，却忘了那时的裴宴并没有掺和到他们家的事里来，甚至不认识她。

父亲说得对。这幅画已经背上了一条人命，他们不能自私地把裴宴也拉下水。郁棠此时才惊觉自己的路已经走得有点偏了。

她诚心地道："阿爹，那我们该怎么办？"

"你让我想想！"郁文苦笑。可以看得出来，他也没有什么好办法。

郁棠想起了鲁信。他应该也不知道这幅画里藏着这样的秘密吧？否则他也不会丢了性命。她回临安后，应该去给他上炷香才是。

郁棠幽幽地叹了一口气，心里突然有了一个主意。她试探地道："阿爹，要不，我们让鲁伯父背锅吧？反正这件事也是他惹出来的，鲁家本家和他也已恩断义绝，没有了来往，不会受到牵连。"

郁文也是实在没有办法了，想着三个臭皮匠，顶得上一个诸葛亮，郁棠自小就鬼机灵的，说不定真能想出什么好主意来，遂道："你说出来我听听。"

郁棠精神一振，道："您想啊，鲁伯父因此丢了性命，那些人肯定来找过鲁伯父，要不就是知道画到了我们家，要不就是鲁伯父也不知道这画中的秘密，什么都没有交代清楚。我寻思着，不管是前者还是后者，我们当务之急是得把我们家从这里面摘出来。我们不如就把这幅画给他们好了。"

"你说的我都懂，"郁文道，"可问题是怎么把这幅画给他们？"

郁棠笑道："我们不是来了杭州城吗？等我们回去的时候，不妨跟别人说我们是来给鲁伯父收拾遗物的。那些人不是在我们家没有找到东西吗？他们听了这话，肯定会想办法把鲁伯父的遗物弄到手的。我们到时候就对外说要把鲁伯父的遗物都烧给他……"

"咦！"郁远两眼发光，道，"这是个好主意！他们肯定会想办法得到这些所谓的遗物，这画我们不就送出去了吗？"

郁棠连连点头，附和着郁远，对郁文道："您不也说，那幅画是幅舆图，寻常的人别说看，就是听也没有听说过。我们不认识也很正常。到时候我们就说不知道这是些什么乱七八糟的，岂不就可以从这件事里摘出来？"

"说得有点道理。"郁文一扫刚才的低落，笑吟吟地在屋里打着转，道，"不过，事关重大，我们还得从长计议，从长计议。"但大的方向不会有错了。

郁棠和郁远心中一松，不由得相视而笑。

郁文则在那边喃喃地道："就是得想办法瞒过那些人，不能让他们知道我们知道这画的秘密。"说到这里，他猛地停下了脚步，对郁远道："这件事还是得麻烦钱师傅，让他想办法把画还原了。"

"阿爹！"郁棠打断了郁文的话，道，"还原恐怕不太妥当，大家都知道我们家买了鲁伯父的《松溪钓隐图》。"是啊！若是有人问起他们家的那幅《松溪钓隐图》来怎么办？

郁文问郁远："那钱师傅既然是做这一行的，你能不能问问他，看他认不认识临摹古画的高手。我们请人临摹一幅《松溪钓隐图》来放我们家里。"这样一来，就万无一失了。

郁远笑道："鲁班门前弄大斧，请谁也不如请钱师傅，他就是这方面的高手。"

"太好了！"郁文道，"我刚刚还在担心牵扯的人太多，保不住秘密。"

郁远笑道："您放心好了，人家钱师傅不知道见过多少这样的事，不然他也不会一发现夹层的画不对劲就喊了我去了。"

郁文颔首，道："那就这么办！"

郁远应声收画，准备立刻赶往钱师傅那里："趁着天还没有大亮，早点把这件事办妥了，我们也能早点安心，早点回临安。"

郁棠却叫住了郁远，对郁文道："阿爹，这件事急不得。我寻思着，既然那钱师傅是这方面的高手，一事不烦二主，我们不妨请他帮着把这舆图也临摹一份。"

"阿棠，"郁文不同意，道，"我们不能再牵扯进这件事里去了，能离多远就离多远。不管这其中有什么秘密，我们都别窥视。有的时候，知道越多，死得越快，死得越惨。"

郁棠温声道："阿爹，这个道理我也懂。可我更觉得，靠谁都不如靠自己。我们就这样能顺利地把画交出去固然好，可若是那班人根本不相信我们呢？难道

145

我们还指望着他们能大发慈悲不成？害人之心不可有，防人之心也不可无啊！"

这是她梦中嫁到李家之后得到的经验教训，也是她醒来之后下定的决心。靠山山有倒的时候，靠水水有涸的时候，只有把话语权掌握在自己的手里，才能见招拆招，永立不败之地。

"阿爹，"她劝郁文，"您就听我这一次吧！什么事情都不怕一万就怕万一。万一那些人知道我们发现了这幅画的秘密，他们会不会杀人灭口？会不会怀疑画是假的？我们总得知道这一切是为什么吧？就像鲁伯父，他若是知道这画里另有乾坤，他还会落得个这样的下场吗？别人不知道，我们可是知道的。他的确是不知道这画里秘密的，可那些人放过他了吗？"

郁文和郁远都直愣愣地望着她，半天都没有说话。

郁棠却在父兄的目光中半点也没有退让，她站得笔直，任由他们打量，用这种态度来告诉他们，她拿定了主意，就不会轻易地改变，也想通过这件事让她的父兄放心，她长大了，能担事了。

良久，郁文严肃的目光中染上了丝丝的笑意。他看了郁远一眼，突然道："郁家，以后交给你们兄妹两个了。我和你爹都老了，怕事了，也跟不上这世道的变化了。"

"阿爹！""叔父！"

郁棠和郁远异口同声地道。

郁文摆了摆手，笑道："你们别以为我是在说丧气话，我这是在高兴。可见老祖宗的话还是说得有道理的。这人行不行，得看关键的时候能不能顶得住。你们都是关键的时候能顶得住事的孩子，我很放心。"说完，他深深地吸了一口气，大声道："那就这么干！"

郁远和郁棠又忙异口同声地道："您小点声！隔墙有耳！"

郁文哈哈大笑，笑了两声又戛然停下，小声地道："听你们的，都听你们的。"

郁棠和郁远再次相视而笑，都从对方的眼里看到了喜悦。郁棠甚至觉得，因为这件事，她和大堂兄的关系骤然间也变得亲密了很多。

郁远一面收拾那几幅画，一面打趣般地问郁棠："你还有什么交代的没有？"

郁棠因为父兄的同心协力，脑子转得更快了，她道："阿爹，关于舆图的事，我有个主意。"

郁文听着，来了兴趣，道："你说说看！"

郁远也不急这一时了，重新在桌边坐了下来。三个人就围着如豆的油灯说着话。

郁棠道："阿爹，我觉得鲁伯父有些话说得还是挺对的。比如说，他父亲曾经做过左光宗左大人的幕僚，说不定，这画还真是左大人的。"至于说是送的还是使其他手段得来的，那就没有人知道了。

郁棠道："所以我觉得，你若是打听舆图的事，最好去京城或是福建。"

郁文听着精神一振，道："你是说……京城藏龙卧虎，有见识的人多；左大人是抗倭名将，福建那边旧部多？"

"我甚至觉得去福建可能更有收获。"郁棠继续道，"除了左大人那里，鲁家是不可能拿到这幅画的。若是如此，左大人已经去世十几年了，舆图不见了，左大人在世的时候就应该有人追究才是。这件事如今才事发，肯定不是朝廷的人在追究……"

到时候肯定很危险！可若是这个锅甩不掉呢？他们必须早做准备。郁文和郁远都知道她未尽之言是什么意思。

郁棠继续道："这舆图上画着水，不是与河有关就是与海有关。至于到时候我们怎么说，我们反正要请钱师傅帮着临摹这幅画和这舆图，为何不索性做得干脆一些？原画我们留着，把临摹的当成鲁伯父的遗物。我们再把原画分成好几份，拿其中的一份悄悄地去问，就说我们无意间在整理鲁伯父遗物时发现的这幅图，请教那些人这图上画的是什么、大致画的是什么地方，不就行了！"当务之急，是把需要准备的东西准备好，以备不时之用。

"不错！"郁文击掌，"就这么办！先把画准备好，免得临时生变，我们措手不及。"

"但您也别勉强。"郁棠叮嘱父亲，"这件事可大可小。保住性命是最要紧的。"

"你放心，我还要看着你招个好女婿回来呢！"郁文调侃着女儿。

郁棠朝着父亲笑了笑，心情却并没能放轻松。她隐隐有种山雨欲来风满楼的感觉。她只希望这场风雨不会影响更多的人。

郁远却赞赏地朝着郁棠竖起了大拇指。郁棠朝着他抿了嘴笑。

灯花噼里啪啦一阵响，郁文正色地对郁棠和郁远道："就照阿棠说的。请钱师傅帮着做三幅画，一幅按照我们之前送过去的《松溪钓隐图》还原，一幅临摹《松溪钓隐图》，一幅临摹那舆图。原样我们保留。先自己想办法看看能不能知道这舆图都画的是些什么，实在不行了，我先去趟福建，再去京城。我这就去找找之前相熟的人，看有没有要去福建的，去了福建也有个相熟的人打听消息。"这大约又要花掉家里的很多银子。

还有郁远，长兴街的铺子到了年底就能造好，郁家的漆器铺子也要趁着年关重新开业，郁远要到铺子里帮忙，到时候谁陪她父亲出门？

这一桩桩一件件的，都让郁棠头痛。但郁远不知道郁棠的担忧，见事情安排妥当了，高兴地起身，把那三幅画贴身藏好，出了门。

郁棠暗暗舒了口气。能想到的，能做的，她都尽力而为了。尽人事，听天命吧！郁棠在心里琢磨着，这才觉得自己饿得直不起腰来了。

她向郁文求助："阿爹，我应该不用禁食了吧？我现在白粥都能喝三碗。"

这件事解决了，郁文也轻松愉快起来，打趣着女儿："哼，你以为你还能吃什么？禁食之后就只能喝白粥，而且还只能循序渐进，先喝一碗，没事了才能添。

我昨天就跟老板娘说过了,她今天早上会给你熬点白粥的。"

郁棠看了眼渐渐发白的天色,哀号道:"可阿爹,现在还没有天亮,厨房也不知道熬了粥没有,我都饿得头昏眼花的了,您能不能去给我买两个肉包子?我昨天出去的时候看了,裴家当铺前面不远就是我们下船的地方,是小河御街的一个小码头,那边肯定一大早就有卖早点的,肉包子不行,豆腐花也行啊!阿爹,我求求您了!"

郁文呵呵地笑,去给郁棠买早点去了。

郁棠趴在窗前可怜兮兮地等着郁文。

郁文不只买了豆腐花回来,还买了肉包子回来。郁棠两眼冒星星。可郁文把豆腐花往郁棠面前一放,道:"这是你的!"随后塞了一个肉包子到自己的嘴里,声音含糊不清地道:"这是我的。"

郁棠欲哭无泪,蔫蔫地喝了口豆腐花。还好她爹没有完全不管她,这豆腐花好歹是甜的,让她补充了点体力。至于老板娘熬的白粥,她也没有浪费,全都喝光了。

郁文还刺激她:"你好好待在这里做头花,记得给你姆妈也做一朵。我晚上准备和你阿兄去小河御街的夜市逛逛,到时候回来说给你听。"

郁棠佯装恨恨地把针扎在了头花的花萼上,心里却像糖水漫过,眼角也闪烁着泪花。

有父兄在身边,有母亲在等候,这样的日子,才是真正的幸福!

郁棠是个很豁达的人。既然做了决定,她就不会再多想。只管照着他们商量的行事就行了。

钱师傅那边说,要把画还原,还要给他们作假,临摹出三幅画来,一时半会儿也交不了货不说,还加了三十两银子。

郁文当机立断,悄悄向佟二掌柜借了三十两银子,约定回了临安之后还,还怕佟二掌柜把这件事说了出去,让别人怀疑他们到杭州的目的,郁文再三要求佟二掌柜保密,道:"我好歹是个秀才,这话传出去太丢人了。你就帮我圆个场。"实际上是怕有人怀疑他来杭州的目的。

落魄的读书人多着去了,甚至有些官员的手里也不宽裕。佟二掌柜看得多了,笑道:"您放心,这件事我谁也不告诉。"然后让郁文写了借据,藏在了当铺的库房里:"这里比杭州城府衙的库房还牢靠,您就放心吧!"

郁文若不相信裴家当铺也就不会来这里借银子了。他好好地谢了佟二掌柜一番,这才回到客栈。

郁棠在客栈里没有事,利用这两天不仅给陈氏做了个并蒂海棠花头花,还给客栈的老板娘做了对红漳绒的梅花头花。

老板娘收到之后非常高兴,直夸她的头花做得好,还道:"我有好些年都没有看到这样精巧的东西了。你想不想靠这赚点体己银子花?若是你有意,我可以帮你问问蔡家的花粉铺子头花多少钱收。你回了临安之后，可以把做好的头花让裴家当铺的佟大掌柜带过来，我帮你卖去蔡家花粉铺子里。"

郁棠都没有想到靠这赚钱，她不免有些迟疑，道："我做的头花真的有这么好吗？人家花粉铺子愿意收吗？我不知道自己一个月能做几朵头花，心里有些没底。"

老板娘笑道："你要是真有心做这买卖，就回去仔细想想，看你一个月能做多少，各要花多少本钱。等你心里有谱了，再来找我也不迟。我反正是随时都在这里，你只要来就能找到我的。"

郁棠谢了又谢，利用闲着的这几天工夫连着做了七八朵头花。正巧郁远回来换衣服，她还把郁远叫着让他帮她算了算成本。这可真是不算不知道，一算吓一大跳。就这七八朵头花，花了不到十文，就最少卖三十文一朵，也可以赚得不少了。

郁远若有所思，和郁棠商量："你说我们做这个生意怎样？"

偶尔闲了做几朵头花去贴补家用是可以的，但长期做这个生意，郁棠从来没有想过。但郁远要做的事她都会支持。

"那阿兄你去打听打听行情呗！"郁棠道。

郁远想了想，最后还是叹了口气，笑容有些苦涩地道："还是算了！阿爹一心要振兴我们家的漆器铺子。"

郁棠从前没有像现在这样逛过杭州城，一直以来都觉得家里的铺子挺好的。现在逛了杭州城，才觉得临安有点小，理解了郁远为什么有点不"安分"。可有些路，得郁远自己去走，自己去感受，自己去选择，自己去争取。

她笑了笑，问起了钱师傅那边的事："你这几天都守在那里，还顺利吗？"

"顺利！"郁远道，"钱师傅的手艺真是没得说的。"

等到他把做的活拿回来，大家左看右看，硬是没看出来与原图有什么不同。郁文啧啧称奇，很想认识钱师傅，但被钱师傅非常直接地拒绝了。郁文非常失望，但知道这样的事不能强求，收拾行李，准备回临安。

郁棠让郁远陪着她去了那条卖花粉头饰的巷子，买了些做头花的材料和工具。准备启程回临安之前，郁文又带着他们去向裴宴道谢。

可裴宴和周状元去了淮安。据佟二掌柜说，周状元家的侄子调任淮安知府，周状元把裴宴拉了过去。

郁文非常羡慕，道："读万卷书，行万里路。也不知道哪天我能这样。"

行船走马三分险，郁棠却不希望郁文走远路。

她直言直语地道："那是因为裴家三老爷和周状元都有熟人。您还是在家里陪我和姆妈吧！"

郁文哈哈地笑，摸了摸女儿柔亮的青丝，笑道："放心，我也就是羡慕羡慕，让我丢下你和你姆妈出去玩，三四天还可以，时间长了就不行了。"

· 149 ·

郁棠抿了嘴笑。

他们谢过客栈的老板和老板娘，在离裴家当铺不远的小码头上了船。

顺风顺水的，不过两个时辰，苕溪码头在望。

裴家当铺的大招幌还在迎风晃动，码头上依旧是那么热闹。

郁棠却像走了一年半载似的，就是那些喧嚣也变得亲切起来。

她跳下船板。

佟大掌柜远远地就朝她喊着："慢点，慢点，小心掉水里去了。"

郁棠嘻嘻地笑，上前给佟大掌柜行礼。

佟大掌柜笑呵呵地迎上前来，和郁文打招呼："阿弟说你们今天回来，我刚才还寻思着你们怎么还没有到，没想到你们就到了。杭州之行还好吧？"

"挺好的！"郁文和佟大掌柜并着肩，一面朝前走，一面向他道谢，"要不是令弟，我们家姑娘可遭罪了。"把请大夫的事告诉佟大掌柜。

郁棠在旁边气呼呼地道："阿爹，您跟佟大掌柜说说就算了，不可以再跟第二个人说了。"

郁文和佟大掌柜愕然，随后佟大掌柜哈哈大笑起来，道："小姑娘害羞了。我们以后肯定不说了，不说了。"

佟大掌柜请了郁文到铺子里喝茶，歇息。

郁文惦记着家里的陈氏，婉言拒绝了。

郁棠则把自己做的头花送了几朵给佟家的女眷。

佟太太和小佟太太看了都十分地喜欢，知道是郁棠自己做的，纷纷拿出帕子或是锦袜当回礼，还叮嘱郁棠没事的时候就和陈氏过来串门。

郁棠笑盈盈地应了。

回到家之后就大方地开始派送自己做的东西。

陈氏、陈婆子、双桃、马秀娘、马太太……隔壁吴老爷家的女眷也送了一匣子。

众人纷纷夸郁棠的手巧，只有陈氏怀疑地问郁棠："这真是你做的？不是买的？"

郁棠就当场给陈氏做了一朵。

陈氏非常惊讶，抱着郁棠笑道："你这孩子，没想到还有这样的手艺。是什么时候学的？我怎么不知道？"

郁棠不告诉陈氏。

到了晚上，陈氏和郁文说悄悄话的时候就有些自责，道："虽说我病着，没有精力事事处处都管着阿棠，可我对她还是太疏忽了，她会做头花我都不知道。"

郁文却想着那舆图的事，含含糊糊地应了一声，道："快睡吧！你就别操心了。阿棠如今可有主意了，她以后能支撑起门庭来，我们说不定还真能享享她的福了。"

## 第十二章　印章

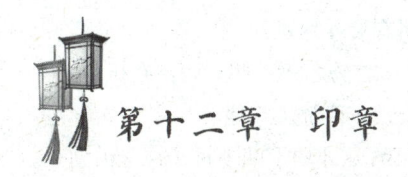

孩子不管多大了，在父母眼里都还是孩子。

陈氏觉得郁文的话太敷衍了，可转眼看见郁文呼呼就睡着了，不禁又为丈夫找借口，觉得他可能是太累了，一个人在那里琢磨了良久，觉得自己还是太忽视女儿了。第二天一大早起来，亲自做了一碗酒酿蛋花端到了郁棠的房里。

郁棠之前倒是常常享受这样的待遇，可自梦醒后还是第一次，不免吓了一大跳，忙从被窝里爬了出来，道："姆妈，您这是怎么了？"

陈氏也不回答，笑盈盈地看着她穿衣服，道："姆妈好些日子都没有和你好好说说话了，你今天要不要和我去庙里吃斋席？"裴家老太爷去世之后，陈氏常常去庙里给裴家老太爷烧香。

郁棠用青盐漱了口，道："今天陈婆子没空吗？我和阿爹准备去给鲁伯父上坟，马上就是他二七了，阿爹说给他烧点纸去。"也好让临安城的人知道，他们去杭州城带了鲁信遗物回来，准备烧给鲁信。

陈氏有些失望，不过郁棠能和郁文一起出去，他们父女俩亲亲热热地走一块儿，她还是很欣慰的。

"行！"她痛快地答应了，道，"快把姆妈给你做的酒酿蛋花吃了，等会儿凉了就不好吃了。我让陈婆子给你和你阿爹做些胡饼带上。"

鲁信埋在城郊的青山湖，从临安城过去得两个时辰，一路都是山，连个茶寮都没有，只能吃干粮。

郁棠应了，很随意地换了套月白色的细布短襦衣裙，简单地梳了个丫髻，喝了母亲做的酒酿蛋花，出房门和父母一起用早膳。

用完早膳，陈婆子的胡饼也做好了，陈氏亲自用食盒装了小菜，吩咐阿苕："路上仔细点，可别让老爷和小姐饿着了。"

郁文更担心陈氏，道："让阿苕跟着你们吧！我有阿棠做伴呢。"

郁棠抿了嘴笑，向陈婆子要了一个挎篮。

道："这不是要装给鲁伯父的香烛吗？"

篮给郁棠，郁棠和父亲出了门，去买了香烛。

了很多的熟人。大家都知道这几天郁文去了杭州府，见他回来的第二天就提着祭品不知道要去做什么，都挺好奇的，十个里面

151

有九个问他去做什么，还有一个拉着他们问杭州有哪些好玩的。

郁文照着之前和郁棠商量好的回答着众人："鲁秀才还有些东西留在杭州了，去那边帮着他收拾了一番，等到七七的时候，就把东西都烧给他。"

大家都夸郁文为人厚道宽仁。郁文客气了半天，这才雇了两顶轿子往青山湖去。到了鲁信的坟地，四处青柏翠绿，坟前还残留着下葬时烧的红色爆竹碎渣。

郁文叹气，跪在青石碑前给鲁信烧着纸钱，道："也不知道你在我面前哪句是真哪句是假。可不管真假，我都希望你能忘记这一世事，早日投个好胎，别像今生似的虚浮急进了。"

郁棠就在旁边好奇地打量着其他人的墓碑。有的人儿女双全，福禄寿喜；有的人年纪轻轻就去了；有的人留了半边等着老伴合葬；还有的早早就是双墓了。

秋天的风吹过来，吹得无人的树林哗哗直响，也吹得人有些凉意。

郁棠双手搓了搓胳膊，道："阿爹，您冷不冷？这里阴森森的，我们先回去吧！"

郁文点头，和郁棠下了山。

临安城里很多人都知道这个消息了。就是马秀娘，借着来向郁棠道谢的工夫，都好奇地问起这件事来："鲁秀才都留了些什么？"

"一些字画书帖什么的。"郁棠道，"都是他平时一些惯用的东西，也不好留在我们家里。"

马秀娘很是同情地道："郁伯父也是运气不好，交了他这样的朋友，他死了两眼一闭什么也不知道，郁伯父却帮他跑前跑后的。"

郁棠不想和她多说这件事，笑着问她："姐夫家来下定的时候你准备穿什么？"她也好选一件不太打眼的衣服陪衬马秀娘，不能夺了马秀娘的风头。

马秀娘红着脸道："我姆妈给我准备了件朱红色的。"

郁棠笑了笑，道："那我就穿件丁香色的吧！"

马秀娘哼哼着应了，小声和郁棠说起体己话来："我姆妈悄悄给了我三张十两的银票，让我谁也不告诉，成亲之后免得买个胭脂水粉都要伸着手朝章公子要。"

郁棠从来没有这样的经历，她好奇道："你不是有二十亩地的陪嫁吗？"

马秀娘道："我姆妈说了的，虽说那二十亩地是我的陪嫁，可那些收益都是有数的。章家不宽裕，若是我大手大脚的，怕是他们家的人会不高兴……"

郁棠不由庆幸自己不用嫁出去。

这样又过了几天，临安城都传遍了，郁棠觉得这件事应该十拿九稳了——那些人不来偷鲁信的遗物，咱们就把它烧了。不管是前者还是后者，这烫手的山芋都可以甩出去了。

郁文这些日子不是在家里研究那舆图，就是小心地打听着临安城有哪些人在福建做生意、生意做得大或小、为人是否豪爽等等。有一次还被别人问起他为什么打听这些，是不是郁家准备改行做其他生意了。他打了个马虎眼糊弄过去了，回到家里才发现流了一身冷汗。

郁文把这件事告诉了郁棠,道:"可见我这个人不擅长做坏事。"

郁棠直笑,有些担心父亲是否适合去京城或福建打听消息。

郁文却安慰她:"有一就有二,人都是需要机会练习的。"

这话也有道理。梦中她是个万事不管的,如今行事不也有模有样的了。

郁文怕她多想,索性拿出钱师傅临摹的两幅画欣赏起来,并道:"你说,这钱师傅有这么好的手艺,为何还要做这一行?虽说赚得多,可风险也大,而且不可能名留青史,太亏了。"

谁还没有些故事?郁棠对此不置可否,等到母亲来喊他们吃晚膳,她帮着父亲收拾桌子的时候,却如遭雷击地愣在了那里。

"这,这是什么?"她失声道。

此时正值夕阳西下。赤色云霞像火烧般铺在天的尽头,把半边的书房都染成红色。

郁棠紧紧地抓着画轴。

钱师傅临摹的那幅舆图一半摊在书案上,一面悬在半空中。

郁文被郁棠尖锐的声音吓了一大跳,疾步走了过来,道:"怎么了?"

郁棠脸色发白,全身的力气仿佛都被抽走了似的,颤抖着指着那舆图道:"您看,您看,春水堂!"

郁文没明白是什么意思,走过去仔细地打量,却是什么也没有看见。

郁棠忙把画轴塞到了父亲的手里,道:"您从这边看,对着晚霞,那个山顶,有个印章,印着'春水堂'三个字。"

郁文接过女儿手中的画轴,照着郁棠之前看画的角度看过去,果然就看见了隐隐约约闪着的霞光中,用秦隶刻着的"春水堂"三个字的印章。

他眉头紧锁,先是喊了阿苕进来,让他去把在帮郁博修铺子的郁远叫来,然后神色肃然地关了门,低声对郁棠道:"你别慌,这是那些工匠惯用的伎俩——做伪作,却还心高气傲地想名留青史,就在寻常人都不容易发现的地方印上自己的印章,好让人无意间或是百年之后发现这东西是他造的。"

如果说之前郁文有多欣赏这位钱师傅,那现在就有多烦他。

"也不知道除了这个印章,他还留了些什么破绽,这印章除了在晚霞的时候能看到,还在什么情况下能看到。"郁文脸色很不好,"等会儿阿远过来了,我们三个人仔细找找。"

郁棠胡乱地点头,心里已经乱成了一锅粥。

她没有认错,那个"春水堂"和梦中印在她手中那幅《松溪钓隐图》上的一模一样。

梦中父母去世,李家来提亲,答应帮郁家重振家业。她捧着李竣的牌位出阁,李家嫌弃她的陪嫁太少，专门辟了个偏僻清静的地方给她放陪嫁，然后，李家被盗，只丢失了些无关痛痒的小东西，林氏甚至没有去官府报案……这一切的一切，都像散落的珠子，被"春水堂"这枚印章全都串了起来。

郁棠好像一下子全都明白过来，又好像什么都没有弄明白。她脑子里糊成一团，两腿发软，再也站不住，跌坐在了身后的太师椅上。

郁文看了道："阿棠，你别害怕。这种事，不被事主看出破绽也罢，若是被看出来，我们可以让那位钱师傅赔银子，还可以要求他给我们重新做画。好在离你鲁伯父的七七还有些日子，这个时候让你阿兄跑一趟杭州城还来得及。"说着，他苦笑着叹了口气，道："谁知道会出现这种事，我之前还为他可惜来着，他只怕是做了不少这样的事。"

最最重要的是，他们家这件事牵扯着人命官司，他们还不知道幕后主使是谁，若是对方手段凶残，说不定钱师傅都要跟着遭殃。

郁棠的汗毛都要竖起来了。

钱师傅！

梦中她手里的那幅画就是钱师傅帮着临摹的，也就是说，当年有人和她想到一块儿去了，请钱师傅帮着临摹了一幅假画，也是利用盗画，换掉了她手中的真画。

还有鲁伯父。她根本就是错怪了他。他卖给他们家的就是他所拥有的真画。

是她梦中拿在手里摩挲的一直是幅赝品，却把赝品当真迹，还自以为是地认定鲁伯父卖给他们家的是假画。郁棠止不住地自责。

"阿棠，阿棠！"郁文看她一副内疚的模样，忙上前拍了拍女儿的肩膀，低声安慰道，"这件事不是你的错。你想的办法都很好。阿爹没有见过比你更聪慧的孩子了。若不是你，阿爹现在都被蒙在鼓里。这件事阿爹来想办法，不会有事的。"

父亲越这么说，郁棠心里越不好受。

她小声地抽泣着，半晌才道："阿爹，您没错，鲁伯父这个人还是不错的。虽然坑过您，却也真心地帮过您。从前是我不对，他不是马上三七了吗？我想去好好祭拜祭拜他。"算是给他赔不是。

郁文失笑，道："你这是怎么了？突然给你鲁伯父说起好话来。他若是泉下有知，肯定很高兴。"鲁信又不傻，郁家其他的人瞧不起他，他也是知道的。

郁棠抽出帕子来擦着脸，点着头。

郁远气喘吁吁地赶了过来，和郁文、郁棠打了声招呼就喊着陈婆子给他倒杯茶进来，并对郁文和郁棠道："渴死我了。那个裴满，话真多，问完了这个问那个。不过，这个人也挺厉害的，至少比从前那个大总管厉害，话说的都在点子上，就这一天工夫，大家瞧他的眼神都不一样了。他这个大总管算是坐稳了。"

郁文忙问："怎么了？"

郁远道："裴家的大总管裴满去长兴街看铺子造得怎么样了，还挨家挨户地问我们这些不是裴家铺子的用的是什么材料，有没有按和裴家之前约定的样式盖，明沟留了多少，暗沟有没有留……您说，这场大火一烧，谁家还敢不留沟啊？这次裴家三老爷慈悲为怀，愿意借银子给我们重新修造铺子，若是下次再遇到这样的事，裴家放手不管，我们这几家除了卖地基，也没有其他活路了。"

郁文笑道："那人家问得也应该啊！若是因我们这几家又走了水，裴家铺子也会被牵连啊！"

两人说着长兴街的事，郁棠却是一个字也没有听进去。

她想到了梦中李家的暴富是李家被盗之后的事。之后，他们家利用林氏娘家的关系，做起了海运生意。那《松溪钓隐图》夹层里的这幅舆图，会不会是航海图呢？

她嫁到李家之后，偶尔会见到林氏的那些子弟来李家拜访。她还记得她曾经听到林氏的其中一个侄子非常得意地吹嘘，说这海上生意不是谁家想做就能做的，不仅要有船，要有能干可靠的掌舵人、船工，还得要知道怎么走……也就是说，得有航海图。

而这航海图，那可是无价之宝。不说别的，就说要画这么一幅图的人，不仅要会开船，还要会识别方向，知道潮汐变化的规律，还得识字、懂堪舆，几十年甚至是几百年都出不了这样一个人才；而且就算是出了这样一个人才，谁不去花个几十年考个举人、进士做大官，却把脑袋吊在裤腰带上，无名无利，花一辈子的功夫在海上漂着？这个时候，就算你是皇帝，也只能干瞪眼。

那些知道怎么走海路的，都是靠好几辈人甚至是十几辈人用性命和经验一点一点地积攒起来的。谁家要是有这样的本事，就好像怀里抱着个聚宝盆似的，就等着躺在金山银山上吃香的喝辣的了。

郁棠还记得，林氏的这个侄儿说了这样一通话之后，她就再也没在李家见到过这个人了。她以为是因为她孀居，不怎么见得到外人，如今想起来，分明就是另一桩她不知道的事。那幅舆图，肯定是航海图。这背后，肯定是李家。

郁棠越想越觉得眼前仿佛被大风吹散了雾霾的山林，露出很多她原本没有注意的面目。这也就能解释为何李竣不认识她而林氏却说谎了，也能解释李家为何不顾颜面也要苦苦地求娶她了，但郁棠同时也生出了一股因为李家也知道钱师傅这人，他们的计策随时可能被李家发现的恐慌。

这恐慌，她还不能告诉父兄。郁棠在书房里来回走着，像陷入牢笼的困兽。

"阿棠！"郁文首先注意到了女儿的异样，他担心地喊了一声，道，"你走得我头都晕了，你坐下来歇歇吧！我刚才已经跟阿远说过了，阿远明天一早就启程去杭州。钱师傅那边你放心，他既然是做这一行的，当然知道这一行的危险。这种事，他应该早有准备才是。"

郁棠停下脚步，却没能停止心中的恐惧，道："阿爹，为了这幅画，已经死过人了。钱师傅虽然常在河边走，肯定有湿鞋的时候，他有什么不测我们管不着，但不能因为我们家这件事丢了性命。"

"我明白！"郁远听着面色渐渐严肃起来，道，"我会把这件事告诉他，看他有没有什么自保的手段，或是让他暂时避一避风头。"

郁棠暂且也没有更好的办法，她疲惫地揉了揉鬓角。还有李家的事，得想办法尽快地摆脱才是。

郁棠现在觉得自己有点明白李家的做法了。他们就是以小人之心度君子之腹。觉得这幅舆图如此珍贵，知道它价值的人肯定都不会放手，所以才会暗中出手，宁愿闹出些偷窃的事也不愿意直接跟他们家买这幅画。不过，梦中和现实有了很大的不同。她也知道了在幕后出手的人是谁。只是李家怎么保证这幅画会像梦中那样成为她的陪嫁呢？梦中，她父母双亡，父母留下来的遗物肯定会带在身边。可现在……

想到这里，郁棠身体一僵。她想到了她和卫家的婚事。不会吧？！李家不过是想要这幅画，难道还会去左右她的婚事吗？郁棠心里这么想着，可脑海里有个声音却不停地道：已经死了一个人，还会在乎再杀一个人吗？

郁棠呼吸困难，再也没有办法在这个书房里待下去了。她要知道卫小山的死与李家有没有关系。她要见到卫小川，向他打听卫小山死之前到底发生了什么。她希望自己是疑心病太重，是胡思乱想。

郁棠疾步走出了书房。

"阿棠！"郁文和郁远都担忧地喊着，跟着追了出来。

暑气已尽，院子里郁郁葱葱的桂花树油绿色的叶间已露出黄色花瓣，晚风吹过，不时飘散着馥郁的香味。

郁棠深深地吸了一口气，回头时面上已带了浅浅的笑："我没事。在书房里闻到了花香，出来看看。"

郁文和郁远表情松懈下来。

郁远笑道："你去杭州城也没能好好地逛一逛，要不要我给你带什么东西回来？"

"阿兄平平安安地回来就好。"发生了这样的事，郁棠越发觉得一家人能齐齐整整地在一起，比什么都要好。她压低了声音，道，"阿兄，你一定要劝钱师傅别大意，这幅舆图我如果没有猜错，说不定是一幅航海图。"

郁远愕然。

郁文更是急促地道："你是不是还有什么发现？"

郁棠没办法解释自己的猜测，只好道："我去买做头花的东西时有遇到卖舶来货的，无意间好像听了这么一耳朵，当时没有放在心上，这个时候突然想起来，觉得我们这舆图和那些航海图非常像。"

郁文和郁远虽不知道航海图有多珍贵，却知道福建那边为着这海上的生意争斗得有多厉害。杀人放火每隔个几年就会发生一起，上达天听的灭门惨案都有几桩。寻常人家卷入这里面，没有几个能活下来的。两人均是倒吸了一口凉气。

郁文一把抓住了郁棠的手，道："你，你真觉得这是幅航海图？"

"我也不十分肯定。"郁棠不敢把话说满了，道，"我越想越觉得像。您想啊，左大人从前是做什么的？鲁伯父的父亲从前是做什么的？就算是幅舆图，又不是朝廷追责，找不回来就要抄家，为何要这样不依不饶地非要弄到手？"

"左大人从前抗过倭，"郁文喃喃地道，"鲁兄的父亲曾经做过左大人的幕僚，只有能生出巨大财富的舆图，才会有人一直惦记着。一般的舆图，都是打仗的时候才用得上，就算是朝廷命官，拿在手里也没有什么用啊！鲁兄多半也不知道这画中的乾坤，是因为鲁兄的父亲也不知道呢？还是他父亲就算是知道，也和我们一样，不知道怎么办，索性就让它藏在画里呢？"

郁远听着面如土色，不安地道："叔父，那我们怎么办？"

从前只觉得这烫手的山芋甩出去就好，可现在山芋能不能甩出去还两说了。

郁文也没了主意。鲁信的父亲好歹还认识左大人这样的人，他一个普普通通的乡间秀才，难道比鲁信的父亲还有办法不成？

这下换郁文在院子里打着转了。

来唤他们吃饭的陈氏见了不由奇怪，道："你们这又在商量什么呢？神神叨叨的，还吃不吃饭了？"

郁棠等人都不想陈氏担心，一个个忙换了笑脸，轻松地和陈氏打招呼："这就来了！"

郁文更是道："今天做了些什么菜？阿远留在家里吃饭，你有没有多做几个菜？"

"放心好了！"陈氏笑着，"我让阿苕去买了些卤菜，还打了二两酒，你们叔侄两个好好地喝一盅。"

郁文想了想，道："让双桃去把阿兄也叫来吧！他这些日子忙着铺子里的事，我们兄弟俩也有些日子没有在一起喝酒了。"特别是家里出了这种事，而且还全是他连累的，偏偏还没有办法跟哥哥说清楚，郁文心里非常苦闷。

陈氏没有多想。

两家原本就挨着住，谁家做了什么好吃的不叫了对方来吃也要送一碗过去。

她拿了些碎银子让阿苕带去打些酒回来，吩咐双桃去请郁博和王氏。

两人很快就过来了。

郁家没那么多规矩，一家人围着桌子一面吃饭，一面说着话。

郁博想去趟江西："家里的一些模具、画版都烧了，有些还是我们家的家传图案，这可不是一时半会儿就能补上的。上次卖给我们漆器的铺子我瞧着也挺不错的，我看能不能跟老板说说，给我们铺子里介绍几个师傅。再就是，你是读书人，认识不少读书人，看能不能帮着家里找个画画的，得重新把那些模具、画版弄出来。"

郁文的画就画得挺好的，也有几个这方面的挚友。他道："我明天就去打听打听。"随后说了郁远的事，"让他帮我跑趟杭州城。"

郁博不仅答应了，还叮嘱郁远好好帮郁文办事。

王氏则拉着陈氏说郁棠的事："卫家那孩子也过了三七了，阿棠的婚事是不是也要重新提起来了。阿棠虽然年纪不大，可若是再这样耽搁下去，也怕年纪拖大了啊！"

"我知道。"陈氏低声道，"我已经约好了官媒，等卫家那边的三七过了，就正式开始帮着阿棠相看人家。"

郁棠如坐针毡。若卫小山的死与李家有关，她此时和谁家议亲都是害了别人。郁棠觉得自己得尽早地找到卫小川。

当天晚上她就让阿苕去给卫小川带信。

卫小川原本不想见郁棠的，但郁棠说要问问他卫小山的事，他想着他二哥活着的时候那么看重郁棠，郁家为了他二哥三七之内都没有再去相看人家，也算是为了二哥尽了一份心，就答应下来。

因卫小川还要上课，两人约定中午的时候在县学附近一家小饭馆里见面，顺便一起用午膳。

郁棠借了马秀娘的名头去见了卫小川。地方是卫小川安排的，时间也是卫小川选的。

郁棠没有想到卫小川如此细心。

那小饭馆虽小，却干净整洁。卫小川却向老板要了个后厨的小房间，看着像是老板家自己吃饭的地方，小房间旁边就是小饭馆的后门，从后门出去是条僻静的小巷子，直通人来人往的小梅溪的河房，出了小梅溪的河房。人能如水滴大海，立刻融入其中，很快就不见踪影。

三岁看老。难怪卫家的人都觉得他是兄弟几个里最有出息的。

郁棠到的时候卫小川已经坐在桌边等她了。等她脱下帷帽，他就板着个脸对郁棠道："我是穷学生，如今还靠着家里嚼用，只能在这小饭店里请郁小姐了。还请郁小姐多多包涵。"说完，招了手叫了店小二，道："把你们家的招牌菜小炒肉和炒青菜一样来一份。"又解释般地对郁棠道："我们长话短说，我等会儿还要回课堂温书。"

明明手头不宽裕还要装男子汉大丈夫请她吃饭不说，只点了一荤一素两个菜还称是这个店里的招牌。可爱得一塌糊涂！要不是郁棠心事重重，恐怕早就笑出声来。

"我原来是想来找你说话的，吃什么都不要紧。"郁棠顾忌着他的自尊心，语气温和地道，"以后有机会，你不上学的时候，我请你吃好吃的。"

卫小川撇了撇嘴，趁着小二给他们上茶没有旁人在场的时候道："你想问我什么？"

郁棠无意在外人面前谈论这件事。等到小二上了茶，退了下去，她这才道："你先吃饭，吃完饭我们再说。"

她是怕问出些什么卫小川吃不下去了，卫小川则是因家里从小教导他"食不言，寝不语"，不在吃饭的时候说话。

一个没有心情，一个赶时间，两个人很快就吃饱了。

店小二撤了盘子，端了两杯茶进来。

郁棠开门见山，也没有客气，直接道："我从前听你说你二哥水性很好，也不是那种不知道轻重的人，那你二哥去世的前一个晚上，是谁和你二哥在一起的？"

"我啊！"卫小川毫不在意的样子道，"我是家中的老幺，大哥要帮着阿爹做事，我从小是我二哥、三哥帮着带大的。"因此他们的关系很好！

郁棠道："你二哥是个怎样的人？"

卫小川闻言立刻目露戒备之色，道："你问这个做什么？"

郁棠道："就是想问问。"

相亲的前一天，卫家两兄弟打了一架，卫小川对郁棠的印象就很不好了，想去看看是怎样的女子引得他家不和。结果到了那里，卫小山陷下去了，郁棠却淡淡的。卫小川觉得自己的哥哥不争气，非常生气。

卫小川寻思着，难道郁家小姐实际上也相中我二哥了？只是当时没看出来？既然这样，他就当可怜可怜郁小姐，和她说说他二哥好了。

卫小川想了想，道："我二哥人很好的，又孝顺又听话。我们兄弟几个在一起嬉戏的时候，我二哥不是在帮我姆妈做饭，就是去下河摸鱼，给家里添个菜……"

"你上次也和我说过，你二哥的水性很好，是不是因为他经常下河摸鱼？"郁棠突然打断了他的话，道，"那你二哥对附近的小河、小溪应该也很熟悉了解了！"

卫小川觉得郁棠的行为有些奇怪，不过，他也没有多想，道："是的。早年间我们家和别人家争水源的时候，我二哥还带着我们悄悄地从山里挖了条小沟到我们家田庄；而且我们从来不缺小鱼小虾吃，我二哥做鱼虾的手艺也因此比我姆妈还好……"

郁棠的心不受控制地怦怦乱跳，仿佛下一刻就要从她的胸口跳出来似的。

她不禁捂住了胸口，道："你说你二哥很听话，那他去哪里都应该会和家里人打声招呼吧？如果你姆妈不让他去摸鱼，他会听吗？"

"当然会听！"卫小川想也没想地道，"我们家的人出门都会和长辈打招呼的，这是最基本的礼仪，难道你出门不和家里的人打招呼吗？"

他觉得郁棠这是在质疑他们家的家教，鼓着腮，很生气的样子。

"我就是随口问问。"郁棠笑得有些勉强，道，"我总觉得小子们比姑娘们顽皮，

159

未必会那么守规矩。"

卫小川不以为然，道："你以为真的是我二哥打赢了我三哥，所以我姆妈才让我二哥和你相亲的？那是因为我二哥为人最最老实规矩，我姆妈说，若是心思太活络了，就不能去当上门女婿。到时候别人几句闲话一说，心里有了怨恨，怎么可能把日子过好？若是日子过不好，别人家还是要说我们家教子无方的。那不是结亲，那是结仇。"

郁棠一愣，心里漫过一阵又一阵的苦涩。如果没有这桩意外该多好啊！虽说她一开始有些茫然，可在一起过日子，时间久了，她肯定会喜欢上卫小山的。郁棠的眼角顿时变得湿润起来。

她低着头，轻声道："那你二哥半夜出门摸鱼，你们怎么也没有跟着？"

卫小川听了气呼呼地道："所以那些阿婆都说，有了媳妇就忘了娘。都是你！要不然我二哥怎么有这么大的本事，谁也不说一声就跑了出去。"

郁棠的脸一白，道："你不能这样冤枉我。又不是我让你二哥去摸鱼的。再说了，提亲和摸鱼有什么关系？提亲要的是大雁，他不进山里去捉大雁，摸什么鱼啊！"

卫小川哑口，随后又恼羞成怒，道："就是你，就是你。要不是你，我二哥怎么会悄悄地出了门？我三哥的水性也好，如果他跟我们说一声，我三哥肯定会陪着他去的。就算不陪着他去，那么晚了他没有回来，阿爹也会把我们兄弟几个喊起来找他的……"他说着，眼眶也湿了，"我二哥都是因为遇到了你才会变的，遇到你之前他可不是这样的……"

郁棠手直哆嗦："你怎么能这么说？你们田庄平时应该也有人去摸鱼吧？难道就没有人看见过你二哥出没？"

卫小川愣住，喃喃地道："是啊！怎么就没有人看见呢？田庄虽然是我们家的，可我们家不是那种苛待别人的人家。佃户们日子都不太好过，小河小沟里的鱼虾都是由着他们捕捞，回去当碗过节的菜。我二哥是什么时候出去的我们不知道，难道田庄里那些摸鱼的也没有看见？可我二哥当时就溺亡在了他平时常去的小河里啊！"

郁棠没能忍住，闭上了眼睛，任眼泪在眼眶里肆意流淌。

卫小川惊讶道："你怎么了？你为什么要哭？"

郁棠好不容易才睁开眼睛，装作若无其事的样子掏出帕子来擦着眼角，道："我这几天在家里做头花，可能是伤了眼睛。"

卫小川怀疑地看着她。

郁棠却再也编不下去了。如果卫小山是受她连累的，她怎么向卫家的人交代？她怎么面对自己的良心？那么好的一个人，因为和她相亲，因为太优秀，就被害得丢了性命。她怎么还有脸活在这世上？

郁棠坐在卫小川的对面，不敢抬头看卫小川一眼，她甚至不知道自己是怎走回去的。

"小姐！"陈婆子架着她进了门，责怪跟过去的双桃，"你是怎么服侍小姐的？有你这样做事的吗？还好这家里只有这几个人，这要是人多了，你岂不是连个东南西北都分不清了！"

郁棠听着陈婆子骂，高一脚低一脚地回了房，让双桃去找阿苕过来。

陈婆子忙道："有什么事都等你歇口气了再说，你现在好好给我歇着。我看着上次有人送给太太的燕窝还有好几盏，我这就去给你炖一盏，你吃了，好好休息一会儿就好了。"

因陈氏常年病着，陈婆子特别会做药膳，也很会处理燕窝、鲍鱼之类的补品。

郁棠心急如焚，怕迟则生变，执意要双桃去把阿苕找过来，道："我让他去给我买点东西而已，费什么精力？你让我得偿所愿了快点躺下才是正经。"

陈婆子没有办法，只好让双桃去叫了阿苕进来。

郁棠好不容易打发了陈婆子和双桃，叮嘱阿苕去查卫小山的事："看是谁第一个发现卫小山的？卫小山是在哪条河里溺水的？田庄里是谁最后见到卫小山？有没有人遇到半夜出门摸鱼的卫小山？"又让阿苕发誓，"谁也不能告诉。若是有人问起来，你就说是我不舒服，让你去庙里帮着上炷香，知道了吗？"

阿苕忙不迭地点头，去了卫家的田庄。

郁棠这边辗转反侧，一直没有睡好，早上起来照镜子，发现她年纪轻轻的就有了黑眼圈。

陈氏问她："你阿爹这是怎么了？整天待在书房盯着那幅鲁秀才卖给我们家的画看，那不是幅假画吗？"

郁棠道："佟掌柜说了，这幅仿得很真，也值几两银子。阿爹喜欢画画您是知道的，说不定阿爹在对照这幅画想找出点不同来呢。"

陈氏不懂这些，嗔怒着让他们保重身体，道："这世上好东西多着，别看着就挪不动脚了。"

郁棠微笑着应了，讨好地帮陈氏捶着胳膊。

阿苕下午就回来了。他也感觉到这里面的不寻常，悄声对郁棠道："第一个发现卫家二公子尸体的是卫家的一个服侍卫太太的婆子，她一大早去倒夜香，发现卫家二公子浮在离卫家不远的小河里。至于卫家二公子是什么时候去摸的鱼，具体什么时候出的事，谁也不知道，谁也没看见。"

他把"不知道""没看见"重复地说了两遍。

那天晚上发生了什么事，谁也没有看到。

不知道是什么时候出的门，不知道是什么时候死的，不知道他死前经历了什么，只凭着他的尸体在河里浮了起来，河边丢着摸鱼的工具，就断定他是不小心溺水而亡的。

郁棠闻言，半天都站不起来。

阿苕看着她的样子，觉得非常害怕，小心翼翼地问："那，小姐，我，我还要继续去问吗？"

"不用！"郁棠心里仿佛有一把火在烧，又仿佛被冰水浸透。

卫家田庄附近住的都是卫家的熟人，阿苕是生面孔，若是有心，很快就能打听出阿苕是谁。她不能惊动卫家的人，让卫家的人陷入更大的悲伤中。这件事，就到她这里为止了。

就让卫家的人以为他就是溺水而亡的。真相是什么，她会查清楚的。如果他真的死于阴谋，不管是因为什么，是谁做的，她拼了性命，也会为他讨个说法，还他一个公道的。

郁棠扶着桌子慢慢地起身，推开了窗棂。马上就要中秋节了，桂花次第都开了，香气扑鼻。这是个阖家团圆的节日，大家都应该欢欢喜喜的才是。

郁棠坐在庭院的桂花树下做着头花。她这次做的是山茶花，各式各样的，各种材质的，不同的颜色。等再过两三个月，她就能装满好几个匣子了。到时候除了给母亲和大伯母、马秀娘他们家，她准备给卫家的女眷也送些去。

郁棠低着头，慢慢地把剪好的漳绒花瓣一片片地缝在一起，很快就能做成一朵花了，然后再佩上绿叶，或用珠子做了朝露，或用碎布头做了蜜蜂歇在上面，看着活灵活现的。

漳绒多是枣红色，带着细细的绒毛，摸着就像真的山茶花花瓣，细腻而又有手感。

有水滴不知道从哪里滴落下来，打湿了她手中剪成绿叶状的潞绸。

郁棠皱眉。抬头却发现天空晴朗，万里无云，哪里来的水滴？

她奇怪着，感觉到脸上不舒服，顺手摸了摸脸，一手的水。

郁棠有些蒙然，耳边响起双桃的惊呼声："小姐，出了什么事？您怎么哭得这么厉害？我，我这就去叫太太……"

她一把拽住了双桃，道："我哭了？"

双桃有些畏惧地看着她，指了指她的脸，小声道："您脸上都是泪。"

"别让太太知道。"郁棠道，"你去打水来我重新梳洗一下。"

双桃也怕吓着陈氏，忙去打水。

郁棠回到屋里，照了照镜子。还真如双桃所说的，她眼睛红红的，满脸都是泪。

郁棠木木地在镜台前坐了一会儿，脑子里东一下西一下的，她自己都不知道自己在想什么。等到双桃打了水进来，重新梳洗更衣，阿苕突然来禀，说卫小川要见她："就在后门等着。"

"我去看看。"她起身就去了后院。

卫小川提着学篮，无聊地靠在他们家后院的墙上踢着脚边的小石子。

见到郁棠，他立刻站得笔直，道："郁小姐，我有话单独和你说。"

郁棠点了点头，让他进了门，把双桃和阿苕都打发走了。

卫小川问她："阿苕为什么要去打听我二哥的事？你们家是不是有事瞒着我们家？还有，你上次到县学来问我的那些话到底是什么意思？"

郁棠没有想到卫小川这么早慧，这么敏锐。她寻思着找个什么借口糊弄一下卫小川，没想到卫小川已道："你要是跟我说实话，我说不定还能帮帮你。你要是骗我，我就把这件事告诉两家的长辈。"

"啊！"郁棠睁大了眼睛。

卫小川面露得意之色，道："你别以为我年纪小就什么都不懂。你悄悄来县学见我，家中的长辈肯定不知道。阿苕也多半是奉你之命行事。我劝你老实点，别惹得我动用雷霆手段。"

郁棠再多的悲伤也被卫小川的这番话给赶走了。

她哭笑不得，道："你小小年纪的，居然威胁起我来了。你就不怕我去你家告状？"

"应该是你更怕我告状吧？"卫小川哼哼道，"别以为我不知道，你要是想让我家长辈知道，早就派人直接去问了，可见你做的事见不得光。"又道："我也不是威胁你，是你做的事太不地道了。我回去之后仔细地想了想，你打听我二哥的那些话，都是围着我二哥怎么死的问的。"他说到这里，小脸渐渐变得严肃起来，眼神中也流露出浓浓的悲伤。

"我也觉得我二哥不是那样鲁莽的人，我还以为是我自己想得太多……你肯定知道了些什么。"他求助般地望着郁棠，"你，你就告诉我吧！就算我欠你一个大人情。我以后一定会报答你的。"

郁棠愕然。

卫小川却认定了她知道一些内幕，有些倔强地望着她，好像她不说，他就决不会放弃一样。

郁棠长长地吁了口气。若这是场孽，那这孽原本就是她造成的，她引起来的，她难道掩饰就能掩饰得住？就能当什么也没有发生？时不她待，何况她现在急需有人帮忙。

"行！"郁棠几乎立刻就有了决断，她肃然地道，"我告诉你可以，但你要发誓，绝对不对第三个人说起这件事。"至于这件事的后果，她会承担的。

卫小川迟疑了一会儿就发了誓。

郁棠把自己的担心告诉了卫小川，但没有提画的事，她怕卫小川或是卫家也被牵连进来，只说是怀疑有人争风吃醋。

"我猜得没错，我猜得没错。"卫小川喃喃地道，"我就说，我二哥那么老实的人，第二天就要去提亲了，怎么会一声招呼都不打就跑了出去？我家田庄附近的大河小溪就像我二哥的后院,我二哥怎么会去捕个鱼就没了?当时正是蛙肥鱼美的时候,田庄里的孩子只要空下来就会三三两两地一起去捉青蛙摸鱼,怎么就没有一个人见到我二哥……"半大的孩子,失魂落魄的样子格外令人心疼。

郁棠想安慰他两句,他却猛地抬头,直直地盯着郁棠,道:"郁小姐,是不是李家?"

这孩子,成精了!郁棠的嘴巴半天都没有合拢。

卫小川已恨恨地道:"我就猜着是他们。除了他们家,没谁非要娶了你不可。"

郁棠赧然,低声道歉:"对不起。我还没有证据,不知道是不是他们干的……"

"你有什么可道歉的。"卫小川不满地道,"要说有错,也是他们的错。难道就因为你长得好看,他们一个个都欲壑难填,就把这责任推到你身上来?你不用跟我道歉,也不用跟任何一个人道歉。"

"卫小川!"郁棠喃喃地道,视线突然变得有些模糊。

梦中,李竣死了也好,李端觊觎她也好,林氏总说是她的错,苍蝇不叮无缝的蛋。她花了很长的时间才明白,有些时候,道理是站在少数人这一边的。她并没有错,错的是那些心思龌龊的人。自她梦醒以来,这还是第一个这样斩钉截铁地跟她说,她没有错的人。郁棠热泪盈眶。

卫小川却满脸嫌弃,道:"你们女人就是喜欢哭!大事哭,小事哭,高兴的时候哭,伤心的时候哭,有事没事都要哭。你能不能别哭了,你这样很烦人你知不知道?"他嘴里说着抱怨的话,耳朵却通红通红的。

郁棠破涕而笑,试着摸了摸他的脑袋,道:"是我不对,我以后再也不这么哭了。"

卫小川偏头躲过了她的手,道:"那我走了,等有了什么消息的时候再来告诉你。"

郁棠怕他乱来,忙拉住了他,道:"这件事我们先查清楚。只要查清楚了,不管是谁做的,我都有主意对付他们,你可别自作主张,坏了我的大事。"

"知道了,知道了。"卫小川不以为意地道,"我就算是想怎么样,一时也没办法动手,得找个帮手啊!"

原来她是卫小川选定的帮手啊!郁棠总算有点明白卫小川为什么会来找她,会说出这样一席话来了。不过,她也需要帮手。如果有卫小川帮忙,肯定比阿苕好用。

郁棠让双桃拿盒点心塞给了卫小川,道:"你正是长个子的时候,带去学堂里吃。若是吃不完,就给你的同窗们吃。"

卫家日子过得是不算差,但毕竟是乡绅,儿子多,负担重,不年不节的,小孩子没有吃零食的习惯,更不要说和同窗分享了。卫小川在学堂里有点孤僻,不是他不会结交人,主要还是结交人要花银子,他心疼父母,不愿意花这个银子。

他并不想要郁棠的点心,翻着白眼要塞回去,郁棠道:"就当是你帮我打听消息的酬劳。"

卫小川感受到她的善意，犹豫了片刻，把点心收下了，想着以后等自己做了大官，给她买个十车八车的，还了她的人情就是了。

郁棠望着卫小川独行的背影笑着摇头，觉得这孩子早慧得让人心痛。

没两天，郁远回来了。

郁文、郁棠和他又避开陈氏在书房里说话。

"钱师傅很感激我们特意去跟他说一声。"郁远压低了声音，道，"他说，他刚看见那图的时候也怀疑是幅航海图，只是不想卷入其中，所以什么也没有说。他也觉得这件事有点大，他准备去他师兄那里躲几年，若是那边的生意能做起来，他就不回来了，让我们不必担心他。他还说，若是我们决定了去福建，他有个朋友在那边，年轻的时候很喜欢研究舆图，说不定认识。他还把那个人的住址告诉了我，让我们去试试。"

郁文和郁棠闻言松了一口气的同时，不由欢喜起来。

"那就好！"郁文更是道，"可见老祖宗的话有道理，做了好事是有好报的。我们不过是去给钱师傅提个醒，钱师傅却给我们帮了这么大的忙。正好，我也不用去打听谁家都有些什么人在福建做生意了，直奔钱师傅介绍的人去就行了。"

郁棠连连点头。

陈氏在外面叩门，抱怨道："你们怎么又把门给关了？我有话说，你们快开门。"

郁文三个面面相觑，郁棠忙去开了门。

陈氏皱着眉走了进来，道："这秋高气爽的，你们有什么话不在院子里说，躲到书房里做什么？"

郁文忙转移话题，道："你找我们有什么急事吗？"

陈氏道："家里来了个媒人……"

郁棠心里的小人立刻竖起了个盾牌。李家的事还没有解决，这个时候她和谁家议亲就是害谁！

"姆妈，我的婚事您还是暂且放一放吧！"她急切地道，"马上就要过中秋节了，中秋过后是重阳，还是等到十月份再说吧！"

陈氏听着"扑哧"一声笑，道："我若是执意要现在就把你的婚事定下来呢？"

郁棠张大了嘴巴，却在母亲的眼中看到了促狭。"姆妈！"她不知所措地道。

陈氏就笑着点了点她的额头，笑道："你以为你是什么香饽饽？来我们家就是给你提亲的？"

郁棠茫然道："难道不是？"

陈氏捧腹大笑，道："我们家不是还有你阿兄吗？"

众人大惊。郁远满脸通红。

郁文忙问："这到底是怎么一回事？给阿远说亲，怎么不找大嫂找到你这里来了？"

是啊！郁棠竖着耳朵听。

陈氏道："是卫家。卫太太托的人。说阿棠和他们家小二的事实在是可惜，想和我们家继续做亲家。怕大嫂有什么想法，就让媒人先来探探我的口风，我来找你，就是商量这件事的。"

郁远脸涨得通红，想走更想听，站在那里进退两难。

郁文则道："他们家不是只有五个儿子吗？哪来的女儿？难道是卫家其他房头的？"

陈氏掩了嘴笑，道："卫太太是想给她那个从小长在卫家的侄女和我们家阿远保媒。"

"那个小姑娘啊！"郁文显然有印象，道，"可以，可以，我觉得可以。那你过去好好和大嫂说说呗。卫家是厚道人，我也可惜没能和他们家结成亲家。"

陈氏笑眯眯地看了郁远一眼，道："那我就过去了。人家媒人还等着回话呢！"话是这么说，人却没动，把郁远臊得恨不得缩成一团才好。

郁文夫妻呵呵地笑，问郁远："你怎么说？虽说婚姻大事听父母的，可我们也盼着你们能过得好。你也想想愿不愿意。"

郁远脸红得能滴血，胡乱地点着头。

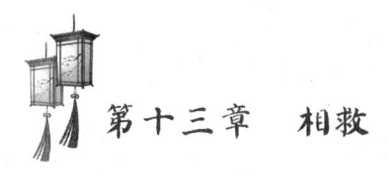

## 第十三章　相救

这样的郁远，让陈氏觉得非常有趣，她打趣他道："你这胡乱点头的，到底是同意你叔父的话呢还是不同意呢？"

平时挺随和大方的郁远听了居然一溜烟地跑了。

陈氏和郁文哈哈大笑，收拾收拾，随后去了郁博家里。

郁棠呆呆地站在桂花树下，半晌都没有回过神来。

梦中，她大堂兄没有这么早提及婚姻的事。因为她父母去世，她家又没有男丁，大堂兄就主动一肩挑了两房，给她父母守孝三年。

三年之后，在世人的眼里郁家已经败落了，大堂兄的婚事就成了大伯父和大伯母的心病。学识教养都够的，嫌弃他们家家贫；愿意把女儿嫁过来的，都有这样那样明显的不好。但因为她父母的去世，家中人丁实在是单薄，大伯父和大伯母急着让大堂兄成亲，和河桥镇乡绅高家结了亲。

谁知道高氏人长得十分美艳，脾气却非常暴躁，嫁过来之后先是和大伯父、大伯母矛盾重重，后来嫌弃郁远不会赚钱，动不动就不让郁远近身，最后干脆住回了娘家。郁远虽然有妻子却等于没有妻子，更不要说大伯母和大伯父一直盼着的孙子了。

等到郁远赚到了钱，高氏也回了郁家，她又觉得郁远对她太小气，不愿意帮扶她娘家。不管大伯母和大伯父怎样忍让，在钱财上她都不依不饶，非要郁远把家中财物都给她掌管。大堂兄在大伯母和大伯父的劝说下把家中财物给了高氏掌管，两人的关系却降至了冰点。大堂兄在外行商，常年不在家，高氏在家呼朋唤友，喝酒行令。家里乌烟瘴气。最终郁远意外去世，高氏卷了家里的财物和个行商跑了。这也是为什么大伯父和大堂兄去世后大伯母的生活几乎没有了着落……

回忆起梦中这些事，郁棠苦涩地叹了口气。

梦中，她没办法帮郁远，但她一直希望大堂兄能有个幸福的家庭，身边能有个知冷知热的人，不用和高氏纠缠不清。梦醒以后，她以为她还要想办法改变这件事，没想到，大堂兄的婚事猝不及防地有了眉目，与她无关了。

郁棠有些后悔当初父母提起卫家那位表小姐的时候她没有仔细地打听一番。因而等到郁文和陈氏从郁博那边回来，郁棠就有些迫不及待地去了父母的房间。

"大伯母怎么讲？"她坐在内室靠窗的太师椅上看着双桃服侍着母亲更衣，"媒人走了？"

陈氏笑盈盈地点了点头，道："你大伯母当然是一千个、一万个愿意啦！卫家表小姐之前你大伯父就见过不说；而且听那媒人说，那位表小姐还有五十亩良田的陪嫁。"

"啊！"郁棠非常意外。五十亩的陪嫁，在江南可不是个小数目。看来那位表小姐家的家境要比郁家好。

陈氏换好了衣裳，笑着坐到了郁棠的身边，道："那媒人说起这件事的时候，我和你大伯母他们也吓了一大跳，你大伯母当时还怕别人说三道四，有些犹豫要不要答应这门亲事。还是你大伯父果断，说身正不怕影子斜，再说了，你大兄哪里就配不上卫家表小姐了？这件事就这样成了。"说到这里，陈氏轻轻地摸了摸郁棠的头，道："不过，过两天我们两家就要相看了，你到时候要不要一起去看看？"

郁棠有些意外，道："赶在中秋节之前吗？"

陈氏点头，笑道："卫太太的意思，是想过了中秋节就把这件事定下来。"

为什么这么急？

郁棠想起梦中郁远的婚事，就是定得太匆忙才出问题的，她不由道："姆妈，我们要不要访一访人家。虽说卫家表小姐你们都见过，可那时候毕竟身份不同，了解的也不同，娶媳妇，还是按着娶媳妇的要求看看才是。"

"你说的有道理。"陈氏笑着，道，"天色不早了，你快去歇了吧！明天我和你大伯母还要忙着和卫家相亲的事。"语气有些敷衍，看得出来，她并没有把郁棠的话放在心上。

郁棠暗暗着急，盼着卫小川能早点找她，她也可以打听打听。可直到两家定下了相看的日子，卫小川也没有来找她。

她急起来，偶尔和陈婆子说起这件事："也不知道卫家为何要这么快把婚事定下来。"

陈婆子显然了解得比她多，闻言呵呵地笑，道："卫家肯定急啊！卫家表小姐比我们家远少爷要大三岁呢！"

郁棠讶然。

陈婆子低声和她道："卫家的表小姐姓相，父亲是富阳的大地主。她生母病逝后，相老爷娶的是杭州沈家的嫡小姐，那位沈氏据说脾气很大，不太能容得下相小姐。相小姐的父亲没有办法，这才把相小姐托付给了卫太太教养。虽说相小姐长在卫家，可相家也不是破落户，相小姐的婚事卫太太也不能自己一个人说了算，这一来二去的，就把相小姐的婚事给耽搁了。我寻思着，这次相小姐和我们家远少爷的婚事，十之八九是卫太太先斩后奏，所以才会这么急。"

郁棠道："那我姆妈和大伯母知道吗？"

"连我都知道了，太太和大太太怎么会不知道？"陈婆子瞥了郁棠一眼。

正巧双桃抱了一小筐准备做梅干菜的新鲜芥菜从厨房走了进来，插言道："既然如此，卫太太怎么不把相小姐留在家里？"

"要不怎么说你们这些小丫头们不懂事呢，"陈婆子一面指使着双桃把芥菜拿到井水里洗干净，一面道，"卫太太那样有主见的人，为何不敢做主给相小姐定个婆家！那是因为这婚姻大事可不像买衣服买鞋子，看着喜欢，看着好就成。别的不说，就说我们隔壁的吴老爷，当年和吴太太也是门当户对，相貌相当，让人看着就羡慕的一对，可你看这些年过下来，吴老爷的生意倒是越做越大了，可家里的女眷也越来越多了。"说着，她压低了声音："我听吴老爷家的婆子说，吴老爷这些日子一直在杭州城，养了个戏子。吴太太生怕吴老爷弄出个孩子来，准备在家里装病，把吴老爷骗回来。"

"还有这事？！"双桃睁大了眼睛。

话题全跑偏了。郁棠莞尔。

梦中她觉得陈婆子嘴碎，什么事都喜欢说一通，醒来后再听她唠叨，只觉得亲切；而且，这个家里不管是陈婆子还是双桃、阿苕，都把郁家当成自己的家一样。在梦中，陈婆子和双桃后来跟着她进了李家，阿苕一直跟在郁远身边。郁远没了之后，他就去了一家铺子当了个小掌柜，娶了妻，生了子，日子过得不怎么宽裕还记得去看大伯母，记得去给郁远上坟……

郁棠眼眶湿润。

陈氏的声音在后院响起来："你们这是在干什么呢？不是说让你去买两只桂花鸡回来吗？我等会儿要带去大嫂那边招待媒人。"

陈婆子慌慌张张站起来拉着身上的围裙擦了擦手，忙道："我这就去，我这就去！"

郁棠哈哈地笑。

陈氏看着皱眉，道："你也别笑，让你绣的帕子你绣得怎样了？等你阿嫂进了门，你这做小姑的难道连个帕子也不给绣一块吗？"

郁棠也惶惶然地跑了。

她在郁远和相小姐相看的前一天见到了卫小川。

卫小川提着个学篮，垂头丧气地靠在她家后门的院墙上，见她出来，有气无力地打了声招呼："你来了？"

郁棠看他就像看自己的弟弟，忙道："你这是怎么了？是不是在县学受了欺负？"

"没有！"他嘴抿得紧紧的，看得出来，心情非常不好，"县学里有沈先生，谁敢欺负我。"

"那你这是……"

"我已经查到了。"他目光有些阴郁，"那天晚上有人看到我二哥和两个身材高壮的男子在我家田埂上走，还以为是我二哥的朋友，就没有在意。但离我们家不远的镇子上，有两个帮闲不见了。照他们的说法，这两个人都又高又壮，是在我二哥去世之后第二天不见的。剩下的，我没敢查……"

是因为没敢查而闷闷不乐吗？郁棠把他搂在了怀里，轻轻地拍了拍他的背。

卫小川挣扎了一下没挣脱，身体渐渐地变得柔软。

"你说，那些人怎么那么坏？"他有些哽咽地道，"要坏人姻缘而已，多的是办法，为什么一定要取人性命？"

郁棠想到那幅《松溪钓隐图》，悲伤地道："有些人就是以小人之心度君子之腹。他们在巨大的财富面前露出贪婪之色，就认为别人都会如此。"

卫小川没有吭声，却偎得她更紧了。

"姐姐，"他突然改变了对郁棠的称呼，"我们该怎么办？"以他们的能力，再查下去只会连累族人。

郁棠冷笑，道："以不变应万变。"

卫小川不解，抬头看她。

郁棠低声安抚他："他们不会就这样善罢甘休的，可为了不让人起疑，同样的事他们肯定也不会做两次。这次，我就等着他们上门好了。"

关于舆图的事，她不想让卫家掺和进来，也就不准备让卫小川知道。

卫小川道："姐姐，我能帮你些什么？"

她不需要卫小川帮她什么，但卫小川早慧又敏锐，她不找点事给他做，她怕他无意间闯到她布的局里来，让卫家的人怀疑卫小山的死。

"你帮我看着点李竣。"郁棠决定找点事让他做，"这件事若是与李家有关，李竣那边肯定有动静。"

卫小川兴奋起来，忙道："姐姐，你放心。虽然他在府学我在县学，可我们有相熟的人，他每天干了些什么，我保证都告诉你。"

郁棠道："那你也不可以荒废学业哦！"

李家想要那幅画，要么入她的圈套，或是偷或是抢，把鲁信的"遗物"弄到手；要么如梦中一样，逼着她嫁给李竣。

若是李家入了她的圈套，君子报仇，十年不晚，她大可花个十年、二十年，慢慢地查出卫小山真正的死因。可现在又和梦中不同了，她有父母，有哥哥，若是李家想再插手她的婚事，只能智取不能强夺，肯定还有后招。她且等着就是了。

当务之急是安抚好卫小川，别让他因为这件事影响了学业甚至是前途。

卫小川露出了一点笑意，道："姐姐放心，我知道轻重的。"

他的话音刚落，郁棠就听到了母亲的声音："你在这里做什么呢？"

两人齐齐循声望去。

陈氏讶然，迟疑道："这是小川吧？卫家的五公子？"

卫小川忙上前给陈氏行礼。

陈氏高兴地搂了他，道："好孩子，你到我们家来可是有什么事？怎么不进去说话？在这后门里多不好。快，快，快，随我进屋去。"又高声喊了双桃，"把前几天远少爷从杭州城买回来的点心装些给小川尝尝。"

卫小川脸色通红。他忙道："伯母，不用了！我就是来看看姐姐。马上要过中秋节了，我们县学放了假，我还要回去帮家里做农活呢！"

"哎呀呀！"陈氏听着更喜欢了，道，"你都在县学里读书了，还帮着家里做农活啊？真好，不像有些读书人，读了几本书就什么事都横草不动竖草不拿了。不过，你既然急着回去过节，我就不留你。但点心你一定得带着，你不喜欢吃，给兄弟姐妹们尝尝也好。"

卫小川应了，向陈氏道了谢，拿了点心，回家去了。

陈氏关了门审郁棠："小川一个还没有三尺的童子，又在县学读书，怎么突然跑来找你？"

郁棠只好道："我向他打听打听相小姐的事不行吗？"

陈氏就拍了她一巴掌，道："这事还没有说定，要是因为你出了什么幺蛾子，看我不把你关到柴房里去。"

郁棠知道母亲对她永远是刀子嘴豆腐心，小时候她不知道闯了多少祸也没有被母亲动过一个指头。她有意逗母亲开心，高声叫着"阿爹"，道："姆妈要打我！"

郁文忙从书房里出来，还没有看见人就已高声道："有话好好说，打什么孩子！"

"郁棠！"陈氏哭笑不得。

郁棠已经猫着腰跑到了郁文身边。

郁文一看就知道是郁棠在玩闹，朝着陈氏无奈地摊手，道："算了，算了，我去写字去了。你们的事我不管了。"

郁棠跑到母亲身边向母亲道歉，并转移重点地说起了明天相亲的事："我穿什么衣裳好。要是抢了相小姐的风头，她还没有进门就不喜欢我这个小姑了怎么办？"

"那就把你嫁出去。"陈氏拧了拧女儿的面颊，还是帮着女儿挑起衣裳来。

郁棠选了件陪马秀娘插钗时穿的丁香色衣裳。陈氏虽然不太满意，但也没有多说。到了次日清晨，和王氏等人坐着轿子去他们郁家位于乡下的田庄，等用过午饭后，再装作回乡路过卫家的样子，去卫家拜访。

郁棠看着沿途的风景，心情有些低落。通常这样的相看都在寺庙或是庵堂。他们家和卫家却迂回着安排在了卫家，多半是怕她触景伤情，想起了自己的婚事。父母拳拳爱心，她却无以回报。郁棠深深地吸了口气，告诫自己在母亲面前一定要欢欢喜喜的才是。

郁家在乡下的老宅子还是挺大的，五进的青砖房，家里一个远房的鳏夫带着过继的儿子住在那里帮他们家照看房子、管理农田，郁棠要称他为五叔祖，喊他那个过继的儿子为七叔父。

这位五叔祖六十来岁，老实忠厚，一直帮着郁家照看着这老宅子。知道郁文等人要回来，他早早地就把家里打扫了一番，准备了酒席。

郁棠和母亲、大伯母等女眷在屋里吃饭，郁文和五叔祖几个就在外面喝酒。

五叔祖问郁文："这中秋节还没有过，田里的粮食虽然收了，但还没有入账，你要不先去粮仓里看看？"

郁文笑道："今天我们就是回乡下来玩玩，田里的事，还是依照往年。"

五叔祖看了看有些阴沉的天空，不明白这种天气来乡下玩什么。可他是个实诚人，郁文不说，他也不太好意思问。因郁远的事下午还要去卫家，郁文没有喝酒，又因和卫家相约的时间还早，吃完了饭也没有散席，一面喝着茶一面和五叔祖聊着农田里的事。

七叔父是个四十出头的汉子，中等个子，面色黧黑，身材健壮，不知道为什么，一直没有娶妻。小时候郁棠跟着父亲来田庄的时候，他经常顶着她到处玩，还买零嘴、头绳给她，很喜欢她。梦中她父母去世，他曾专程去奠拜，还断断续续背过几次米送给她。

七叔父站在门外朝她招手。陈氏和王氏见了就笑着对郁棠道："去吧！让你七叔父带你在庄子里转转，免得你无聊。"

自梦醒后，郁棠还没有见过这位七叔父。她笑着出了门。

七叔父从背后拿出个看着就是自己做的简陋鸟笼，道："给你玩。"

郁棠一看，那鸟笼里关着几只麻雀。多半也是七叔父捉的。从前七叔父还带她烤过麻雀。

她抿了嘴笑，向七叔父道谢，接过了鸟笼。

七叔父问她："我等会儿要去采桂花，你去不去？我做桂花糖给你吃。"

郁棠不太想去，但她想去看看大伯父家的山林。

梦中，这山林卖给裴家之后，裴家在山林里种了一种果子，然后做成蜜饯卖，据说在杭州城卖得非常好。高氏因为这个常常骂郁远是个废物，守着金山银山当废材，居然把这么好的山头给卖了。

郁棠听说后气得好几天没有吃饭，但心里不得不承认，裴家的管事很厉害，这样一座山林到了他们家管事的手里都能想出法子赚钱。现在，她也想试一试。

郁棠把鸟笼提进去交给了陈氏和王氏，道："让大堂兄哄相小姐玩。我跟着七叔父去采桂花。"

陈氏忙嘱咐她："可别亲自去采，小心手上沾了花汁，半天都洗不下来。"还不放心地把七叔父叫了进来，让他看着点郁棠。七叔父连声保证。

郁棠和七叔父去了种桂花的山脚。绿油油的树叶间缀满了黄灿灿的小花。七叔父拿了个布袋子给她，道："你在树荫下站着，我去摘花。"郁棠笑着应了。

七叔父摘花的时候她就踮着脚左顾右盼地和他说话："我看别人家的山林都种核桃、桃子、李子的，我们家的山林怎么什么都没有？"

七叔父一面手脚麻利地摘着桂花，一面道："你大伯父家这山林不行，土质特别不好，你祖父的时候也曾种过核桃，可结出来的核桃又苦又涩，卖不出去。后来又种笋，竹林倒长了一大片，可种出来的笋像干柴，那些桃啊、李啊的就更不要说了……到了你大伯父的时候，就随它了，长几棵杂树卖点柴也行啊！你小姑娘家的不知道，到了冬天，柴也很好卖的。就是我们临安城都供不应求……我听人说，杭州城卖得更贵，不过你五叔祖身体不好，我不好走得太远，不然我就去杭州城卖柴了……"

郁棠有些蒙。去杭州城卖柴？卖的柴钱还不够运柴的船钱吧？

梦中她从来不关心这些，左耳朵进右耳朵出，觉得这位七叔父说的话都挺有意思的。现在却……

郁棠苦笑着暗自摇了摇头。有了梦中的经历，她就是再怎么装，也没办法回到当初了。

她整理着七叔父摘下来的桂花，耳边传来一阵"沙沙沙"的声音，好像是有什么人从草丛那边过来了。

郁棠抬头，看见几个吊儿郎当的青年男子。

看见郁棠，几个人眼睛一亮，还用眼神互相打了个招呼，一看就不怀好意。

郁棠警铃大响，喊七叔父："这几个人你认识吗？"

七叔父回头，笑道："哦，是我们村里的几个小混混。你不用管他们，他们不敢怎么样的！"话虽这么说，他看上去却非常紧张，刚才还轻轻一捏就能摘下来的花现在使劲地拽了两下都没有拽下来。难道这位七叔父和他们有什么过节？

郁棠急声道："七叔父，我们还是回去吧！我等会儿还要陪着姆妈和大伯母去卫家做客，下次再来陪你摘桂花。"说完，去拉七叔父的衣角。

七叔父嘴角抖了抖，却道："不用，你先别回去，我一会儿就摘完了。"

不对劲！郁棠朝那几个混混望过去，那几个混混正疾步朝她走过来。气势有些凶悍。

郁棠再去看七叔父。他摘花的手正死死地捏着树枝，指节发白。郁棠突然间就想到了她一直防备着的李家……她拔腿就跑。

"臭丫头，你给我站住！"那几个人冲着她高声喊了起来。然后她的衣领被人拽住了。

郁棠回头，看见了七叔父满目歉意的脸。

"大小姐，"七叔父有些心虚地道，"你别害怕，他们不会把你怎样的。是李家。他们家想娶你，但你父母不同意，李家没有办法了，才出此下策的。"他说着，越说越觉得自己有道理，声音也渐渐理直气壮地大了起来："李家二少爷非常喜欢你的。你放心，等你嫁到李家做了少奶奶就知道了。七叔父绝对不会害你的。我已和他们说好了，到时候我会随着他们一起，会护着你的。"

她千算万算，左防右防，却没有想到关键的时候被老实人给坑了，而且你和他讲道理还不知道讲不讲得通。

郁棠看着离自己越来越近的几个混混，急中生智，三下两下解了衣带，任由七叔父拎着她褥衣的衣领，挣脱了外衣就朝老宅跑去。

"快，快把她抓住。"领头的混混见了忙冲着七叔父嚷道，"她要是跑回郁家老宅就完了，我们就前功尽弃了！"

七叔父回过神来，迈步朝郁棠追去。

风在她耳边穿过，乱草牵绊着她的衣裙。她跌跌撞撞，不敢停留，用尽全身力气喊着"救命"。山林就在郁家老宅的后面，可她要跑回郁家老宅去，却要沿着山脚的小路跑到另一面去，或者是蹚过一条小河跑到村里去。山脚的小路崎岖，少有人走。

郁棠转过山脚，看见两个壮年男子正无所事事的模样守在路上。郁棠跳上通往村里的板桥，大声地喊着"救命"。村子里静悄悄的，只有村口大树下拴着的两条大黄牛"哞哞"地应着她。糟了，她忘了此时正是用午饭的时候，村子里的人估计都在家里吃饭。郁棠在心里哀号着。她不会这么倒霉吧？

郁棠飞快地朝身后望了一眼。几个混混估计怕她跑到村子里，惊动了村子里的人，神色有些狰狞，眼看着就要追上她了。

郁棠大惊失色，就看见村口的土路上晃悠悠地走来了一辆青帷马车。车辕上坐着个壮实的车夫，还有个十来岁的童子。那童子十二三岁的样子，圆嘟嘟的脸粉扑扑的，梳着双角，穿着件鹦哥绿的杭绸道袍，手里不知道拿着个什么白色的点心，嘴角满是饼渣，正吃得欢。居然是她在昭明寺洗笔泉遇到的那个童子。

郁棠激动得眼泪都快落下来了。她朝着马车跑去："救命啊！救命啊！"

那马车车夫和童子齐望了过来。童子的眼睛瞪成了圆溜溜的桂圆，车夫却骂了一句，跳下马车，拿着鞭子就赶了过来。

郁棠大喜，连声喊着"救命"。鞭子划破长空从她耳边直接朝她身后挥去。她身后传来几声哀号和咒骂。

车夫浓眉直竖，声音震耳欲聋："光天化日之下欺负小姑娘还敢乱号！"

他大步和郁棠擦肩而过，手中的鞭子再次挥舞过去。

郁棠停下脚步，这才发现自己喘得厉害，胸口疼得像被撕开了似的。她不由弯腰撑在了膝盖上。

"姐姐，姐姐。"有双白白嫩嫩粘着饼渣的小手扶住了她，"你别怕，我们家老爷和老赵都在，他们再也不敢欺负你了。你要不要紧，我扶着你到旁边的石头上坐下吧？"村口有块大青石，拴着牛。

郁棠从来没有这样跑过，她喘着粗气，说不出话来，只能摇头。

"那，那我扶你去……"稚嫩的声音一时没有了主意。应该是找不到有坐的地方吧？郁棠很想笑，却笑不出来。

她抬头，看见童子白白软软，像馒头的脸。

"谢，谢谢，你……"郁棠道。

童子头摇得像拨浪鼓："姐姐你别说话了，你住哪里？我们送你回去。"

郁棠深深地吸了几口气，感觉好多了，站直了腰，想着得先谢谢别人家老爷再去叫村里的人才是，谁知道她一抬头，就看见了冷眼坐在车辕上的裴宴。

"你怎么在这里？"郁棠连退了两步。

昭明寺……童子……青帷马车……壮汉车夫……

郁棠望了望童子和把那几个混混都打得趴在了地上的壮汉，又看了看裴宴，结结巴巴地对那童子道："你们，你家老爷，该不会就是裴家三老爷吧？！"

"是啊，是啊！"童子笑嘻嘻地道，一副与有荣焉的样子，"我们家老爷就是裴家的三老爷啊！你怎么认识我们家三老爷啊？我们家三老爷可好了，不仅免了佃户的租子，还捐了钱给昭明寺的菩萨镀金身。你去好好跟我们家三老爷说说，让我们家三老爷把这几个混混都送到衙门里去。"

郁棠好尴尬，一时间都不知道说什么好了。

裴宴看着她，嘴角轻抽。这位郁小姐，他们又见面了。不同于第一次见面时的奸诈狡猾，第二次见面时的蛊惑美艳，第三次见面时的粗放随意……这一次，裴宴上下打量着郁棠。披头散发，衣衫凌乱，满头大汗，一只鞋穿在脚上，另一只鞋不知道落在了哪里，狼狈得像个逃难的女子。

郁棠不禁随着他的目光低头打量自己。丁香色的襦裙不知道什么时候被扯破了，露出左脚破了个大口子的绣花鞋和右脚被踩得脏兮兮的白色绫袜。郁棠顿时脸上火辣辣的。

她赧然朝裴宴望去。裴宴却侧过脸去，好像不想看见她似的。

郁棠有些难堪，可这难堪也不过维持了不到几息的工夫就散了。

裴宴素来瞧不起她的，何况她上次在杭州府的时候，在被他看到她用手拿着猪蹄啃之后，又让他知道她因为贪吃吃坏了肚子……自古"好吃懒做"不分家，她之前还曾骗佟掌柜帮她鉴赏《松溪钓隐图》，打着裴家的名号吓唬鲁信……她在他面前有什么颜面可言？有什么架子可端？不过是衣冠不整而已，相比从前，已经好得很了。

郁棠顿时释怀。比这更糟糕的时候都已经过去了，她有什么好怕的？有什么好害臊的？

放下心结的郁棠，变成了那个在别人面前不卑不亢、落落大方、言辞平和的小姑娘。

她道："裴老爷，谢谢您出手相助。我父母都在田庄，若是您没有什么急事，不妨去田庄我们郁家老宅喝杯茶如何？让我父母好好地向您道个谢。"

裴宴皱眉，道："你和你父母在一起？"

难道他以为她是一个人跑到这里来的不成？

郁棠点头，正要和裴宴再客气几句，耳边突然传来一阵马蹄声。

她和裴宴不由循声望去。

只见李竣和沈方各骑着一匹马朝这边飞奔过来。

郁棠面色一沉。李竣和沈方的马已到了眼前。

"吁"的两声，两人齐齐勒马，马蹄高扬，又在原地落下。

"郁小姐，你没事吧？"李竣焦急地问着，上上下下地打量她。

沈方走了过来，他神色凝重，道："郁小姐，你还好吧？"

郁棠挑了挑眉。

李竣忙道："我和小晚几个在茶楼里喝茶，听到有人谈起郁小姐。说是郁小姐家资颇丰，有人想做你们家的上门女婿，打听到你今天要回乡下老家，请他们掳了郁小姐去……他虽不敢接这门生意，却有人铤而走险……我听了急得不得了，正巧遇到了来找小晚的沈兄，就和沈兄一起赶了过来……"说到这里，他这才顾得上和裴宴打招呼："裴老爷！看样子是您救了郁小姐，这可真是万幸，万幸！"

他擦了擦额头的汗，然后义愤填膺地跑到了车夫身边，狠狠地踢了那几个小混混几脚，对郁棠道："郁小姐，还好你没什么事。我来的时候已经吩咐小厮拿着我大哥的名帖去了衙门报案，捕快应该很快就会来了。"

郁棠从他跳下马就目不转睛地看着他，心里却飞快地转着。李竣这是什么意思？想要霸王硬上弓的不就是他们李家吗？他是真不知道还是假不知道？可看他这个样子，又不像是作伪。

特别沈方也来了。她虽然和沈方只在昭明寺见过一面，可他能让傅小晚对他言听计从，就不是个能随意被人摆布的人，若是李家想让他做见证人，却不是那么容易的一件事。

郁棠向李竣道了谢，不动声色地道："还好沈公子突然去找傅公子，又热心快肠地跟了过来，不过就你们两个人，也太危险了些。以后若是遇到这样的事，应该多找几个帮手来的。"

沈方没有吭声，深深地看了郁棠一眼。

李竣却快言快语地道："谁说不是。我当时也急昏了头，若不是沈兄提醒，连让人去衙门报官都不记得了。"

郁棠又向沈方道了谢。

沈方却若有所指地道："我今天的确是凑巧，临时起意。不然阿竣怎么说万幸呢！"

这个沈方也是个心思十分细腻之人。郁棠含笑着朝他颔首。沈方露出个了然的笑意。

郁棠心中一动，脑海浮现出一个大胆的念头。梦中，李竣在和她定亲之后没多久就意外去世了。她并不了解这个人。如果李竣和李家不是一路人呢？这一切就全都解释得通了。

李家想使龌龊的手段逼她嫁过去，没有李竣的配合是不行的，所以李家把她和李竣都算计了。先是让七叔父相信他这么做是在帮她，再有意让李竣知道她的处境，设计李竣来救她。只是李家没有想到，裴宴突然经过这里，沈方会意外碰到李竣。

不过，最让郁棠意外的，还是遇到了裴宴。

在杭州城的时候，郁文因为舆图的事耽搁了几天，等到去向裴宴道谢的时候，他已经去了淮安。回到临安城之后，郁文又去了几次裴府，可裴府的管事们都说裴宴还没有回来。

而郁文最后一次去裴府，就在两天前。

裴宴是真的很忙还是不想见她爹呢？郁棠觉得是后者。不过，不管是前者还是后者，裴宴无意和他们家来往倒是真的。别说裴宴救了她，就算是不相识的人，她也不好勉强别人。

郁棠再次向裴宴道谢，没提让她父亲亲自上裴府拜谢的话。

不知道是因为裴宴觉得郁棠的行为举止正中他下怀，还是他没有把救她的事放在心上，他点了点头，没有多说，冲着车夫喊了声"赵振"，道："你把人交给郁小姐，我们先走了！"

赵振立刻应了一声，却几个手刀，把那几个混混像劈甜瓜似的劈晕在地上，这才跑过来冲着郁棠咧着嘴笑了笑，道："郁小姐，您放心好了，在衙门的捕快来之前，这些人都不会醒过来的。"

郁棠讶然。裴宴待人冷漠又倨傲，她没有想到这个叫赵振的车夫也好，扶她的小童也好，都是和善而又温暖的人。

他们能这样，肯定与裴宴平时待他们的态度有直接的关系。可见她对裴宴的认知是有偏差的。不说别的，他至少对身边的人很宽厚大度。

原本就是偶然相遇，郁棠自然不好再耽搁裴宴。

她向赵振道谢："这次多亏你把这些混混制住了。"

赵振摆了摆手，不好意思地笑道："我，我也是听命行事。您要谢，就谢我们家老爷吧！"说完，快步跑到了青帷马车的旁边拉了马的缰绳，招呼那童子："阿茗，我们走了。"

被称作"阿茗"的童子欢快地应了一声，和郁棠打了声招呼，转身就爬上了马车，坐在了车辕上。

郁棠不由莞尔，朝着阿茗挥了挥手。阿茗羞涩地笑了。

裴宴坐着马车走了。

李竣和沈方站在村口目送裴宴离开，直到马车远去，两人这才指了那横七竖八躺在地上的混混道："郁小姐准备怎么办？"

郁棠有意要留下李竣，闻言顺杆子就爬，道："李公子，沈公子，这次多谢两位。虽说裴家三老爷家的赵振说那些捕快到来之前这些人不会醒过来，可事情就怕万一，我斗胆请两位公子在这里停留片刻，那些捕快来了，也能帮着做个证。我这就去叫村里人请了村长和我父亲过来，这件事不能就这样算了。"

李竣和沈方都觉得应该，郁棠忙去叩了离他们最近的一户人家的大门，拿了两块碎银子请他们去郁家老宅报信，并道："让我爹分别告诉我姆妈和大伯母，找到七叔父带了他一块来。"刚才她没有看到七叔父，不知道他是跑了还是在其他地方堵她。

那人看着地上的混混吓了一大跳，想看热闹，又惦记着把那两块碎银子赚到手，匆匆瞥了一眼，拔腿就往郁家老宅那边跑去。

李竣和沈方说起裴宴来："裴家三老爷看着很冷傲，没想到却是个性情中人，豪爽快意，居然出手救了郁小姐。"

沈方翻了个白眼，道："谁遇到这样的情形都会出手相助吧！我看不出裴三老爷哪里豪爽快意了！"

"你不知道。前几天我们家出了点事。"李竣辩道，"我表兄有一船货被太湖巡检司扣了，我表兄派了人向我爹求助，我爹也不认识太湖巡检司的人，死马当成活马医，没办法只好找到了裴家三老爷那里。裴家三老爷问也没有多问，就拿了张名帖让我大哥去找太湖知府，这件事就这样过去了。裴家三老爷人真挺不错的。"

沈方一愣，道："你表兄？你哪个表兄？"

李竣道："就是在福建做生意的那个表兄，我舅舅家的长子。他人不错，下次他来临安，我介绍你认识。"

沈方敷衍地应了一声。在郁棠看来，沈方并没有认识李竣表兄的意思，可李竣明显眼力不够，还在那里道："我这位表兄和我大哥一样大，却已经是我舅舅的左膀右臂了……"

郁棠知道他说的是谁了。林氏娘家的侄儿、林家的宗子林觉。他是个做生意很厉害的人，林家到了他的手里不过几年的工夫，就成了福建数得上数的巨贾。李家也是靠着他开始涉及海上贸易，暴富发家的。梦中，他走李家走得很勤，李端和他的关系非常亲密，有一次李端对她不怀好意，就是林觉帮的忙……

郁棠沉默地想着梦中发生的事情，耳边却响起一阵嘈杂的喧闹声。

她抬头，就看见她父亲和大伯父、大堂兄带着七八个族中的男子怒气冲冲地跑了过来。

郁棠忙迎上前去。

郁文一把抓住了郁棠的胳膊，脸色发白地一面上下打量着她，一面急切地问："你没事吧？"

"我没事！"郁棠忙道，"姆妈不知道这件事吧？"她说着，伸长了脖子朝来的人望去。没有看见七叔父。

郁文道："我听人来报信吓了一大跳，没等把你七叔父找到就和你大伯父带着人过来了。你七叔父出了什么事？他不是和你在一起的吗？"

郁棠道："这件事等会儿再说。李公子和沈公子在这儿，两位公子义薄云天，听说我出事就急着赶了过来！"

郁文立马上前向两人道谢。

李竣和沈方侧过身去，没有受郁文的礼，都有些脸红地道："我们来晚了啊，救郁小姐的是裴家三老爷！"

去报信的人也不知道具体发生了什么事，郁文突然听说这件事与裴宴也有关系，吓了一大跳，道："裴家三老爷呢？"

郁棠道："他有事先离开了。"

"那就等我们回城了再去向裴家三老爷道谢。"郁文说着，还是很真诚地向李竣和沈方道了谢，"虽说两位公子来得有点晚，可救人之心却是一样的。两位不要谦逊，等会儿一定要去寒舍喝杯水酒，让我略尽心意。"

李竣和沈方还在那里客套，衙门的捕快过来了。

郁文毕竟是秀才，在临安城也小有文名，和衙门的捕快原本就是熟人，加之有李竣和沈方做证，捕快很快就将那几个混混捆绑起来。郁博又私下里塞了几两碎银子，请那捕快不要把事情扯到郁棠的身上，等回了城大家一起喝酒。那捕快行事倒也麻利，将几个混混先带回衙门去了。

李竣和沈方见了也要走，并道："小晚几个听说了很着急，若不是骑术不行，就跟着过来了。我们回去和他们说一声。"

郁文想到等会儿他们还要去卫家，就寻思着是不是改日再谢谢李竣和沈方，郁棠却道："这里也没有了别人，还请两位留步，去我们家喝杯茶，我有些话要同李公子说。"

李竣和沈方面面相觑，略一思忖，两人都应下来。一行人去了郁家老宅。

陈氏和王氏还不知道发生了什么事，只知道前院有客人来了，没怎么在意。

郁棠请李竣和沈方在厅堂里坐了，又把五叔祖请了过来，把七叔父做的事告诉了众人。

大家都目瞪口呆，五叔祖第一个跳了起来，不相信地道："不可能！怎么可能？他那么老实的人，怎么可能做出这种事来？侄孙女，你是不是听错了？"

第二个跳起来的是李竣。他满脸通红，道："不，不应该啊！我娘怎么可能做出这种坏人名声的事来？就算你嫁到我们家来，我们两个也成了仇人……我娘不可能这样待我！"

就是郁文，也觉得这件事太荒谬了："会不会是有人没安好心，嫁祸给李家？这件事得查清楚才是。"

郁博回过神来，也道："是啊，是啊！这种话可不能乱说。若是真的有人从中作梗，我们岂不是冤枉了李家。"

只有郁远和沈方没有吭声。郁远是若有所思，沈方是看看李竣又看看郁棠，最终目光微沉，把视线停留在了郁棠身上。

"是不是误会，等找到了七叔父，衙门那边把相关的人逮住了就清楚了。"郁棠冷静地道，"这件事总不能就这样算了。有了第一次就有第二次，不把幕后的人揪出来，千日防贼，怕是连个安生觉都睡不成。"

李竣的脸更红了，仿佛滴血似的。他支支吾吾地道："郁小姐，你，你不相信我？"

郁棠道："我信不信你不重要，重要的是这件事是谁做的。手段太龌龊卑鄙了，搁谁身上也不可能容忍。"

李竣腾地一下站了起来，愤怒地想说什么，但不知道想到了什么，嘴角翕合，没有出声。

沈方看着就站了起来，道："正如郁小姐所说，这件事得有证据，我们现在说什么都没有用。正巧郁老爷下午还有事，我们不如暂且散了。等贵府的那位七叔父找到了，衙门那边也有了音信，再说这件事也不迟。"

郁文觉得李竣和沈方来救郁棠，最后还被郁棠怀疑，太失礼了，惭愧地道："怎么能这样……"

"叔父！"郁远突然站起来打断了郁文的话，道，"李公子和沈公子也不是旁人，先找到七叔父要紧。"

李竣听了大声附和道："郁老爷，郁公子言之有理。我看还是尽快找到贵府的七叔父要紧。"

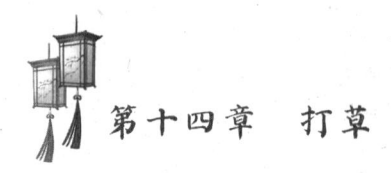

## 第十四章　打草

"对，对，对。"郁博忙道，觉得还是先把自家的事处理好了再说。

沈方看着理直气壮的李竣却直摇头。他真怕李竣还说出什么不可收拾的话来。他一把拽住了李竣的胳膊，态度坚决地对郁文道："郁老爷，事关重大，来得突然，我想阿竣需要回去好好想想。我们就先告辞了。等有了什么消息再说。"

郁文也不好意思留李竣，亲自送了两人出门。

郁远立刻拉了郁棠到旁边说话："这件事会不会与那幅画有关？"

郁棠暗暗惊讶郁远的敏锐，可他下午还要去相亲，她不能耽搁了郁远的婚事。

"不知道！"她道，"事情已经发生了，再多的猜测也没意思，不如耐心地等待。"最主要的是不知道七叔父去了哪里。

郁远有些心不在焉地点了点头。郁棠只好给他打气，道："不管怎么说，那些人没有得逞，还把派来抓我的人给折腾到大牢里去了，知道消息后肯定很恼火。对方的恼火，就是我们的喜悦。我们应该高兴才是。"

郁远因郁棠的歪理笑了起来。郁棠松了口气，道："阿兄，吉人自有天相。你看，我遇到这样的事却碰到了裴三老爷，李竣和沈方也赶来相救，你和大伯父、阿爹也都来了，我觉得我是个有后福的。"

"但愿如此。"郁远说着，仔细想想，觉得郁棠的话还真有那么几分道理，他不由笑了起来，心情也轻松了很多，道，"你以后还是少往外跑的好，外面太不安生了。"

郁棠笑道:"那你快给我把嫂子娶回来。我有人陪了,自然也就不会总往外跑了。"

郁远嘿嘿地笑,很不好意思的样子。

虽然有了这场风波,和卫家的事却不好改期,虽然七叔父还没有找到,但是他们却不得不离开。郁文担心郁棠受了惊吓,问她要不要先回城去。

郁棠道:"卫家已经知道我要去了,到时候若是我没有出现,卫家问起来,您怎么说好?"

郁文还想说什么,郁棠推了他就往门外走,道:"阿爹,我没事,这不是有你们护着我吗?我又不是那不能经事的人。"说着,她喊了陈氏:"姆妈,我们什么时候走?不早了。"

陈氏和王氏正在说体己话,听到喊声两人笑盈盈地走了出来,看见郁棠一身狼狈都吓了一大跳。

郁棠只说是和七叔父去摘花,摔了一跤,七叔父因此受了伤,去城里看大夫了。

陈氏看着不像,但郁文在旁边帮着郁棠说话,陈氏还以为郁棠像小时候一样闯了祸,郁文在包庇她,把她拉到身边上上下下仔细打量了一番,见她没受伤,出门之前又带了更换的衣服,也睁只眼闭只眼当做不知道,随他们去了。

郁棠去重新梳洗了一番,一行人去了卫家。

卫家出来迎接他们的是卫氏夫妇和长子夫妇,听说其他几个孩子都去了卫太太娘家送中秋节礼。郁棠有点怀疑卫太太是怕家里人太多,吵吵嚷嚷的,不够隆重。

郁家的人除了王氏都和卫家的人打过交道,而且彼此之间印象都很好,见了面,互相介绍之后,自然亲亲热热,谈笑风生,颇为热闹。只有郁远,或许是身份变了,脸色绯红地低着头,缩在郁博的身后,完全没有了平日里的沉稳大方,像变了一个人似的。

王氏心里着急,趁着卫家的人没有注意,狠狠地朝着儿子背上拍了一巴掌,低声道:"你给我站直了,别关键的时候给我弄砸了。"

郁远倒是挺直了脊背,可脸红得更厉害了。好在是卫太太觉得这样才是正常的,看郁远更顺眼,待大家坐下,她吩咐丫鬟:"郁家大小姐也来了,你让表小姐过来见见。"

这才是郁棠此时存在的意义。

郁棠不由睁大了眼睛张望。

不一会儿,那丫鬟领个看着十七八岁的女子进来。她身材高挑,满头的青丝绾了个螺髻,蜜色皮肤,浓眉大眼,穿了件鹅蛋青素面杭绸短襦,戴了对莲子米大小的珍珠耳坠,看人的时候目光明亮率真,笑盈盈的,很大方。

虽然没有十分的好颜色,郁棠却立刻就对她心生好感。

相小姐笑着上前给郁家的众人行礼。

郁棠看见郁远飞快地睒了相小姐一眼之后就一直没敢抬头,再看相小姐落落大方的样子,突然觉得很有意思。

大伯父家,大伯父很敬重大伯母,什么事都会告诉大伯母一声,有什么事还喜欢听大伯母的意见,看着家里好像是大伯父当家,实则是大伯母说了算。如果大堂兄和相小姐成了,说不定两人相处的模式和大伯父、大伯母是一样呢?这还真是应了"不是一家人,不进一家门"的老话。

郁棠回相小姐福礼的时候,发现相小姐比她高了半个头。也就是说,相小姐和郁远差不多高。

两人客客气气地聊了几句闲话,相小姐就退了下去。今天的相亲就算是正式结束了。

接下来的事就是媒婆出面,在两家之间传话了。

郁棠有些担心郁远会嫌弃相小姐的个子,回去的路上郁棠悄悄地问郁远:"你看清楚了相小姐长什么样吗?你觉得怎么样?"

郁远赧然地道:"你一个做妹妹的,管这么多事做什么?"

郁棠见郁远不像失望难过的样子,不由道:"我这不是怕大伯母和我姆妈白忙了一场吗?"又道:"你不愿意告诉我就算了,反正等会儿大伯母和大伯父会问你的,我去问大伯母或是大伯父就是了。"

"你怎么这么多话?"郁远嫌弃地道,憋半晌憋出句话来,"谁家孩子的婚事不是父母做主,我听父母的就是了。"

听大伯父和大伯母的,那就是愿意呗!偏偏他还说得这么婉转。

郁棠暗暗地笑,回到家中就像陈氏的小尾巴似的,陈氏到哪里她到哪里。

陈氏笑道:"你这是要干什么?"

郁棠嘿嘿笑道:"你们等会儿商量阿兄婚事的时候,让我也在旁边听听呗!"

陈氏哭笑不得,道:"你说你一个好好的姑娘家,怎么净喜欢听这些事呢?"

郁棠振振有词地道:"这又不是别人家的事,我阿兄,我关心关心怎么了?"

陈氏笑道:"行,行,行。我带你去。我就是不带你过去,你也会想办法偷听或是打听的。"

郁棠抿了嘴笑。

郁文走过来,先是朝着郁棠使了一个眼色,然后对陈氏道:"我有事出门一趟,阿远的事,我觉得人家卫家同意就成了。晚上我可能回来得有点晚,你也别等我。"

陈氏担心道:"今天的相看关系到阿远的终身大事,你不过去不太好吧?等会儿大伯问起来,我该怎么说好?"

郁文道:"这件事阿兄知道,我已经和他说好了,你们只管过去就行了,阿兄不会问什么的。"

郁棠怀疑郁文是去衙门打听消息。她忙道:"阿爹,我送您出门。"

衙门在城中，从青竹巷过去，必定只能往东走。她想知道郁文这么晚了要去做什么。

郁文也没准备瞒她，出了门，对她道："你好好在家里等我回来。"然后往东去了。

郁棠和陈氏去了大伯父家。大伯父也不在家，说是去铺子里有事，大伯母还抱怨："什么时候不能去，非得这个时候赶着过去。这都晚上了，难道这一夜的工夫等不得？他对阿远的事也太不关心了。我问他是不是仔细看过相小姐后不满意，他又说满意，还说，相小姐长得高，说不定以后生的孙子能随了相小姐的身高。"

郁棠怀疑她大伯父是和她爹一起去了衙门。平日里她爹还有些自恃秀才身份，与人打交道的时候有些架子；她大伯父就不一样了，做生意的，未开口人先笑，也舍得放下身段，像衙门这种地方，向来是小鬼难缠的，有她大伯父出面，事情会好办很多。

陈氏倒没有多想，而是拉着王氏的手道："我之前就瞧着相小姐不错，今天一看，就更满意了。就是不知道阿远的意思，再就是，相小姐有没有瞧中阿远，阿远看着和相小姐差不多高。"

王氏笑道："这你倒不用担心，我一回来就问过阿远了，他说全凭父母做主，他爹说相小姐长得高他还挺高兴的，现在就看卫家的意思了。"

陈氏道："俗话说得好：'抬头嫁姑娘，低头娶媳妇。'既然大家都觉得好，我们家就要主动些，快点请了媒人提亲不说，还要尽量成事才行。卫太太有什么不满意的，我们做到他们家满意不就行了？"

王氏笑道："你倒和我想到一起去了。若是这门亲事成了，相小姐年纪不小了，我们家阿远也拖到了这样的年纪，我想让他们早点成亲才好。我瞧着阿远住的厢房不成，得重新修缮修缮才行，还有聘礼和衣服首饰什么的，偏偏铺子里又要花钱……这可真不是时候。"

陈氏笑道："你愁什么，我们两家一起还怕给阿远娶不了个媳妇吗？虽说阿棠也到了成亲的年纪，但长幼有序，阿远的事已经有了眉目，自然先顾着阿远。阿棠的事，到时候再说。"

王氏非常不好意思，迭声道着"这怎么能行"。

陈氏难得斩钉截铁了一回，道："这件事就这样决定了。就是惠礼回来，肯定也赞同我这么做的。"

王氏还要说什么，郁棠知道大伯母是顾忌她。她索性在旁边故意叹气，道："我这是招谁惹谁了？家里给我准备的陪嫁就这样成了阿兄的聘礼！"

陈氏听了笑着嗔道："怎么，你还敢有意见？"

"没有，没有。"郁棠忙道，"我就是有点小小的要求——阿兄成亲了之后，不能有了媳妇就忘了妹妹，要待我也像现在一样好才行。"

陈氏和王氏哈哈大笑，王氏更是搂了她道："你放心，要是你阿兄待你不好，看我怎么收拾他。"

郁棠也跟着笑了起来。王氏和陈氏担心的事完全没有发生，卫家还怕郁家嫌弃相小姐个子太高。媒人从中把话一传，王氏和陈氏彻底地放下心来，一心一意只等着中秋节后正式到卫家提亲。

郁文却和郁棠在书房里说着心里话："你七叔父找到了，他估计是知道自己做错了事，准备跑路，但他这个人，向来有些糊涂，跑来跑去也没能跑出三里地，很快就被你大伯父安排的人找到了。你大伯父亲自去问了，让他做这件事的，的确是李家的人，他也确实以为自己是在帮你。"

说到这里，他苦笑着继续道："跟他这种人你也说不清楚。不过，你大伯父跟你五叔祖说了，他不能再留在村子里，至少，不能留在我们家。他是你五叔祖的嗣子，他离开郁家，你五叔祖晚年就无所依靠了。不过，你五叔祖也说了，原本将你七叔父过继过来是想享享晚福的，如今弄成这个样子，晚福享不成了，还要被你七叔父拖累，他不想要这个嗣子了。今天去找了九叔公，想开祠堂解除了嗣子关系。你大伯父觉得若是这样也行，私底下给了你五叔祖二十两银子，承诺以后会帮他养老。这样一来，别人也就不敢随意地管你的事了。"

郁棠觉得这样处理很好。

她道："就是辛苦大伯父了，我中秋节家宴的时候好好谢一谢他吧！"

"应该！"郁文道，"你大伯父为你跑前跑后的，阿远的事，你也做得很好。家里的事就应该这样，你顾着我，我顾着你才是。"

郁棠连连点头。没有了高氏，他大堂兄的日子也会顺利的吧！

她问起了衙门的事："那些混混交代了没有？"

"交代了！"郁文提起这件事就有些恼火，皱着眉道，"那些人一进衙门甚至没有动刑就立刻交代，说是李家想娶你过门，我们家不答应，李家就请他们做了个套，没真准备把你怎样，只是想吓唬吓唬你，然后让李家二少爷李竣来个英雄救美，好成就一段佳话。汤知府把这件事告诉我的时候表示这样的案子他也不好重判，李家那边，最多也就是罚些银子赔给我们家了事，这件事传出去了还会坏了你的名声，他劝我和李家私了。"

郁棠忙道："那李竣事前知不知道？"

郁文道："听汤知府的意思，李竣事前是不知道的。"说到这里，他语气微顿，"汤知府劝我答应了这门亲事……"

"那是不可能的。"郁棠生怕父亲改变了主意，一下子激动起来，道，"我就是一辈子不嫁人，也不可能嫁到他们李家去！"

"我知道，我知道。"郁文急忙向女儿保证，"我不会不知会一声就给你定亲的。我是担心我们这样和李家对峙下去，吃亏的可是我们。得想个办法把这件事了结才是。"

郁棠冷笑，决定让李竣尽快知道这件事。

如果李竣选择了同流合污，她会想办法让李家收手；若是李竣选择了誓不两立，她会用另一种方法对付李家；若是李竣选择了独善其身，她的办法就又会变一变。不过，她觉得李竣选择和李家誓不两立的可能几乎没有。可不管怎样，她都决定让李家为此付出代价。

郁棠心中暗暗盘算，让阿苕去带了信给李竣，把她七叔父和那些混混的话告诉了李竣，并带话给他："你若是不信，可以去问汤知府。"

李竣没有回音。

郁棠不急。

第二天就是中秋节了，她怎么也得让人家过个阖家团圆的节日吧？

尽管如此，她的心情还是有些低落，好在陈氏和王氏因为沉浸在郁远的亲事中，也都没有发现她的异样，一家人欢欢喜喜地过了个中秋节。

等中秋节过去，王氏为表示对相小姐的重视，花重金请了媒人；陈氏则在家里清点财物，看哪些能动用的；郁棠则被马秀娘请到家里做客。

马秀娘赶在重阳节之前出阁，有很多小东西要准备，想让郁棠帮她看看。

郁棠把自己的事先放到了一旁，专心帮着马秀娘准备东西。

李竣差人来找到了马秀娘家，说想见她一面。

郁棠估计着他也应该有动静了，但她需要确认李竣对这件事的态度，遂对来人道："李公子有什么话让人带个信就是，见面就不用了。我怕我又落入什么圈套里。"

来人十五六岁的样子，在梦中，是在李家一个田庄里管账。她曾听李家的人说过，他曾经做过李竣的贴身小厮，李竣死后，李家看在他曾经服侍过李竣的分儿上，给了他一份比较优厚的差事。

郁棠早忘了这人叫什么了。看到这个人，郁棠想起来了，李竣是十月初二坠的马。现在和梦中有了很大的不同，不知道等候李竣的会是怎样的命运？

李竣的小厮听了很是窘然的样子，匆匆给她行了个礼就跑了。

马秀娘并不知道其中的内幕，看着感慨道："你说你怎么就不喜欢李家二少爷，他待你可真好！"

郁棠笑了笑，转移了话题。

回家的路上，她遇到了李竣。

李竣在青竹巷的巷子口等她。看见她的轿子，他匆匆跑了过来，道："郁小姐，我知道是我家对不起你，你不想见我也是应该，那我来见你好了。"

郁棠撩了轿帘，道："我看就不必了。之前我和公子已经说得很清楚了。"

"要的！"李竣说着，眼眶都红了。

郁棠这才发现李竣穿了件皱巴巴的靛蓝色细布道袍，头发随意地用网巾网着，额头长痘，嘴角起泡，整个人不仅显得有些邋遢憔悴，还显得精神委顿，像被霜打了的茄子，带着深深的疲惫感。

郁棠心中一动，觉得李竣至少保留着一份善良，不像林氏、李端，行事已没有了底线，只要自己高兴就行。

她想了想，下了轿。

李竣表情一松，深深地朝着郁棠鞠了一躬，真诚地道："我先代我家里的人向你道歉。这是其一。其二，我根本不知道这件事，可不管怎样，这件事因我而起，我也应该为我自己向你道歉。我向你保证，以后再也不会发生这样的事了。"他说完，神色更颓丧，背都仿佛直不起来了。

郁棠对李竣没什么恶意，但架不住林氏作妖，李端造孽。就像他们郁家"匹夫无罪，怀璧其罪"，虽说他们家是无意间得到的那幅画，可他们家也只能想办法把自己撇清一样。李竣没错，要怪，也只能怪他被亲人连累。

郁棠真诚地对他道："我和李公子无怨无仇的，能认识也是机缘巧合。只是你们家做的事太过分了，我实在是不想和你，和你们家有什么瓜葛了，还请李公子回去之后和令尊、令堂言明，以后不要再找我们郁家的碴儿了。我们小门小户，经不起你们家这样的折腾。"

李竣自从知道要掳郁棠的事是自家人做的之后，他就知道自己此生只怕都和郁棠无缘了。他去找母亲林氏，林氏直言不讳，还振振有词地说这是在帮他。他当时就呆了，痛苦得不知道说什么好。整个中秋节都是在懵懵懂懂中度过的。偏偏他哥哥还劝他，说这都是为了他好，让他不要多想，只等着娶了郁家小姐过门就行了。那一刻，他突然体会到了郁棠的愤怒——她明明是受害者，别人却都不以为然，不认为这件事做错了。

他顿时如坐针毡，在家里一刻钟也待不下去了。他虽然不能给郁棠一个交代，但怎么着也应该跟郁棠赔个不是吧？

李竣没有多想，凭着一腔热血找到了郁棠。

郁棠对他只有惹不起的避之不及，只有接受了事实的求饶，这让他的心里更不好受了。明明他们能有个很好的以后，却阴差阳错，变成了现在这个样子。

李竣满脸羞惭，又低低地说了声"对不住"。

郁棠摇头，道："我不会原谅你们家的。我们以后就当不认识。李公子也请早点回家，免得令堂又生出什么主意来。这次我运气好，有裴家三老爷伸出援手，若还有下次，我可不敢保证我还有这样的运气。"

李竣垂头丧气地走了。

郁棠望着他的背影有些可惜。李家可能就李竣一个人还有点良心了。

她转身准备上轿，谁知道一转身却看见了站在巷子口大树下的卫小川。

"小川！"郁棠惊喜地走了过去，"你什么时候来的？怎么不去家里坐坐？"

又看见他手里提了学篮,道:"是不是中秋节假过了,你来上学了?"

卫小川"嗯"了一声,道:"我听说我表姐马上要和你大堂兄议亲了。"

"是的。"郁棠见他小脸上没有一丝笑意,不禁有些小心翼翼地道,"你不喜欢吗?"

"没有!"卫小川道,"我表姐挺好的,你们家也不错,她嫁到你们家来应该不会被你们家讨厌的。"

郁棠一愣。

卫小川道:"李家有一个小田庄和我外祖父家的田庄隔得不远。中秋节的时候我去给我外祖父家送节礼,我向表哥打听李家的事。他说,李家那个小田庄里雇的人全是从外地逃荒来的流民,一个个凶神恶煞的,旁边的人家都不敢惹。他还说,李家从前跟别人家争田基的时候,那些人就跑了过去……"

郁棠听着,心跳如鼓,道:"你要说什么?"

卫小川道:"他们家收留流民,我们能不能告他们?"

朝廷有规定,不允许随意收留流民。因为这些流民没有户籍,没有土地,为了温饱,很容易铤而走险做些危害他人的事。通常遇到这样的事,要么由衙门出面遣返回原籍,要么就地附籍,奖励他们开荒落户。

如果卫小川所言属实,像李家这样收留流民就有些不对头了。

梦中,她好像听说过李家有这么一个田庄,但当时她没有注意。她之所以对这个田庄有印象,是因为后来李家觉得那些流民都不好管束,要把那些流民赶出田庄去。有人不愿意走,闹过事,死了人。李家报了官,后来官衙出面才把这件事平息下去。

林氏为此好几天都心情不好,还为此在家里发脾气,说做人就是不能太仁慈,李家做好事还变成了坏事,以后再也不收留这些流民了。

她当时也觉得那些流民不知道感恩……可如今看来,恐怕情况并不像她梦中了解的那样。说不定卫小川歪打正着,无意间还真的发现了重要的线索。

郁棠道:"从你们家回来之后,我想了很久,觉得要是李家做了坏事,他们是从哪里找来的人呢?毕竟是一条人命,拿到证据告到官府去,他们家也要吃官司的。若想没有后患,或是自家的心腹管事下的手,或是在外面雇的人。李家的管事,我已经去查过了,都好生生地在城里,当天晚上也没有谁不在。外面雇的,敢做这事的,必须是帮闲。我也去问过了,临安城里有名的帮闲这些日子都在临安城,没谁跑路……"

卫小川听着眼睛一亮,道:"所以,害死我二哥的凶手,有可能就是那个田庄的流民?"

郁棠轻轻地"嗯"了一声。

卫小川忙道:"那我请个假,明天就去那个田庄看看。"

"不行！"郁棠道，"你要是被人怀疑了，凭你那小身板，跑都跑不了。我们现在可不能意气用事。"

"好吧！"卫小川丧气地道，"我听我表哥说，那庄子里的人都穿得挺好，吃得也挺好，却不怎么下田做事，这里面肯定有蹊跷。你也小心，别被人发现了杀人灭口。你不是说，我们不能意气用事吗？"

李家雇了小混混来掳她，坏她的名声，和杀人灭口有什么区别？

郁棠道："你不用担心，我不自己去，我请人帮忙。"

卫小川想想觉得可以，他道："那我先走了。第一天到县学，老师们要点名的。我不能迟到，你有什么消息，记得让人给我送个信。"

郁棠不好留他，忙道："你坐我的轿子过去吧！我来付账。"

卫小川拒绝了，道："我从小路过去，很快的。你不要管我。可惜我们家田庄里的人没有看清楚那两个陌生人的长相，不然我就可以带着人去认人了。"

郁棠舒了口气，道："还好你们田庄的人没看清楚那两个人长什么模样，像你这样直接带人过去，就算是把人认出来了，他们也有办法推诿。这件事不能这样简单直接，得智取。你快去上学吧，这件事我会办妥的。"

卫小川只是想抱怨两句，闻言垂着头走了。

郁棠回到家，一整晚都在想这件事，等到快天亮的时候，她终于拿定了主意，去找郁文。

郁文正在和陈氏把家里清点好的东西都整理出来，准备送到郁博家里，先把郁远的婚事漂漂亮亮地给办了。

郁棠和父母闲聊了几句，朝着父亲使了个眼色。

郁文会意，对陈氏道："我记得前年有朋友从眉州过来，带了一匹蜀锦给我们，你把那个也找出来送到大兄那边去吧！"

那布太硬，做衣裳穿着不舒服，镶边却非常漂亮。陈氏原本是准备留给郁棠的，此时听郁文这么说，她不免犹豫了片刻，想着那蜀锦虽然难得，但也不是买不到，只不过价钱贵些，好在是镶边，不需要那么多，给郁远就给郁远了。她应了一声，去了库房。

郁文给陈氏找了事做，这才放下心来，和郁棠去了书房。

郁棠还不知道原本属于自己的那匹蜀锦就这样没了。她对郁文道："我昨天回来的时候遇到卫家的五公子。他跟我说，他中秋节去给他外祖父送节礼的时候，发现离他外祖父家田庄不远处的一个田庄是李家的，收留了很多的流民……"

"居然有这种事！"郁文骇然，怒道，"要是那些流民暴动，临安城会死人的，李家难道不知道吗？不行，这件事我得跟汤知府说说。"

郁棠拉住了父亲，道："阿爹，您不能就这样去找汤知府。"

郁文不解。

郁棠道："您想想，那李家也算是官宦之家，流民的危害别人家不知道，他们家怎么可能不知道？他们能雇混混掳我，就能派那些流民来家里闹事。我的意思是，您不妨先跟汤知府商量，让他以官衙的名义去查查，就说有人举报，田庄里收留了通倭之人。若李家只是做善事收留了那些人也就罢了；若是不对劲，汤知府自然知道该怎么处置。"

郁文想了想，觉得这主意比自己直接去找汤知府好。

要知道，自己的治下有人收留流民他却不知道，不出事则罢，出了事他这三年的政绩也就算完了，不被免官也会影响升迁。何况郁家和李家已经势同水火，就算李家知道是他举报的又如何？难道他不举报李家，李家就会放过郁家吗？

郁文道："我知道怎么说了，你去陪你姆妈吧！现在天气越来越冷了，我听说杨御医过几天要来给裴家的大太太把平安脉，想请他过来给你姆妈瞧瞧。你盯着你姆妈，别让你姆妈受了凉。受了凉，就得等病好了再开补药，杨御医未必能等到那个时候。"

自从吃了杨斗星的药，陈氏就一直没怎么病过。郁文对杨斗星的医术信心大增，觉得只要能一直请了杨斗星来瞧病，陈氏的身体就能一直都不出什么毛病。

郁棠连声应好。郁文去了衙门。

郁棠陪着陈氏把要送到大伯父家的东西都整理好，等到郁文回来，一起去了大伯父家。

路上，郁棠问父亲："汤知府怎么说？"

郁文道："汤知府以为我们家要报复李家，虽然答应去查，但我瞧着不怎么积极。我当时灵机一动，走的时候说要去裴家请杨御医帮着看病，他立刻就不一样了。"说到这里，他叹了口气，道："又欠了裴家的恩情，也不知道什么时候能还得清。"

还是没办法还了，郁棠想不出裴宴还缺什么。特别是裴宴一直觉得她心术不正，做什么事都别有用心，非常瞧不上眼。想到这些，郁棠就有些郁闷地叹了口气，算了，裴家的大恩大德她只能来世再还了，如果她还能有来世的话。

不过几句话的工夫，他们已到了郁博家，这件事就此打住了。

郁棠让阿苕给小梅溪卖水梨的阿六一些碎银子，让他盯着李家。

没几天，临安城里就有人在传，说是李家因为好心收留了很多流民，结果被汤知府知道了，派了人上门去查那些流民是否有作奸犯科的。谁知道那些流民心虚，衙门的人进去查证的时候和那些流民起了冲突，死了两个衙役。

李家大惊失色，非常后悔一时心善收留了这些人。李家的大公子则亲自出面处置此事，不仅安抚周边田庄的庄户人家，还拿了银子出来厚葬了两位衙役，给了大笔的抚恤金。

郁棠冷笑。她就不信，她这招引蛇出洞会落空。只是若那两个人出现了，她怎么把人给弄到手才好？郁棠在那里琢磨请谁帮忙。如果她能多几个兄弟就好了！

她在那里感慨，汤知府突然上门来拜访郁文。郁棠让双桃借着给汤知府上茶的工夫偷听两句。

双桃来告诉她："汤知府是来给我们家老爷道歉的。说上次的事，李家大公子亲自来问他，他没能瞒住，把事情的经过告诉了李家大公子。还好李家大公子是个明事理的，直说对不住我们家老爷，还说，等事情平息了，他会亲自登门谢罪的，让老爷去裴家的时候就不要提这件事了。"说完，她睁着大眼睛好奇地问郁棠："大小姐，出了什么事？怎么汤知府还会亲自来给我们家老爷道歉呢？"

"老爷的事你别管。"郁棠敷衍着把双桃打发了，心里却对汤知府很是鄙视。

他哪里是来给她爹道歉的，分明是来告诉她爹，李家知道举报的人是她爹了，他是看在裴家的分上才来给她爹通风报信的。还告诉她爹，这件事李端已经插手了，若是郁、李两家有什么罅隙，不关他的事。

难怪梦中的汤知府在临安当了足足九年的父母官才调走，就这息事宁人、两边讨好、不敢担当的懦弱样子，能做大官才有鬼！

郁文早已准备和李家撕破脸了，自然不会在意汤知府的话中话。他热情地招待了汤知府，和汤知府谈着诗词歌赋，又约重阳节的时候去登高赏菊，对和李家的矛盾只字不提。

汤知府原本也是看在裴家的分上才走这一趟的，裴家若是继续庇护郁家，李家就算知道了也不能怎样。若是裴家不管，郁家以卵击石，他最多不过叹息一声。

他把自己摘出来就行了，至于其他，他不想得罪人，也没能力管。

可在临安地界发生窝藏流民的事毕竟不是什么小事，临安城的富户，或多或少都收留过几家不用上户籍、只要不饿死、想怎么使唤就怎么使唤、比佃户不知道好用多少的流民。李家的事等同是一石激起千层浪，有人怕汤知府下决心在这件事上找政绩，揪着这件事不放；有人怕那些流民知道原来官衙还可以帮着附籍，不用再听人使唤，做出什么打砸哄抢、危害本家利益的事来。临安城里几个颇有些家资的乡绅一起商量后，找上了裴家。

"三老爷，"那乡绅一把鼻涕一把泪的，说得不知道有多伤心，好像当初昧着良心骗那些流民不经过官衙，私下里签卖身契的不是他似的，"我们也只是看那些人可怜，收留的全是些老弱病残，谁知道李家胆子这么大，仅青壮年就有三四十个，官衙去清查，还死了人，这不是没把临安城的安危和裴家放在眼里吗？这件事，您无论如何都得出面跟汤知府说一声，严惩那些流民，不然我们临安的百姓夜不能寐啊！"

裴宴大马金刀般地坐在太师椅上，轻轻地吹着盖碗茶茶盅上浮着的碧螺春浮叶，看也没看眼前年纪最小也已过四旬的乡绅们一眼。

这件事他早就听说了。李家不安分，他也是早就知道的。

不过，裴家当年从老籍搬到这里，就是在老籍犯了众怒，只手遮天，侵犯了大多数人的利益，甚至是引起了朝廷的不满，这才丢卒保车，只带了些许的财物跑到临安城来，重新安了家，落了户。从此以后，裴家阖府都开始严格地实行中庸之道，只在临安城里称王称霸，不再把手伸到别处去。也正因为如此，裴家的宗旨一直以来都是与邻里为善，留些空间给其他人生存，甚至在明面上故意树起一户人家与裴家相抗衡，免得裴家一支独大，遭人妒忌，惹出事端来。

而李家，就是他们这段时间竖起来的靶子。裴宴当然不能让他们家倒下了。

他喝了几口茶，等那几位乡绅都发泄完心中的不满，才不紧不慢地道："你们说的事，我也听说了。汤知府那里呢，我之前就和他打过招呼了，这件事到李家为止，不会再深究了。至于说那些流民，我会照着大家的意见再跟汤知府说说，派人想办法把人都驱赶出临安城。附籍虽然是朝廷对流民的宽待，可这也要看是什么情况。那么多的青壮年，万一出事，我们这些临安城的望族也有着不可推卸的责任，我们裴家也当不起天子一怒啊！"

裴宴的表情看着冷淡，可说出来的话却正好搔到了痒处。几位乡绅不禁心花怒放，纷纷表示："有三老爷这句话我们就放心了。"

还有在那里拍马屁的，说什么"临安有什么事还是得裴三老爷出面""裴家有三老爷做主，肯定会文风鼎盛，更上一层楼的"，有的甚至说出什么"没有裴家，怎么有现在的临安城"。

裴宴听着如吞了一块肥肉似的，腻味得不行，忙起身借口要招待在家里做客的周子衿，把这群乡绅打发走了。

白白胖胖怀孕般挺着肚子的三总管胡兴笑眯眯地走了进来，他道："青竹巷郁秀才送了名帖过来，说是想见见您。我看您这些日子不怎么耐烦和外面的人打交道，就擅自做主问了郁秀才的来意。他说自上次他家太太吃了杨御医开的养生丸之后，就一直挺好的，听说杨御医来给大太太请平安脉，想请杨御医再过去给他太太瞧瞧身体，看要不要换个药方。"

养生的药方，冬天和夏天有很大的区别。而现在天气越发冷了。

裴宴听着皱了皱眉，没有吭声。胡兴脸上依旧笑得亲切，可后背却出了一身汗。

他们家这位三老爷，从小就乖张，就是老太爷活着的时候，也不怎么能管教他。如今老太爷不在了，二老爷闭门谢客，每天自己给老太爷抄佛经不说，还让二太太和大小姐、三少爷一起跟着抄佛经。大小姐还好说，三岁启蒙，已经十二岁了；三少爷才刚刚六岁，笔都不怎么拿得住……还有大太太和两位少爷，乖乖地在自己住的汀兰水榭不出来，连个声音都没有。

要说三老爷没有私下里做什么手脚，他头一个不相信。伺候的是这样一个主子，他又是一个靠着"神仙打架"才保住了自己总管事地位的人，哪里还敢在裴宴面前玩心眼？三老爷皱眉，这是不满意他私做主张吧？

胡兴在心里把自己这几天做的事好好捋了捋，发现除了这件事外还真没有哪里做得不对，他这才斟酌着道："三老爷，这件事是小的做得不对，下次……"

谁知道裴宴却挥了挥手，打断了他的话，淡淡地道："等裴满来了再说。"

裴满去送客了，他们等了一会儿他就折了回来。

裴宴问他："李家那件事，确定是郁秀才捅出去的？"

裴满恭敬地道："我自己去确认过了，的确是郁秀才去跟汤知府说的。"

裴宴点头，嘴角露出些许的笑意来，道："没想到郁秀才还有这样的气节。他就不怕李家收拾他？"

裴满这才道："郁家之前因为女儿的婚事和李家闹得很不愉快，郁秀才就算是不去汤知府那里告这一状，李家估计也不会放过郁家。"

裴宴脑海里突然浮现出郁棠的面孔来。

郁棠得知自己被救了的那一瞬间，望过来时亮如星辰的眼睛……知道救人的是他后渐渐黯淡下去的目光……向他道谢时眼中闪烁的狡黠……他从来没有见过谁的眼睛像郁家那位不安生的小姐似的，仿佛会说话，看什么的时候总是带着几分好奇，好像，好像孩童般……在当铺里看见他时不动声色地打量，非常地好奇；在长兴街的夜晚发现是他，暗暗地窥视，非常地好奇；在苕溪的码头发现了他，竖着耳朵听他的动静还装作一副风平浪静，什么也没有发生的样子；北关夜市，想吃猪蹄又频频地落筷，飞快地睃他，以为他没有注意，立刻露出庆幸之色，悄悄抓起猪蹄就啃……

他不由道："郁、李两家的婚事又是怎么一回事？"

裴满道："小的没有仔细打听过，听到的全是些流言蜚语，事情到底如何，小的也不十分清楚。"

这个裴满，是三老爷从京城带回来的，从前是做什么的、哪里人、怎么卖身给裴家的，还姓了"裴"这个姓，他们都一无所知，但通过他做的几桩事可以看得出来，人还挺不错的。

听他这么答话，胡兴吓了一大跳。就算是道听途说，主子们想知道，你也可以说出来逗个乐啊！以三老爷什么事都喜欢吹毛求疵的性子，他不会被呵斥吧？

不承想裴宴不仅没有呵斥他，还好脾气地道："刚才胡兴跟我说，郁家想请杨御医去给郁太太瞧瞧病，你等会儿去跟杨御医说，让他以后来给大太太把平安脉的时候，可顺道去趟郁家。"

裴满显然有些意外，确认道："以后每次来给大太太把脉的时候都去趟郁家吗？"

杨斗星是大太太指定给她诊平安脉的大夫，裴家也给了他相应的礼遇，每次都会给丰厚的诊金不说，还由大管事亲自接送。而裴家和郁家一个住在城东，一个住在城西，怎么也不可能顺路啊！

裴宴好像也没有意识到，听裴满这么一说，居然愣了愣，又低头想了想，这才道："乡里乡亲的，那就跟杨御医说一声，让他专程跑一趟好了。"

杨斗星来临安的一切费用都由裴家承担，去郁家诊脉，这轿子、轿夫当然也就是由裴家安排了。

裴满应"是"。周子衿趿着鞋啪啦啪啦地走了进来，竖着眉毛道："那些俗事有什么好多说的，你也别避着我，我来就是想和你说说你上次的经筵《春秋》，你为什么选《穀梁传》而不选《公羊传》？你二师兄可是向来在儒生中推行《公羊传》而摒弃《穀梁传》的。我看你二师兄坐在下面，脸都青了。你能在皇上面前经筵，可都是他帮你争取过来的。你回乡守制，我发现你二师兄连句问候你的话都没有，你和你二师兄也没有像从前那样频繁地书信往来。你跟我说实话，你是不是和你二师兄闹翻了？你以后起复还想不想你二师兄帮忙？你们几个师兄弟里，你二师兄可是混得最好的，你可别犯傻啊！"

裴宴听着很不高兴的样子，板着脸站了起来，道："你不是说要去青山湖吗？去还是不去了？"

"你这狗脾气！"周子衿气道，"我和你说正经话，你别给我顾左右而言他。你今天不给我说清楚了，我哪里也不去。"

"你不去也好。"裴宴道，"我这些日子陪着你跑东跑西累得不行，你不去，我正好休息几天。"说完，他起身就走。

周子衿被惊呆了，半晌才回过神来，追着他跑了出去，在他背后道："你什么意思？要不是你二哥请我，我才不会过来呢！"

裴宴头也不回，道："那你去找我二哥去。他天天在家里装神弄鬼的，你正好和他一道做个伴。"

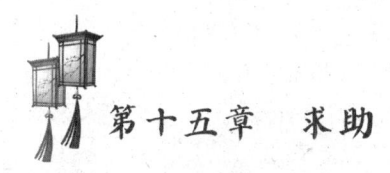

## 第十五章 求助

裴宴和周子衿就这样走了，胡兴看得目瞪口呆，拦住了准备出门办事的裴满："大总管，你平时就这样和三老爷说话的？你就不怕三老爷发脾气吗？"

裴满道："三老爷最忌讳别人不说老实话，而不是不让人说话。你和三老爷相处时间长了就知道了。"

胡兴想，老子七岁就进了府，也是家里的老人了，还要怎样才算得上和三老爷相处的时间长？这不是废话。

可胡兴这个人之所以能在裴家满府的仆人中脱颖而出，除了聪明、有野心，很大一个优点就是会反省自身。他心中虽然不满，但还是老老实实地把刚才裴宴和裴满说话时的表情、态度都仔细地想了好几遍，突然有点明白裴满的意思。

而郁家，这几天可谓是双喜临门。

先是郁远和相小姐的婚事，虽然有些波折，但最终还是正式交换了庚帖，过了重阳节就会下聘。王氏想起这件事的时候都有些后怕，私底下悄悄地对陈氏道："没想到相小姐的继母这般厉害，说这门亲事没有事先经过她，她坚决不同意。还好卫太太敢当相小姐的家，就是不怕得罪相小姐的继母，把相小姐去世的母亲抬了出来，硬生生地把相小姐的继母逼退了。我看，相小姐以后恐怕连个娘家都没地方回了。"

陈氏觉得王氏杞人忧天，道："相小姐现在这个样子，有娘家等于没有娘家，何况她从小是在卫太太这里长大的，和几位表兄弟比自家的兄弟还要亲近，以后把卫家当正经的娘家走，也是一样的。我看卫太太敢这样和相小姐的继母顶着干，打的就是这样的主意吧，否则当着我们何必把事情搞得这样僵。"

王氏想想也有道理，不由可怜起相小姐来，道："别人说嫁出去的女儿泼出去的水。我就当我多生了一个女儿，对相小姐好就是了。"

就在两人同情相小姐的同时，相老爷却悄悄地找到了郁文，给了一个香樟木的小匣子给郁文，让他转交给相小姐，说是卫太太让相小姐在卫家出阁，相小姐的继母已经答应了，以后相小姐怕是难得回去看看他这个做爹的了。这是他这个做爹的对相小姐最后的一点念想了，让相小姐收着，以后留给自己的子孙。

郁文觉得相老爷虽然是高娶了现在的太太，可这么做骨头也太软了些，不大瞧得起相老爷，也没有多想，把匣子交给了郁远。郁远想着这不管怎么说也是相老爷的拳拳之心，为避免相小姐觉得自己出嫁父亲无动于衷，他连夜送去了卫家。

卫太太因是和相家商量相小姐出嫁的陪嫁起的争执，她觉得相老爷现在活着相太太都敢这样磋磨相小姐，以后相老爷要是不在了，相家只怕会当没有这个女儿，就想着向相家多给相小姐要些陪嫁，这才和相太太闹起来的。只是这件事大家都要名声，不管是卫太太还是相太太都没有向外面明说罢了。

如今见郁远送了东西过来，卫太太气得把那匣子摔在了地上，道："谁要他假惺惺的，说什么除了阿莺母亲的陪嫁和三千两银子，多的一分钱也没有……"

她的话还没有说完，大家都惊呆了。匣子落在地上，"哐当"一声被摔开，一大把银票被秋夜的冷风吹得像纸蝴蝶飞舞。

"快，快，"还是卫老爷一个哆嗦最先回过神来，"别让风吹走了，银楼的这些庄票十两银子起，我看大小最少也是一百两银子的……"

卫太太也慌了，忙招呼郁远："还傻站在那里干什么，快把这些银票都捡起来。"

郁远诚惶诚恐的，都不知道自己是怎么被卫家留宿，又怎么赶在城门刚开就赶回了郁家，只记得他有些发抖地站在王氏面前对父亲道："好多银票，卫太太说，最少也有四五万两，能把我们临安城长兴街裴家的那座银楼给搬空了。还问我，银子放在银楼生不了几个银子，要不要在杭州城里买几个铺子，搬到杭州城里做生意。"

王氏和郁博也惊呆了，把郁文和陈氏从睡梦中叫醒，问郁文这件事该怎么办好："亲家母的意思是想让阿远搬去杭州呢，还是只想问问我们家这么多的银子怎么使呢？"

郁棠被吵醒，人还有些蒙，听到这话也清醒过来。她使劲地想着梦中的事。还真没有听说过卫家和相小姐，也不知道梦中相小姐是嫁到了谁家。她大堂兄这门亲事简直就是被金蛋给砸中了。

郁文倒很平常，打着哈欠对面前坐立不安的兄长道："我是隐约听说相家有钱，当初沈家和相家联姻，甚至没有嫌弃相老爷是续弦，都是因为相老爷这个人特别会做生意，没想到居然是真的。照我看，你们该怎样就怎样好了，难道没有这四五万两银票，你们就不娶相小姐过门了？"

郁博听弟弟这么一说，也渐渐冷静下来，想了想道："你说得有道理。是我们见财起意，失了平常心。陪嫁原本就是媳妇的私产，她要怎么用，自然是由着她。我只是怕到时候我们家阿远吃亏。"

郁文指使陈婆子去给他沏了杯浓茶，连喝了几口，这才有了精神，又让陈婆子去做早饭，这才道："当初卫家看上我们家，不就是因为我们家待孩子好吗？我们家不能因为自己家没别人家有钱就责怪别人家太富裕吧？"

"那是，那是。"郁博道。

"所以说大家要保持平常心。"郁文难得有机会给自己的兄长讲道理，有些滔滔不绝的架势，道，"我们又不图别人家的银子。此时不如别人家，难道一辈子都不如别人家？以后媳妇进了门，不好的地方该说的还是要说，好的地方还是要说好，不失公允就是了……"

父亲说话的时候，郁棠就一直看着大堂兄。

她见郁远耳朵都红了，找了个机会悄悄地移坐到了他的身边，和他耳语："你不会也觉得不自在吧？"

郁远看了一眼正和叔父说话的父母，低声道："有点。不过，我觉得叔父说得对，人家有钱是人家的事，我们只要不贪人家的，自然是走得直，坐得端。"说到这里，他语气一顿，迟疑着继续道："不过，卫太太说让我到杭州城里买个铺子，我当时真心动了。也难怪我当时想七想八的，还是起了贪念。"

这不能怪郁远，郁棠想，自上次她和父兄去过一趟杭州城之后，连她都觉得在杭州城做生意更好，更何况是一直都想着要做大生意，要让郁家发达的郁远。

一家人为这件事讨论了快一个时辰，天色大亮，又围坐在一起用早饭。

郁文的一个咸鸭蛋还没剥完，裴家的三总管胡兴上门拜访。郁远一愣，郁家的女眷忙端着几个菜回避到了厨房。郁文则请胡兴用早饭。

"早就用过了。"胡兴笑眯眯地道，"我是特意来告诉你们一声的，杨御医等会儿的船回苏州，走之前会来给贵府的太太把个脉。事出突然，我特意来跟贵府说一声。早饭我就不用了，等会儿还要陪着杨御医过来。"

郁家自然是喜出望外。郁文亲自送了胡兴出门，感激的话说了又说。

胡兴笑着阻止，道："这是三老爷的意思。以后杨御医只要来临安，就过来给贵府的太太瞧瞧，你们要是有什么感激的话，说给三老爷和杨御医就是了。我一个跑腿的，您这样可真是折杀我了。"

从前裴家的人对郁家也客气，却不像现在，客气中带着几分恭敬，郁氏兄弟自然能分辨得出来其中的区别。送走了胡兴，郁文不由对郁博道："这到底是出了什么事？"

郁博思来想去也不明白，只好道："弟妹的病有杨御医，肯定能药到病除，彻底根治的。这是好事，以后的事以后再说。"

郁文直搔脑袋。

郁棠也不知道裴宴是什么意思，但想想这总归是好事，反正债多不愁，他们家欠裴家的恩情一时报答不完，暂且就这样先记着就是了。

杨御医来给陈氏诊脉之后，调整了些药方，叮嘱郁文除了不要让陈氏太劳累，还不能让陈氏生气之后就走了。

郁家却欢天喜地，想着陈氏夏天的时候没有犯病，以后只要杨御医继续给陈氏用药，陈氏早晚能好起来，郁文就想找件什么古玩送给裴宴。可惜郁家就这点家底，郁文找了好几天也没有找到合适的东西。

郁棠则在家里琢磨着要不要像梦中那样，请板桥镇的曲氏兄弟帮自己做几件事。梦中，林氏为了把她绑在李家，在她端着李竣牌位进门的时候就到处宣扬她立志给李竣守节，甚至连李家的族人都说，李家能不能挣得块贞节牌坊回来，就全靠她了。

这也是她后来发现李家是个泥沼，想脱离李家却花了五六年工夫的主要原因。

当年她大伯父和大堂兄的死已让她觉得自家的遭遇和李家有关。为了查证，她没少借助临安城里的帮闲做事，也没有少上当。因为顶着李家寡媳的名头，她不敢自己出面，常常要借助他人之手调查李家的事，很多人因此拿了她的银子却没有帮她办事，她也因此没有多余的钱资助大伯母。

曲氏兄弟，算是这些帮闲里比较讲信誉的人了。只是什么事都有利有弊。曲家兄弟虽然讲信用，但要的银子也多。随随便便一件事，都要收个十两、八两的银子，若是有点难，那就得二三十两银子。

郁棠现在也面临着和梦中一样的窘境——没银子！不，她现在甚至比梦中还穷。那时她好歹还有些陪嫁可以当，现在，她姆妈和阿爹最多给她一两银子的零花钱，她若是说花完了，还要问她的银子是怎么花的，都花到哪里去了。

前些日子为了卫小山的事，她也悄悄请了帮闲做事，因都是些打听消息的小事，倒也不拘是谁帮着办。可就算是这样，她攒的银子都花得差不多了，肯定是请不动曲家兄弟的。她若是能像别人那样能赚钱就好了！郁棠郁闷得不行。

她支肘坐在临窗的书案前，看着院子里快要开的菊花，一动不动地，脑子却飞快地转着。

梦中，自她怀疑李家起，她就开始调查李家的事，盯着李家的人。她那个时候才知道，原来女人也可以做生意，特别是苏杭一带的女子，很多人拿了私房钱入股海上生意，海船平安回来，能赚个买房子的钱；海船若是没能回来，损失的也不过是个花粉胭脂钱。

不过，做这门生意得有路子。不是搭着父兄的生意，就是搭着族人的关系。不然很容易上当。钱拿了去，只说是入股了哪个船队，等过个一年半载，就说船队翻了，血本无归，拿出去的钱自然也就全都打了水漂。

但什么事都有例外。

苏州城江家的姑奶奶江灵，十六岁时嫁给了自幼定亲的于家大少爷，十七岁守寡。

不同于普通女子的小打小闹，她在于家落魄之后，为了供养年迈的婆婆和尚在幼年的小叔子，变卖了自己的陪嫁，拿出大量的财物入股弟弟江潮的船队，开始做海上生意。而江潮就像被财神爷眷顾了一样，一路顺风顺水，船队从来没有出过事，不过短短五六年的工夫，就让江家从一个普通的商贾成为了苏州城最有钱的人家，于家也因此一夜暴富，成了苏州城里数得着的富户。郁棠死前，江家正野心勃勃地想做皇商。

李家眼红极了。要知道李家和林家的海上生意也曾因船队出事而赔过不少银子。

林觉甚至想搭上江家这条线，给李端出主意："做皇商哪有这么容易的，朝廷没有人，想都不要想。你不如和江潮见上一面，看能不能参上一股。"

李端觉得这不太可能："江潮的生意做到现在这个地步，不知道有多少人愿意锦上添花呢！我们知道江潮晚了点，何况苏杭一带官宦世家林立，有底蕴的人家不知凡几，我们家还真有点不够看。"

林觉就劝李端对顾曦好一点："别丢了西瓜，捡了个芝麻。你大舅兄今年不过而立之年，已升了吏部郎中，你可别犯糊涂，因小失大。"西瓜是顾曦，芝麻就是郁棠。

李端听了进去，有段时间和顾曦如胶似漆。郁棠松了一口气，以为李端放弃了她，谁知道不过半年，李端就故态复萌，又开始打她的主意。

她既替顾曦不值，又羡慕江灵有娘家兄弟支持。她费了很大的劲才用阿荅的名义，拿了五十两银子入股了江潮的船队。两年后，船队再次平安归来。郁棠赚了四百两银子。

那一刻，她喜出望外，翻来覆去睡不着，都不知道这银子如何花才好。也得亏了这些银子，她才能指使得动曲家兄弟，最后摆了林氏和李端一道，脱离了李家。

如今想想梦中种种，江家这个时候还没有发迹，翻过年来，江潮就开始为组织船队四处说服别人投资，正是困难之时。她若是能抓住这个机会，成为江家最早的合作者之一，岂不是也能像于家似的发大财？

郁棠叹气。说来说去，还是银子的事。她现在哪里能拿得出来入股江家的银子……

郁棠正愁着，有人朝她丢了朵花。花砸在她的鼻子上，把她给砸蒙了。

她抬头一看，是郁远。

"你这是怎么了？"郁远笑嘻嘻地问，眉宇间掩饰不住因为高兴而飞扬的神色。

郁棠顿时觉得眼前一亮。大钱她没有，小钱她难道还借不来？

她伸了手向郁远借银子："我要买东西。"

郁远正是高兴的时候，别说这个时候郁棠只是向他要银子使了，就是让他背着她在临安城里跑两圈，他也甘之如饴。

郁棠狡黠地道："我要五十两银子！"

"啊！"手都伸到衣袖里的郁远愣住了，"你要这么多银子做什么？"他也没有这么多私房钱啊！

郁棠笑盈盈地道："那要不三十两？你马上就要成亲了，成了亲，就是别人家的相公了，不是我一个人的阿兄了，我以后再向你要什么东西可就难了，你就不能让我一次要个够吗？"

郁远面色微红，赧然道："哪里可能马上就成亲，怎么也要等到明年开春。这是卫太太的意思，怕我们两家的婚事太急，惹得别人说相小姐的闲话。"

郁棠满脸震惊，道："阿兄，你这还没有娶媳妇就忘了阿妹，你居然都没有反驳我，说成了亲也是我一个人的阿兄！"

两家定了开春给郁远和相小姐举行婚礼，她已经听母亲说过了，她只是没有想到郁远还没有成亲，这心就已经偏向相小姐了。

"不，不是，我不是这个意思。"郁远结结巴巴地解释道，"我是说，我既然是你阿兄，就永远是你阿兄，可相小姐若是嫁了过来，于我们家毕竟有些陌生，我们应该对她更好一点才是。"

"是阿兄想对她更好一点才是吧？"郁棠逼问，心里却觉得真好。梦中，郁远可不曾这样维护过高氏。可见相小姐真是他喜欢的、放在心尖上的人。如此想来，她大堂兄肯定会很幸福的。

郁棠继续和他闹着玩："你要是不给我银子，我就去告诉大伯母，说你以后有了媳妇就不管阿妹的死活了。"

"没有的事！"郁远急急地道，他虽然不知道婆媳之间往往会因为一句无心的话互相看不顺眼，甚至成为死敌的，可这不妨碍他怕母亲误会相小姐而不喜欢她，"你要借多少银子？多的……多的没有。"

他原想说多的他想给相小姐打个珍珠头箍什么的，算是他自己送给相小姐的礼物。见郁棠心生不满的样子，怕这话说出来了让郁棠吃酸，他很机敏地把话咽了下去，改成了另一句话。

郁棠果然满意了，沉吟道："怎么也得三十两银子啊！"

这个时候的曲家兄弟，只是小有名气，应该还没有梦中她找上门的时候贵。可看郁远的样子，她估计这也是最后一次向他要银子了，而且她以后也不好再找郁远要东要西的。他成了亲，东西就应该是他妻儿的了，她就是要借银子，也得跟相小姐借，而不是跟郁远借，还得有借有还。这是她梦中得来的经验。

郁远还了十两银子的价："最多二十两，再多的我也没有了！"

郁棠可不敢逼郁远，怕说漏了嘴，连这二十两银子也没了。

"多谢阿兄！"她立刻道，"我以后一定会待相小姐好的。"

"你胡说八道些什么啊！"郁远呵斥着郁棠，又不敢真的教训她，怕她迁怒，对相小姐不好，匆匆回家拿了银票过来，道："你省着点花。"

郁棠让父亲去报官，就是想打草惊蛇。如今李家田庄的流民大部分都跑了，如果那两个杀了卫小山的人也在田庄里，就这样跑路，肯定会觉得划不来，十之八九会找李家要点银子再跑。

郁棠连连点头，先让阿苕去找了曲家兄弟，请曲家兄弟盯着李端，若是有谁去找李端要银子，事后想办法把人抓起来送到青竹巷的后巷。

曲家兄弟这时才刚刚在附近有些小名气，正是立信立威之时，答应之后就立刻开始没日没夜地盯着李家的人。

郁棠拿着手中仅留下的十二两银子直肉痛。曲家兄弟收费可真贵啊！她现在又变成了穷人。

但曲家兄弟做事的确靠谱，还没有等到重阳节，曲家兄弟就让人给她带信，说是抓到了两个去向李端要银子的流民，不过，这两人也是别人之前就指名要的，他们没有想到两家要的是同一伙人。对方虽然是在她之前说的，却没有给定金；郁棠虽然是后说的，但给了全部的银子，他们决定把人交给郁棠。

郁棠一阵后怕，又有点庆幸梦中就了解这两兄弟的做派，不然就算有办法，也抓不到这两个人。

她通知了卫小川，由阿苕陪着，一行人在青竹巷后巷见了面。

不管是郁棠还是卫小川，都没见过这两人，卫小山的事也只是怀疑和推断。

卫小川和郁棠一个在明一个在暗，开始审问被曲家兄弟折腾得身上全是青一块紫一块的两个人。

没想到事情顺利得让郁棠怀疑此时菩萨估计都站在她这一边了。

卫小川问他们的时候，他们竟然痛痛快快地就招了是受李家指使杀的卫小山，目的就是破坏卫、郁两家的联姻，还滔滔不绝地说起了和李家的恩怨："原本不过是受他们家供养帮着做些琐事，还以为他们家很有背景。谁知道官衙一去，他们家连屁都不敢放一个，害得我们俩杀了几个衙役才逃出来。现在怕我们把他们供出来，派了好几拨人找我们，我们也不是吃素的，大不了鱼死网破！"

话说到最后，这两个流民还嚣张地叫嚷着什么"你们有本事去找李家，我们不过是做事的，李家才是凶手，找我们做什么""你们卫家看着兄弟挺多的，没想到也是个没用的，柿子只敢找软的捏""你们就算把我们捉住了又能怎么样，难道还敢把我们送到官衙不成？李家就是想断了郁小姐的婚事，你们把我们送到官衙，正中了李家的下怀"之类的话。

两个流民的话，不要说郁棠和卫小川了，就连曲家两兄弟都惊呆了。

李家悄悄放出风声要找两个不听话的流民的事，曲家兄弟是知道的，但这是属于客户的秘密，他们是无论如何也不会告诉第三者的。没想到这两个人一点顾忌都没有，就这样竹筒倒豆子般说了出来，一点掩饰都没有，还直接威胁起卫家来。可见这两个人已经穷途末路，不顾不管地要在死前也咬李家人一口了。

卫小川则是气得脑门直跳。他还没有见过这样不要脸的人。居然为了一己私利，想要把郁棠给牵扯进来。

原本他和郁棠商量好了的，如果这两个人真如他们所料杀了卫小山，就把他们送到官衙去，让他们和李家狗咬狗。现在却不能这么做了。

他二哥已经去世了，他不能让活着的郁棠再受到什么伤害。

可他毕竟年纪还小，遇事不够冷静，也拿不出更多的主意。

他愤怒地上前，狠狠地踢了两个流民一脚，高声道："那好，我们把你们交给李家。曲家两位大哥还可以收李家一笔银子。我倒要看看，你们落到了李家人手里能有什么好！"他说完，问曲家兄弟："两位大哥，你们应该还可以收李家的银子吧？"

李家之所以连个定金都不给，是因为李家更看好其他的帮闲，并不十分信任他们。若是他们能在其他帮闲之前找到这两个流民，他们在帮闲里的名声会更上一层楼，说不定还能因此搭上李家的关系，做李家的生意。不过，两人都觉得诚信更重要，闻言不由朝躲在花墙后面的郁棠望了一眼。请他们兄弟两人做事的，可是这位郁家小姐。

郁棠听了卫小川的话却心中一动。

梦中，她为了离开李家，仔细地了解过李家，后来能离开李家，也是利用了李家宗族错综复杂的关系。

李端这一房是李家的嫡支，却不是宗房。他们这一房是从李端祖父手里开始显赫的。可能是被裴家压得太厉害了，李端的祖父一心一意想效仿裴家老太爷，不仅想成为临安城数一数二的人家，还想成为李家宗房。

梦中，因为在福建海上生意做得成功，李端这一房成为了李家最有钱有势的房头。等到李家宗房的十二叔公去世，李端的父亲李意打压李家十二叔公的儿子李和，成为了李家的宗房。

郁棠在梦中就是借助了李和对李意的不满才离开的李家。这一次，他们是不是也可以利用一下李家的这些族人呢？

郁棠招了卫小川和曲家兄弟说话："汤知府并不是个喜欢管事的人，我们就算是把他们两个送到官衙，李家出面在汤知府那里打个招呼，所有的事都会推到这两个人身上，李家自然能毫发无伤。我看，小川的主意不错，我们就把他们交给李家。不过，我们不是交给李意家，而是交给李和家。只是两位曲大哥要吃点亏，恐怕拿不到李端的赏银了。不过，我会尽我的能力补偿二位的损失。"

卫小川不知道李家的事，作为帮闲的曲家兄弟却很清楚。李家的宗房不满意李意这房很久了，不过因宗房这些年只出过一个秀才，很多事还要倚仗着李意这一房才一直忍着的。

曲家兄弟听郁棠这么一说，看郁棠的眼神都不一样了。

他们是靠察言观色，审时度势过日子的人。郁家的这位小姐不但敢请他们帮着抓人，还敢虎口拔牙招惹李家，不说别的，就凭这份胆量，以后都不会是个寻常人。

他们是最喜欢和这样的人打交道的——有胆量，就不会甘于平凡；不甘于平凡，就会折腾；会折腾，就需要他们这样的人帮着办些见不得光的事。

这位郁小姐年纪还小，他们也听说过，郁家是要给她招上门女婿的，以后是能当家做主的，始于微末的交情，才是最长远的交情。

兄弟俩交换了一个眼神，立刻决定卖郁棠一个好。

"一仆不伺二主，一女不嫁二夫。"曲家老大开口道，"我们既然接了郁小姐的生意，就不会改弦易辙。补偿就不必了，郁小姐说怎么办就是了！"

郁棠没想到曲家兄弟比梦中更好说话。难道是他们现在还没有名声，生意不多的缘故？

她没有多想，也没有大方装有钱，屈膝向曲家兄弟道了谢，道："两位的大恩，只能容我以后再报了。"

曲家兄弟转了个身，避开了郁棠的礼。

曲家老二看着眼前一个还在深闺的姑娘家，一个还只是总角的童子，心中鬼使神差地瞬间一软，提醒郁棠道："郁小姐还是要小心，李和现在未必会愿意为了些许小利得罪李端。"

没有足够的利益，李家怎么舍得放弃已经快成气候，马上就可以收割利益的李端？

郁棠再次谢过了曲家兄弟，委婉地道："我会让我们家大人出面的。"

郁家根本没有李家势大，就算是大人出面又如何？

作为两兄弟中动脑子的那个，曲家老二觉得郁棠还是太天真了些。不过，梅花香自苦寒来，不受点挫，这位郁家小姐也不会知道这世上的路有多艰难。让她去碰碰壁也好。

曲家兄弟不再说什么，按照郁棠的吩咐，把两个流民带走了，并且得先藏上两天再交给李和。

卫小川不解，但他很信任郁棠。如果不是郁棠，他根本发现不了他二哥的死有蹊跷，也不可能抓到凶手。所以他等到曲家兄弟走后才问郁棠："姐姐，我们真的要请郁伯父出面吗？"

他是个童生，而且在县学里读书，读书人家之间的门槛他比谁都清楚。秀才见到举人就得让座，不管你是多大年纪，是什么辈分。同样地，举人见到进士就得低头。郁文只是个秀才。而李家除了举人还有进士。

郁棠笑了笑，眼睛都弯成了月牙的模样，说不出来的温婉好看，但是说出来的话却与温婉毫不搭边："当然，事情发展到这样，已经不是我们一家两家的事了。官官相护，官府肯定也是敷衍搪塞的。我们当然得找能为我们当家做主的人来打这官司。"

卫小川更糊涂了。他摸了摸脑袋。

郁棠的笑更温柔了："我们临安城能有今天的太平清静，可不是靠三年一任的知府大人，而是靠小梅巷的裴家。"

"对哦！"卫小川雀跃，差点跳了起来，"我怎么没想到！汤知府偏袒李家，我们就应该请裴家帮着做中间人才是。裴家是积善之家，行事最是公允不过了。知府不管，裴家肯定会管的。他们不会坐视李家这样滥杀无辜的。"

郁棠点头，道："你知道我为什么要让曲家兄弟把那两个流民藏两天了吧？等我们家中的长辈说好了，再把证据拿出来。免得到时候这两个流民被李端杀人灭口。"

卫小川连连点头，随后却像过了水的青菜，一下子蔫了。

郁棠当他是想起了卫小山，不由在暗中叹气。无论如何，卫小山是受了她的牵连才死的。她又何尝心里好受！

郁棠轻轻地摸了摸卫小川的头，温声道："你今天不是休沐吗？到我家里去喝杯茶吧！我们两家现在是亲戚了，你还可以去找我阿兄玩。他是个很好的人，你表姐嫁过来了我阿兄肯定会对她好的。"

卫小川却摇了摇头，声音低落地道："我不想去玩，我要回去温书。"

郁棠不好拦他，道："那也去我家坐坐，我这就让阿苕去给你雇顶轿子，送你回去。"

卫小川轻轻地"嗯"了一声，和郁棠一起去拜见了郁文和陈氏，只说卫小川是路过，她请他回来坐坐。

陈氏原本就喜欢白白净净的卫小川，何况现在两家要做亲家，看卫小川就更喜欢，忙叫陈婆子去买些点心、瓜果让卫小川带回卫家去："给你姆妈和你阿嫂、表姐尝尝。"还嘱咐他："若是有要洗的衣服，就让人带个信，我让陈婆子去帮你洗。休沐的时候天气不好，就到家里来住。有什么功课不懂的，就来问你郁伯父。"说完，又觉得孩子太小，人还腼腆，她说得再多，这孩子也只会当成客气话，索性道："哎呀，看我，和你说这些做什么。我等会儿让你阿远哥送你回去，给你姆妈带个话。"

卫小川忙起身恭敬地谢了。

陈氏让阿苕去把在长兴街忙的郁远叫了回来，等雇的轿子过来了，让他亲自送了卫小川回卫家。

郁棠则把父亲拉到了书房，把和卫小川调查李家的事一五一十地都告诉了郁文。

郁文吓得脸都白了，在郁棠述说时几次想打断郁棠的话，怕自己情急之下说出什么伤了女儿的话来，又都忍住了。好不容易等到郁棠把事情都交代清楚了，他顿时暴跳如雷，道："你还把你父兄放在眼里吗？出了这么大的事，你竟然谁也不告诉，带着小川这个还没有舞勺的孩子做出这样凶险的事来。看来我平时还是太惯着你了。从今天开始，你给我好好待在家里，在写完五万个大字之前，哪里也不准去。"

郁棠知道自己做得不对，乖乖听训。

家里人并不知道她在梦中活了那许多年，也不知道她一个人曾在李家挣扎，受过的苦吃过的亏比寻常人家不知道多多少。她此时的行事做派都是梦中靠着血泪甚至是性命换回来的。如果会伤到家人，她是不敢做的。父亲听到这样的事，肯定会担心。

她低头认错："阿爹，我再也不会这样了。我会好好在家里写大字的。"

郁文见郁棠认错态度良好，心情终于好了一点，但女儿的大胆还是让他想想都觉得胆战心惊。他忍不住又斥责了女儿几句，这才问起那两个流民的下落。

郁棠说在曲家兄弟那里。郁文趁着夜色去了趟曲家兄弟家里，知道女儿所言不假，次日才去了裴家。

裴宴以为郁文是来道谢的，并不想见，但郁文说是有要紧的事想请他做个中间人。他猜郁文多半是为和李家的矛盾而来，想着当初郁棠在昭明寺和李竣搭讪的模样，他就更不愿意插手了，心里甚至隐隐生出几分不屑来，呵斥来通禀的胡兴："为什么你们都没有我还在孝期的意识，不是拉着我东奔西跑，就是让这些杂务

203

琐事来烦我。你们就不能让我安安静静地为父亲抄几页佛经，念几天经文吗？"

胡兴感觉自己再一次猜错了裴宴的心思。他额头顿时冒出汗来，忙道："是小的不对。我看那郁老爷很急的样子……"

裴宴瞪了他一眼。

胡兴立刻道："我这就让他走。"

裴宴没有吭声，继续抄他的经文。

胡兴不敢多停留，转身去回了郁文。

郁文非常失望，隐约感觉到是裴宴不怎么想见他，可裴宴为什么又让杨御医给他太太瞧病呢？他百思不得其解，索性去找佟大掌柜。

佟大掌柜也不知道这其中有什么蹊跷，只得安抚郁文道："大家都知道三老爷是老太爷的老来子，老太爷活着的时候，那可真是含在嘴里怕化了，捧在掌心里怕摔了，父子俩的感情不知道有多好！老太爷去的时候，三老爷的模样，哎，你是没看见啊，那和天塌了没什么两样。二老爷也是顶孝顺的人，怕老安人伤心，还能强打起精神来安排老太爷的葬礼。三老爷却像丢了魂一样，想到一出是一出，谁要是敢在老太爷的事上驳他一句，他能立刻就七情六欲全上脸，说翻脸就翻脸。为老太爷守孝，那也是真心实意没有半点马虎的。老安人心痛儿孙，生怕儿孙们的身子骨受不了，悄悄吩咐下来，老爷太太和少爷小姐们茹素可以，但汤要用高汤，鸡蛋瓜果不可少。只有三老爷，是一点油荤都不沾，别说老安人了，就是二老爷也劝不住。你这个时候去找他，不是什么重要的事，他是不会见的。

"再说了，你若只是为了道谢，照我说，大可不必。三老爷不是那种沽名钓誉的人，他受了老太爷的嘱托做了裴家的宗主，就要造福乡邻，能做的事他都不会推卸的，就是性子有点冷，一开始的时候你们可能会有些不习惯。"

裴老太爷是个热心肠的人。早上出门遛弯，遇到卖菜的都能问上几句这几天的收成如何，待人特别和善，临安城的百姓都很尊重他。

郁文觉得裴宴既然是这样的性格，这件事还真不能瞒着不说。他想了想，斟酌了一番言辞，把李家指使人杀了卫小山的事告诉了佟大掌柜，最后还道："若不是事关重大，我也不好一而再、再而三地求见三老爷。这件事，还请老兄帮帮忙，看能不能让府中的管事通融通融，让我见见三老爷。"

佟大掌柜闻言也吓了一大跳。要知道，这门亲事还是他保的媒。

他脸色发白，忙道："你说李家指使人杀了卫小山可有证据？你们家是怎么发现的？卫家知道这件事吗？你刚才也说了，事关重大，别到时候是场误会。"

郁文不想把郁棠扯进来，只说是自己发现的，把郁棠做的那些事也说成了是自己做的。

佟大掌柜半晌说不出话来。他万万没有想到，自己好心却坏了卫小山的性命。

佟大掌柜又内疚又羞惭。

郁文以为佟大掌柜是在担心让裴宴做了冤大头，道："裴家待我有恩，我怎么能坏了裴三老爷的名声？这件事不仅有证据，连人都逮住了，只是不敢交给官衙，怕把小女的婚事攀扯出来，这才想请裴家三老爷做个中间人，主持公道的。"

佟大掌柜能帮郁、卫两家保媒，和卫家的关系也很好。事情到了这个地步，也由不得他不信了。

他老泪纵横，道："我这就进府去求三老爷，他要是不答应，我就在那里长跪不起！"

他是裴家的老人了，裴宴是什么性格，他很清楚。他这么做，肯定是能让裴宴帮忙的，可他这样，算得上是逼着裴宴帮郁家出头，势必会影响他在裴宴心目中的地位，甚至还会影响整个佟家在裴宴心目中的地位。可他又不得不这么做，否则，他怎么对得起卫家？

郁文散漫惯了，自然不知道其中的窍门，只觉得自己没有找错人，向佟大掌柜谢了又谢。

佟大掌柜心乱如麻，没有心情和郁文客气。他挥了挥手，说了一声"你等我消息好了"，转身就去了裴府。

裴宴对佟大掌柜还是颇为看重的，听说他求见，立刻就让人领他到了书房。等佟大掌柜说明了来意，裴宴的神色就有些冷了。

佟大掌柜只当裴宴是不满他插手这件事，忙向裴宴求情："这门亲事是我保的媒，我这心里太难受了，若是三老爷有空，还请过问一声。我在这里先谢谢您了！"说完，就要跪下去给裴宴行大礼。

裴宴颇为意外，他没有想到郁棠的婚事居然把佟大掌柜也扯了进去。他一把扶起佟大掌柜，奇道："这件事郁小姐知道吗？"

佟大掌柜还真不知道郁棠是否知道，他犹豫道："应该……知道吧？出了这么大的事，郁家的意思，是要为卫家出这个头，郁小姐不可能不知道……不过，也可能不知道。郁老爷只有这么一个女儿，相亲的人被曾经求过亲的人家害了，任谁知道了心里也会不好受，何况郁小姐年纪还轻，还要嫁人，心里有了芥蒂就不好了……"

裴宴摸了摸下巴，道："卫家的那个小子是什么时候和郁家小姐相看的？"

佟大掌柜道："夏天的时候，老太爷出殡没多久。具体的日子，我也记不太清楚了。"

裴宴想了想，那岂不是在他救郁小姐之前。看当时的情景，郁小姐和李家那个二儿子李竣彼此还客客气气，不像要翻脸的样子啊。

他道："那你去问清楚了，郁家小姐到底知不知道这件事我们再说。"

佟大掌柜愣住。这件事不是应该弄清楚李家是否真如郁家所说的那样指使人杀了跟郁小姐相亲之人吗？怎么三老爷最关心的却是郁小姐知不知道这件事？三老爷是怎么想的？这不是关注错了重点吗？

佟大掌柜有点蒙。但他做了一辈子当铺的掌柜，除了要火眼金睛看清楚来当的货，还要学会察言观色，看清楚来当货的人。他可以说一辈子都在小心细致地观察。三老爷这反应不对啊！

他脑子里转得飞快，面上却恭敬地道："这件事是我没做好，我这就去问问郁家小姐是否知道这件事。"

裴宴点头。

佟大掌柜赶去了郁家。

裴宴继续抄着他的佛经，心思却很难像往常那样很快就能静气凝神，脑海里总是不由自主地浮现出郁棠当初在昭明寺风姿绰约地朝李竣走去时的样子。

他可不觉得郁小姐是个温柔如水、娴静贞雅的女子，否则她就不可能跑去当铺里碰瓷，扯着裴家的大旗唬人。

郁小姐在昭明寺的时候十之八九是相中了李竣，从而诱惑了李竣。

而李竣呢，正年轻着，估计没什么脑子，被郁家小姐弄得神魂颠倒的，不仅上了郁小姐的当，还把名声前程都押在了郁小姐的身上，哭着喊着要入赘到郁家去。

从这点上来看，郁小姐也算是个有勇有谋的。悟道松下那么多青年才俊，她没有看中最优秀的沈方，却一眼就瞧中了没什么主意的李竣，就这份眼力，女子中间只怕是独一份。

裴宴想到这里，又想起了在县学时见到郁棠的情景。李端看郁小姐的目光灼灼如火，连掩饰都有点掩饰不住了。

郁小姐应该也是知道的，还有点回避李端的态度。只是不知道郁小姐的目的仅仅是要钓个上门女婿回家呢，还是想要嫁入李家。

李端是长子，李家为他娶妻，应该更重视门第，郁小姐肯定没戏。但说实话，李端比那李竣有能力多了，难保郁小姐看见李端之后又会嫌弃李竣没用。谁知道其中有什么故事？闹不好卫家小子的死就是那郁家小姐的阴谋。如果是这样，那就有些好玩了。

裴宴突然间心情纷杂，连佛经都不想抄了。他叫了裴满来问："李端定亲了没有？定的是哪家的姑娘？"

李家对裴家的意义别人不知道，裴满这个大总管却是清楚的。

他不能说是对李家了如指掌，但一般的事情都是知道的。

裴满立刻道："定了亲。定的是杭州顾家二房嫡长女，顾昶大人的胞妹。"

顾昶他认识。早他一届考中庶吉士，如今在礼部任都给事中，是顾家目前前程最被看好的子弟。

这就对了！郁小姐不管是打怎样的主意，只怕不是那么容易如愿的。

这边佟大掌柜问起郁棠知不知道李家指使人害了卫小山的事，郁文倒是想一口回绝，佟大掌柜却肃然地道："这件事你得告诉我实话。我去见三老爷，三老爷什么都没问，就问郁小姐是否知道这一件事，可见这件事很重要。你可别有事瞒着，到时候和李家对上了，说的和三老爷知道的不一样，害得三老爷搬起石头砸了自己的脚！"

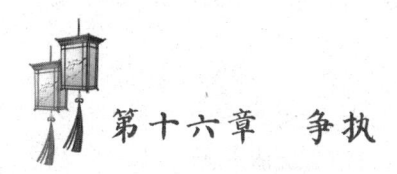

## 第十六章 争执

如果不是相信佟大掌柜，郁文也不会在去找他的时候就把事情和盘托出了。郁棠调查卫小山这件事在常人眼里是很出格的，但从郁文心里来说，他实际上很骄傲，觉得留在家里的女儿若是不能支应门庭，就算是招个上门女婿进来，也不过生儿育女，开枝散叶，继承了郁家的姓氏而已。一旦他们夫妻两人驾鹤西去，郁棠未必能管束得好女婿和子女，到时候苦的还是郁棠。

佟大掌柜问他郁棠是否知道卫小山的事，他犹豫了几息工夫，就坦白地告诉了佟大掌柜："知道，而且发现不对劲的就是她。想办法去调查小山事的人也是她。"

佟大掌柜惊讶极了，但仔细想想，这小姑娘敢到裴家开的铺子里来晃点他，就不可能是个胆子小的，惊讶之后，反而笑了起来，对郁文道："你这个闺女倒是与众不同。"随后又想到卫小山的死，不由替这孩子惋惜起来。只是卫小山已经不在了，再说这类的话，只会让人更难过，千言万语都化成了一声叹息，道："也算是小山的福气，能让他死得不冤枉。"

可若是没有遇到他们家阿棠，应该不会遭此劫难吧！郁文此刻突然有点明白郁棠的心情，明白郁棠为什么会冒那么大的危险也要查清楚卫小山的死。

想到这是他教出来的女儿，他不由得挺了挺脊背，和佟大掌柜商量："您是有见识的，自然会这样夸她，怕就怕……"裴三老爷不这么想，郁文在心里思忖着，不好当着佟大掌柜的面非议裴宴，只得委婉地道："最近不是有很多人说什么'女子无才便是德'吗？"

佟大掌柜倒不了解裴宴对此的看法，他微微愣了愣，道："你放心，我见到三老爷，会斟酌着看怎么跟三老爷说的。"

郁文松了口气。

佟大掌柜去回裴宴的话："郁小姐是知道这件事的。郁家觉得很对不起卫家，所以一直在暗中调查这件事。"

裴宴正在练字。

长长的楠木书案上摊着微微发黄的宣纸，花觚里供着的是白色的山茶花，湘妃竹的湖笔整整齐齐地挂在紫檀山水笔挂上，古朴中透出岁月的悠远。

"这么说来，郁小姐也是同意请我来做中间人的？"他悠闲地抄完最后一笔，将手中的笔搁在了书案上的笔山上，接过小书僮阿茗递过来的热帕子擦了擦手，很随意地道。

佟大掌柜却语塞，半晌不知道该怎么回答。

郁家的事自然是由郁文当家做主，谁家的女儿能越过父亲抛头露面的？可听三老爷的意思，这件事还得看郁小姐的意思。

三老爷虽然才刚刚接手裴家，可到底是裴家的宗主。能请了他出面做中间人，郁家感激涕零还来不及呢，郁小姐一个姑娘家，难道还敢有什么异议不成？就算是郁小姐有异议，三老爷难道还会看郁小姐的脸色行事不成？

佟大掌柜有点看不懂这是什么架势了。

裴宴明了地笑了笑。佟大掌柜估计根本不知道郁小姐是个怎样的人。也难怪，除了他，又有几个人能三番两次地碰到正好在作怪的郁小姐呢？

他也不等佟大掌柜明白了，又道："李家的人求亲不成，害了和她相亲的人，郁家不报官，却请我做中间人，他们可曾想过会有什么结果吗？"

别的不说，至少临安城里的那些乡绅多半都会知道这件事。就算这件事是李家的错，可世人多半会把过错算在女子的头上，觉得若不是女子不知道收敛，又怎么会惹得男人生出嫉妒之心，以后郁家小姐想嫁到这样的人家，或者是嫁到与他们有姻亲关系的人家都会很困难了。

这下子佟大掌柜明白了。他不由暗中舒了口气。他就说，怎么三老爷给他们郁家做中间人，郁老爷什么意思不重要，却要问郁小姐的意思？原来是担心郁小姐年纪小，不知道轻重。只要三老爷不是误会郁小姐对李家所做之事无动于衷就好。

佟大掌柜忙道："听郁老爷的意思，这件事本来应该是要报官的，可您也知道，汤知府这个人是不怎么喜欢管事的，他们是怕……让真正的凶手毫发无损，逍遥法外，连个知道的人都没有。"

也就是说，郁家是知道就算有证据证明李家指使人行凶，请他出面做中间人，也很难让凶手伏法。李家毕竟只有两个儿子，这件事若是李竣指使的还好说，若是李端指使的，李家估计宁愿让李竣背锅也不可能让李端伏法。

阿茗端了茶点进来。

裴宴请佟大掌柜喝茶，自己则慢悠悠地坐在了大书案后面的太师椅上，重新拿起了笔，道："那我就来做这个中间人好了。"

佟大掌柜没想到裴宴就这样答应了，喜出望外，忙起身向裴宴道谢。

裴宴笑道："你也别谢早了，郁家别到时候怨我就好。"

"怎么会！"佟大掌柜急急地道，"其中的厉害郁老爷都知道的，不然也不会来求您了。郁老爷跟我说过，不求这件事能有个什么结果，只愿大家能知道李家都做过些什么就满足了。"

裴宴点头，笑道："这倒没什么问题。"

佟大掌柜谢了又谢，走的时候不免感慨："郁老爷现在还不知道怎么为难呢，卫家那边，在您做中间人之前，怎么也得交代一声啊！"

裴宴听着突然生出几分好奇心来，吩咐裴满："你看着点，到时候告诉我一声。"

裴满应诺，心里却止不住地犯嘀咕。

他从前是三老爷的管事，从来只管三老爷身边要紧的事，就是之前死了的大总管，也因为三老爷的强势，管不到他头上来。三老爷继承宗主之位后，他明面上接了大总管的差事，实际上还是以三老爷身边的事为主。三老爷的目光，也从来不是这座小小的临安城。什么时候一个普通人家的小事也归到他手头上来了？

裴满摇了摇头，虽然满心狐疑，但还是尽心尽责地派人盯着郁家。

郁文那边的确在头痛怎么跟卫家说这件事，没想到打破僵局的却是卫小川。他把卫小山之死的真相告诉了父母。

卫老爷和卫太太伤心欲绝，知道消息最开始的那一瞬间虽然纷纷生出悔意，觉得要是当初没有和郁棠议亲就好了，可等到理智回笼，又为自己刚刚生出的那一点点悔意羞惭不已。

郁家也是受害者。正常的人谁会因为求亲不成就杀人？

这样一想，反而愈发觉出郁棠、郁家人的好，不仅没有在事发之后顾及女儿的名声隐瞒这件事，还积极主动地调查凶手，并且想办法惩戒凶手。

夫妻俩痛骂李家一顿后红着眼睛商量，觉得这件事不能就这样只让郁家自己出头，他们的儿子，不知道死因也就罢了，知道了，怎么也应该和郁家一起，向李家讨个公道才是。

卫老爷把这件事告诉了长子卫小元，之后带着卫小川去了郁家。

郁文一见卫老爷就惭愧得不知道手脚往哪里摆放，红着脸给卫老爷道歉。

卫老爷刚刚哭过，红着眼睛安慰郁文："你们家也没有想到会遇到这样一家疯子。你们家姑娘还好吧？出了这样的事，她应该是最伤心的了。你跟她说，我们家都是明理的人，不会怪她的，让她安心去我们家串门。"

郁文还有什么话可说。

郁棠这两天说是乖乖地听他责罚好好地在写字，可神情却始终不太高兴，想必心里也很不好受。如今卫家忍着失子之痛还来劝慰郁棠……他深深地朝着卫老爷鞠了一躬。

卫老爷忙将郁文扶了起来，心里想着，可怜天下父母心，一时间竟然觉得和郁文前所未有地亲近起来。他索性好事做到底，吩咐卫小川："小五，我看还是你去说吧！你好好跟你郁家姐姐说说话。"

卫小川板着脸，严肃地颔首，去找郁棠去了。

郁棠知道裴宴答应做中间人之后，长长地舒了口气。既然证实了这件事是李家做的，她是不会善罢甘休的。明着对付不了李家，她就暗着来。

只是现在还不知道李家到底是谁拿的主意害死了卫小山，还有就是舆图，梦中的李家肯定是拿到手了的，不然他们不可能突然做起海上生意来。现在他们休想！郁棠开始仔细回忆梦中的事。比如说，林氏娘家的那些子侄来李家做客的时候都曾经说过些什么话，发生过什么事，李家平时都给哪些她陌生的人家送过节礼，林氏又和哪些人家的太太、夫人走得近。这些看似很细枝末节的事，却能告诉她李家的关系网，让她想办法抽丝剥茧，找到梦中李家发迹的缘由。

现在第一件事，就是那幅舆图。

郁棠练完当天要练的大字，就将那幅舆图摊在书案上，仔细地观察着。

卫小川敲了几次门她都没有听见，直到卫小川在外面喊她，她才回过神来，去开了门。

"姐姐，你还好吧？"他怕自己的伤心引得父母更难受，一直忍着泪水，在见到了和他一起谋划又让他觉得非常厉害的郁棠面前，终于崩溃般落下泪来，哽咽道，"我家里人都知道了，说到时候和你们家一道去裴家。"

郁棠还是第一次看见卫小川像个小孩子一样地哭泣，她不禁有些心疼地摸了摸他的头，拿了帕子给他擦眼泪："我们是去评理的，又不是去打架的，要那么多人干什么？"

她的直觉认为裴宴并不是个喜欢热闹的人。

"裴三老爷这次能帮我们，我觉得挺意外的。"她怅然地道，"我们到时候听他的就是了。"

梦中，裴宴好像只给人做过两三次的中间人，可每次都受人称赞，可见为人还是很公允的。

裴宴公不公允卫小川不知道，但他知道，若这件事不是李家干的，换成别的人家，他们根本不用去求任何人，直接告到官衙就可以了，更不会像现在这样，就算是请了裴宴来做中间人，真正的凶手最终都有可能不会伏法。

这件事对于小小的卫小川来说，影响太大了。

他拿着郁棠的帕子胡乱地擦着脸，自从知道自己二哥的死与李家有关却没有办法报仇的时候，一直被他有意无意压制在心底的情绪此时犹如火山般爆发。

"姐姐，"他手握成了拳，眼睛红红的，对郁棠低声道，"我一定会中进士，考上庶吉士，进翰林院的。我一定不会让人再欺负我们的！"

郁棠看着眼前突然神色阴沉的卫小川，吓了一大跳。这孩子，入魔了吧！就像梦中她开始怀疑郁家的遭遇与李家有关时一样,最恨的甚至不是李家,而是上当的自己。若不是后来她遇到了好心帮她的人,她可能也会像现在的卫小川一样,恨这世界,恨这世上的人。

她忙把卫小川搂在了怀里,低声道:"没事,没事。我们慢慢来。常言说得好:'君子报仇,十年不晚。'你别着急,你想想你阿爹,想想你姆妈,还有你哥哥嫂嫂们。我们不能为了个人渣,让自己过得不痛快。不然我们就算是报了仇,也会惹得仇家笑话的。"

郁棠知道,她这个时候劝卫小川不去报仇,只会让卫小川心生不满,更为有害。万事堵不如疏,与其这个时候拦他,还不如先顺着他说,等到时候抚平他的伤口,找到机会再劝他。

卫小川听了果然神色微霁。他道:"我知道。姐姐放心,我不会让亲者痛仇者快的。"

能听得进她劝就好。郁棠松了口气,温声道:"我让人打水来你洗把脸,然后我们一起去见你阿爹,免得他担心。"

她也要向卫家的人道谢,谢谢他们能原谅自己。虽然她到现在还没有原谅自己,但她更不愿意因为自己惹出来的事让长辈们担心。

卫小川点头,在郁棠这里重新洗了脸,心情也平静下来,两人若无其事地去了厅堂。

卫老爷和郁文商量着去见裴宴的事,他们进去的时候正好听见郁文在说:"裴三老爷答应后天一早给我们做中间人。李家那边,请了我们隔壁的吴老爷帮忙。他为人颇有江湖气,和李家的关系也不错,我已经派人去跟吴老爷联系了,寻思着等会儿应该就有消息了。您是在我这里歇歇,还是等了吴老爷那边回话再做打算?"

"老弟办事我还有什么不放心的。"卫老爷沉声道,表情显得有些悲痛,目光却很有神,显然把丧子之痛暂时放在了一旁,把心思全放在怎样给死去的儿子报仇的事上来,"乡绅们您都请了哪几位?"

郁文一一报了姓名。

卫老爷觉得很妥当,道:"就这么办!到时候我和你一起去就行了。"

郁棠见两人说得差不多了,这才有机会上前给卫老爷道谢。

卫老爷脸上终于有了一丝柔软,态度和蔼地和郁棠说了几句话,说完郁棠就退了下去。

郁远听说卫老爷来了也赶了过来,拜见姑父。

卫老爷对这门亲事是很满意的,和郁远说话的时候笑容又多了一些。

郁文觉得心里好受了些,留了卫老爷在家里吃饭,并满含歉意地对卫老爷道:"大哥去了南昌府,想在那边请一批制漆器的师傅过来。今天没办法陪您喝几杯,

· 211 ·

我让阿远代他阿爹敬您几杯。"

卫老爷奇道："原来的师傅不做了吗？"

一般的手艺人和东家若没有太大的矛盾都不会轻易地离开东家，因为你再找东家的时候，别人通常会打听你为什么会离原来的东家，是人品有问题，还是手艺不行等等。有时候原来东家的一句话，就能让你断了再找到的差事。

郁文道："原来的师傅在我家做了一辈子，原本就不想做了，铺子走水后，他就趁机请辞回了老家。有几个小师傅因这件事不太想留在临安城了，留下来的又不能独当一面，只好想办法再找能顶事的师傅过来。"

卫老爷想了想道："要不，让阿远成亲之后到外面去闯一闯吧？反正亲家公还年轻，家里事完全可以交给亲家公，这样一来，阿远也可以去试试自己的能力，亲家公也不用负担那么重，请那么多的师傅了。"

郁文有些意外，没想到卫家会愿意让郁远在成亲之后动用相小姐的陪嫁。他知道这是卫家的一片好心，而且相小姐从小在卫家长大，卫老爷行事也是个很规矩的人，敢这么说，想必是相小姐同意了的。但这是郁远两口子的事，还轮不到他一个做叔父的来表态。

"让他们两口子成亲了以后自己商量着办。"郁文道。

郁远的脖子都红了。

吴老爷身边的随从来拜访郁文，道："我们家老爷说了，您让办的事都办好了。后天一早卯时一准到小梅巷巷子口的老樟树下碰头，一起去拜访裴家。这件事本来应该我们家老爷亲自来给您说的，但我们家老爷被杜老爷留在家里吃酒，怕您这边急等着回信，特意让小的先过来跟郁老爷您说一声。等我们家老爷回来了，再仔细地和您说话。"

杜老爷，也是他们这次请来做见证的乡绅之一。

郁文向那随从道了谢，赏了银子，让阿苕陪着去喝茶，自己则继续和卫老爷说事："这下您也可以暂时放下心来，李家答应和我们去裴家评理了。"

找中间人评理，最怕的是对方不来，所以这个中间人一定要有分量，让对方觉得不能轻易得罪才行。

卫老爷叹道："这次真的得谢谢裴三老爷。我家里还珍藏着根百年的老参，到时候拿去谢谢三老爷吧！"

郁文很想说裴三老爷未必会收，但想想这是卫家的心意，也就把这句话咽了回去。两人细细地商量起到时候见了裴宴、见了李家的人应该说些什么了。

郁棠则一直等到卫老爷父子告辞之后，去见了父亲。

"阿爹，"她求郁文，"到时候您也带着我吧！"

她想知道李家那天会说些什么。现实和梦境已经有了很大的不同，李家在这个时候就露出了险恶的嘴脸，会不会中途就败落呢？

她很想知道，很想亲眼见证。

郁文觉得这样的场面难得一见，郁棠跟着去见见世面也好。他沉吟道："去可以，但你不可以说话，不可以乱走乱动。"

郁棠还以为自己得长篇大论地说服父亲，闻言不由心中一喜，忙道："您放心，我一定会好好跟着阿兄，不让人注意的。"

郁文点头。

郁棠问郁文："那两个流民怎么办？到时候让曲家兄弟押过去吗？"这样一来，曲家兄弟就暴露了，曲家兄弟未必愿意得罪李家。得问问曲家兄弟的意思。

郁文道："这件事你别管，我已经跟佟大掌柜说过了，到时候佟大掌柜会派人把这两个流民提前带到裴家，不会让李家有机会做手脚的。"

郁棠放心下来，到了约好的那天，扮成郁远的小厮，低着头跟在郁文和郁远后边，和吴老爷一起去了小梅巷。

因为他们是邀约的人家，去得比较早，但卫老爷和卫小元到得比他们还早。郁文忙介绍吴老爷给卫老爷认识。卫老爷则感激地向吴老爷道谢。

吴老爷是个热心肠的，一把就拽住了给他行揖礼的卫老爷，豪爽地拍了拍卫老爷的肩膀，道："不用这么多礼。郁老爷和我是多年的邻居，我的性子他是了解的，最喜欢交朋友了。我们能这样认识，也算是缘分了，以后多走动，多走动。"

卫老爷自然是应了，邀了吴老爷有空去卫家做客。吴老爷爽快地答应了，问起了卫老爷今年的收成。几个人说着话，被邀请的乡绅们陆陆续续地都来了。

众人互相打着招呼。没有人注意到郁棠。

郁棠安心之余，趁机开始认人——这些人都是临安城有头有脸的，谁知道以后会不会遇上什么事需要帮忙的。

快到约定的时候，李家的人来了。因为李意在外做官，来的是李端和李竣。

吴老爷看着直皱眉，低声问郁文："你没有请李家宗房的吗？"

"请了！"郁文看着也有些不高兴，道，"是我亲自去请的。"

吴老爷看着就有些不高兴了，道："他们这是什么意思？不想认自己是李氏的人？"

按理，出了这样的事，应该由李氏宗房的出面，李端和李竣就这么来了，或是李氏宗房不重视这件事，或是李端家不敬重李氏宗房的。

只是还没有等这两兄弟走近，李和就扶着父亲，也就是李氏宗主、李氏宗房的十二叔公急步出现在了小梅巷。

"李端，你等等我们。"李和气喘吁吁地大声喊着李端兄弟。

李端回头，面色有些不太好，但还是停下了脚步。

来的都是人精，一看这样子，就知道是李端家不怎么敬重宗房了。

有几个乡绅当时就低声议论起来："不过是出了个四品官，就开始轻狂起来，看人家裴家，哪房没有做官的，可哪房敢不敬宗房！"

"要不怎么裴家能屹立几代不倒呢！"

郁棠听着，视线却落在了李竣的身上。不过十几天没见，李竣却像变了个人似的，面容憔悴，精神委顿，仿佛断了生机的树，一下子老了十岁不止，再也不复从前的神采飞扬。

郁棠看着，不由在心里暗暗摇头。

李竣却没有看见郁棠。

这些日子，他感觉自己好像在做梦一样。

因为郁家想和卫家的二公子结亲，他们家庄子里的流民就害了卫家二公子的性命；因为郁家不同意和他们家结亲，他娘就让人去绑架郁小姐；因为那些流民找他阿兄勒索银子，他阿兄就要置那些流民于死地。

什么时候，他们家对他和郁家的婚事这么执着了？什么时候，他娘变得为达目的而不择手段起来？什么时候，他阿兄变得狂妄自大，可以不遵守国家律法？难道是因为他为能和郁小姐结亲而在家里大吵大闹过？可他也因为不想去读书大吵大闹过，他娘和他阿兄怎么就没有这样纵容他呢？

就算他这个当事人，对于和郁家的婚事都没有他娘执着。

他去劝他娘，他娘不仅不觉得有错，还说是因为他爹的官做得不够大，不然官衙怎么敢出面管这件事。

他很难过，去找他阿兄，他阿兄却说他已经大了，不要再这么天真了，有些事，不是东风压倒西风，就是西风压倒东风。即便他们家不收留那些流民，自然会有别人收留那些流民。

他很茫然。不管怎么说，那庄子是他们李家的，那些流民是他们李家收留的，官衙的人去查证的时候，是在他们李家的田庄出的事，他阿兄怎么能说出这种推卸责任的话来？

裴家三总管胡兴上门做客，说郁家请了他们家三老爷做中间人，说和两家人的恩怨。他觉得无颜面对郁家的人，他阿兄却强行让他跟着一道过来，还和父亲留下的清客商量了半天，说那些流民与他们家无关，绑架郁家小姐的事更是无稽之谈……对曾经做过的事全部否认。

他们家难道不是应该积极主动地配合裴家给临安城的人一个交代吗？

他谦逊温柔的母亲不见了，善良正直的阿兄也不见了……而他们，真的只是为了他的婚事吗？

李竣不知道自己是怎么随着他阿兄走进裴家大门，又是怎么坐在了裴家厅堂上的，是耳边激烈的争吵才让他回过神来。在他混混沌沌的时候，李家和郁家已经争论了半天。

而坐在正座的裴三老爷表情却显得有些冷漠，好像眼前的争论都与他无关似的。

　　这个裴三老爷到底是什么意思啊？李竣不禁朝哥哥李端望去。

　　李端还是挺重视这次的事。他换了身前些日子新做的宝蓝色织金五蝠团花直裰，衬得他皮肤白净细腻，面如傅粉，如玉树临风般，姿容十分出众。

　　他此时的神色也如秋色般冷峻，沉着脸道："郁老爷，我们多说无益，还请你们家拿出证据来，不然我就要去官衙告你们诽谤了！"

　　李竣闻言打了个寒噤。

　　郁家也不是鲁莽的人，怎么会无凭无据地就敢请裴三老爷出面做这个中间人。裴三老爷也不是傻瓜，如果没有证据，怎么可能管这个闲事？

　　李竣突然清醒过来。他朝郁文望去。

　　只见郁文气得满脸通红，听李端这么说，朝着裴三老爷和几位乡绅行了个揖礼，沉声吩咐郁远："你去把人证带上来。"

　　郁远应诺，退了下去。

　　厅堂里一片低低的议论声。

　　郁棠心里非常愤怒。梦中，李家一直都这样。就算把他们抵到了墙角，他们也能视那些证据如无物，当别人是瞎子般死不承认。再逼急了，就会把责任全推到别人身上去，说自己无知，也是受害人。他们不知道使过多少这样的手段。现在，她是无论如何也不会让他们继续得逞的。

　　她飞快地睃了裴宴一眼。

　　一直用余光注意着郁棠的裴宴有点想笑。他就知道，她不会安分守己地待在家里的。

　　她低着头，扮成小厮的模样躲在她堂兄身后走进来的时候，他一眼就发现了——能进这大厅的，哪一个不是主事的人，带个小厮进来，也亏得郁家心大，亏得那些人最好奇的是第一次主持这件事的他，没有分出精力给她，不然她在走进这大厅的时候就会被人发现了。

　　但只要他不说，她就算是被人发现了也不要紧。他们见他不作声，十之八九也会装作没看见的。

　　不过就算是这样，郁家这位大小姐还是让他有些惊讶。从头至尾，她是看也没看李家老二一眼，看李端的目光则好像是烧着一团火，要把他烧了似的。

　　裴宴当时就摸了摸下巴。难道这位郁小姐要报复的是李端不成？

　　他喝了口茶，就看见郁棠附耳跟郁远说了几句话。郁远点头，上前去跟郁文低语了几句。刚才还被李端说得哑口无言的郁文立刻接过卫老爷的话，开始反驳起李端来。

　　过了一会儿，郁文又处于下风了。他们那边就换了卫小元和李端争论。

　　李端不愧是被顾家看中的姑爷，会辩论不说，还有急才，三下两下又把卫小元说得说不下去了。

李端背手挺立在大厅的中间，颇有些舌战群雄、睥睨天下的傲然。

郁棠又和郁远低语了几句，郁远上前，再次跟李端争论起来。

裴宴看着都有些替郁家这边的人着急。怎么几个大男人吵架还不如一个女子。难怪郁家这些年也就只能守着家中的祖产过日子了！要是这位郁小姐能代表郁家这边站出来和李端对质，肯定有意思多了。

裴宴突然间有些意兴阑珊。他将茶盅不轻不重地顿在了四方桌上。

大厅内顿时鸦雀无声，众人的目光也都齐齐地望向他。

裴宴视若无睹，对站在他身后的裴满道："茶水有点凉了，让丫鬟们给大家换杯茶。"

都以为他有什么话要说的众人：……

裴宴这态度也太儿戏了！

李家众人心中一振，郁文等人面色一黯，那些来旁听的乡绅们则个个神色阴晴不定，在心里琢磨着到时候应该怎样站队。

郁棠的目光直直地像刀似的看向了裴宴。他怎么能这个态度？不答应是不答应的事，答应了，就应该严肃认真、公平公正地处理这件事才是，怎么能这样草率？这难道又是因梦中印象而误会的一个人？

郁棠的目光那么强烈，裴宴想忽视也难。只是他有点不明白，不知道这位郁小姐又要做什么，突然间就把矛头指向了他。

裴宴在心里琢磨着，郁棠那专注的目光突然消失了。

他在心里"啧"了一声，抬眼看见家里的护卫押着两个身材健硕、满面横肉的家伙走了进来。应该就是那两个流民了。

裴宴仔细地打量了一下。衣衫褴褛，精神萎靡，裸露在外的皮肤还可以看到青紫的伤痕。裴宴强忍着才没有撇嘴角。到底没有什么经验，既然是来做证人，怎么也得收拾利落，这个样子，让人一看就知道是吃了苦头的，等会儿岂不是留个把柄给别人抓？

裴宴安静地喝了口茶，觉得今天的茶味道还挺不错的。他低声问立在身边的裴满："今天是谁沏的茶？是桐山的红茶？"

"是！"裴满低声道。

裴宴对茶没有什么特别的要求，今天选了桐山的红茶待客，不过是因为今年裴家收到的这个茶颇为顶级罢了。

"天气有点凉，您屋里燕姑娘说您这几天肠胃有些不好，让我们备些暖胃的茶。"裴满继续道，"若是老爷不喜欢，我这就让人换。"

"不用了！"裴宴道，"还可以！"

说话间，他感觉郁家小姐那目光又落在了他的身上。

这又是怎么了？他淡然地抬头，瞥了郁棠一眼。就看见郁小姐一双大大的杏目此时睁得像桂圆似的瞪着他。

裴宴微微有些惊讶。他平生还没有见过谁的眼睛能瞪成这样的……也不对……除了猫，而且他越想越觉得像，那眉眼也像，像只发怒的猫。

裴宴没忍住，又看了一眼。

郁棠气得都不知道说什么了。

厅堂太安静了。大家都在等着裴宴发话。裴宴却在和裴满讨论喝什么茶。众人一时间都不知道裴宴是什么意思。

这些乡绅来给郁家做证人，或者应该说，来给李、郁两家做证人，大部分都是看在裴家的面子上，看在裴宴做了宗主之后第一次给人主持公道的分上，只有两三个人是来给郁家撑腰、说话的。至于谁家真正有道理，那得看裴宴怎么说，裴宴站在谁家那一边。裴宴的态度至关重要。他这样，大家全都摸不清头脑，等会儿两家辩起来，他们应该拿出什么态度、站在哪一边呢？

李端却心中一松。至少，裴宴没有很明显地站在郁家那一边。

他没等郁家说话就首先发难，态度温和地道："想必这就是郁秀才说的两个人证了。的确出乎我所料。这两个人曾经得我家庇护，后来官府来查的时候，才知道原来是从福建那边流窜过来的海盗。后来田庄把这些流民都放了，这两人还曾经想勒索我，没想到却做了郁家的证人。"

言下之意，是指这两个原本就是苟且之人，为了钱甚至可以打他们恩人的主意，来做证人根本不可信，而且特意点出郁文是秀才的功名，也是想以他自己的功名压郁文一头，让大家先入为主，觉得他的话更可信一些。

在刚才和李端的交锋中郁文已经认识到了李端的狡猾，此刻听他这么一说，更是脸色铁青。好在他也不是没有见识的，没有因为李端三言两语就浮躁起来，而是沉声道："这两个流民是不是流寇，还待官府查证，李家大公子此时就盖棺定论，未免太早了些。"

李端称他为秀才，他就称李端为李家大公子，以年纪和辈分压制李端，这也是刚才郁棠提醒他的。

"但当时卫家有人看到去找卫小山的就是这两人。这两人也承认自己是奉了李家之命，以卫小山发小的名义将卫小山叫出来，然后骗至卫家后面的小河里溺死，再将尸身丢至卫小山常去摸鱼的那条河里的。我想，总不至于有人会乱往自己身上安个杀人的罪名吧！"

"郁秀才此言差矣！"李端说着，看了因绷着张脸，带着几分毫不掩饰的怒意，却更显灼灼艳丽的郁棠一眼，道，"原本就是亡命之徒，多桩命案和少桩命案有什么关系？谁到了生死关头，都会想着先保住性命。这两人的话怎么能信？"

他没有想到郁家小姐也会来。打扮成一个小厮，可那光洁的额头，如同倒映着星辰般明亮的眼睛,怎么也挡不住她的光彩。

他并不想和郁家变成这个样子。可有些事情,就是孽缘。此时不碾压,就永远不可能掌控。

这样的美貌,他从来没有见过。从眼睛中生出来的俏皮,灵动闪烁,让人不由自主地想去探知是怎样的一个人,才能拥有这样的眼神,这样的目光。

李端飞快地睃了裴宴一眼。他有点担心裴宴……会发现郁家小姐的美,会因此偏心郁家,甚至是,会因此生出什么不好的念头来。郁家小姐这样也好,安全!他脑子飞快地转着,再次把注意力放到了郁文的身上。

郁文面如锅底,道:"照李家大公子的意思,亲眼所见,亲耳所听也都未必是真的,那不知道怎么才算是真的呢?"

李端有点意外。他以为郁文会继续和他争论两个流民的证词,郁文却把这个球踢到了他这边。难道他们还有什么人证或是物证不成?

李端心里多了几分慎重,面上却不显,笑道:"我只是想不出我们家为何一定要害卫家二公子的性命。"

郁文欲言又止。

李端却在他之前抢着开口道:"我知道,你们是觉得我们家想求娶郁小姐,怕郁小姐和卫家结亲,所以才杀了卫家二公子。可郁秀才,你不觉得这种说法非常荒谬吗?卫家二公子,那可是一条性命,不是什么小猫小狗,我家是想求娶郁小姐,又不是想和郁家结仇!我们家就算是强求,也应该是想办法雇几个小混混去打扰郁小姐,然后安排我阿弟去英雄救美,既得了郁小姐的感激,又能成了这门亲事。是,郁家小姐之前被小混混骚扰,就是我们家无奈之下做出来的,这个我承认。可指使流民杀了卫家二公子,我们家却不能背这个黑锅!"

大家还不知道有这件事。李端的话音刚落,众人不由开始交头接耳地低声议论起来。

"居然还有这种事!"

"李家也太……太想结这门亲事了。"

"郁小姐看样子真如传闻中所说的那样漂亮了!"

纷至沓来的声音,让郁文气得说不出话来,更是让郁远腾地一下子站了起来,握着拳头就朝李端走去。

梦中,郁远也曾揍过李端一顿。李端狡猾,当着众人的面手都不还一下,大家都称赞李端有气度。可私底下,李端却派了人去套郁远的麻袋,还是小梅溪卖水梨的阿六无意间知道后给郁远报信,郁远才逃过了一劫。郁棠也是从那个时候开始怀疑起李家,怀疑起李端来。

郁棠上前,一把就拽住了郁远,压低了嗓子道:"阿兄,冲动是解决不了任何问题的。我们既然来和李家说理,我就不可能把自己摘干净了,从今以后也不可能名声无瑕。可这些，相比起卫家二公子的性命，都不是事。我们今天来，是要为二公子伸冤的，你不可因小失大。"

卫老爷就坐在他们前面，把这番话听得一清二楚。他顿时老泪纵横，觉得若是过两三年郁棠的婚事还没有着落，就让卫小川娶了郁棠。总之，不能让郁棠这么好的姑娘随便找个人入赘就算了。

支着耳朵的裴宴坐得有些远，没听清楚郁棠说了些什么，却觉得郁家小姐肯定又给家里人出了什么主意。看她神色平静，李端的话显然并没有刺激到她。要么是她有这样的胸襟气度，要么就是早想好了对策。但不管是前者还是后者，女子能做到这一步，都令人敬佩。

他突然间很想知道郁家小姐到底是怎样一个女子。她到底经历了什么事，才如鱼目变珍珠，有了自己独有的光芒。裴宴突然很想知道郁家接下来会说些什么，做些什么。而郁家，或者应该说是郁棠，并没有让他失望。

他看见郁棠整了整衣襟，身姿如松，镇定从容地从卫老爷身后走了出来，站到了李端的面前。

李端讶然。

小声议论着的乡绅们更是集体失声，从最初的诧异，到猜出郁棠身份之后的恍然大悟、饶有兴趣，直至一个个静默如禅，目光炯炯地望着她，等候着她开口说话，也不过几口茶的工夫。

这比郁棠预想的要好。至少这些乡绅们没有立刻嚷出她是谁，觉得她一个女子不应该站在这里说话。

郁棠又多了几分信心，原本就灿若星光的眸子更是熠熠生辉，显得更为璀璨了。

"李家大公子，"她声音文雅，神态娴静，看李端的目光如朋友般亲切，不急不躁地先大胆地介绍了自己，"我是郁氏。不知道李家大公子是否认识我？"

李端做梦也没想到郁棠会亲自出面。郁家为什么没有人阻止她？她知不知道自己这么做会有什么后果？别的不说，一个悍妇的名声是跑不掉的了。

李端的脑子有点转不过来，木然地应了声"认识"。

郁棠微微一笑，道："我要是没有听错，你刚才的意思，是承认在郁家庄子上纠缠我的那些混混，是你们家指使的了？"

这已是不争的事实。若是利用得当，就如同文君沽酒一样，在文人骚客中是件美事，不会影响到李家和李竣的名声。

李端承认了。

## 第十七章 博弈

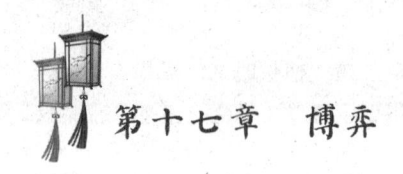

李端目中含笑地望着郁棠道:"这件事是我母亲不对。不过,还请郁小姐原谅,不管是哪位母亲,在保护自己孩子的时候都不免会做几件蠢事。好在家母的初衷并不是想伤害郁小姐,我阿弟当时听说郁小姐可能有难,还曾和同伴一起去营救郁小姐。说起来,我阿弟也是受害者啊!"

那些乡绅个个都是人精,闻言一想就知道了这其中的蹊跷,不由得都笑了起来。

裴宴没想到这件事是李竣的母亲林氏安排的。他不由打量了李竣一眼。

只见李竣正瞪大了一双眼睛看着郁棠,嘴角翕合,好像有很多的话要对郁棠说,又不知道说什么好,最终化成了一抹黯然的悲伤。

他朝郁棠望去。郁棠目光平淡地看着李端,无悲无喜,眼角的余光都没有扫李竣一下。可见并不十分待见李竣。

裴宴在心里暗暗称奇。看这模样,他敢肯定,李竣是喜欢郁小姐的,而且到了现在还很喜欢。郁小姐主动撩拨李竣在前,为何现在又对他不屑一顾了呢?看样子,也不像是喜欢李端的样子。至少面对李端的时候,他看不出郁小姐对李端有什么情愫。难道是他眼拙?他在这方面向来不太敏锐。

当初周子衿和那个什么庵的住持有私情,他陪着去吃了好几回茶都没有看出来,还是周夫人带着人去棒打鸳鸯他才知道的。

裴宴不由摸了摸鼻子。

还有那个叫卫小山的卫家二小子,看得出来,郁小姐是真心在为他出头,甚至不顾自己的名誉,抛头露面也要和李端对质。

这位郁小姐,可真是有意思啊!

这么多人,兜兜转转的,她居然还有自己的立场。

生平第一次,有人让裴宴看不透了。

但郁小姐这样不行啊,就算是李端承认了绑架事件是李家做的,却把这件事推到了他母亲林氏的身上。女人嘛,头发长见识短,突然冲动起来做件让人目瞪口呆的事,也是常有的,为此盯着李家不放可不行。

要是他,既然把话引到了这件事上,就从另一个方面做文章,质问李家出了这种事,准备怎样善后,怎么着也要把两家姻缘上的关系彻底地斩断了,让李家再也不能利用这件事和郁家结亲。

那他要不要提醒郁小姐一声呢？这个念头在裴宴的脑海里一闪而过就被他否定了。现在他也不知道郁小姐要干什么，虽然她看着是在为卫小山出头，若实则是想嫁给李端呢？他最看不清这种男男女女的事了，还是别弄得里外不是人了。不过，如果郁小姐真的想嫁给李端，他倒可以帮个忙。到时候李家和顾家退了亲，顾昶的脸色一定很难看。

裴宴嘴角微翘，就听见郁棠道："李夫人虽说是一时糊涂，但如今是李大公子掌家，李夫人做出这样的事来，我们家是断然不可能再和李家结亲了，想必在座的各位和李大公子将心比心，也能理解我们郁家的愤然。"

裴宴一下子就坐直了身子。没想到，这位郁小姐真的要和李家划清界限啊！他又看错了！裴宴低头抿茶，掩饰着自己的不自在。

在座的乡绅们则嗡嗡地议论起来，而受了郁文委托的吴老爷更是顺势直言道："嗯，郁小姐言之有理。若是我家闺女遇到这样的事，虽然是一片好心，可到底在心里有了芥蒂，于礼法不合，两家是无论如何也不会结亲的。"说完，他哈哈大笑了两声，道："好在是郁家要留了郁小姐招赘，李家二公子又一表人才，才学出众，我要是李老爷，也舍不得把养了这么大的儿子送给别人。冤家宜解不宜结，我看这件事就这样算了，大家一笑泯恩怨好了，您说呢，裴三老爷？"

裴宴抬头望向郁棠。郁棠也正望向他。

她星光璀璨般的眸子此时透露出些许的紧张，全神贯注地注视着他，眼睛都不眨一下，仿佛怕眨了一下眼睛，就会遗漏了他的表情，让她来不及应对，让事情朝着对她不利的方向发展。而她微微向前倾斜的身形，又带着几分哀求、期盼的味道，好像他的决定对她是如此重要，能影响她的生死，影响她的未来，影响她的人生似的。

啧啧啧，这位郁小姐可真是一人千面，需要的时候，能让他看着都心软，何况是李竣那小子。

裴宴不自在地又喝了口茶，看向李端。

到底年轻，还没能完全藏得住七情六欲，李端的脸色有些难看，显然不喜吴老爷的话。

这么说来，不是郁小姐想纠缠李家，而是李家到了这个时候还想打郁小姐的主意！

有趣，有趣！裴宴想到顾昶那张温和的面孔，心情越发愉悦了。

他道："文人骚客的佳话，通常都于礼教不合。偶尔出来一件，两情相悦也就罢了，还是不要让世人有样学样的好。"这就是反对李家再在婚事上和郁家纠缠不清了。

郁棠长长地松了口气。

她早打定了主意要说服裴三老爷站在自己这边的，没想到裴三老爷并没有要她多说一句话就以"于礼教不合"帮了她一把。

裴三老爷看样子真如梦中她了解的那样，虽然不太管事，可关键的时候，却是能帮人，愿意帮人的人。郁棠感激地望了一眼裴宴。那眼眸，含着些许的水光，在大厅明亮的光线下，犹如阳光照射过水面，粼粼波光，潋滟生辉。

裴宴一愣。

郁棠已身姿轻盈地屈膝朝着他行了个福礼，感激涕零地道了声"多谢三老爷"。声音清脆悦耳如玉石相击。

裴宴顿时想到了在昭明寺的悟道松旁，郁小姐好像也是这般风姿绰约朝着李竣道谢的。他脸色有点黑。觉得自己好像和李竣沦为了一道……

郁棠却在心里嘀咕。裴三老爷可真是喜怒无常啊！刚才还和颜悦色地帮她的忙，转眼间脸就变了。她可不想因裴宴的阴晴不定出现什么变故，做出对她不利的事来。郁棠也顾不得什么，事情好不容易走到这一步了，就算是冒险，她也得火中取栗，把这件事确定下来。

"李家二公子，"她笑着看向李竣，温声地道，"想必您也同意裴三老爷的意见了！"

这还是那天李竣在青竹巷口拦了郁棠的轿子之后，郁棠第一次把目光落在他的身上，也是第一次和他说话。

李竣神色苦涩，更多的却是愧疚。他知道郁棠这是要和他划清界限，可他能不同意吗？原本就是他对不起她了，难道还要把她拉扯着不放吗？这是他离开青竹巷时就有的觉悟，此时不过是明明白白、清清楚楚地说出来罢了。

李端看着却急得不得了，没等李竣说话，就上前拉了李竣的衣袖。这孩子，怎么这么傻。追姑娘家，若是要脸皮，就成不了事。娶郁小姐过门，可不是他一个人的事，是他阿爹决定的。这可关系到李家未来的前程。唯一的意外是他们没有想到李竣会真的倾心于郁小姐。

"裴三老爷……"李端道，只是话还没有说完，却被李竣甩手，打落了李端抓着他衣角的手，并抢在李端之前道："郁小姐，你说的有道理。这件事的确是于礼不合，是我失礼了。"说完，他给郁棠赔罪地行了个揖礼。

"阿弟！"李端皱眉。

郁棠却觉得心中一轻。

李竣，那个鲜衣怒马的少年，到底还是有几分底线的，没有坏到无可救药。投之桃李，报之琼瑶。她会想办法救他一命的。

郁棠望向了李端，眼底闪过一丝冰冷。就算绑架的事是林氏的主意，若是没有李端，林氏能成事吗？不管梦中还是现在，李端就没有清清爽爽地站起来承认的时候。

她道："李家大公子，你看，大家都知道你家做出这样的事之后，我们两家是不可能再结亲了，就是李家二公子，也觉得这件事不妥当。所以说，我们家当初拒婚的时候，你们已经是没有办法了，对吗？"

李端心里是赞同这种说法的，但他没有说话。上次，他就是答得太急了，让郁小姐钻到了空子，把两家结亲的可能性完全斩断了。可见他小瞧了郁小姐。他就应该知道，郁家敢任凭郁小姐和他对峙，郁小姐就应该有自己的过人之处。以后，郁小姐说什么他得好好想想才能回答。

让他意外的，还有裴宴的态度。

他知道郁家和裴家的关系不错。他来之前，曾想过是不是提前拜访拜访裴宴，但他又担心因为他的提前拜访让裴宴误会他们家在这件事上理亏，从而影响裴宴对他的印象——裴宴的师座和同门太厉害了，而且个个都占据要职，他怕有一天会求到裴宴。可现在看来，这件事他恐怕又做错了。郁家能请裴宴做中间人，多半是已经说服了裴宴，让裴宴对李家先入为主了。要打破这个僵局，他得更加小心。

"郁小姐，话也不能这么说。"李端笑得如沐春风，丝毫看不出心中的慌乱，道，"精诚所至，金石为开。我们家始终是想和郁家结亲的，不会做出那般自毁长城之事。"

郁棠也笑，笑得温婉而又谦和："可事实是，我们家一心要为我招赘，你们家一心想要我嫁入李家，两家都不愿意退让，令堂因此做了糊涂事。我没有说错吧？"

郁棠被绑架，救她的人是裴宴。而李端在来之前就曾经和他父亲留在家里的清客仔细地讨论过了，绑架的事是抹不掉的，而且容易节外生枝，当务之急是无论如何都要否认杀死卫小山的事，否则就算李家是官宦之家，也有可能会被要求杀人偿命，到时候谁去背这个锅呢？

李端想了想，觉得郁棠这话没有问题，遂笑道："郁小姐，这件事是我们家做得不对，只是'天下无不是的父母'，还请郁小姐不要和家母计较。若是郁小姐还觉得生气，我愿意代表家母补偿郁家和郁小姐。"

话已至此，郁棠猜都能猜到他会说些什么。

"补偿就不必了。"她淡淡地道，"我们家不过是没有答应你们家的求婚，令堂就可以坏我的名声；而之前令堂三番两次地请了汤秀才的太太去我家说媒，却屡次被我家所拒，想必令堂也恼火得很。只是不知道令堂知道我们家有意和卫家议亲的时候，令堂又是怎么想的？又做了些什么呢？"

话终于绕到卫小山的事上来。在座的众人俱是心中一动，随后三三两两地小声耳语起来。原本觉得李家根本没有杀卫小山的动机，但现在听郁棠这么一说，还真有可能是李夫人干出来的事。

郁棠的话音没落，李端心里就咯噔一声，知道自己这次被郁棠抓住了把柄。他看一眼脸上纷纷露出恍然大悟神色的乡绅们，忙道："郁小姐此言差矣。我母亲虽然脾气有些急，却不可能干得出杀人的勾当。郁小姐说话要讲证据的，可别乱说。"说完，他朝裴宴望去。

裴宴之前还正襟端坐着，不知道什么时候已经左肘支在太师椅的扶手上，神色颇为悠然地坐在那里把玩着一件和田玉的貔貅，看不出喜怒。

李端有些着急，面上却不敢流露出分毫。

而郁棠已冷冷地道："怕是李大公子关心则乱。女儿家的名声如何要紧，李夫人难道不知道？她为了一己私利能让那些混混绑架我，这与杀人何异？李大公子怎么就敢保证令堂知道我们家准备招卫家二公子为婿，就不会恼羞成怒，从而做了类同于绑架我的事来呢？"

李端辩道："杀人和绑架怎能相提并论？"

郁棠咄咄逼人地道："有何区别？同样是指使人，同样是为达目的不择手段，对于安坐内宅的妇人来说，平日里能听见别人议论女子的清白，却未必会亲眼看见杀人，恐怕对于李夫人来说，坏人清白比杀人更能震慑人吧！难道我说得不对？或者是李夫人觉得女子的清白不重要？"

她的话如滴进油锅里的水，噼里啪啦地炸开了。那些乡绅纷纷议论起来："女子的清白自然是比生死更重要了！"

"李夫人就算是一时气恼，也不能这么做啊！"

"就是，就是。这件事做得太过分了。"

李端额头冒汗，忙道："郁小姐，家母绝对没有这个意思……"

"没有这个意思？"郁棠不依不饶，李家敢这么做，她今天就敢给李夫人盖这么一顶大帽子，让大家都知道，李夫人不是什么好东西，"没有这个意思就敢绑架我，若是有意思，岂不是还要杀人？"

李端被郁棠逼到了墙角，没有办法，只得向裴宴求助。

"裴三老爷，"他朝裴宴拱了拱手，"还请您帮着说句话。绑架郁小姐是我们家不对，可今天我们是来说卫家二公子被害之事的。若是郁小姐不满，等这件事了结了，我再单独上郁家给郁小姐赔礼。"

"单独赔礼就免了。"郁棠没等裴宴说话，就道，"没想到李家大公子的诡辩之术学得这么好。我们说东，你就说西。也好，绑架我的事，我们之后再说，现在，我们就来说说卫家二公子被害之事。"

说着，她指了那两个流民，道："我们家拿出人证来，你说我们家诬告你们家，你们家没有杀卫家二公子的必要；我指出你们家杀卫家二公子的缘由，你又要我拿出证据来。左说也是你们家有理，右说也是你们家有理。我倒想问问，是不是在现场撞破了杀人之事，你们家也会辩解说是与你们无关。李家大公子，我倒想问问，在你们李家人的眼中，怎样才能算得上被你们李家承认的人证？怎样才能算得上被你们李家承认的物证？我们家也好照着李家大公子的意思去找寻，免得李家大公子蹬鼻子上脸的，无论如何也不承认。"

裴宴摸了摸刚从腰间解下来的貔貅。他是知道郁家小姐伶牙俐齿的，可没有想到这么能说，这么敢说。她就不怕自己嫁不出去吗？

裴宴看向李端。

李端急了，道："郁小姐，这两人只要有钱收，是什么事都干得出来的，怎么能作为证人……"

郁棠打断了他的话，道："李大公子难道和这两个人打过交道？不然怎么知道他们只要有钱收，什么事都干得出来？李大公子刚才怎么又说这两人逃出了田庄之后就与你们家再无瓜葛了呢？"

李端道："郁小姐休要血口喷人。这两人一看就不是什么好货色，说出来的话自然不能作为证据。郁小姐不要为了把这锅给我们李家背，就什么话都说得出来。"

郁棠道："照你这么说，这件事完全是我无中生有了？奇了，我为何不说是王家干的，不说是孙家干的，偏偏说是你们李家干的呢？"

李端道："那是郁小姐误会我们李家与你们郁家有罅隙……"

"难道没有罅隙？"郁棠上前一步，再次言辞犀利地诘问，"你们李家一直试图左右我的婚事。卫家从不曾和人有过私怨，我们家这些年在临安也是与人为善，谁提起我们郁家不夸一声为人厚道，怎么就惹出这样的祸事来？不是你们家，还有谁家？"

李端被郁棠逼问得有些招架不住，道："郁小姐不能因此就认定这件事是我们李家做的！"

郁棠不齿地道："我就是认定是你们李家做的。李大公子既然说不是你们家做的，那就请你拿出证据来。总不能因为你的一句话，这件事就这样算了吧？天下哪有这样一味只要求别人不要求自己的事！"

让李家拿出证据来自证清白吗？李端再次朝裴宴望去。

裴宴不知道什么时候已换成了右胳膊支肘。他沉声道："可以！李公子既然说这件事与你们家无关，就拿出证据来。"

裴宴这是要向着郁家了？李端心中一沉，只得道："郁小姐，卫小山出事的那天晚上，李家并没有谁外出，也不曾去过田庄。特别是我母亲，陪嫁的铺子都是由我在管理，更不要说家中的庶务了。男女有别，她根本不可能认识这两个流民。"

郁棠再也忍不住，她不由语带讥讽，道："百善孝为先。我倒不知道，这么大的事，李大公子居然把令堂给牵扯了进来。难道李家不是李大公子在管理庶务吗？"

李端脸色一白。他作为儿子，不要说这件事不是林氏做的，就算是林氏做的，他也应该认下来才是。刚才他只想到为李家推托，却忘了最基本的孝道。

李端非常后悔，朝着左右飞快地睃了一眼。众人看他的目光果然都带着几分异样。李端在心里暗暗地骂了一句。今天临安城里有头有脸的人多半都在这里了，他要是表现不好，名声就全毁了，不要说做官了，就是在临安城也很难体体面面地做人了。

"郁小姐，"他斟酌道，"你不要强词夺理。我也只是回答你的话罢了。你口口声声说这件事与我母亲有关，我若是就这样不声不响的，岂不是任由你诋毁我母亲的名声。说到证据，既然郁小姐觉得这两个流民是证人，我倒想问问，这两个流民说是受了我家的指使，那就让这两个人把指使他们的人指出来。"

杀人害命的事，谁会亲自去指使人？

郁棠就知道会这样，所以才不愿意去报官府。

她扫了一眼坐在周围的乡绅。众人虽然都没有说话，但看李端的眼神却都带着几分审视。怀疑的种子已经种下来了。这就足够了。至于报仇，就这样放过李家的人，也太便宜他们了。郁棠在心里冷笑。

两个流民性子凶悍，被拎出来之后作死地直接想指认李端算了，可两人一抬头，看见郁棠冰冷的目光，打了个寒战。

来之前郁棠曾经反复地叮嘱他们，让他们无论什么事都要实话实说，不能夸大其词也不要自以为是。若是他们的证词被李端问出什么不妥之处来，李家让他们俩背锅的时候，郁家肯定袖手旁观，不会管的。若是他们能老老实实交代，郁家自会救他们两人一命。

兄弟俩站在厅堂的时候还不以为然，待看到郁棠舌战李端，把李端套到圈里去了，不禁对郁棠信心大增，决定还是站在郁棠这边。两人交换了个眼神，供认了指使他们的人是李家的大总管。

李端暗中吁了一口气，又隐隐觉得有些失望。若是这两个人供认是他指使的就好了。他大可把两个人问得说不出话来，让大家怀疑这两人是郁家花钱找来陷害李家的。可惜了。看着这么剽悍的两个人，行事却这般愚直。

"郁小姐。"李端待两人说完了话，立刻做出一副愧疚的模样，"这件事我还是第一次听说，我这就把大总管叫来问清楚了。"

像李家这样的人家，大总管通常都是家生子或是世仆，几辈人都在李家生活，儿女姻亲都在一个府第，是不可能自作主张的。就算是把人叫来了，李家的大总管也是不可能把李家的主子交代出来的。

大家心里都有本账。卫小山就是李家杀的。虽然不能现在就惩戒真凶，但事情已经真相大白。

卫老爷泪如雨下。众乡绅看着，没有一个心里不难受的。

养那么大的儿子，好不容易就要成家立业了，就这样没了，还没办法申冤，任谁也受不了。

吴老爷起身拍了拍卫老爷的肩膀，道了声"节哀顺变"。其他的乡绅也都纷纷上前安慰卫老爷。

卫老爷红着眼睛向诸位道谢:"今天多谢你们能来!"

吴老爷一直找机会想和裴宴搭上话,闻言立刻道:"我们算什么,还得谢谢裴三老爷,要不是他老人家,我们也不可能聚在一起。"

老人家……郁棠没能忍住地嘴角轻撇。

裴宴斜睨了郁棠一眼。她这是什么意思?难道这件事不应该感谢他吗?他要是不出面,他们郁家有话能说得清楚吗?

想到这里,裴宴索性点了一直都没有吭声的李家宗房的十二叔公:"事已至此,您可有什么话要说?"

李氏宗房的十二叔公已是耳顺之年,不知道是保养得不好还是人生得苍老,头发已经全白,脸上满是皱纹,一双眼睛浑浊不清,如同一块朽木,不知道什么时候就会崩析似的。

他自进了裴家的厅堂就双眼半闭,没有说过一句话,好像厅上发生的事都与他无关。

此时被裴宴点了名,他这才睁开了眼睛,慢吞吞地欠了欠身,道:"裴三老爷,我是个半聋半哑之人,能听得个大概就不错了,还能有什么好说的。这件事该怎么处置,还是听李端的吧!"言下之意,是他管不了,李端怎么说他就怎么办。

宗房的被旁支这样拿捏,众人又想到刚才在裴府外面,李端兄弟一马当先,李家宗房的在后面气喘吁吁地追上来,心里不免都有些不舒服。

要知道,坐在这里的乡绅很多就是各家的宗房。李端这样,无疑是触犯了大家的利益。众乡绅脸色都有些不好看,觉得李端这房对宗房也太怠慢了些。

李端则在心里把李和父子大骂了一顿。

因他们这一房的崛起,宗房一直以来都有些阴阳怪气的。这次来裴府,他们根本就没有通知宗房,就是怕宗房不仅不给他们帮忙还拖后腿。他们甚至还防着有人给宗房报信,让人守在宗房那边,准备着若是宗房这边知道了,他们就想个办法阻止,谁知道宗房在最后关头还是赶了过来。也不知道是谁给他们报的信,宗房也果如他们所料,不做一点好事。

李端心中有气,面上却不能显露半点,反而恭敬地道:"十二叔公这么说可折杀我了。家父不在,我年纪又轻,若是有什么做得不对的地方,还得十二叔公提点,我怎么敢自己拿主意呢?这件事还得听您的。"

他就不相信了,十二叔公敢在这个时候和他们这一房翻脸。李家若没有他们这一房在,什么人丁税赋,都别想讨了好去。李氏宗房也的确不敢和李端这一房翻脸,他们心中对李端这一房再不满,最多也就挤对几句,要是真的不管李端这一房,不仅失了宗房的气度,而且还会影响家族的利益。宗房也就只能点到为止。

听李端这么说,十二叔公只得站出来道:"我们李家向来家风清正,李意这些年来也算教子有方。郁家和卫家不可能无缘无故地冤枉李家,李家也不可能因为一桩儿女婚事就去杀人。可见李端府上的这位大总管才是关键。虽说自古就有程婴救孤的事，可也有吕布弑主之事，可见这世间的事也不能一概而论。至于说李端府上的大总管为何会做出这样的事来，还请裴三老爷和郁老爷、卫老爷给我们李家一个面子，现在就先不要再追究了。等我写信给李意，让他给两家一个交代，诸位觉得如何？"

他说完，站起来团团行了个揖礼，低声道："需要怎样补偿，我们李家绝无二话。"

反正落到实处就该李意去伤脑筋，他又何必去做这坏人。郁家和卫家当然不满意，可不满意又能如何？除非李端家的大总管能当场噬主，咬李端一口。但那是不可能的。李端家的大总管把这件事认下来，可能会丢了性命，却能保全自己一家在李府好好地活着。如果这时候供出李家是背后的指使，不仅他要丢性命，可能全家人的性命都保不住。这个账谁都会算。这也是郁棠宁愿来找裴家评理也不愿意和李家打官司的原因。

可让郁家和卫家就这样算了，也是不可能的。

至少在来之前，郁棠就多次和父亲、兄长商量过，如果事情发展到了这一步，他们该怎么办。郁文刚开始对郁棠的主意还有些犹豫，后来和卫老爷父子一商量，卫老爷父子都觉得郁棠的这个主意可行，他也就没有什么好顾忌的。听李氏宗房的十二叔公这么一说，他和卫老爷交换了一个眼神，然后两人一起站了起来，由郁文代表两家道："既然如此，我们郁家和卫家也不是不讲道理的人。主辱仆死，仆人做错了，主人也应该有责任。我们希望李家能郑重地给我们两家道歉——李家大公子披麻戴孝，到昭明寺给卫小山做三天的法事；林夫人则亲自到郁家大门口给我们郁家磕三个响头。"

什么？！众人愕然。

李端更是脸色铁青，抑制住心中的惊讶，喝道："你说什么？"

郁文却早就料到了。

他开始听郁棠这么说的时候，还不是像众人一样，觉得不可能。可最终，事情还是朝着对他们郁家和卫家有利的一面在进行。

他镇定从容地把郁、卫两家的要求又重复了一遍："李家大公子身披孝衣，到昭明寺给卫小山做三天的法事；林夫人则亲自到郁家大门口给我们郁家磕三个响头。"

"不可能！"李端想也没想地道，眼中流露出掩饰不住的愤怒。

他们还以为李家真的没有办法了不成？

否则郁、卫两家怎么不去告官！

他不过是不想得罪裴家罢了。

郁、卫两家都是不知道天高地厚的，居然想让他母亲到郁家的大门口给郁家磕三个响头！他母亲是什么人？堂堂四品孺人，李家的主母，当着全临安城的人给郁家磕头，以后还要不要做人了！

裴宴也难以压制心底的诧异。这种近乎于羞辱人的事，多半是内宅女人才能想得出来的。应该是郁小姐的主意。也不知道她是怎么想的。做三天道场还好说，让李夫人这样地赔礼，等于是把李家的脸面丢在地上踩，李家估计宁愿去打官司也不会答应的。与其为脸面上的事争一口气，还不如让李家赔点银子什么的更能达到目的。

裴宴朝郁棠望去，却看见郁棠老神在在，仿佛一切都在她的预料之中一般。

裴宴不由摩挲着手中的貔貅，貔貅表面凹凹凸凸的花纹已被他盘得起了包浆，不显尖锐，只余圆润。

这一刻，他非常好奇，郁棠是怎么想的？她接下来又准备怎么做？

郁棠没有让他失望。她上前几步，对李端道："不可能？是哪一件事不可能？李大公子又为什么觉得不可能？"

刚才郁棠已经出尽了风头，木秀于林，风必摧之。郁文不想让郁棠再抛头露面了，他轻轻地咳了一声，示意郁棠不要说话，有他出面就好了。

郁棠却觉得，像这种如同买小菜似的扯皮筋的事，她出面比父亲出面更好，让大家看看李端这个读书的君子是怎样和一个小姑娘家计较的。

她手伸到背后，朝着父亲摆了摆，继续对李端道："是不愿意向我们两家道歉，还是觉得我们提出来的条件太苛刻？我们两家，一家没了儿子，一家没了清白，难道这都不值得你们李家给我们一个交代？"

郁文不好当着众人的面让郁棠没脸，心里虽然着急，也只能看着郁棠和李端争执。

郁棠清脆悦耳的声音让李端心中一个激灵，理智终于有所回笼。

郁家显然有备而来，他若是不能冷静对待，还可能让自己陷入到更大的坑里去。

"郁小姐，我诚心而来，是来解决问题的，是来给你们家赔礼的，"他肃然地道，"而不是来受你侮辱的。让我母亲当着众人的面在你们郁家的大门口给你们郁家磕头赔礼，杀人不过头点地，你们是不是太过分了？"

郁棠冷笑，道："这样说来，李大公子觉得披麻戴孝在昭明寺给卫家二公子做三天法事，不算辱没你了？"

李端当然也不愿意。但比起让他母亲磕头这件事，做法事更能让他接受；而且，他这样大张旗鼓地给卫家赔礼，别人只会觉得他宅心仁厚，虚怀若谷，有大家风范，不仅不会辱没他的名声，还会对他的名声有利。难道这才是郁、卫两家的目的？提出两种解决方式，对比之下，让他下意识地选择更容易接受的那一种解决方式。郁、卫两家只是想让他给卫小山披麻戴孝？只是不知道这是郁文的主意还是郁小姐的主意。

李端仔细地打量郁棠。中等个子，穿了件半新不旧、颜色黯淡的细布青衣，乌黑亮泽的青丝绾在头顶，梳了个道髻，不男不女的打扮却难掩其如雪的肌肤、玲珑的曲线，冷淡的神色也难掩其眉眼的温婉和潋滟。这件事应该不是她的主意吧！她是个如此漂亮的女子，怎么会有那么多的鬼心思。应该是她父亲为了让大家可怜他们家，特意让她出面的。

李端心中微安，索性道："郁小姐，家仆无德，我给卫小山披麻戴孝可以，但家母一内宅妇人，让她在你们家大门口给你们家磕响头，这不行！"

裴宴竖起了耳朵。他也觉得让李端披麻戴孝才是郁、卫两家的目的。现在看来，郁家的目的已经达到了。但他觉得，郁家不可能只提这一个条件。接下来就看郁棠会再提一个什么样的条件，李家又会怎样应对了。

谁知道这次郁棠却让裴宴失望了。

她突然间像榆木疙瘩似的，开始认死理："那你们指使小混混绑架我的事又怎么算呢？难道刚才李大公子说的都是假的，在李夫人心目中，毁人清白不算什么？"

李端有些不耐烦起来。总说这些有什么用？就算是女眷犯了罪，寻常人家也不可能让女眷去上公堂对簿，何况是像郁棠所说的那样去给郁家赔礼道歉。郁家提出这样的要求，分明就是想为难他们家。不，也许是想为接下来的事讲条件。

李端想到之前郁棠这么说的时候那些乡绅在议论中流露出来的对他母亲的不满，他觉得让郁棠继续这么说下去，只会让她牵着鼻子走，他得想办法掌握主动权，抢先一步才行。

"郁小姐，"李端干脆地道，"让家母去你们家大门口给你们家磕头赔礼是不可能的。我们再争执下去也不会有什么结果。"说到这里，他望向郁文，道："郁老爷，将心比心，如果犯错的是您的妻女，您会同意让她们出面受罚吗？我们与其因为这件事在此僵持不下，不妨由裴家三老爷做中间人，商量个大家都能接受的赔偿方式。诸位长辈，你们说我说得有道理吗？"

说完，他朝着在座的诸位乡绅行了个揖礼。

众人纷纷点头。

郁文和卫老爷交换着眼神，两人面上都露出不甘却又无可奈何的表情。

郁棠却不像之前表现的那样冷静睿智、机敏聪慧，好像长时间的忍耐之后终于绷不住，流露出真实的性子来。

她嚷道："阿爹，这件事不能就这样算了。难道他们李家的颜面是颜面，我们郁家的颜面就不是颜面吗？您要是今天不答应让李夫人亲自去我们家赔罪，我就一头撞死在这里。反正过了今天这件事也会闹得尽人皆知，我活着还不如死了干净，免得以后的几十年都被人指指点点，不仅是我，就是我们家的子孙后代也会像我一样抬不起头来做人。"

这话说得就有点任性了。

几位乡绅人人侧目，却没有一个出面劝阻的。因为郁棠的话仔细一想，也有点道理。

这可怎么办呢？众人的目光不由都落在了裴宴的身上。

裴宴看向郁棠的目光中闪过一丝狐疑。这位郁小姐怎么时时刻刻都要闹出点让他看不清楚、看不明白的事出来呢！先前就暂且不提了，就拿今天的事来说，一开始机智狡黠，处处透露着心机，步步为营，把李端打得个措手不及，眼看着胜利就在前面了，她又突然章法全无似的，不管不顾地只图自己痛快了，想怎么说就怎么说，其他都全然不管了。怎么看怎么不对啊！到底之前的她是真实的她呢，还是此时的她才是真实的她呢？

裴宴觉得自己还是大意了。这就是不了解当事人的尴尬。早知如此，他之前就应该多了解一下郁小姐的。不过，郁小姐千变万化，他就算肤浅地了解了一下郁小姐，估计也不知道郁小姐下一次见面又会变成怎样的人。总的来说，还是因为男女有别，他不好探郁小姐的底。

裴宴想到几次遇到郁棠之后他猜错的那些事，直觉告诉他，他在决定之前最好还是再仔细观察观察再说，不然就会像从前那样，立刻让他掉坑里。

他不急不缓地喝了口茶，两边打着太极："郁小姐说得有道理，可让李夫人亲自去郁家门口磕头，这也不太好。"他把球推到了李氏宗房那边，道："李家十二叔公，您说呢？"

李家十二叔公像蜡烛似的，不点不亮，闻言道："我们李家以裴三老爷马首是瞻，一切都听您的。"又把球推了回去。

裴宴微微地笑了笑，道："我也只是做个中间人，郁、李两家都觉得好就行。既然李家觉得怎样都行，那我就只好问问郁老爷的意思了。"

谁知道郁棠没有等她父亲开口，就不满地道："阿爹，我不同意。李夫人必须给我们家道歉。"

郁文欲言又止。像个无度溺爱女儿的父亲，明明知道不对却也不好当着众人的面反对女儿。

而李端也觉得心里很是不满。什么叫做"李家觉得怎样都行"？

李端明显地感觉到裴宴这是要帮郁家。难道郁家在裴宴面前搬弄了什么是非？

李端怒视着郁棠，道："郁小姐，一码事归一码事，道歉可以，却不能让我母亲一个内宅女子抛头露面。"

郁棠毫不示弱地瞪了回去，道："在我看来，这就是一码事。道歉，就要拿出诚意来。"

两人剑拔弩张，谁也不退让，虽只是对峙而立，却让人感受到火光四溅。

在座的诸位乡绅不管心里向着谁，在裴宴没有说话之前，都不会轻易地表明立场。裴宴不说话，他们也只当看戏，一个个都默不作声。

一时间，大厅陷入了诡异的沉默，静悄悄的，只能听见窗外风吹过树梢的簌簌声。

吴老爷不免有些心急。在他看来，这件事是郁棠做得有些过分了，但更过分的是郁文。孩子不懂事，难道大人也不懂事？这个时候，就应该由大人来收拾残局才是。总不能就这样任由自家女儿和李家大公子这样互不相让下去吧？就算是要退一步，也得有个台阶才行。

吴老爷就寻思着自己要不要出头做这个恶人，结果他耳边却突然传来一个弱弱的声音："郁，郁小姐，我代替我母亲去给你们家道歉，你，你觉得行吗？"说话的是一直都没有什么存在感的李竣。

大家的视线全都循声望去。

李竣可能没有想到会这样，众目睽睽之下，他脸色更苍白了，还瑟缩了一下，但他很快就振作起来，鼓足勇气般地挺直了腰身，还上前走了两步，来到了众人面前，再次低声道："郁小姐被绑架，全因我而起。若是论起来，错全在我。家母爱子心切，我不敢请郁小姐原谅她，但我为人子，却不能看着母亲受辱而无动于衷。郁小姐，请您同意由我代替我母亲到贵府门前磕头赔礼。"说着，他深深地朝着郁棠行了一个揖礼。

如果说之前他说话中还显露着犹豫和胆怯，此时，他不仅话说得清晰明了，更是表达出一种一往无前的勇气。

吴老爷不由在心里给李竣喝了一声彩。虽说之前李竣一直没有吭声，可在这个时候他能站出来，就说明他是个有孝心，有责任心，有担当的男儿。吴老爷不停地颔首。

其他的乡绅大都和吴老爷的感觉差不多，均微笑地望着李竣，微微点头。

郁棠不屑地轻"哼"了一声，看也没看李竣一眼，反而是盯着李端的目光更为犀利了。

她讥讽地道："若是我不答应呢？"

李端在李竣站出来的时候心中一动，突然觉得这倒是个好主意。一来李家表现出了足够的诚意，二来李竣代母受过，于"孝"字上立得住，可以重新洗清李家的名声。

郁棠的反对则把他压制许久的暴虐一面给引诱了出来。

他大怒道："郁小姐，人在做，天在看，你给自己积点德。"

郁棠闻言却不屑一顾，"呵呵"冷笑数声，道："我刚刚也想说这句话。人在做，天在看。李大公子，你指责我的时候，别忘了摸摸自己的良心。我还以为你们家的男丁都死绝了，一个个就只会逞口舌之利……"

她的话还没有说完，李端就犹如晴天里被雷劈了一下，脑子里嗡嗡作响，半晌没有回过神来。他怎么没有想到！他怎么没有想到代他母亲去向郁家赔罪！要等到他阿弟站出来，说出这样一番至孝至诚的话来，他才反应过来。当朝几代的天子都是以"孝"治国的，他在这之前拒绝他母亲去给郁家道歉是没有什么问题的，可被李竣跳出来这么一搅和,他之前的举动就有点不够看了。据说裴家老太爷死的时候,裴宴伤心欲绝,不仅直接致仕,而且还在家中看不得任何带颜色的东西。裴宴会怎么看他?在座的这些乡绅会怎么看他?

李端有些慌。他忙四处打量。

裴宴面无表情地端坐在那里,好像还没有反应过来发生了什么事。

那些乡绅的脸上则流露出异样的神色。难道他们都觉得自己应该像李竣那样站出来替母受过?

李端心里更慌了。他不停地告诫自己,要冷静,要冷静,越是这个时候,越不能出错,越不能随意说话行事,被人再抓住什么把柄。

而裴宴呢,在李竣站出来的那一瞬间,就看穿了郁棠的心思。原来她是要陷李端于不孝啊!她的陷阱在这里等着李端。郁小姐这是要置李端于死地,也不知道郁小姐和这李端有什么生死之仇。他现在不想知道李端为什么这么傻,也不想知道那些乡绅是怎么想的,他只想知道,算计李家的事,郁小姐在其中起到了多大的作用。

郁棠呢,她的手紧紧地攥成了拳。他们以为她只是想让林氏受辱,不,她根本没有那样想。因为那远远不够,身体上的痛苦,怎么比得上精神上的绝望。她的报复才刚刚开始呢!

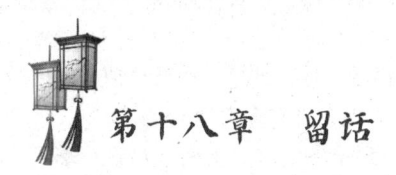

## 第十八章　留话

郁棠静静地站在那里,冷眼看李端回过神来,急切地补救着自己的过错:"阿弟,就算是代母亲去给郁家赔罪,也应该是由我这个做兄长的出面。这件事你不用管了,阿兄会处理好的。"

说完,他朝裴宴、十二叔公、郁文和卫老爷各行了一个礼,表情真挚、语气诚恳地道:"郁小姐说得有道理。是我行事有失偏颇,只想到我一家之难,却没有设身处地为郁小姐想过。你们看这样行不行?我先在昭明寺给卫家二公子做三天的法事,然后再代替家母去给郁家赔礼!"

他期待地看着郁文等人。

郁棠听着却在心里冷笑。

和她对峙的时候觉得是侮辱,等到李竣站出来之后又觉得是荣耀,世上哪有这么好的事！

在座的诸位知道李家这个道歉是他们郁家怎样艰难才争取到的，可外面到时候去看热闹的人却不知道，见李端跪在郁家大门口求他们家原谅时，还会认为是李端宅心仁厚，事母至孝，知道自家做错了，诚心赔礼呢！她做了这么多事，难道就是为了让李端在最后的时候摘桃子、扬名声、出风头？！就算是要去他们家跪，也得让李竣去跪才是。李端还真是狗改不了吃屎，梦中就干过不少这样的事。

郁棠上前一步，想要反对，却被她父亲一把拽住。

之前郁文之所以同意由郁棠出面，是因为郁棠要做的事他也没有把握；而且，郁棠心中有气，他也想让郁棠出了这口气，省得心中总是惦记着，以后成为女儿的心病。

现在，尘埃落定了，他不想女儿再继续抛头露面了。

若是因此让在座的这些乡绅对女儿有了不好的印象，就算他们家再怎么为难李家，再怎么惩罚李家，也不足以弥补女儿名声上的损失。

虽然女儿口口声声说不在乎，说做事就要置之死地而后生，可他心疼女儿，他怕女儿有个三长两短，他赌不起。

"阿棠！"郁文神色严肃，低声道，"这件事你不要再插手了，你得听我的。有什么事，阿爹会和李家交涉的。从现在开始，你就乖乖地给我待在阿远身后，就像你刚进来的时候一样。你听明白了吗？"

父亲难得用这样的口吻和她说话，郁棠立刻明白了父亲的决心。可她还是不甘心。

"阿爹，"她低声回着父亲，"要把不孝的帽子给他扣死了，不能让他去。"

"我知道。"若说从前郁文对李端有多欣赏，现在就有多失望。

李意不在家，李端又是能支应门庭的长子，若说李家做出来的这些事与李端没有丝毫的关系，任谁也不会相信。可李端却一边做坏事，一边要清名，就是那些青楼的姑娘们，也没几个敢这么做的。李端，不过是个伪君子罢了。

郁文安抚般地拍了拍女儿的肩膀，把女儿拦在了身后，朝着裴宴等人行了个礼，道："事出有因，不必眉毛胡子一把抓。卫家二公子之死才是主要的，也是我们今天来的主要目的。至于说给郁家道歉，只是顺带。不过，谁惹出来的事谁来收拾烂摊子。既然绑架之事是由李家二公子求凰心切引起来的，那就由李家二公子来解决吧！"言下之意，是让李竣去郁家赔礼。

郁文把话说得这样明白透彻，在座的没有一个不是长着七窍玲珑心的，哪里还听不出来。这正合裴宴的意。

李家在他们裴家的地盘上还敢收留那么多流民，没本事把事情兜住了不说，还把他们这些人当傻瓜，是得给李家一点教训才是。怎么给李家教训呢？那就从李家这位春风得意的长子开始吧！

裴宴喝了口茶，道："郁老爷言之有理。年轻人，谁能不犯错，可犯了错，能知道改，知道负责，则善莫大焉。李家二公子有这样的勇气和觉悟，我们这些做长辈的，不仅要维护还要鼓励才是。这件事，就这样定了。"

李端当然不满意，想说什么，可架不住他有个傻瓜兄弟。

李竣感激得眼眶湿润，恭敬地上前向裴宴深深地作了一揖，抬头时望向裴宴的目光已满是毅然："裴三老爷，十二叔公和叔父，我，我以后一定自省己身，端正做人，再也不会做出这种让家中长辈担忧的事了。"

李家宗房的十二叔公也是个人精，不然他也不会进门就像个哑巴了，见李竣把李端摆了一道，越看李竣就越觉得顺眼，对他说起话来自然也是一副慈爱的口吻："你也不要有什么负担。裴三老爷说得对，谁年轻的时候还不犯个错了，知道改正就行了。"随后他还帮着李竣向郁文和卫老爷求情，"您二位说呢？"

这件事是郁家的事，郁文都这么说了，卫老爷能有什么意见？他连连点头不说，还趁机抬举郁文："郁老爷也是这个意思，既然大家都想到一块儿去了，就像裴三老爷说的，这件事就这么定下来了。"

吴老爷看着则在心里摇头。李家的这位二公子，还真是个老实本分人，也算是歹竹出好笋了。

"理当如此，理当如此！"在座的乡绅们纷纷议论，更有想巴结奉承裴宴的，叮嘱李竣："这件事你要好好地谢谢裴三老爷才是。三老爷爱才惜才，才愿意这样地维护你，你以后可要循规蹈矩，不可辜负了三老爷的一片苦心。"

李竣连声称是。

李端却额头冒青筋，恨不得一把将这个阿弟给丢出去才好。小时候就知道李竣傻，可他没有想到李竣能傻到这个程度。不行，回去之后他就得跟他阿爹说，让他阿爹把李竣带到任上去，别在家里给他添乱了。

李端打定了主意，心里觉得好受了些，就听见郁文道："道歉的事解决了，可卫家二公子总不能就这样去了，我们是不是应该讨论一下怎样惩戒凶手？"

众人俱是一愣，你看看我，我看看你，面面相觑。这件事还没有完吗？那李家大总管不是已经给李家背锅了吗？郁家还要怎样？

吴老爷和郁家交好，他不知道郁文打的是什么主意，可这并不妨碍他给郁家帮腔。

他道："惠礼，你有什么话当着裴三老爷的面直说就是。什么事都是可以商量的嘛！就像刚才道歉的事，最后你们不也觉得让李家二公子代替李夫人去给你们家赔礼也是能接受的吗？"

李端闻言不由咬牙。这是他们商量出来的结果吗？这些乡绅为了巴结裴宴可真是不要脸。明明岁数上都可以做裴宴的爹了，在裴宴面前还一口一个三老爷，恨不得能巴着裴宴喊"兄弟"。

想到这些，李端心里就更不好受了。什么时候，他也能像裴宴这样，走到哪里都被人当成长辈，当成尊者……

郁文正等着这句话，也不客气，道："两个流民和李府的大总管交给官府按律处置，这也是我等黎民百姓应该遵守的律法。可这件事毕竟是李家督管不利，才令李家大总管狐假虎威到不知道天高地厚的程度，若是不严加惩戒，难保不会出现第二个李大总管。照我说，处置了大总管不说，就是大总管的家眷和三姑六舅也应该一并驱逐出府，以儆效尤才是。"

李端嘴角都气歪了。谁都知道李家的大总管是在为主子背锅，主子保不住他的命不说，还连他的家眷也保不住，那以后谁还敢给他们李家办事啊！这和让他娘去给郁家磕头赔礼有什么区别！郁家真是欺人太甚。真以为他们李家是怕了他们郁家不成？

一句"不行"还含在嘴里，李端的耳边就响起了裴宴那清冷如冰的声音："可行！一人犯事，阖府连坐。我朝律法也是如此。正好可以警告那些不守规矩的人，天子犯法，与庶民同罪，谁也不可侥幸逃脱！"

"裴三老爷！"李端的脸顿时黑如锅底，道，"此事有待商榷……"

只是没有等他把话说完，一直像影子般站在父亲身后的李和突然站了出来，呵斥李端道："还不闭嘴！裴三老爷听你说，那是虚怀若谷，看在你是小辈的分上。你别不知道轻重，乱了尊卑。这件事由我们宗房代表你们家应下了，你给我退下去，不许再胡言乱语。"

"和叔父。"李端当然不会把李和放在眼里，他大声道，"那些人都是世代在我们家为仆的，怎么能不问青红皂白就把人全都赶出府去……"

李和好不容易等到这个机会对李端发难，怎么会让李端就这样轻易地逃脱。

他大声道："李端，你难道想越过宗房去自己拿主意？"

李端很想说"是的"。可他不能说。宗嫡长幼，是祖宗家法，若是这都乱了，这天下也就乱了。他心里再不把宗房当回事，也不能大声地说出来。

李端只能憋屈地闭嘴，心里却盘算着裴家不可能拿着名册对着人清点他们家的仆人，等离开这里了，他自然能想办法为大总管开脱，为大总管的家眷开脱，犯不着在这个时候和这些人顶着干。

他心中微安。

裴宴已端了手中的茶碗，声音清正平和地道："承蒙众乡邻和郁、卫两家抬举，请了我做中间人。我的意思已经在这里了，至于李家是否遵守，我一不是父母官，二不是御察使，还得看李家的意思。今天的事就告一段落，我还在守孝，不方便请诸位吃酒，今天就不留大家了，等我出了服，再好好地请大家喝几盅，到时候还请大家不要嫌弃，拨冗前来。"这就是送客的意思了。

"裴三老爷言重了！"

"一定来，一定来！"

"那您先歇着，我们告辞了！"

众人纷纷起身。

裴宴也没有和他们客气，站起身来，就算是送客了。从前裴老太爷可都是把人亲自送到大门口的。

这些乡绅还有些不习惯，但看着裴宴年轻的面孔，想着他两榜进士的出身，又觉得这是理所当然的。

郁文和卫老爷专程给裴宴道过谢之后，也随着众人往外走，却被裴宴叫住："郁老爷，您请留步，我还有些小事想请教！"

众乡绅想到刚才裴宴明显地在维护郁家，再听到裴宴要单独留了郁文说话，看郁文的目光都不免带上了几分羡慕。

常言说得好，一朝天子一朝臣。这家族、地方也是一样。谁掌了权，总要用几个自己了解、熟悉或欣赏的人。裴宴刚刚接手裴家的宗主，因还在孝期，甚至没有大事地庆祝，加之裴宴从前为人倨傲，又不是长子，裴宴的大兄又是才德双全之人，谁也没有想到裴家的宗主之位会落到裴宴的头上，结果就是大家和裴宴都不是很熟悉，更不要说有什么交情了。如今个个都铆足了劲要想方设法地和裴宴搭上话，突然见郁文有了这样的机会，谁心里不是一动呢？

特别是吴老爷。他和郁家是邻居，这次又自觉帮了郁家不少忙。他又素来是个机敏百变之人，闻言立刻推了推郁文，并低声对郁文道："我和卫老爷带着孩子们在外面等你，你有什么事就知会一声。"

郁文却是一头雾水。

之前他为了陈氏的病倒是三番两次地想向裴宴道谢，可裴宴很明显就是不想理他，他如今觉得君子之交淡如水也好，裴宴却又当着这么多人的面把他给留下了。他倒不觉得裴宴是要向他示好，他觉得裴宴多半是因为郁、李两家之间的事有什么要交代他的。

因这件事从调查到拿人到请裴宴做中间人都是郁棠的主意，他不由就看了郁棠一眼。

郁棠也不知道裴宴葫芦里卖的是什么药，但裴宴当着这么多人的面请她父亲说话，于情于理他们都是不能驳了裴宴这个面子的。

她只好低声对父亲道："只要与刚才的事不相冲突的，您都只管应下就是了。裴三老爷对我们家，有大恩。"别的不说，她姆妈每个月还是搭着裴家大太太才能得了杨斗星诊的平安脉呢！

郁文一想，君子事无不可对人言，他们家又没有做错什么事，没什么不敢说的，顿觉心里无比坦荡。笑着给来做见证的诸位乡绅道了谢，叮嘱了郁棠和郁远几句"别乱跑"，又和卫老爷父子、吴老爷低语了几句"等我出来"之类的话，就留在了大厅。

裴宴一直注意着郁氏父女的动静，看到他留郁文说话，郁文还要看女儿一眼，他心里就有了一种不好的预感。可他的性格就是如此，只要是他不知道的事，一定要弄清楚了。不管郁氏父女有什么，他都不会就这样算了的。

他索性吩咐裴满："请吴老爷和卫老爷到旁边花厅喝茶，我们很快就说完了。"最后一句，是对郁棠等人说的。

吴老爷正愁没法搭上裴宴呢，听到这话就如同瞌睡的时候遇到人给递枕头，生怕郁棠和卫老爷等人不知道轻重，轻易就放弃了这次机会，不等卫老爷说话，忙朝着裴宴行了个礼，笑道："那就叨扰裴三老爷了。"

裴宴微微点头。吴老爷拉着卫老爷就出了大厅。

可大厅外面小桥流水，假山叠峦，触目皆景，一时间让人分不清东南西北，更别说裴宴所指的花厅在哪里了。

领路的小厮不由抿了嘴笑，语气却不失恭敬，道："两位老爷请随小的来。"

"哦，哦，哦！"吴老爷应着，整了整衣襟，觉得没有人发现自己刚才的窘态，这才率先走在了众人的前面，随着那小厮穿过一道弯弯曲曲的红漆长廊，走过一面花墙，到了个四面镶着彩色琉璃扇门的花厅前。

"天啊！"吴老爷看着眼睛都直了，"这，这得多少银子？"说完，又惊觉自己失态，忙对卫老爷解释道："这种彩色琉璃我见过，那还是在京城的官宦人家家里。上次我来裴府的时候这里好像还是糊着绢纱的，这次就改成了彩色琉璃。小小的一尺见方就要五十两银子，别说这么大一整块了，恐怕是有钱也难以买得到，这可比京城的那些官宦人家都要气派！"

卫老爷没有注意吴老爷的语无伦次，他还担心着郁文，但也被眼前看到的琉璃扇门给惊呆了。他一面打量着那些扇门，一面喃喃地道："这可真漂亮啊！整个临安城也是头一份了吧？瞧这上面画的，是喜上眉梢吧？还镶着金箔，这是怎么镶上去的？这工艺，是海外的吧？我还是第一次看见。"

郁棠和郁远、卫小元也被这些琉璃扇门给惊艳到了。

郁远和卫小元是因为第一次见到，郁棠则是想起了梦中的事。

李家参与海上生意发财之后，也曾像这样把花厅的扇门换成了彩色琉璃的。不过，李家不像裴家这个花厅，李家的花厅只镶了正面八扇；而裴家的这个花厅，四面全是扇门不说，而且东西两边各十二扇，南北两边各二十八扇……李家的扇门镶的是梅兰竹菊，裴家的扇门明显就复杂多了，除了花卉，还有些鸟兽。孔雀和仙鹤最多，那些羽毛，画工精湛，富丽华美，光线落在上面，熠熠生辉，仿若珍宝。

李家的扇门明显是画虎不成的模仿。就算是这样，林氏当时还曾得意扬扬地和家里的客人说："全是从海外弄回来的，比黄金还贵。专门找人定制的，不然你看到的就会全是些黄头发绿眼睛的番邦女人像，丑得要死。"

裴家这些扇门也是专门定制，然后从海外弄回来的吧！那裴家应该这个时候就已经开始和那些做海上生意的人有所来往了。至少，裴家是那些商户不小的客人。

郁棠有些意外。

带路的小厮不是第一次看见客人露出这样震惊的表情了。

他任由客人们打量着那些扇门，与有荣焉地道："这些都是我们三老爷带回来孝敬老太爷的。老太爷去了之后，三老爷原想把这些扇门都换成素白玻璃的。可我们家老安人说了，老太爷生前最喜欢在这里接待亲戚朋友了，三老爷要是孝顺，就应该把老太爷喜欢的东西保留下来。"说到这里，那小厮可能是想到了当时的情景，"扑哧"笑了一声才继续道："三老爷说，既然老太爷这么喜欢，那就给老太爷陪葬好了。老安人不答应，说三老爷这是和老太爷顶着干。老太爷明明喜欢的是当着亲戚朋友们吹嘘这些扇门是三老爷孝敬他的，三老爷非要泼了老太爷的面子。后来还是二老爷出面做主，把这些扇门全都留了下来。"

吴老爷呵呵地笑，和小厮闲扯："那是，那是。我要是有这样的一个儿子，也得人来一次吹嘘一次。不过，三老爷可真是大手笔，这么间花厅，可花了不少银子吧？"

"可不是！"那小厮显然不是第一次应酬这样的客人了，请他们进了花厅之后立刻熟练地指了花厅的屋顶道，"你们看，灯也是彩色琉璃的，到了晚上，点了蜡烛，那简直了，比烟花还要好看。您再看那边博古架上，比人双臂还长的象牙，少见吧？也是我们家三老爷孝敬老太爷的，还有那上面的金刚八宝，可不是我们在庙里看到的，全是从海外弄回来的。"

卫老爷还好说，吴老爷可是生意人，立刻从中嗅到了不一样的东西。

他状似无意地和那小厮聊道："这些东西都这么稀罕，你们三老爷这是从哪里弄来的？"

小厮骄傲地挺了挺胸膛，道："当然是从京城里弄来的。我们家三老爷的二师兄，可是当今阁老，我们家三老爷是张尚书的关门弟子，和上面的师兄们关系都可好了。我们三老爷想弄点稀罕玩意儿，那还不是动动嘴就行了。京城里那些做海上生意的哪个不上赶着地往我们家三老爷面前凑啊！"说到这里，他突然叹了口气，道："也难怪我们家三老爷回来了之后不习惯，谁过惯了那些衣锦繁华的好日子，再回到临安城这样的地方都会有点不适应。所以我们家老安人总说我们家三老爷孝顺。老太爷临终前将这一大摊子事全都丢给了三老爷，三老爷虽说心里头不愿意，但还是辞了官，回来做了宗主。"

不是守制吗？怎么变成了辞官？

吴老爷不由道："你们家三老爷不再起复了吗？"

小厮笑道："裴家有家规的，做宗主的得在祖宅守业，是不允许出去做官的。"

众人俱是一愣，觉得既意外又顺理成章。很多大家大族都这样，做了宗主就留在老家守业，不再外出做官。让大家觉得意外的是，让三老爷这样的青年才俊这么年轻就在家守业，未免有些可惜。这么一想，外面那些传言就不太可靠了。宗主固然重要，可若是能仕途顺利，名留青史，岂不比做个守业的宗主更能体现自己的价值？裴宴做裴家的宗主，也是做了牺牲的，他自己未必愿意。

郁棠则是觉得脑袋被什么东西撞了一下似的，有很多的想法纷至沓来，一时又抓不住自己到底在想些什么。

梦中，裴宴也没有再去做官，她觉得理所当然，可现在再看，却是怎么看怎么透露出点想不明白的地方来。

裴老太爷这样看似偏袒着裴宴，可也断了裴宴的仕途。反而是长房，看似失去了宗房的位置，两位公子却可以自由地参加科举，自由地做官了。还有二房，既然在传言里他是几个兄弟中最无能的，为何不让他留在家里守业？

长房和二房看似受到了不公平的待遇，可真正被困在家里的却是三房的裴宴，而且裴宴这一房的后代也都会有很大的可能被困在临安城里。

郁棠脑海里浮现出裴宴那眉宇间总是带着几分冷漠甚至是阴郁的面孔。难道是因为这样，他才总是不高兴吗？郁棠的心怦怦乱跳，总觉得自己好像在无意间窥视到了什么。

留在大厅的郁文当然不知道花厅那边发生了什么事。

他正开诚布公地回答着裴宴的话："……都是我们家闺女的主意。原本我也是不同意的，主要是怕闺女被人非议，可她坚持。说她以后是要招女婿的，若是不厉害些，以后怕是镇不住招进门的人。我和她大伯父商量了半天，觉得她说得也有道理，何况我们兄弟俩也拿不出比她更好的主意了。这件事就这样定下来了。"说完，他又怕裴宴觉得女儿为人强势，对女儿印象不好，以后女儿当了家，郁家遇到什么事，裴宴不愿意庇护女儿，忙为女儿解释道："您别看她今天有些任性，行事也像是在胡搅蛮缠，平时她根本不是这样的。实际上她的性格活泼又开朗，还很体贴细心，要不然我们夫妻也不会一心想留了她在家里。今天她这么做，完全是想让李端上当，才故意这样的。"

裴宴点着头，心里却乱糟糟的，像有蓬杂草在疯长似的。原来所有这些真是郁小姐的主意。她还真没有辜负他的直觉！又大胆又彪悍！就是寻常男子，只怕也没有她这份胆量。不过，她的父兄对她也太过纵容了些，这么大的事，居然就任由着她胡来。若是那李端再聪明一点，李竣能狡猾一点，今天的事郁家休想讨了半分便宜去。难道郁小姐就没有想到这件事若是失败了的后果？

裴宴想到这里，不由多看了郁文一眼。典型的江南文人模样，保养得很好，看上去儒雅中带着几分洒脱，一看就是那种不耐烦庶务，整天只知道风花雪月的人，偏偏对女儿又十分宠信，竟然任由她这样胡来。也许正是因为如此，才养成了郁小姐这种天不怕地不怕的做派？通常父母弱的家庭，子女都厉害。

裴宴不禁道："郁小姐就没有想过若是李家不上当，你们准备怎么办？"

郁文当然不能让裴宴质疑女儿——他们郁家一日在临安城，不，就算不在临安城，他们和裴家也有乡邻之谊，就需要和裴家交好。就像在杭州城，郁棠拉肚子，半夜三更的，若不是拿了裴家三老爷的名帖，怎么可能请得到御医出诊？这样的情分，是什么时候都不能丢的！

"当然设想过。"他想也没有多想地道，"可我们家闺女说了，李端的性格在那里，他肯定会上当。她还说，每个人都有弱点，每个人都有自己最想要的东西，只要找准了，一逮就一个准。"说到这里，他想到当初郁棠形容李端时的那些用词，嘴角一弯，脸上露出些许的笑意来，"我们家这个闺女，您是不知道，从小就顽皮，我一直把她当个不懂事的小姑娘看待。可没想到，家里出了事，站出来拿主意顶事的却是她。可见平时还是我对她的关心不够，在我不知道的时候她已经长大了。哎，早知道这样，我就应该让她多读点书的，说不定她还能成个才女呢！"

裴宴不禁想到郁棠抓着猪蹄啃的模样。就她那样子，就算是读再多的书，恐怕也改不了多少吧？

他在心里撇了撇嘴角，面上却不显，道："我还以为这些都是你教的，可现在听你这么一说，才知道她天生如此。"

"可不是！"郁文叹息道，"她若是个儿子就好了，我就真的什么都不用担心了。"

裴宴这才把话题转到郁棠的婚事上："我倒觉得那李竣不错，你们家当初怎么就没有考虑他？虽说招赘好，但我瞧着你那侄儿也是个老实本分的，应该可以一肩挑两房吧？"言下之意，郁家既然这样疼爱女儿，就应该以女儿的终身幸福为准，而不应该强求招赘还是出阁。

郁文何尝不是这样打算的。说到这个话题，他对裴宴也推心置腹起来。

"我和她姆妈最开始就是这么打算的。"他道，"我们家闺女也没有一定要留在家里。说起来，李家还是在卫家之前来求亲的。可我们家闺女也说了，李竣再好，没有谁家的丈夫会为了妻子为难母亲的，那李夫人，德行太差。我家太太仔细地打听了一番，也觉得我们家闺女说的话有道理，正巧佟掌柜给做了卫家这门亲事，我们就想着先看看。谁知道一看大家都很满意，这件事就这样定下来了……没想到这样一来反倒害了小山那孩子。所以我们家闺女心里难受，偶然发现了点蛛丝马迹，就一路追查下来，无论如何也不愿意放弃，就是这个原因了。"

郁小姐一眼看中的居然是死了的那个卫小山而不是李竣？裴宴想到当初在昭明寺郁棠诱惑李竣的样子……那卫小山难道是长得非常英俊？他努力地回忆着卫老爷和卫小元的模样。看不出来啊……那就是人品特别好？还是比李竣更能讨她喜欢？

裴宴突然好奇起卫小山来。

他道:"所以说,郁小姐根本就没有瞧上李家,而不关招赘什么事?"因为李夫人不仅是李竣的母亲,也是李端的母亲。

郁文点头,也不藏着掖着了,道:"主要是没瞧中李家。"

裴宴想到李端看郁棠那灼热的目光,额头冒汗。看样子是李端单方面地看中了郁小姐。

他道:"郁小姐的婚事,你是准备让她自己做主吗?"

就算郁文的确是这么想的,也不敢这么承认啊!这要是承认了,他们郁家的孩子婚事若都由自己做主,他们郁家成什么样的人家了?

"主要是因为我们郁家人丁单薄。"郁文委婉地道,"不管是我大兄还是我,都想孩子们过得好,成亲是结两姓之好,不能过成了冤家。儿女们若是能看对眼,总比强扭的瓜甜。您说是吧?"

裴宴不这么觉得。他爹当初不也是这么想的。所以不管是他大兄还是他二兄的婚事,都是事先相看过的。结果大兄和他大嫂倒过得十分恩爱,可他们家和杨家现在还不是像仇家似的。可见这种事都是因人而异的。那郁小姐为何要针对李端呢?听郁文那口气,郁小姐对李端的性格还很了解。裴宴不弄清楚总觉得心里不痛快。

他道:"若是卫小山还在,郁小姐的婚事也就不愁了。"

"可不是。"郁文想着郁远的婚事不可能长久瞒下去,索性道,"卫家实在是难得的厚道人家。"他把卫小山死后发生的事告诉了裴宴,并道:"这也是我们两家有缘,我们家闺女和卫家的婚事没成,倒是她大兄,已经和卫家的表小姐定了亲,明年开春就要成亲了。到时候还请裴三老爷去吃杯喜酒。"

裴宴一愣。郁家还真是对卫家青睐有加啊,儿女亲家做不成,做姻亲也要绑在一起。这舌头和牙齿还免不了打架呢,哪有十全十美的事!这也就是卫小山不在了,最美好的印象停留在了最美好的时光里。要是卫小山还在,就为了招赘送多少礼金多少聘礼的事,卫家和郁家都有可能起了争执,有了罅隙。

裴宴在心里鄙视了郁家一番,有些敷衍地道:"到时候一定去恭贺。"那个时候裴宴还没有除服,怎么可能去吃喜酒?

郁文明知道裴宴是在客气,但见他答得这样爽快,心里还是很高兴的,对裴宴的印象就更好了,说起话来也就更没了防备,甚至说起了郁棠的婚事:"若是裴三老爷认识什么好孩子,也帮我们家闺女关心关心。"他怕有了今天的事,郁棠的婚事越发艰难。

佟大掌柜不过是裴家一个体面的掌柜,就能认识卫家这么好的人家。以裴家三老爷的人脉,认识的好人家肯定更多。

"只要孩子好,也不拘是招赘还是出阁。"他还特意交代了一句。

裴宴瞠目结舌。他这一生遇到的要求多了去了,可请他当媒人的,这还是第一遭。

裴宴再次仔细地打量郁文。他不会是真的想让自己给郁小姐做媒吧？

郁文还真是这么想的，所以他把家底也跟裴宴交代了，想着裴宴好量媒做媒，给郁棠说个合适的人家。

他感慨道："我们家原本也是有点家底的，都是我，交友不慎，上了当，害得家里把家底都掏空了。"

郁文把自己买假画的事也一一告诉了裴宴。

"你等等！"裴宴听得半晌没有回过神来，一回过神来忍不住就打断了郁文的啰唆，"你是说，你买了幅假画，郁小姐帮你收拾了烂摊子？！"

什么叫烂摊子！郁文对裴宴的话有些不满，可碍着要给裴宴几分面子，他没有流露出来，而是耐心地道："不是烂摊子，是我一时没有察觉，被朋友蒙骗……"

那还不是烂摊子！裴宴没有理会郁文往脸上贴金的行为，眼中难掩惊愕地道："所以说，当时郁小姐要是不把银子追回来，你太太看病、吃药的银子就都没有了？"

郁文被裴宴这么一说，再想想当时的情景，此时才老脸一红，嘴硬道："那倒也不至于。只是家里比较困难而已……"

那他当时还真是误会郁小姐了。以为她是为了赚几个银子才去当铺碰瓷的。不是，核心的东西没有变。郁小姐的确是去碰瓷的，但为了一己私欲去碰瓷和为了挽救母亲性命不得已去碰瓷那就是两回事了。

裴宴想到在长兴街和郁棠的偶遇，还有他呵斥郁棠的那些话。对个小姑娘而言，的确太严厉了些。裴宴有些坐不住了。

他挺直了脊背，又喝了杯茶，心中的不安不仅没有消失，反而还愈演愈烈。特别是他想到郁棠从头到尾都没有向他解释过一句，也不曾向他抱怨过一句。他却忘了，郁棠不是没有试图向他解释过，也不是没有向他抱怨过，只是她还没有开口他脸已先寒，郁棠没有机会罢了。

郁棠自然不知道大厅里都发生了些什么。她此时坐在裴家的花厅里，眼睛眨也不眨地盯着那一溜箔金彩绘琉璃扇门，不知道在想些什么。

郁远轻轻地拉了拉郁棠的衣角。

郁棠回过神来，听见吴老爷正有一句没一句地和服侍他们的小厮打听着裴宴的事："……这么说来，裴三老爷是个没有什么喜好的人了？"

那小厮大约觉得这话说得不对，又想不出什么词来反驳，沉吟道："也不能这么说。我只是个在外院跑腿的小厮，三老爷就是有什么喜好，我也不可能知道啊！"

吴老爷觉得自己这话问得有些让那小厮丢面子了，忙道："哎哟，我们这不就是随便说说嘛。要我说，你是服侍过老太爷的人，以三老爷的孝顺，自然会高看你一眼。你只管耐心地等着，待三老爷除了服，肯定会有所安排的。"

243

那小厮心里估计也是这么想的，听了高兴得合不拢嘴地道"借您吉言"。

不过是个小厮，不至于巴结成这个样子吧？郁棠低声问郁远："怎么回事？"

郁远苦笑道："吴老爷可真厉害，三言两语的，就已经和这小厮交换了姓名，还请他没事的时候带几个玩得好的伙伴去吴家的山里摘山核桃。"

能伸能屈，郁棠很是佩服。

郁远悄声问她："你刚才在想什么呢？我喊了两声你都没有听见。"

"没什么！"郁棠看着花厅里站着的两个小丫鬟，觉得这里不是说话的地方，道，"回去再说。"然后转头朝卫氏父子望去。

卫老爷和卫小元安静地坐在那里喝茶，听吴老爷跟小厮说话，神色平静，看上去已经从刚才的伤痛中恢复过来了。

郁棠心中一轻。

裴满陪着郁文走了进来。

"阿爹！"郁棠欢喜，一溜烟地迎上前去。

"郁老爷！"

"郁世伯！"

"叔父！"

吴老爷等人见了，也都纷纷站起身来。

郁文忙朝着众人行了个礼，道："裴三老爷刚留我问了问我们两家和李家有罅隙的事，我据实以告。眼看天色不早，我就告辞了。"算是给了大家一个交代。

吴老爷等人又向裴满问好。

裴满一一向众人还礼，态度一如既往地既不过分热络，也不过分冷淡，想从他的表情里看出裴宴的用意，那是完全不可能的。

大家寒暄了几句，裴满亲自送了他们出门。

郁棠的好奇心却达到了顶点。

过了穿堂，就到了裴家的边门。出了边门，就出了裴家。她跟在父兄的身后，脚在迈出穿堂的那一瞬间却忍不住回头。

青翠掩映间，只能看见裴府大厅那灰色的清水脊两端高高翘起的檐角，看不到那五间的红柱大厅，也看不到大厅前那两株合抱粗的香樟树。真是庭院深深深几许。这青翠间谁又知道都隐藏了些什么呢？

郁棠转过头，跟着父兄出了裴府。

陈氏和王氏翘首以盼，早早就站在门口等着他们了。

郁棠在路上就已经知道裴宴和父亲都说了些什么，一下轿子就直奔母亲和大伯母。

"姆妈，大伯母，"她上前挽了母亲的胳膊，亲热地对王氏道，"没事了。裴家三老爷主持公道，把那两个流民和指使流民杀人的李家大总管都投了监，还要把李家大总管的三姑六舅都赶出李府。以后就再也没有人敢助纣为虐了。"这已经是他们之前商量的最好结果了。

"阿弥陀佛！"陈氏和王氏不由双手合十，念着佛号，"菩萨保佑！"

郁棠抿了嘴笑。

郁文和郁远走了进来，和陈氏、王氏打着招呼。

"快进屋去，快进屋去！"陈氏道，"我准备了柚树叶子。"

郁文满头大汗，道："又不是我出了什么事，准备什么柚树叶子！"

"我们家这不是犯了小人吗？"陈氏振振有词地道，"也得去去晦气才行！"

郁文想了想，笑道："你这说法好。那李家可不就是一股晦气吗？得除除，得除除！"

王氏看着直笑，和陈氏拿了柚树枝给他们拍尘，算是去晦气了。

陈氏收了柚树枝，朝两人身后望去，道："怎么没见吴老爷？我也给吴老爷准备了一些。"

郁文道："他有事没有和我们一起回来。你派个人将柚树枝送到他们家去好了。"又想到今天吴老爷帮了大忙，叮嘱道："再带几盒点心、糖果过去。"

陈氏连声称是，安排人去送柚树枝和点心、糖果，郁文则和郁棠、郁远各自回屋梳洗了一番，重新聚在一起用午膳。

王氏和陈氏这才知道在裴家具体发生了什么事。两人把李家大骂了一顿，又把裴家三老爷夸了又夸。陈氏再次感慨："可惜我们家也帮不上裴家什么忙！最好是这一辈子都没有报答他们家的机会才好。"

没有报答他们家的机会，也就是说，裴家一直都这么平顺，这也算是对裴家的另一种祝福吧！

两家人坐在一起高高兴兴地用了午膳，郁文道："大家今天都累了，先各自歇了，有什么事，明天再说。"

郁棠和郁远齐声称是，郁远和陈氏回了自家，郁棠回屋后躺在床上却怎么也睡不着。

好不容易迷迷糊糊地睡着，很快就被外面说话的声音惊醒了。

她喊了双桃问："是谁在外面说话呢？"

双桃喜滋滋地道："是马太太。马家大小姐马上要出阁了，马太太亲自来请太太和大小姐过府喝喜酒，还想请大小姐去给马小姐做陪客。"

这原本就是和马秀娘说好的了。怪只怪她这几天只顾着忙卫小山的事，把这件事给忘了。

郁棠拍了拍额头，起身让双桃服侍她穿衣，道："只有马太太一个人过来吗？我得去给她问个好才是。"

双桃一面服侍她更衣，一面道："马太太和媒人一起过来的，说是想请了吴太太做全福人，谁知道过来才知道，吴太太回了娘家，要过两天才能回来。马太太准备过两天再来请吴太太。"

吴太太是临安城里有名的十全人，很多人请她去做全福人。早年间她还来者不拒，现在名声出去了，请的人多了，她反而不随便答应人了。

郁棠去了厅堂，马太太和陈氏有说有笑的，十分亲热。看见郁棠就朝她招手，给了她一个封红说是给她买零嘴吃的。这就是请她去做陪客的意思了。

她当然是爽快地答应了。

陈氏和马太太聊了会儿马秀娘的嫁妆。马太太还有很多事要做，坐不住了，叮嘱了陈氏几句"到了那天一定要来"，就和媒人一起告辞了。